TRUDE TEIGE

DER JUNGE, DER RACHE SCHWOR

atb aufbau taschenbuch

TRUDE TEIGE

DER JUNGE, DER RACHE SCHWOR

EIN NORWEGEN-KRIMI

Aus dem Norwegischen von Gabriele Haefs
und Andreas Brunstermann

aufbau taschenbuch

Die Originalausgabe mit dem Titel
Noen vet
erschien 2009 bei H. Aschehoug & Co. (W. Nygaard) AS, Oslo.

Die Übersetzung wurde mit der finanziellen
Unterstützung von NORLA gefördert.

NORLA
Norwegian
Literature Abroad

MIX
Papier | Fördert
gute Waldnutzung
FSC® C083411
FSC
www.fsc.org

ISBN 978-3-7466-4229-1

Aufbau Taschenbuch ist eine Marke
der Aufbau Verlage GmbH & Co. KG

1. Auflage 2025

www.aufbau-verlage.de
10969 Berlin, Prinzenstraße 85

Bei Fragen zur Sicherheit unserer Produkte wenden Sie sich
bitte an produktsicherheit@aufbau-verlage.de.
Satz LVD GmbH, Berlin
Druck und Binden CPI books GmbH, Leck, Germany

Printed in Germany

Für Bjørn

1

18. AUGUST 1966

Der Junge zog seine Hose herunter. Nicht ein Wort wurde gesagt. Die Tränen schossen hervor und liefen ihm über die Wangen, als ihn die Rute traf, obwohl er alles versuchte, um nicht zu weinen. Lautlos zählte er mit. Eins, zwei, drei, vier, fünf – die Hälfte geschafft.

Er hatte solch schreckliche Angst. Er begriff nicht, warum er hier sein musste, warum er hergebracht worden war, weg von seinen Eltern. Er sagte sich jeden Abend beim Schlafengehen, dass er ein tüchtiger und großer Junge sein müsste, der nicht ins Bett machen durfte. Denn wenn er brav war, würde ihn ganz bestimmt irgendjemand wieder nach Hause bringen. Es sollte doch nur für ein paar Tage sein, hatte Papa gesagt. Und Papa war eigentlich lieb.

Aber fast jede Nacht wachte er von seinem eigenen Weinen auf, nass vor Schweiß und Pisse. Zuerst hatten sie einfach das Bett neu bezogen, ihn streng angeschaut und gesagt, dass er damit aufhören solle. Das hatte nichts geholfen. Denn er hatte solche Angst, die ganze Zeit tat ihm der Bauch weh und das Herz auch. Sie begriffen nicht, dass er deshalb ins Bett machte.

Sechs, sieben, acht, neun, zehn.

Er zog die Hose hoch, erwiderte aber nicht den Blick des Mannes, der ihn geschlagen hatte, sondern starrte zu Boden, biss die Zähne zusam-

men, um die Tränen zurückzudrängen, aber sie liefen ihm unablässig über das Gesicht.

Mit noch immer gesenktem Kopf ging er hinaus auf den Flur. Der Mann folgte ihm, öffnete die Tür zum Verschlag unter der Treppe. Er hätte lieber noch zehn Hiebe bekommen. Es war schlimm, wenn ihn jemand schlug, aber es war viel schlimmer, dort in der Finsternis zu sitzen und zu wissen, dass er ganz allein war. Ganz allein auf der ganzen Welt.

Er war erst fünf Jahre alt, aber bald würde er sechs werden. Und eines Tages würde er groß und stark sein. Dann würde er sich rächen. Wenn er daran dachte, fürchtete er sich weniger. Aber nur ein bisschen. Er rollte sich auf dem Boden zusammen, schlang sich die Arme um den Leib und weinte lautlos. Niemand sollte ihn hören.

Er durfte nicht weinen.

5. MAI 2002

Er stand ganz still am Waldrand am anderen Seeufer und schaute zum Haus hinüber. Er stand schon lange so da, bewegungslos. Er war schwarz gekleidet, eine schwarze Mütze, eine schwarze Hose und ein schwarzer Pullover mit Kapuze. Auch sein Rucksack war schwarz, und darin hatte er alles, was er während der nächsten Tage brauchte.

Es würde dauern. Es sollte dauern.

Er schaute auf die Uhr, blickte zum Himmel über den Baumkronen, wartete auf die Dunkelheit. Schwere Wolken jagten über den Himmel. Bald würde es anfangen zu regnen, denn in den letzten Tagen war das Wetter milder geworden. Er verspürte ein leises Ziehen im Zwerchfell, aber er war nicht nervös oder unruhig, sondern guter Stimmung.

Es war so weit. Bald wäre es vollbracht und das Gleichgewicht wiederhergestellt.

Das Einzige, was ihn störte, war der Waldgeruch. Er liebte diesen Geruch: der Geruch von Geborgenheit, von guten Dingen. Der Wald war sein Freund. Hierher gehörte er. Wenn er in seinem Versteck unter dem Schutzdach der großen Kiefer lag, wo sonst nie jemand vorbeikam, hatte er das Gefühl, sich in eine innige Umarmung zu schmiegen; er war klein und umschlossen von einer Güte, die ihm kein Mensch geben konnte.

Dort würde er ohne die bösen Gedanken schlafen. Er war vollkommen sicher. Nichts konnte passieren.

Er schloss die Augen, für einen kurzen Augenblick hörte er Geräusche aus einer fernen Vergangenheit: die Glocken der Schafe auf der Weide, die Kühe, die grasten, und das Pferd, das im Pferch wieherte, er nahm den Geruch von frisch gemähtem Gras wahr, das Gefühl von spitzem, in der Sonne getrocknetem Heu, den Duft von Sommer, warmem Moos auf großen Steinen, und er spürte es so unmittelbar, als wäre es wahr. Hier. Jetzt. Das hatte er als Kind so oft gedacht, so hatte er empfunden, wenn er allein war und träumen konnte, dass all das für ihn existierte, dass alles gut war. Aber es stimmte nicht, denn so war das Leben nicht, war es nie gewesen. Es war nur eine Vorstellung.

Er atmete langsam durch die Nase aus, öffnete die Augen und schaute sich um. Alles war verfallen und überwuchert, es herrschte eine Stille, als gäbe es hier keinerlei Leben.

Er musste sich konzentrieren, durfte die Gerüche nicht an sich heranlassen, durfte nicht an das denken, was er nie bekommen hatte, das Verlorene, durfte nur an das denken, was er durchführen wollte, das tun, worauf er sich so lange vorbereitet hatte. Sein ganzes Leben.

Still ging er am Waldrand entlang, um den kleinen See herum, zur Rückseite der Scheune, schlich an der Wand weiter, rannte über einen kleinen offenen Hofplatz, bis er hinter dem Haus stand. Er lauschte mit geschärften Sinnen, glaubte für einen kurzen Moment im Gestrüpp am Zaun einen Schatten zu erahnen, aber er sah weder noch hörte er etwas.

Wer kommt denn an so einem kalten, unangenehmen Abend hierher?, dachte er und lächelte nachsichtig über sich selbst. In der ganzen Zeit, tagsüber und nachts, die er hier am Waldrand gestanden hatte, waren ihm am Haus nur ein paar Spaziergänger und Jogger aufgefallen.

Er stellte seinen Rucksack ab, streifte die dünnen Latexhandschuhe über und zog sich die Mütze tief in die Stirn. Dann schlich er sich dicht an der Wand entlang, duckte sich unter das Küchenfenster, stieg die Treppe hinauf und betrat den Windfang. Er hörte die Hunde bellen, als er die Hand hob, anklopfte und hineinging, ohne auf Antwort zu warten, denn er wusste, dass sie zu Hause waren. Sie waren immer zu Hause.

2

Kajsa Coren zwängte sich zwischen den geparkten Autos hindurch und lief zum Treppenhaus, während sie mit der Fernbedienung über ihre Schulter wies und das Auto verschloss. Eilig ging sie zwei Treppen hoch, öffnete die Tür mit der Aufschrift »Finanzverwaltung« und trat hinaus in den offenen Innenhof im Parkhaus des Parlamentes.

Sie schaute auf die Uhr und beschleunigte ihr Tempo.

Die vier Jahre alte Thea war an diesem Morgen bockig gewesen. Sie hatte darauf bestanden, ihr Prinzessinnenkleid zu tragen. Alle Versuche zu erklären, dass es viel zu kalt für dieses dünne Kleid sei und im Kindergarten gerade nicht Karneval gespielt werde, waren fruchtlos geblieben. Am Ende hatte Kajsa aufgegeben. Sollten die Angestellten im Kindergarten doch über Kajsas mangelnde Fähigkeit, ihrem Kind Grenzen zu setzen, denken, was sie wollten. Thea hatte sich die Tränen abgewischt und in ihrem Prinzessinnenkleid gestrahlt wie die Sonne, bis sie sich im Flur die Mäntel anzogen und merkten, dass sie die rosa Stiefelchen am Vortag im Kindergarten vergessen hatten. Die blauen Cherrox-Gummistiefel konnte Thea nicht anziehen, die passten nicht zum Prinzessinnenkleid.

Zu diesem Zeitpunkt war Kajsa mit ihrer Geduld am Ende gewesen. Außerdem musste der sieben Jahre alte Anders um halb neun in der Schule sein. Sie hatte das Auto vor die Eingangstür gefahren, sich die heulende Thea geschnappt und sie in den Kindersitz verfrachtet. Die Kleine spannte ihren Körper wie einen Bogen, und Kajsa musste sie in den Sitz pressen und den Sicherheitsgurt mit Gewalt schließen. Anders setzte sich wortlos ins Auto. Kajsa kniff für einen Moment die Augen zusammen. Okay. Ein neuer Tag. Das Leben ist gut.

In diesem Moment klingelte ihr Telefon.

»Hallo, hier ist Kajsa.« Sie versuchte, ruhig zu klingen, was ihr aber nicht so recht gelang.

»Hallo? Spreche ich mit Frau Coren?«, fragte eine Männerstimme.

»Ja«, sagte sie.

»Störe ich?«

»Nein, nein«, antwortete sie. Aber die Lüge wurde durch Theas Geschrei entlarvt.

»Ich weiß nicht, ob Sie … ich glaube, dass … sind Sie in Eile?«

»Ein bisschen. Worum geht es?«

»Ach, das ist nicht so wichtig. Mir ist schon klar, dass ich ungelegen anrufe.«

Konnte der Kerl nicht kurz und klar sagen, worum es ging? Immer wieder riefen Leute an, die etwas von ihr wollten, die ewig brauchten, um zur Sache zu kommen, die dazu überredet werden mussten, damit herauszurücken, was sie auf dem Herzen hatten, Unbekannte, die irgendeine ihrer Reportagen über Schleudertrauma, Krebstherapien oder Kinderlosigkeit gesehen hatten. Oder es waren Nervensägen.

Alle Journalistinnen und Journalisten haben einen oder mehrere Nervensägen, Leute, die immer wieder anrufen, die sich auf irgendeine Weise auf eine bestimmte Person fixiert haben, vor allem nachdem man sich einmal ihrer *Sache* angenommen hat. Sie rufen an, weil sie mehr wollen, mehr Aufmerksamkeit, sie hegen einen Groll gegen die Gesellschaft, oft mit gutem Grund, aber zu irgendeinem Zeitpunkt haben sie vollständig ihre Wirklichkeitswahrnehmung eingebüßt, und verbittert schieben sie alle Schuld an ihrem beklagenswerten Leben anderen in die Schuhe: Eltern, Lehrerinnen, Ärzten, Richtern, Politikern und Journalistinnen. Diesen Anrufer jedoch kannte sie nicht.

»Es gibt da einen Fall … da Sie sich doch für die Schwachen in der Gesellschaft einsetzen … warum werden die nicht bestraft?«, hörte sie bruchstückhaft.

»Ich kann Sie nicht richtig verstehen, würden Sie mich später noch mal anrufen?«, fragte sie.

Der Mann sagte irgendetwas, aber auch das konnte sie nicht verstehen. Dann wurde es still am anderen Ende der Leitung.

Als sie bei der Schule ankamen, die Prinzessin weiterhin heulend auf der Rückbank, schien Anders nicht aussteigen zu wollen.

»Jetzt musst du dich beeilen, es klingelt schon«, sagte Kajsa. Sie wollte gelassen und liebevoll klingen, aber das gelang ihr nicht, sie streichelte die Wange des Siebenjährigen, als Gegengewicht zu ihrer harten und ungeduldigen Stimme.

»Ich will nicht in die Schule«, sagte er. Das hatte ihr gerade noch gefehlt.

»Natürlich willst du, alle Kinder gehen gern in die Schule.«

»Ich nicht«, sagte er hartnäckig. »Das ist langweilig.«

»Na gut, aber darüber reden wir heute Nachmittag. Geh jetzt.«

»Dann musst du mitkommen.«

»Ich kann doch Thea nicht allein lassen.«

»Ich will nicht.«

Sie sah ihn an, gleich würde er in Tränen ausbrechen. Sie hätte ihn gern an sich gezogen, gesagt, dass alles gut werden würde. Aber die Zeit hatte sie nicht.

Kajsa seufzte tief. »Okay.« Sie schloss Thea im Auto ein und lief mit dem widerwilligen Anders an der Hand auf das Schultor zu. Als sie sich verabschiedete, weinte Anders los und klammerte sich an sie. Am Ende musste sie sich losreißen.

Sie umarmte ihn hastig und in der Eile viel zu fest und rannte zurück zu der rosa Prinzessin, die noch immer so laut schrie, dass Kajsa es schon von Weitem hören konnte.

Eine ältere Dame schaute ins Auto, lächelte und winkte Thea zu.

»Wie behandeln Sie denn das arme Kind?«, sagte sie, als Kajsa die Autotür aufschloss. »Sie können doch nicht einfach weggehen und …« Dann veränderte sich ihre Miene. Sie musterte Kajsa forschend. »Kenne ich Sie nicht?«

»Nein«, sagte Kajsa, drehte ihr den Rücken zu und setzte sich ins Auto, während der weiße Pudel der Dame sie vorwurfsvoll anbellte. Blöde Töle! Sie fuhr vom Parkplatz und konnte den Kloß in ihrem Hals nicht mehr hinunterschlucken. Begleitet von Theas zornigem Geheul auf der Rückbank, wischte sie sich die Tränen ab.

Die ganze Zeit sah sie Anders' Gesicht vor sich. Wurde er gemobbt, von den anderen Kindern ausgeschlossen? Warum wurde er nie zu einem der anderen Jungen nach Hause eingeladen? Warum wollte er nicht in die Schule? Was war passiert?

Er war so vorsichtig, keiner von den harten Jungs, den lauten, den körperlich robusten, er weinte leicht, er war so verletzlich.

Sie fühlte sich wie eine Versagerin. Kein Morgen, an dem alles glatt läuft. *Warum bin ich die ganze Zeit so müde? Was mache ich falsch?*

Als sie Thea im Kindergarten abgeliefert hatte, klingelte ihr Telefon wieder. Sie erkannte die Stimme des Mannes von vorhin. Kajsa seufzte lautlos. »Ja, hallo«, sagte sie freundlich. »Worüber wollten Sie mit mir sprechen?«

»Ich weiß nicht, ob das interessant für Sie ist, aber es wird so viel darüber geredet, Heimkindern Entschädigung und Wiedergutmachung zukommen zu lassen, und da wüsste ich gern, warum niemand von Strafe spricht.«

»Wie meinen Sie das?«

»Also, viele von denen, die diese Übergriffe begangen haben, leben ja noch. Warum sollen die ungeschoren davonkommen?«

»Die Fälle sind sicher verjährt?«

»Verjährt? Solche Übergriffe verjähren nie«, sagte der Mann mit harter Stimme.

Er hatte nicht unrecht. Kajsas Interesse war geweckt. Sie ließ sich seine Nummer geben und versprach, zurückzurufen und sich mit ihm zu verabreden.

Dieses Telefongespräch ging Kajsa nicht aus dem Kopf, als sie endlich unterwegs zur Arbeit war. Sie hatte vom Auto aus angerufen und gesagt, sie werde sich zu dem Termin mit dem Vorsitzenden der parlamentarischen Sozialkommission leider verspäten.

Kajsa wollte diesem Mann einen Bericht aus einem Osloer Pflegeheim zeigen. Daraus ging hervor, dass nur eine einzige Person nachts für fast fünfzig pflegebedürftige alte Menschen zuständig war. Sie hatte den Beitrag bereits fertig redigiert, wollte ihn aber einigen Parlamentsabgeordneten der Opposition vorführen, ehe er ausgestrahlt wurde, damit sie wusste, wie die politischen Reaktionen am nächsten Tag beim Nachfolgebeitrag ausfielen.

Er hatte auf dem Sofa im Wohnzimmer geschlafen. Er fühlte sich steif und starr, als er im Morgengrauen aufwachte. Er hatte schlecht geschla-

fen, die Erinnerungen hatten ihm keine Ruhe gelassen und ihm mehr vor Augen geführt, als er wollte. Alles, was er sich zu vergessen bemüht hatte, war jetzt ganz nah an ihn herangerückt.

Die beiden Alten lagen zusammengekrümmt in den Hundekäfigen. Am Vorabend hatte er die Köter getötet und in den alten Düngerkeller geworfen.

Es war erbärmlich, dass die beiden Hunde gehabt hatten, zwei riesige hässliche Viecher. Er hatte beobachtet, wie die Tiere versorgt wurden, gesehen, wie die Alten sie mit liebevollen Händen streichelten, sie konnten stundenlang auf der Treppe sitzen und sie einfach nur streicheln, das Gesicht in das Fell schmiegen und freundlich mit ihnen reden. Ihm wäre fast schlecht dabei geworden.

Als er am Abend in die Küche gekommen war, hatten sie mit ihrem Schnaps am Tisch gesessen, die Flasche zwischen sich.

»Guten Abend«, sagte er höflich.

Die Frau hatte sich halb erhoben und die Hunde besänftigt, die in ihren Käfigen kläfften.

»Was … wer sind Sie?«, rief sie erschrocken.

Er antwortete nicht sofort, blieb bei der Tür stehen und musterte sie. Sie war alt und dick. Sie hatte sich offenbar lange nicht mehr die Haare gewaschen, sie klebten an ihrer Kopfhaut.

»Haben Sie nicht gehört, was meine Frau Sie gefragt hat?«, nuschelte der Mann. Seine Mundwinkel waren dunkelbraun.

»Setz dich«, sagte er zu ihr, ohne die Stimme zu heben.

Es tat ihm gut, zu sehen, wie sie auf ihren Stuhl sackte. Für einige Sekunden hatte er gemerkt, wie ihn Nervosität packte, ihn klein und wehrlos machte. Aber dann hatte er sich wieder im Griff, und jetzt war er hier der Starke.

Er lief zum Tisch, ergriff die Flasche und leerte sie in den Ausguss.

»Was machen Sie denn da?«, rief der Mann. Nun war er es, der sich

erhob. Die Frau blieb sitzen. Er ging zum Tisch, tippte dem Mann mit dem Zeigefinger auf die Brust. Das reichte, der Mann fiel auf den Stuhl zurück, sagte nichts, krümmte sich ein wenig zusammen und starrte ihn mit halb offenem Mund an.

»Es besteht kein Grund zur Aufregung«, sagte er ruhig. »Oder?« Er lächelte die beiden freundlich an.

Er bekam keine Antwort.

3

Kajsa lief durch die Unterführung vom Parkhaus zum Fahrstuhl, der sie zur Wandelhalle im zweiten Stock bringen sollte. Hastig drückte sie auf einen Schalter für den Lift und blieb atemlos vor der Fahrstuhltür stehen. Als der Fahrstuhl das Untergeschoss erreichte, trat Kajsa einen Schritt zurück, weil mehrere Personen im Fahrstuhl standen.

Der Erste, der ausstieg, war der Sicherheitschef des Parlaments. Er war ein kräftiger ehemaliger Militärangehöriger Anfang sechzig mit einem Bürstenhaarschnitt. Er erinnerte sie immer an den Elefanten Oberst Hathi aus dem *Dschungelbuch*. Kajsa rechnete damit, dass sich seine Miene wie gewohnt beim Anblick einer Journalistin erhellen würde, dass er ihr die Hand auf die Schulter legen und mit breitem, neckendem Lächeln sagen würde: »Junge Frau, was sind Sie heute schön.« Er legte ihr zwar die Hand auf die Schulter, jedoch nur, um sie freundlich, aber entschieden gegen die Wand zu drücken. Hinter ihm traten zwei Sanitäter mit einer Trage aus dem Fahrstuhl. Auf der Trage lag der ehemalige Ministerpräsident Trygve Jonsrud. Er, der Freiluftmensch, der immer unverschämt braun gebrannt war, hatte nun eine fahle graubleiche Hautfarbe. Sein trüber Blick streifte sie, sein Mund stand offen, er atmete in kurzen Stößen. Hinter der Trage tauchte der Fraktionssekretär der Partei auf. Kajsa fasste ihn am Arm. »Was ist passiert?«

Der Mann riss sich los. »Das hier haben Sie nicht gesehen«, fauchte er.

Die Sanitäter und ihre Begleitung gingen mit raschen Schritten davon. Kajsa folgte ihnen in einigem Abstand, blieb dann vor den Glastüren zum Parkhaus stehen und sah, wie der Ministerpräsident a. D. in den Rettungswagen geschoben wurde.

»Was ist passiert?«, fragte sie noch einmal, als der Sicherheitschef zurückkehrte, nachdem der Rettungswagen durch das Tor und zur Sicherheitsschleuse gefahren war.

Der Mann machte vor seinem Mund mit Daumen und Zeigefinger eine Reißverschlussbewegung.

»Aber wie ist sein Zustand?« Sie ließ nicht locker. »Ist es ernst?«

»Da müssen Sie andere fragen.«

»Beantworten Sie mir doch bitte eine einzige Frage: Wissen noch andere Presseleute davon?«

Er musterte sie nachdenklich. »Das glaube ich nicht«, sagte er und verschwand in seiner Wachkabine.

Sie musste in der Redaktion anrufen. Das hier war brandaktuell. Nicht nur, weil ein Politiker in der Nationalversammlung des Landes ein Unwohlsein überkommen hatte, sondern auch, weil er Parteivorsitzender und der ehemalige Ministerpräsident war – und nicht zuletzt aufgrund des ganzen Wirbels um ihn. Bestimmt eine Sondersendung. Sie wählte die Nummer der Redaktion. Verdammt! Kein Netz. Sie rannte zurück zum Fahrstuhl und fuhr hoch in die Wandelhalle. Ein Journalist von *Dagbladet* unterhielt sich an einem der kleinen Tische mit einem Hinterbänkler der Rechtsliberalen. Sie ging in die Eidsvollsgalerie, wo sie allein war, und wählte abermals die Nummer der Redaktion.

Eine Dreiviertelstunde später waren in der Wandelhalle Kamera und Scheinwerfer aufgestellt worden.

»Regie an Kajsa, kannst du mich hören?« In ihrem Ohr ertönte die Stimme des Produzenten.

»Laut und deutlich«, antwortete sie und hob den Daumen.

Die Wandelhalle füllte sich jetzt. Neugierige Pressekollegen von Zeitungen, Radio und anderen Fernsehsendern standen hinter und neben dem Kameramann. An diesem Tag herrschte im Parlament ein ziemliches Gedränge. Die Verteidigungsministerin musste sich dazu äußern, ob sie die Armee wirklich nicht unter Kontrolle hatte, wie sie am Freitag in einer populären Talkshow hatte verlauten lassen. Der Tafel in der Wandelhalle war zu entnehmen, dass sich fast alle Abgeordneten eingefunden hatten, was nur selten vorkam. Alle wollten dabei sein, wenn im Parlamentssaal eine Ministerin in die Mangel genommen wurde. Nur eine echte Regierungskrise bot bessere Unterhaltung als ein Regierungsmitglied, das vor voll besetztem Saal befragt wurde, und Abgeordnete, deren Namen Kajsa kaum je gehört hatte, konnten zeigen, dass das Parlament das Sagen hatte und über der Regierung stand.

»Was ist denn los, Kajsa?«, rief ein Kollege von *VG*.

»Sondersendung«, antwortete sie.

»Gibt es ein Misstrauensvotum gegen die Verteidigungsministerin?«, fragte ein weiterer Zeitungsreporter überrascht.

Kajsa gab keine Antwort, sie lächelte nur. Sie zog das Haargummi von ihrem Pferdeschwanz, fuhr sich mit der Bürste durch die Haare, puderte sich die Nase, trug ein bisschen Lippenstift auf und füllte ihre Lunge mit Luft, atmete langsam aus und spürte das Prickeln in den Fingerspitzen. Sie wissen nichts. Ich bin die Einzige, die es weiß. Breaking News. Yes!

Immer mehr Politiker tauchten auf, tuschelten miteinander, fragten die Presseleute, was denn los sei, bekamen nur ein Schulterzucken zur Antwort, blieben abwartend stehen und sahen Kajsa an. Sie registrierte, dass sich auch einige Hinterbänkler von den Sozialdemokraten eingefunden hatten. Sie wussten offenbar nichts. Aber sie würde ihnen erzählen, dass ihr Chef zusammengebrochen war.

»Zwei Minuten bis Sendung«, wurde ihr mitgeteilt.

»Müsste Geir nicht kommen?«, fragte sie. »Ich habe keine Ahnung, wo er steckt, weiß das irgendwer?«

Ein Kollege aus der Politik kam die Treppe heraufgelaufen.

»Geir ist unterwegs«, teilte er atemlos mit.

Der Leiter des politischen Ressorts des Senders, Geir Hermansen, traf gleich darauf ein. Geschmeidig nahm er die beiden letzten Treppenstufen in einem eleganten Sprung und ging ruhig auf Kajsa zu. Lässig stand er da mit seiner Designerbrille und seinem Armani-Anzug: groß, schlank und blond. Die Frauen lagen Geir zu Füßen. Das heißt, die, die ihn nicht kannten, die es nicht wussten. Er fand das wunderbar, er flirtete zu gern mit ihnen, brachte sie dahin, wo er sie haben wollte, lud sie zum Wein ein, am liebsten Weißwein. »Frauen stehen schmale Gläser mit Stiel am besten. Kannst du dir etwas Schlimmeres vorstellen als eine Frau, die sich ein Bier hinter die Binde kippt?« Wenn das Restaurant schließen wollte, sagte er dann: »Nein, du kannst leider nicht mit mir nach Hause kommen, dann wäre Svein stocksauer.«

»Svein?«, fragte die Frau dann überrascht und fügte vielleicht hinzu: »Ist das dein Kater?«, während sie sich lächelnd zu ihm vorbeugte. Aber Geir antwortete wahrheitsgemäß, Svein sei sein Lebensgefährte. Dann lachte er laut, wenn auch nicht boshaft, über den Gesichtsausdruck der Frau. Er wollte diese jungen Frauen durchaus nicht verletzen, die noch nicht lange genug dabei waren, um das zu wissen, was alle wussten: Dass er schwul war.

»Wo hast du denn gesteckt?«, fragte sie irritiert.

»Im Trainingsraum im Keller«, erwiderte er ruhig. »Da ist die Mobilverbindung sehr schlecht.« Er lächelte. »Da hast du ja eine feine Sache am Wickel. Was weißt du?«

Kajsa teilte ihm kurz mit, was geschehen war.

»Was wirst du mich fragen?«, wollte Geir wissen.

»Keine Ahnung«, sagte sie. »Aber ich werde wohl die Tatsachen nennen, und dann kannst du laut über den Streit um den Parteivorsitz, die unmenschliche Arbeitsbelastung und so weiter nachdenken.«

»Okay. Also improvisieren wir.« Er wischte sich das Revers ab, als könnten sich dort Fussel befinden, was niemals der Fall war. »Das machen wir ja nicht zum ersten Mal«, erklärte er zuversichtlich.

In ihrem Ohr knisterte es.

»Kajsa! Hier ist Annette im Studio. Wir haben vom Rikshospital die Bestätigung, dass Jonsrud dort eingeliefert worden ist, aber mehr wollen sie nicht verraten, was soll ich dich fragen?«

Kajsa konnte der Nachrichtensprecherin nur zwei Fragen vorschlagen, ehe in ihrem Ohr der Countdown begann. »Zehn Sekunden«, sagte sie und hob als Zeichen für Geir zweimal die gespreizten Finger, ohne die Kamera aus den Augen zu lassen.

Er musste lächeln, als er ihnen Frühstück brachte. Essen mussten sie, er hatte ja nicht vor, sie verhungern zu lassen. Danach ließ er den Mann aus dem Käfig, damit er zur Toilette gehen konnte. Die Frau musste so lange im Käfig bleiben, er misstraute ihr zu sehr, sie wirkte stärker als der Mann. Der Mann schleppte sich mit steifen, unsicheren Schritten durch die Küche.

Sie sagten nichts mehr. Anfangs hatten sie hysterisch geplappert, am

Ende hatte er sich nicht mehr beherrschen können und ihr eine Ohrfeige verpasst, obwohl er doch vorgehabt hatte, ganz kalt und ruhig zu bleiben, beherrscht. Danach sagten die beiden nichts, er konnte ihre Angst erkennen. In den Augen der Frau lag ein Anflug von Apathie, als ob sie sich einfach mit allem abfände, was passieren würde. In ihr gab es keine Stärke, keinen Widerstand. Sie hatte wirklich gewaltig abgebaut.

Er ging ins Wohnzimmer und setzte sich, konnte den Anblick der beiden nicht ertragen, spürte, wie die alten, verängstigten Augen an ihm hingen, egal, was er tat, sie beobachteten ihn. Außerdem stanken sie, nach altem Schmutz und Schweiß, wie eine ungeputzte Toilette.

Er schaltete den Fernseher ein. Zappte durch die Sender. Auf Kanal 4 gab es nur die Mitteilung: Es folgt eine Sondersendung. *Was mochte passiert sein? Er wartete, nach einigen Sekunden lief der Vorspann der Nachrichten über den Bildschirm.*

»Guten Morgen, hier ist Kanal 4 mit einer Sondersendung«, sagte die Nachrichtensprecherin Annette Strøm, eine der profiliertesten Journalistinnen des Senders, was ebenso auf ihrem tiefen Ausschnitten wie auf ihrer Aussprache beruhte.

»Nach einem plötzlichen Unwohlsein wurde der ehemalige Ministerpräsident und Parteivorsitzende Trygve Jonsrud ins Rikshospital eingeliefert. Unsere Reporterin Kajsa Coren ist vor Ort im Parlamentsgebäude. Kajsa, was kannst du uns über den Vorfall berichten?«

Kajsa blickte mit ernster Miene in die Kamera und erzählte, was sie beobachtet hatte. In der knappen Stunde, die vergangen war, seit der Parteivorsitzende an ihr vorbeigetragen worden war, hatte sie einige wenige Informationen einholen können. Trygve Jonsrud war fast unmittelbar nach Betreten seines Büros zusammengebrochen. Seine Sekretärin hatte ihn gefunden. Jonsrud hatte einen von ihr durchgestellten Anruf nicht entgegengenommen, was ihr seltsam vorgekommen war, hatte sie ihn doch eben erst begrüßt und gesehen, wie er in sein Arbeitszimmer ging.

Kajsa hatte mitbekommen, dass der Parlamentspräsident und der Parteisekretär in das Büro von Jon Berg gelaufen waren, dem Kronprinzen der Partei.

Allen waren die Gesichtszüge entglitten, als sie begriffen hatten, dass Kajsa über die Geschehnisse Bescheid wusste, und sie hatten die Tür hinter sich zugeschlagen. Aber gleich darauf kam der Parteisekretär, Johannes Lier, wieder heraus.

»Das dürfen Sie nicht veröffentlichen«, sagte er mit ernster Miene und vor der Brust verschränkten Armen. Nicht zum ersten Mal wirkte er wie ein Prediger: schüttere Haare von derselben Farbe wie sein grauer Anzug und eine ernste, leise, fast wütende Stimme, die auf inständige Weise vom Rednerpult im Folkets Hus die frohe Botschaft verkünden und die Menschen zur Erweckung bringen könnte – falls es überhaupt Zweifler gäbe.

Er senkte den Kopf und lugte über die Stahleinfassung seiner Brille. Kajsa wartete fast auf die Frage, ob sie die Partei in ihr Herz geschlossen habe. Stattdessen wiederholte er »Das dürfen Sie nicht veröffentlichen, ist Ihnen das klar?« und starrte sie weiter an.

Kajsa widerstand dem Drang, eine unverschämte Antwort zu geben, irritiert über den beharrlichen und belehrenden Tonfall.

»Warum nicht?«, fragte sie nur.

»Wir haben seine Familie noch nicht erreicht.«

Kajsa überlegte. »Wissen schon andere Presseleute davon?«

»Nein, sonst niemand.«

»Garantiert?«

»Ja.«

»Na gut, ich verlasse mich auf Sie, aber unter einer Bedingung:

Ich will die Erste sein. Sobald seine Frau informiert ist, rufen Sie mich an, und zwar sofort. Wenn ich innerhalb einer halben Stunde nichts von Ihnen höre, gehe ich auf Sendung. Es kann unmöglich so schwer sein, seine Frau zu erreichen. Abgemacht?«

»Ja«, sagte er und wandte sich ab, um ins Büro zurückzugehen.

»Und, übrigens …«

»Ja?« Er drehte sich halb um.

»Wenn ihr bereit seid, einen Kommentar abzugeben, dann soll Jon Berg das zuerst bei mir machen. In einer Direktsendung. Okay?«

»Äh … okay, ich rede mit ihm.«

Der Redaktionschef hielt das Risiko, dass andere Presseleute von den Geschehnissen Wind bekämen, für zu groß. Er wollte sofort auf Sendung gehen. Er bezeichnete Kajsa als naiv, aber sie ließ sich nicht beirren. »Ich habe eine Abmachung. Auf die Dauer schadet das nur, wenn man Abmachungen bricht«, sagte sie. Sie hoffte, das Richtige getan zu haben.

Zwanzig Minuten später rief Lier an und berichtete, Jonsruds Frau sei auf dem Weg zum Rikshospital.

»Wie ist sein Zustand?«, fragte Kajsa.

Lier zögerte mit der Antwort. »Er wird derzeit untersucht«, antwortete er.

»Kann ich wenigstens sagen, dass sein Zustand nicht kritisch ist?«

Nach kurzem Überlegen lieferte er ihr die Bestätigung, die sie brauchte. »Aber ohne mich zu zitieren«, fügte er hinzu.

Das versprach sie.

Nun sagte sie genau das, berichtete, was sie wusste, nannte aber keine Quelle, betonte durch eine Handbewegung, dass die Lage nicht lebensgefährlich zu sein schien, dann wandte sie sich Geir zu.

Sie präzisierte in ihrer Frage, dass sie nicht wüssten, was Trygve Jonsrud fehle, dass er eine sehr harte Zeit hinter sich habe, das müsse man wohl sagen dürfen?

Geir schilderte den Zustand der Partei, den Machtkampf und die viele Kritik, der Trygve Jonsrud ausgesetzt gewesen war, Parteigenossen hatten sich anonym interviewen lassen und ihrem eigenen Parteivorsitzenden den Dolch in den Rücken gestoßen. Natürlich sei das eine schwere Belastung für ihn gewesen, nicht zuletzt, da ehemalige Minister aus seinem früheren Kabinett ihn – ebenfalls anonym – als komplett untauglich als Chef bezeichnet und damit mehr als nur angedeutet hätten, er sei inkompetent als Ministerpräsident des Landes.

Aus dem Augenwinkel sah Kajsa, dass Presseleute und Politiker sich eng um sie drängten. Es war ganz still, als ob die anderen kollektiv den Atem anhielten, um ja nichts zu verpassen. Alle Augen waren auf sie gerichtet, als sie am Ende erklärte, das Krankenhaus habe bestätigt, dass Trygve Jonsrud eingeliefert worden sei, sie aber nichts über seinen Gesundheitszustand gesagt hätten.

»Soweit Kanal 4 das in Erfahrung bringen konnte, geht es Jonsrud den Umständen entsprechend gut, sein Zustand scheint nicht lebensgefährlich zu sein. Wir melden uns wieder aus dem Parlament, sobald wir mehr wissen.«

Geir klopfte ihr auf die Schulter. »Verdammt gut!«, sagte er, ehe sich die anderen Presseleute hastig ihre Mobiltelefone ergriffen, um ihre Redaktionen anzurufen, als wären sie ein Team von Synchronschwimmern.

In diesem Moment vibrierte das Telefon in Kajsas Tasche. Sie zog es heraus, sah jedoch, dass es nur die Erinnerung daran war, dass sie an diesem Tag noch einen Termin hatte. ELTERNKAFFEE IM KINDERGARTEN 15.00, stand dort.

Sie war diesmal an der Reihe, die Kinder einzusammeln. Sie hatte Anders versprochen, ihn frühzeitig vom Schulhort abzuholen, damit er mit in den Kindergarten kommen konnte, den er vor seiner Einschulung selbst besucht hatte.

Das hatte sie vergessen.

Jetzt würde es Probleme geben. Schon wieder.

Sie rief Aksel an. »Ich schaff heute das mit dem Kindergarten nicht. Kannst du …«

Er fiel ihr ins Wort. »Kjell Lauritzen und ich müssen den Bericht abschließen, wir treffen uns um drei, das weißt du doch?«, fragte er ungeduldig.

»Ja, das weiß ich, aber kannst du das nicht verschieben? Jonsrud …«

»Das geht nicht. Ich stecke mitten in dieser Gerichtsverhandlung.« Aksel war hörbar irritiert.

»Aber kann Kjell nicht zu uns nach Hause …«

»Nein«, unterbrach er sie.

Sie hätte gern gesagt, er wäre nun damit an der Reihe, den Kindern die Priorität vor der Arbeit einzuräumen, ihr behilflich zu sein, riss sich aber zusammen. Es hätte doch keinen Zweck. Deshalb legte sie ohne ein Abschiedswort auf.

Sie wählte die Mobilnummer ihrer Mutter, kam jedoch nicht durch. Gleich darauf rief der Chef vom Dienst an.

»Großartige Arbeit, Kajsa. NTB, NRK, TV2, alle Online-Zeitungen, die ganze Bande zitiert uns. Vor dem Rikshospital drängen sich bereits die Presseleute. Steinar sendet um dreizehn Uhr direkt von dort. Aber viel wird er nicht erfahren. Du bist doch auch bereit?«

»Natürlich. Gibt es im Laufe des Nachmittags noch weitere Sondersendungen?«

»Aber klar doch. Wir senden volles Rohr. Und du musst bis zur letzten Sendung heute Abend dabei sein. Niemand sonst hat eine eigene Mitarbeiterin als Augenzeugin. Das ist einfach genial!«

»Okay.« Kajsa legte auf. Nachdenklich betrachtete sie ihr Telefon. Sie musste jemanden finden, der bei den Kindern einspringen könnte. Die Beste wäre ihre Mutter, vor allem wegen des Elternkaffees. Die Kinder freuten sich immer, wenn die Oma sie abholte. Sie wählte noch einmal die Nummer. Keine Antwort. Sie versuchte es auf dem Festnetzanschluss. Auch dort keine Antwort. Wo mochte sie nur stecken?

Warum war es immer sie, die Ordnung schaffen musste, organisieren, dafür sorgen, dass sich alle Räder drehten? Sie spürte, wie der Zorn in ihr aufbrodelte. Immer ging es um Aksels Arbeit, seine Termine, sein Leben. Wie oft hatte sie die Kinder abgeholt, weil er es nicht schaffte? Oder seinetwegen ihre Dienstzeiten getauscht? Was war mit ihr? Mit ihrer Arbeit? Er hatte nicht einmal gefragt, warum sie Thea und Anders nicht holen konnte. Als ob ihn das nicht interessierte.

Vielleicht ist es so, vielleicht interessiere ich ihn nicht mehr?

Kajsa seufzte und ging zu den anderen, die im Restaurant beim Kaffee saßen. Aus den politischen Redaktionen waren alle, die gerade Dienst hatten, ins Parlament geeilt. Jetzt würden sie die Sendungen für heute planen, würden Aufgaben verteilen.

Sie sah Geir an, nickte interessiert, während er sprach. Aber ihre Gedanken waren weit weg; die Kinder wären enttäuscht, wenn sie nicht zum Elternkaffee erschien, Thea würde sich auf den Gang setzen und bittere Tränen vergießen, während die anderen Kinder mit ihren Eltern zusammen Spaß hatten.

Sie sah die Gesichter in der Runde an, wie hochgestimmt alle waren, sie standen mitten in der Zirkusmanege, um ihre Nummer vorzuführen.

Ich bin nicht glücklich.

Noch am Vorabend hatte sie anders gedacht. Sie war hinaus auf die Terrasse gegangen und hatte sich in einen Sessel gesetzt. Zwei Kinder, die in ihren Betten schliefen. Zwei gesunde, wunderbare Kinder. Sie konnte ihr Lachen hören, wenn sie an die beiden dachte. Das fröhliche Lachen. Nichts an ihnen war nicht so, wie es sein sollte, nichts Böses war ihnen widerfahren. Sie waren perfekt. Sie liebte dieses Zuhause, dieses Haus, liebte die Aussicht, die Lage. Und sie hatte einen Mann, der sein Leben im Griff hatte, der Erfolg hatte. Er lag jetzt in seinem Bett, kam nach dem hektischen Tag zur Ruhe, er war tüchtig, war attraktiv.

Sie war erschöpft gewesen, hatte das Gefühl gehabt, das Leben sei eine ewige Hetze. Aber nach einem Glas Wein hatte sie gedacht: *Ich habe es gut.*

»Du bist verrückt«, hatte Aksel gesagt, als er auf dem Weg zum Bett zu ihr hinausgeschaut hatte. »Gut, dass niemand dich sehen kann«, sagte er und schüttelte herablassend und resigniert den Kopf, weil sie draußen saß. Im März.

Sie wünschte, er hätte gelacht. Hätte *verrückt* auf eine andere Weise ausgesprochen. Als fände er es witzig, als sei er begeistert darüber, eine Frau zu haben, die nicht war wie andere Frauen.

Es hatte in dem Sommer angefangen, in dem Anders geboren worden war. Sie waren unmittelbar vor der Geburt in das Haus mit Blick über den Oslofjord gezogen.

Es hatte nicht lange gedauert, bis Anders nach dem letzten Stillen die Nacht durchschlief. An einem solchen Abend, es war Anfang September gewesen, aber noch immer ungewöhnlich sommerlich mild, war sie hinaus auf die Terrasse gegangen. In allen Häusern war es dunkel und still gewesen, nur ein leiser Windhauch kam vom Fjord herüber, in der Ferne war ein Bootsmotor zu hören, die Blätter an den Bäumen raschelten. Mit einem Mal erfüllte sie ein unbeschreibliches Wohlgefühl, der Grund war das Kind, das eben noch an ihrer Brust gelegen hatte. Sie hatte ein gesundes Kind zur Welt gebracht. Noch nie hatte sie sich so mutig und stolz zugleich gefühlt. Sie hatte sich ein Glas Wein – das erste seit über einem Jahr – und eine Zigarre geholt und ihren MP3-Player eingeschaltet. Eva Cassidys wunderschöne Stimme schlich sich in ihre Gehörgänge, in ihre Seele: »*For you there'll be no crying, for you the sun will be shining.*«

Sie trank einen kleinen Schluck Wein, schloss die Augen und ließ den Wein lange in ihrem Mund herumrollen, spürte das Prickeln am Gaumen, schluckte, öffnete den Mund und holte tief Luft: »*Cause I feel that when I'm with you, it's all right, I know it's right.*«

In diesem Moment hatte es angefangen, zu regnen. Teile der Terrasse waren überdacht, und zuerst war nur ein leises Ticken auf dem Dach zu hören, dann wurde das Geräusch des Regens immer stärker.

Sie zündete die Zigarre an, legte sie in den Aschenbecher und schaute zum nicht überdachten Teil der Terrasse, wo inzwischen dicke Tropfen auf den Brettern tanzten.

Sie liebte den Zigarrengeruch, es war der Geruch ihres Vaters, des sorglosen Daseins in ihrer Kindheit. Ihr Vater hatte eigentlich nicht geraucht, aber er hatte sich – zu besonderen Gelegenheiten – eine Zigarre angesteckt, sie zwischen den Fingern gerollt, kaum je im Mund gehabt, hatte einfach das Zimmer mit dem Duft gefüllt.

»Jetzt riecht es hier nach großen Tieren«, sagte er dann mit seinem tiefen, wohltönenden Lachen. Es gab nichts Schlimmes auf der Welt, wenn er lachte.

Deshalb zündete sie sich eine Zigarre an, weil das Leben so unbeschwert sein konnte, so unerträglich leicht, wie damals, als sie ein

Kind war, wie jetzt, genau in diesem Moment, mitten im Geräusch des Regens, dem Geräusch des Lebens, mit einem neugeborenen, gesunden Kind, für das die Sonne scheinen würde.

Sie hatte nie Worte gefunden, um dieses Gefühl zu beschreiben, den Zustand, in dem sie sich in jener Nacht befunden hatte. Glück war abgenutzt, Frohsinn war zu schwach, Ekstase zu belastet. Es gab kein passendes Wort. Bis sie eines Samstags die Wochenendbeilage von *Dagbladet* gelesen hatte, wo der erfolgsverwöhnte Petter Schjerven aus *Typisch norwegisch* interviewt wurde. Natürlich wurde er nach seinem Lieblingswort gefragt. *Flaumseidenbrise* war seine Antwort. Und das war es. Flaum. Seide. Brise. Dieses Wort beschrieb das Gefühl, das der zweite Schluck von seinem zweiten Bier am Freitagabend in ihm auslöste.

Sie wusste, was er meinte, fand diese Empfindung aber zu klein für so ein schönes Wort, ein so großes Gefühl, das sich derart lebhaft und stark in ihrem eigenen Leben bemerkbar machte.

Und wenn das Leben also nicht ganz gerade verlief, suchte sie Zuflucht draußen auf der Terrasse.

Sie versteckte den Wein vor Aksel. Sie war eine Meisterin in dieser Kunst geworden, denn sie wusste, wie er darauf reagieren würde, dass sie mitten in der Woche trank.

Zum Beispiel kaufte sie immer zwei Kartons derselben Sorte, einen versteckte sie im Keller, den anderen stellte sie an die übliche Stelle in der Küche. Wenn das Wochenende näher rückte und der Karton sich leerte, tauschte sie ihn gegen den vollen aus.

Bin ich unglücklich? Nein, das konnte sie nicht behaupten. Aber sie war nicht glücklich. Nicht glücklich und nicht unglücklich.

Also … Was hatte sie empfunden, als sie da gestanden hatte, vor laufender Kamera? Breaking News, die Glanznummer des Fernsehjournalismus, das Gemurmel, das durch die Reihen von Pressekollegen und Politikern lief, als sie begriffen, wovon hier die Rede war. War das nicht eine Art Glück gewesen? Nein. Es war eine kurzfristige Freude, ein Genuss. Aber der Rest der Zeit? Der Rest des Lebens?

Gleich neben die Terrassentür stand eine große Holztruhe. Die stammte aus Indien. Sie hatte sie von ihrem Vater geerbt. Er hatte die Truhe schon als Kind von einem Onkel bekommen, der auf großer Fahrt gewesen war. Kajsa wusste noch, dass die Truhe in ihrem Elternhaus auf dem Dachboden gestanden hatte. Ihre Mutter fand sie zu groß, aufdringlich und seltsam, und deshalb war die Truhe dort oben gelandet.

Sie war das Einzige, was Kajsa von ihrem Vater noch besaß.

In der reich mit Schnitzereien verzierten Truhe mit ihren Löwenköpfen, Schlangen und Elefanten bewahrte sie ein Lammfell, eine Wolldecke und einen Nerzmantel auf, den ihre Mutter nicht mehr haben wollte.

»Bei zehn Grad unter null sitzt man nicht auf der Terrasse«, sagte Aksel.

Aber Kajsa saß dort, sie legte das Lammfell auf den Sessel, zog den Pelz an und wickelte sich die Wolldecke um die Beine.

Als sie in das Haus eingezogen waren, hatte die Terrasse zehn Quadratmeter gemessen, jetzt waren es fünfzig, und ungefähr die Hälfte war überdacht. Aksel war die Terrasse groß genug gewesen, aber Kajsa hatte auf eine Erweiterung und Überdachung bestanden. Deshalb mussten Pfosten über dem Hang in Richtung Grundstücksgrenze angebracht werden.

Von der Terrasse überblickte sie den gesamten Oslofjord, von Oslo bis Håøya. Es war noch ein gutes Stück bis zum Wasser, und unter ihnen lagen viele andere Häuser. Aber von der Terrasse aus sah sie nur den Fjord und das andere Ufer. Und niemand konnte sie sehen.

Sie liebte es, die Veränderungen in der Natur aus nächster Nähe betrachten zu können, sie konnte die mit den Jahreszeiten wechselnde Luft auf ihrer Haut spüren, die Kühle der Sommernacht, die bittere Kälte des Winters.

Sie wünschte sich harte Winter mit viel Schnee. Sie wollte unter dem Dach auf der Terrasse sitzen, wenn der Schnee herabrieselte, wollte die Schneeflocken durch die Luft tanzen, das Licht einfangen und sich übereinanderlegen sehen, kalt und weiß.

Aber am liebsten war sie auf der Terrasse, wenn es regnete. Sie liebte den Frühlingsregen, den allerersten Regen, in dem kein Winter mehr enthalten war. Dieser Regen machte sie auf eine seltsam schöne und unerklärliche Weise froh, wahrscheinlich weil das Geräusch von rieselndem Wasser das Geräusch des Lebens war.

»Kajsa?« Der Chef sah sie an. »Bist du so weit?«

»Hä? Ach ja, entschuldige, was hast du gesagt?«

»Du holst Jon Berg in die nächste Sendung?«

»Ja, ich habe eine Abmachung mit ihm.«

Er blickte sich in der Tischrunde um. »Und alle, die von ihren Quellen etwas Neues hören, reichen das an Kajsa weiter, damit sie in den Sondersendungen darauf eingehen kann, es sei denn, es ist so exklusiv, dass es in die Hauptsendung heute Abend passt.«

4

Den ganzen Tag verfolgte er die Ereignisse im Parlament. Zuerst ärgerte er sich, weil er nun seine Pläne ändern musste. Das, was er tat, sollte in allen Zeitungen Schlagzeilen machen, alle Aufmerksamkeit davon ablenken, was sich sonst im Königreich zutrug. Er wollte die Tagesordnung bestimmen, alle sollten davon erfahren, alle sollten darüber sprechen, beim Frühstück, in der Mittagspause, bei der Arbeit. Aber jetzt rannten die Presseleute durch die Gänge des Parlamentsgebäudes, während die Redaktionen nach neuen Sensationen verlangten, nach Exklusivität. Er wusste doch, wie das ablief. Aber dann dachte er, dass es eigentlich keine Rolle spielte. Es wird ja noch dauern, bis ich fertig bin, sie sollen schließlich spüren, wirklich spüren, mit Haut und Haaren, mit jeder Nervenzelle, wie es ist, hilflos zu sein, den Geruch des eigenen fauligen Atems wahrzunehmen, zu spüren, wie Körper und Gedanken sich auflösen, wenn man ganz ohne Hoffnung ist.

Er musterte Kajsa Corens Gesicht. So eine Frau hätte er gebraucht: eine attraktive, feminine, tüchtige Frau, die man vorzeigen konnte. Er verdiente das, eine Frau, in deren Aufmerksamkeit er sich sonnen konnte. Wenn er in Kajsa Corens Augen blickte, spürte er, dass sie ihn sah.

Sie war ihm schon oft aufgefallen. Sie war keine von diesen ich-bezogenen Fernsehvisagen mit einem Blick, der vor der Kameralinse endete, weil es ihnen wichtiger war, wie sie aussahen und was sie sagen sollten, als mit den Zuschauern zu kommunizieren. Er hatte den direkten, offe-

nen Blick registriert, die feste Stimme, die lebendige Mimik, die vorsichtigen Handbewegungen, um die Bedeutung einzelner Wörter zu unterstreichen, und er spürte, dass sie ihn sah und zu ihm sprach.

Er ging zur Küchentür und schloss sie, damit die Alten ihn nicht sehen konnten. Er ertrug ihre Blicke nicht.

Er blieb stehen und schaute aus dem Fenster über die Felder. Plötzlich kam ihm ein Gedanke. Sie, genau sie, sollte die Journalistin sein, die darüber berichtete, was er tun würde, er würde ihr einen Vorsprung geben, sie sollte vor laufender Kamera dastehen, wie jetzt im Parlament, und erzählen, was passiert war. Dadurch würde er sie an sich binden können, ohne dass sie das auch nur ahnte. Er lächelte.

In der nächsten Sondersendung um dreizehn Uhr interviewte Kajsa Jon Berg. Er stand zuerst ihr zur Verfügung, ehe er mit anderen Presseleuten sprach – als Dank dafür, dass sie sich an die Abmachung gehalten hatte, nicht zu berichten, solange die Familie nicht informiert war. Er erzählte, dass es dem Parteivorsitzenden gut gehe, dass er aber zur Beobachtung im Krankenhaus bleiben müsse. Sie stellte weitere kritische Fragen zu dem harten Machtkampf, in dem Jonsrud sich befunden hatte, ob dieser überlastet gewesen sei, so dass es sich auf seinen gesundheitlichen Zustand ausgewirkt habe. Aber, erfahren wie er war, beantwortete Berg diese Frage nicht, er sagte nur, wichtig sei jetzt allein, dass der Chef wieder ganz gesund werde.

Nach der Sendung konnte Kajsa endlich ihre Mutter erreichen.

»Natürlich kümmere ich mich um die Kinder und gehe in den Kindergarten zum Kaffeetrinken«, sagte sie.

»Es tut mir so leid, aber heute ist so ein Tag, und …«

»Ganz ruhig, Kajsa. Es ist doch nur schön für mich, dass jemand mich braucht.«

»Aber Thea wird traurig sein, wenn ich nicht da bin.«

»Das klappt schon. Ich sorge dafür. Denk nicht daran, mein Kind. Du hast doch mich.«

Kajsa atmete erleichtert auf.

Ich habe es gut, alles ist so, wie es sein soll, ich muss aufhören, mir Sorgen zu machen.

Aber etwas stimmte nicht. Diese Ahnung hatte sie schon seit einer Weile. Es waren kleine Anzeichen, auf die sie anfangs nicht weiter geachtet hatte, sie hatte gedacht, es sei doch natürlich, dass die Mutter ein wenig vergesslich wurde, dass sie nicht mehr wusste, wohin sie etwas gelegt hatte, dass sie im falschen Schrank nach der Kaffeedose suchte, dass sie die Autoschlüssel nicht finden konnte. Aber eines Tages war sie mit um den Mund verschmiertem Lippenstift zu Besuch gekommen. Das sah ihr überhaupt nicht ähnlich, es war ganz und gar nicht normal.

Nächsten Monat wurde ihre Mutter vierundsiebzig. Sie war die fitteste und eleganteste alte Dame, die Kajsa kannte; immer gut angezogen, sie liebte teure Kleider, teuren Schmuck – und Schminke, niemals verließ sie das Haus ohne ihren orangeroten Lippenstift.

Als Kajsa klein gewesen war, hatte sie den Lippenstift der Mutter ein bisschen peinlich gefunden. In der kleinen Hafenstadt an der Westküste, wo Kajsa bis zu ihrem zehnten Lebensjahr gewohnt hatte, benutzte keine andere Mutter Lippenstift. Aber Kajsas Mutter ging ohne Lippenstift nicht einmal in den Laden. Die anderen Kinder hatten Kajsa aufgezogen, weil sie so eine *Zierzicke* als Mutter gehabt hatte, und als sie älter wurde, begriff sie, dass die Kinder das von ihren Müttern aufgeschnappt hatten. Die sagten, dass nur die Damen aus Ålesund, die im Café Tilje saßen und klatschten, am Anleger, wo die Leute von den Inseln auf die Fähre warteten, roten Lippenstift benutzten.

Aber der Mutter war das egal. Erst als die anderen Frauen auf einem Treffen des Frauenvereins ziemlich direkt zum Ausdruck brachten, dass sie die Röcke der Mutter unanständig kurz fanden, wurde sie wütend und traurig. Aber der Vater hatte sie getröstet. »Die sind bloß neidisch, weil du so tolle Beine hast«, hatte er gesagt, sie in die Arme genommen und sie hochgehoben. »Und weil du so sexy bist«, hatte er geflüstert und ihr tief in die Augen geschaut.

Kajsa hatte sie angesehen, sie war immer so froh, wenn die beiden glücklich aussahen. »Was bedeutet sexy?«, hatte sie gefragt.

Die Eltern hatten dagestanden und einander umarmt, Kajsa verdutzt angesehen und waren dann in schallendes Gelächter ausgebrochen.

Sie waren sich so nah gewesen.

Sie fragten, was er wolle, weshalb er gekommen sei. Er antwortete wahrheitsgemäß, er sei gekommen, um das Gleichgewicht wiederherzustellen. Sie stellten dumme Fragen: Wer bist du? Was haben wir dir getan?

Das fragten sie! Was sie ihm getan hatten!

Sein erster Impuls war, ihnen zu antworten, aber das tat er dann doch nicht. Er war ihnen keine Erklärung schuldig, absolut nicht. Er wollte keine Beziehung zu ihnen, was passieren würde, wenn er anfinge, zu erklären und mit ihnen zu sprechen, als müsse er sich rechtfertigen! Deshalb sagte er fast nichts, gönnte ihnen keine Antwort. Am Ende gaben sie das Fragen auf.

Sie fürchteten sich genauso sehr, wie er sich das vorgestellt hatte, als er die Spritzen auspackte. Er selbst hatte es nur einmal ausprobiert. Es war eine Nahtoderfahrung. Er war hochgehoben worden und hatte seinen Körper leblos auf dem Sofa liegen sehen, sein Gehirn wurde von den Sinnen befreit, es funktionierte perfekt, und alles, was er früher erlebt hatte, wurde zur Wirklichkeit, zu einer neuen Wirklichkeit, zu etwas, das er durchlebte, an das er nicht nur dachte, keine bösen Erinnerungen, sondern etwas, das er aufs Neue erlebte, ganz real. Dieses Erlebnis war so schrecklich gewesen, dass er mehrere Tage lang nicht zur Arbeit hatte gehen können, und noch immer, viele Jahre später, holte es ihn wieder ein – vor allem nachts – und rief grauenhafte Bilder hervor, auch wenn er wach war. Er fragte sich, ob Frans Widerberg es ausprobiert hatte, denn dessen Gemälde von schwebenden Gestalten, die von Schwerkraft befreit waren und durch eine Atmosphäre aus psychedelischen Farben trieben, waren eine fast vollkommene Wiedergabe dessen, was er erlebt hatte. Viele hielten Widerbergs Bilder offenbar für schön, er fand sie grotesk, etwas Scheußlicheres konnte er sich nicht vorstellen.

Das Schlimmste war, dass dieses Erlebnis dazu geführt hatte, dass die Wut, die er die ganze Zeit zu kontrollieren versuchte, gewachsen war. Die Erinnerungen wurden schlimmer, die Nächte waren schwerer durchzustehen. Wenn er keine Beschäftigung, nicht jeden Tag etwas Wichtiges zu erledigen gehabt hätte, ein Ziel im Leben, dann wäre es nicht zu ertragen gewesen.

Er holte seine Ausrüstung aus dem Rucksack. »Ich werde euch das schlimmste – oder beste – Erlebnis bescheren, das ihr im Leben jemals haben werdet.« Er lächelte bei seiner Wortwahl. Ja, es war doch richtig formuliert, denn sie würden keine Zeit mehr haben, danach noch etwas anderes zu erleben.

Er legte die Ausrüstung auf den Tisch. »Habt ihr von Timothy Leary gehört?«, fragte er. Keine Antwort. »Ich könnte euch viel über Leary erzählen, über seinen Humor, seine Intelligenz, seine Formulierungsfähigkeit, sein Engagement. Sein Leben war wie ein Film – ein seltsamer Vogel. Nixon, von dem habt ihr doch wohl gehört? Der hat Leary als den gefährlichsten Mann in Amerika bezeichnet, stellt euch das vor. Leary war einer der Gurus in der Hippieszene, wo der Konsum von Marihuana und LSD ein Protest gegen die Aufrüstung darstellte, dagegen, dass junge

Amerikaner in Kriege geschickt wurden, die für sie keine Bedeutung hatten.«

Er hörte, dass er seine Lehrerstimme hervorgeholt hatte und sich ausdrückte wie bei einem Vortrag. Die beiden begriffen wohl nicht viel von dem, was er sagte, aber das war nicht so wichtig. Es zählte allein, dass er redete, er hatte die Kontrolle, er bestimmte. Der Klang seiner Stimme gefiel ihm, tief und ruhig.

Er lächelte die beiden freundlich an.

»Timothy Leary war Professor in Harvard, wurde jedoch entlassen, als er Studenten für seine Experimente mit LSD benutzte. Er meinte, LSD verstärke einzelne Sinneseindrücke, vor allem erotische.«

Wieder lächelte er und fuhr fort: »Aber Leary experimentierte auch mit vielen anderen Mitteln, von denen er behauptete, sie könnten das Verständnis der eigenen Psyche vertiefen. Und das könnt ihr jetzt auch versuchen.«

Er zeigte auf den Kopf der Frau. »Was sich wohl tief dadrinnen regt?« Sie sah ihn mit verängstigten Augen an. »Ihr werdet das *turned on, tuned in and dropped out* erleben, Learys berühmtestes Schlagwort.«

Er verteilte die Ausrüstung auf dem Tisch. »Aber der eigentliche Grund, warum ich euch von Leary erzähle, ist sein Verhältnis zum Tod. Ihr solltet an den Tod denken, so alt, wie ihr seid. Hm? Aber das tut ihr vielleicht?« Er lächelte die beiden an.

»In den letzten Monaten vor seinem Tod schrieb Leary ein Buch, das er *Design for Dying* nannte. ›Das Wichtigste, was du in deinem Leben machst, ist sterben‹, behauptete Leary. Auf seinem Sterbebett sagte er ›Warum nicht‹ zu seinem Sohn Zachary. Das wiederholte er mehrere Male in unterschiedlichen Tonlagen, und gleich darauf starb er. Sein letztes Wort war, so Zachary: ›Beautiful.‹ Tut es nicht gut, zu glauben, dass der Tod schön sein kann? Nach Learys Tod wurden sieben Gramm seiner

Asche in den Weltraum geschickt. Stellt euch das vor! Das wäre doch was? Aber das kann ich leider nicht arrangieren.« Er hielt eine der Spritzen ins Licht, drückte einige Tropfen heraus und überzeugte sich davon, dass keine Luft mehr in der Kanüle war.

5

Zwei Tage nach Jonsruds Zusammenbruch wurde Kajsa angerufen, als sie gerade mit den Kindern das Haus verlassen wollte.

»Kajsa, wo bist du? Hier ist Ellen aus der Redaktion.« Ellen klang gestresst.

Kajsa klemmte sich das Telefon zwischen Ohr und Schulter, schob die Kinder vor sich her und schloss, beladen mit Taschen und Rucksäcken, die Tür ab. »Unterwegs zu euch«, sagte sie.

»Wo genau bist du denn jetzt?«

»Muss noch bei der Schule und dem Kindergarten vorbei«, sagte Kajsa.

»Sehr gut. Du musst eine Sache in Asker überprüfen.«

»Hier?«

»Ja.«

Ellen erzählte, dass sie einen Hinweis bekommen hatten. Der Anrufer hatte im Polizeifunk ein Gespräch mitgehört. Eine *hysterische Frau,* wie er sich ausdrückte, hatte angerufen und kaum mehr herausbringen können als eine Adresse. Ein Streifenwagen war nach Asker geschickt worden, um sich ein Bild von der Lage zu machen. All das hatte der Anrufer im Polizeifunk gehört. Ellen nannte Kajsa Straße und Hausnummer. »Das ist doch nicht weit von da, wo du wohnst?«, fragte sie.

»Na ja … weißt du überhaupt, wo ich wohne?«

»Nein, aber der Anrufer hat gesagt, es sei in deiner Nähe, du würdest nur fünf Minuten dorthin brauchen.«

Kajsa war diese Adresse durchaus bekannt. Sie hatte sie erst vor wenigen Wochen im Telefonbuch nachgeschlagen, um festzustellen, wer dort wohnte. Aus purer Neugier.

Sie und Hanne, eine Freundin aus der Nachbarschaft, hatten zusammen einen Skiausflug unternommen. Auf dem Rückweg waren sie auf eine Loipe abgebogen, die sie noch nie benutzt hatten, und gedacht, diese könnte sie da hinführen, wo sie den Wagen abgestellt hatten. Das stellte sich als falsch heraus, und am Ende hatten sie nicht mehr gewusst, wo sie waren. Sie hatten es für das Sinnvollste gehalten, auf einen Hügelkamm zu steigen, um sich zu orientieren. Und dabei waren sie an dem Haus vorbeigekommen, zu dem Kajsa jetzt unterwegs war. Sie waren langsam in eine kleine Talsenke gelaufen, hatten einen Wald durchquert und dann ein Gattertor erreicht. Hinter diesem Tor lag ein Hof. Die Loipe führte in eine andere Richtung, aber das Haus war nicht weit von der Straße entfernt, und Kajsa und Hanne wollten unbedingt zurück zum Auto, ehe es dunkel wurde.

Der Hof war verfallen und sah verlassen aus. Dennoch waren sie beide am Zaun stehen geblieben und hatten unsicher das Haus, die Scheune, den Stall und die Wirtschaftsgebäude betrachtet. Kajsa hatte das Gefühl gehabt, dass sie sich auf verbotenes Terrain begaben, denn sie müssten dicht an der Treppe vorbei, da auf der anderen Seite ein kleiner zugefrorener See lag. Sie und Hanne sahen sich an, Hanne schien dasselbe zu denken, dass es seltsam war, so nah an dem Haus vorbeizugehen. Als ob sie etwas Verbotenes täten.

»Wir müssen den Hofplatz überqueren, damit wir rechtzeitig zu Hause sind, ehe jemand eine Suchaktion startet«, hatte Hanne gesagt.

Langsam waren sie über den Hofplatz zwischen Haus und See gegangen, ohne ein Wort zu sprechen, während sie neugierig zu dem Fenster mit den Küchengardinen hinüberlugten. Erst als sie nah genug waren, sahen sie das Licht einer Deckenlampe. Also war das Haus doch bewohnt.

»Hast du das mitbekommen?«, fragte Hanne, als sie das Gattertor auf der anderen Seite hinter sich gelassen und einen schmalen Weg ausfindig gemacht hatten.

»Was denn?«

»Hast du nicht gesehen, dass sich die Gardine bewegt hat?«

»Ach, das war nur Einbildung.«

»Nein, war es nicht«, sagte Hanne. »Jemand hat uns beobachtet. Und fand es nicht gut, dass wir da vorbeigegangen sind. Das habe ich gespürt.«

»Das kannst du nicht wissen«, sagte Kajsa.

»Doch, das war gruselig. Der ganze Hof hatte etwas Unheimliches. Und hast du den See gesehen? Der Totentümpel, das war mein erster Gedanke. Gib's nur zu, der ganze Ort ist gruselig.«

Kajsa lachte. »Übertreibst du jetzt nicht ein bisschen?« Aber sie hatte dasselbe unangenehme Gefühl gehabt, dass jemand sie beobachtete.

Kajsa hatte ab und zu mit dem Gedanken gespielt, noch einmal hinzugehen, an einem sonnigen Tag. Vielleicht würde sie dann dort die pure Idylle vorfinden.

Sie bog auf einen unebenen Kiesweg ab. Hier standen die Häuser weiter auseinander. Auf beiden Seiten des Weges türmte sich der Schnee, der auf den Bäumen bereits geschmolzen war. An den vergangenen Tagen hatte es geregnet, aber jetzt schien die Sonne und färbte die Landschaft golden.

Nach einiger Zeit gabelte sich der Weg, und Kajsa bog nach links ab, fuhr ein gutes Stück weiter, auf beiden Seiten standen hohe Bäume und Gestrüpp. Dann hatte sie das Gattertor erreicht.

Kajsa hielt am Wegrand und betrat den Hofplatz. Direkt vor der Treppe stand ein Einsatzwagen. Zögernd ging sie auf das Haus zu. Plötzlich kam ein Polizist aus dem Haus, er lief vornübergebeugt zum Wagen, stützte sich auf die Motorhaube und übergab sich.

Sie ging langsam auf ihn zu. Er sah sie an und wischte sich Schleim vom Mund. Er war jung, sie registrierte die beiden Streifen auf seinen Schulterklappen, die römische II. Ein Dienstanwärter im zweiten Jahr, ein Anfänger. »Durchatmen«, sagte sie. »Ist es so schlimm dadrinnen?«

»So etwas Scheußliches habe ich in meinem ganzen Leben noch nicht gesehen«, würgte er hervor.

Vielleicht lag es daran, wie sie mit ihm redete, oder vielleicht war er zu benebelt, um klar denken zu können, aber offenbar hielt er sie für eine Kollegin. Sie ließ ihn in diesem Glauben.

»Was ist denn passiert?«, fragte sie.

»Wer das getan hat, muss total krank im Kopf sein«, erwiderte er.

»Tot?«

Er nickte.

»Beide?«, fragte sie.

»Ja«, sagte er mühsam.

Die beiden Alten, die hier gewohnt haben, überlegte sie. Das wusste sie aus dem Telefonbuch, erinnerte sich sogar an die Namen: Alfhild und Jørgen Godø.

»Was ist denn mit denen?«, fragte sie.

»So, wie sie …« Er schluckte, versuchte, nicht wieder zu kotzen.

»Wie sie …«, sagte er. Dann krümmte er sich zusammen und erbrach sich ein weiteres Mal.

In diesem Moment kam noch ein Polizist aus dem Haus, auch er bleich, aber um einiges gefasster, älter und erfahrener. »Was machen Sie denn hier?«, fragte er.

Kajsa kannte ihn, war ihm schon früher im Einsatz begegnet.

»Tipp«, antwortete sie und fing den Blick des kotzenden Mannes auf. Sie konnte seine Gedanken lesen: Eine Journalistin, jetzt habe ich mich wirklich blamiert.

»Sie … Sie haben hier nichts zu suchen. Machen Sie, dass Sie fortkommen.«

»Wie weit denn?«, fragte Kajsa säuerlich.

Nicht lange nachdem Kajsa vor dem Gattertor, wohin sie verwiesen worden war, Posten bezogen und ihr Telefon hervorgezogen hatte, um Bilder zu machen, die sie an K 4, die Website des Senders, schickte, kam die gesamte Kavallerie den Weg herauf. Sie erkannte in einem der Wagen den Hauptkommissar Karsten Kjølås. Sie schoss ein Bild, als er vorüberfuhr. Er schaute starr geradeaus.

Kajsa hatte früher als Kriminalreporterin gearbeitet, dann aber gebeten, in das politische Ressort versetzt zu werden, da sie immer häufiger in Loyalitätskonflikte mit Aksel geriet. Es kam vor, dass sie und ihr Mann mit denselben Fällen zu tun hatten, sie als Kriminalreporterin, er als Polizeipsychiater. Schließlich hatte Aksel ein Ultimatum gestellt. Entweder sie hörte auf oder er. Widerwillig sah sie ein, dass er recht hatte, und es gab nur eine Antwort: Sie konnte innerhalb vieler Fachbereiche als Journalistin arbeiten, er hatte eine Spezialausbildung für seinen Bereich. Er hätte natürlich Aufträge von der Polizei ablehnen können, aber sie wusste, wie viel ihm das bedeutete, er beackerte in seinem Fach in Norwegen ein neues Feld.

Sie hatte nachgegeben, aber es hatte sie mehr gekostet, als sie ihm gegenüber eingeräumt hatte.

Aksel war in Norwegen bekannt geworden, als er ein Forschungsprojekt zu dem Thema *Warum bringt Vater Mutter um?* durchgeführt hatte. In den Medien wurde ausgiebig darüber berichtet, vor allem weil seine Ergebnisse zeigten, dass Mütter in einigen Fällen Väter dermaßen psychisch terrorisiert hatten, dass diese durchdrehten. Aksel behauptete, solche Mörder müssten ebenfalls als Opfer betrachtet werden. Und damit hatte er geradezu um Ärger gebeten. Feministische Aktivistinnen, andere Forscher und nicht zuletzt Frauen vom äußersten politischen linken Rand, vor allem die jungen weiblichen Abgeordneten der Sozialistischen Partei, die in der Juristischen Kommission saßen, griffen Aksel an, wobei sich ihre Stimmen überschlugen. Sie bezeichneten ihn als unseriösen Forscher, der maßgeschneiderte Schlagzeilen lieferte, um sich die Aufmerksamkeit der Medien zu sichern. Die Debatte tobte mehrere Tage lang, und am Ende meldete sich der Justizminister zu Wort. *Forscher tritt Mordopfer mit Füßen,* verkündete *VG* in fetten Lettern.

Trotzdem ließ sich Aksels Kompetenz nicht verleugnen, und bei mehreren bedeutenden Fällen war er als psychiatrischer Gutachter hinzugezogen worden. Schließlich wurde er auch bei verschiedenen Kriminalfällen als Kommentator angeheuert. Mit seinen schlichten Formulierungen über komplizierte Sachverhalte, seinen pointierten Aussagen und dem fehlenden Respekt vor Politikern und anderen Autoritäten wurde er zudem zu einem beliebten Talkshow-Teilnehmer.

»Du bist jetzt ein Promi«, hatte Kajsa scherzhaft gesagt. Aksel konnte Promis nicht leiden.

»Ich bin kein Promi, ich bin ein qualifizierter Meinungsträger im öffentlichen Raum«, erwiderte er mit einem Grinsen.

»Und was ist der Unterschied?«, lautete ihre scherzhafte Gegenfrage.

Später hatte sich sein Interesse eher in Richtung Ermittlungen verschoben, vor allem Profiling. Er war fasziniert von der Fähigkeit der Kollegen in den USA, einen vollkommen unbekannten Täter zu beschreiben, in einigen Fällen bis ins Detail, einfach aufgrund der Fundstücke der Ermittler. Vor ungefähr fünf Jahren, als sie mit Thea schwanger war, hatte Aksel einen sechsmonatigen Kurs über Criminal Profiling im Hauptquartier des FBI in Quantico, Virginia, absolviert, wo die weltweit besten Fachleute Vorträge gehalten hatten.

Er führte weiterhin seine Praxis in Oslo, aber verbrachte mehr und mehr Zeit mit Aufträgen für die Polizei; dazu kamen allerlei Forschungsarbeiten und Lehraufträge an der Universität. Es brachte ihn fast um den Verstand, dass er oft erst hinzugeholt wurde, wenn sich die Polizei vollständig festgefahren hatte. Bei mehreren Fällen, so behauptete er, hätte er mit Leichtigkeit ein Profil des Mörders oder Vergewaltigers erstellen können, so dass der Verbrecher früher hätte festgenommen werden können. Und in einzelnen Fällen hätte seine Mitwirkung weitere Verbrechen verhindern können. *Man konnte über Aksel Coren sagen, was man wollte,* dachte Kajsa, *an seinem Selbstvertrauen war jedenfalls nichts auszusetzen.*

Kajsa lehnte sich über das Gattertor und dachte, es würde ziemlichen Ärger geben, wenn Aksel hier auftauchte, aber sie konnte die Sache ja nicht fallen lassen. Das hier war ihre Story, nur sie konnte ihren ersten Eindruck und die Informationen weitervermitteln, die der arme Dienstanwärter ihr verraten hatte.

Als sie in der Redaktion anrief und bat, einen Fotografen und einen weiteren Reporter zu schicken, und fragen wollte, ob sie eine Sondersendung machen könnten, fiel ihr ein, dass ihre Videokamera im Auto lag. Die holte sie nun und machte die Aufnahmen, die Kanal 4 einen großen Vorsprung bei der Berichterstattung über diese Tragödie verschaffen würden. Sie fotografierte das Haus und die übrigen Gebäude, den vereisten See, die Kriminaltechniker in ihren Schutzanzügen und am Ende den Polizisten, der mit einer Rolle Absperrband in der Hand auf sie zukam und sie bat, sich weiter in Richtung Straße zurückzuziehen. Das gesamte Hofgelände wurde abgesperrt, und die nun aufgestellten Polizeiposten machten es unmöglich, auch nur ein einziges Bild von den Geschehnissen auf dem Hofplatz zu machen. Außerdem wurde der Luftraum über Asker geschlossen, um zu verhindern, dass die Presse Hubschrauber einsetzte. Das Einzige, was die Fotografen durch ihre Linsen sehen konnten, war der Wald. *Aber ich habe euch schon verewigt,* dachte Kajsa triumphierend.

Eine Stunde später war der Ü-Wagen vor Ort. Zudem ein Journalist von der Kriminalabteilung und ein Fotograf. Kajsa ließ die beiden am Absperrband die Stellung halten für den Fall, dass sich die Ermittlungsleitung aller Wahrscheinlichkeit zum Trotz zu Auskünften bereit erklärte.

Ihre Aufnahmen wurden ans Studio geschickt. Dort wurde beschlossen, Kajsas Bericht vom Tatort mit diesen Fotos zu unterlegen und Kajsas Bild abwechselnd klein in einer Ecke und im Vollformat einzublenden.

Sie trat an das Absperrband, trug ein wenig Lippenstift auf und fuhr sich mit der Hand durch die Haare. Der Countdown erklang in ihrem Ohr, während der Kameramann gleichzeitig an den Fingern abzählte. Drei, zwei, eins.

»Vor etwas mehr als einer Stunde traf die Polizei auf diesem Hof in Asker ein. Nach allem, was Kanal 4 bisher in Erfahrung bringen konnte, wurde heute früh in diesem Haus ein älteres Ehepaar ermordet aufgefunden. Offenbar hatte eine Nachbarin das Haus betreten und diese entsetzliche Entdeckung gemacht. Die Polizei hat bisher keine Informationen über die Opfer und die Umstände der Tat veröffentlicht. Doch nach derzeitigem Kenntnisstand von Kanal 4 sind die Morde auf außergewöhnlich bestialische Weise durchgeführt worden.«

Es war ein Zufall, dass er dort war, als die Frau das Haus betrat. Ihm blieben noch immer einige Urlaubstage, und er konnte sich nicht fernhalten. Er hatte im Wald gestanden und sie gleich darauf heraustaumeln sehen. Als sie ihr Telefon hervorzog und einen Anruf tätigte, war er zum Auto zurückgelaufen und nach Hause gefahren. Unterwegs hatte er bei einer Tankstelle angehalten und gebeten, telefonieren zu dürfen. Sicherheitshalber.

Es war so einfach gewesen. Er hatte die Hotline von Kanal 4 angerufen und gesagt: »Hallo, hier ist Birger, ich habe einen Tipp.«

Er schaltete den Fernseher ein und wartete. Er wurde bereits ungeduldig, als der Text oben über den Bildschirm rollte. »Gleich: Sondersendung« stand dort. »Doppelmord in Asker.« Endlich! Er war so aufgeregt, dass sein Herz zwischen Hals und Magen hin- und herhüpfte. Er trank gerade einen Schluck Kaffee, als Kajsas Gesicht auf dem Bildschirm auftauchte. Er nickte zufrieden. Er hatte ihr den ersten Zugriff ermöglicht. Wenn sie bloß wüsste, dass er das für sie getan hatte. Er erwiderte ihren Blick, spürte, dass die Verbindung zwischen ihnen hergestellt war.

Er freute sich noch viel mehr, als er sah, dass sie früh genug vor Ort gewesen war, um Bilder vom Eintreffen der Ermittler zu machen. Die Frau leistete wirklich gute Arbeit! Er registrierte zudem, dass sie die Morde als bestialisch bezeichnete, und hätte gern gewusst, woher sie das wissen konnte.

Diese Frau ist einfach unglaublich! Sie übertrifft alle anderen Presseleute in diesem Land.

Nachdem Kajsa die Reportage hinter sich gebracht hatte, erkundete sie die Umgebung. Sie fragte sich, wo die Nachbarin, die die Morde gemeldet hatte, wohl wohnen mochte. Das nächste Haus lag ungefähr hundert Meter weiter die Straße hinunter. Auf der Treppe saß ein Mann, den sie auf um die vierzig schätzte.

»Hallo«, sagte sie vorsichtig und ging auf ihn zu.

Der Mann gab keine Antwort, er sah sie nur an. Er kam ihr seltsam vor, die Art, wie er sie ansah, hatte etwas Gleichgültiges.

»Darf ich kurz mit Ihnen sprechen?«, fragte sie.

»Weshalb?«, fragte er zurück.

Diese Gegenfrage war unhöflich, aber in seinem Tonfall lag nichts Unfreundliches oder Feindseliges.

»Na ja, ich dachte nur, Sie wüssten vielleicht, was passiert ist.«

»Darüber will ich nicht reden«, sagte er.

Sie stand jetzt dicht vor ihm. Etwas an seiner Miene fiel ihr auf, etwas Kindliches. Und nun begriff sie, was ihm fehlte. Auf den ersten Blick sah er normal aus, aber er musste geistig behindert sein. Er hatte helle, kurz geschnittene Haare. Das Gesicht war rund, großer Mund, spitze Nase und kräftiges Kinn. Die Augen sahen treuherzig aus wie die eines Kindes.

»Sind Sie allein zu Hause?«, fragte sie.

»Nein, Mama ist da.«

In diesem Moment erschien eine Frau mit einem Gehstuhl in der Tür.

»Mit wem redest du da, Njål?«, fragte sie und sah Kajsa an.

Kajsa ging zu ihr und streckte die Hand aus. »Hallo, Kajsa Coren, ich …«

Mehr konnte sie nicht sagen. »Nein, Grundgütiger, ich hab Sie doch im Fernsehen gesehen«, sagte die Frau und griff nach Kajsas Hand. »Birte Kristiansen«, sagte sie. »Das hier ist Njål. Was führt Sie denn zu uns?«

»Ich wollte fragen, ob Sie etwas darüber wissen, was hier oben an der Straße passiert ist«, sagte Kajsa.

»Ist etwas passiert? Hier?«

»Ganz viel Polizei«, sagte Njål.

»Polizei? Warum denn?«

»Die sind tot«, sagte Njål. »Sehr tot.«

»Woher wissen Sie das?« Kajsa sah Njål überrascht an, aber er schaute nur an ihr vorbei und gab keine Antwort. »Haben Sie das aus dem Fernsehen?«, fragte sie.

»Nein«, antwortete er, ohne sie anzusehen.

»Wer ist tot?«, fragte Frau Kristiansen.

»Das Ehepaar oben auf dem Hof.«

»Alfhild und Jørgen?« Die Frau starrte Kajsa ungläubig an. »Tot? Wieso denn?«

»Ich glaube, sie sind ermordet worden«, sagte Kajsa vorsichtig.

»Das kann doch nicht wahr sein!« Die Frau sah aus wie kurz vor einer Ohnmacht, und Kajsa fasste sie rasch unter dem Arm. Frau Kristiansen war klein und dünn, höchstens eins sechzig, wie ein kleiner Spatz. Sie hatte silberfarbene Haare, ihr Gesicht war schmal, die Augen waren groß und hellgrau, blass, mit dunklen Ringen, wie so oft bei alten Menschen.

»Können wir vielleicht ins Haus gehen und uns setzen?«, fragte Kajsa.

Die Frau schleppte sich durch den Gang und in die Küche. Sie wies auf einen Küchenstuhl.

»Haben Sie die beiden gekannt?«, fragte Kajsa und setzte sich.

»Gekannt? Nein … nicht besonders gut.«

»Aber Sie wissen, wer sie sind?«

»Ja, das schon …«

»Wann haben Sie zuletzt mit ihnen gesprochen?«

»Ach … Das ist lange her.«

»Viele Tage?«

»Tage? Nein … viele Jahre.«

»Viele Jahre?«

»Ja.«

»Wie viele denn? Zwei?«

Die Frau schüttelte den Kopf.

»Fünf?« Sie schüttelte abermals den Kopf. »Zehn? Es kann doch wohl nicht so lange her sein, dass Sie mit den beiden gesprochen haben.«

»Zehn?«, wiederholte die Frau. »Nein, mal überlegen. Njål ist zweiundvierzig. Die beiden sind in den fünfziger Jahren hergezogen, 1958 oder 59 vielleicht. Ich habe zuletzt mit ihnen gesprochen, als Njål noch ziemlich klein war.«

Kajsa sah sie ungläubig an. »Sie haben seit … seit fast vierzig Jahren nicht mehr mit ihnen gesprochen?«

»Nein.«

»Warum nicht?«

»Na ja … warum?« Die Frau sah aus, als wisse sie nicht so recht, was sie antworten sollte.

»Ja, ist es nicht ungewöhnlich, dass Sie, als nächste Nachbarin, seit Jahrzehnten nicht mehr mit den beiden gesprochen haben?«

»Nein … doch …« Frau Kristiansen zögerte mit der Antwort. »Aber die hatten nie Interesse an Kontakt. Es war ein … nein, das ist jetzt lange her.«

»Was denn?«, fragte Kajsa.

»Ach, nichts … Aber Njål hat sicher mit ihnen gesprochen.«

»Njål?«

»Ja, der redet mit allen, und er liebt den Wald so sehr, und dann öffnet er ab und zu die Gatter, ja, geht über ihren Hofplatz, meine ich. Aber nicht sehr oft.«

Kajsa unterhielt sich noch eine ganze Weile mit Birte Kristiansen, aber sie erfuhr nur wenig über das Ehepaar. Jedes Wort musste sie der Nachbarin aus der Nase ziehen, entweder wollte sie nichts erzählen, oder sie hatte nichts zu erzählen. Kajsa fragte sie dennoch, ob sie wohl zu einem Interview bereit wäre. Aber Birte Kristiansen schüttelte den Kopf.

»Damit will ich nichts zu tun haben«, erklärte sie energisch.

Kajsa fragte sie, ob sie sich wohl vorstellen könnte, wer die Frau, die die Morde gemeldet hatte, sein könnte. Frau Kristiansen meinte, nicht viele aus der Nachbarschaft kämen infrage. »Versuchen Sie es mal bei Therese, im ersten Haus, wenn Sie von der Straße abbiegen. Therese, die Joggerin, so nenne ich sie. Sie wohnt noch nicht lange hier, und sie joggt hier überall herum. Können Sie begreifen, warum irgendwer durch den Wald läuft? Reicht nicht ein Spaziergang?«

Njål saß noch immer auf der Treppe, als Kajsa ging.

»Haben Sie oft mit Alfhild und Jørgen gesprochen?«, fragte sie.

»Ab und zu, ja.«

»Waren die nett?«

»Nein.«

»Woher haben Sie gewusst, dass sie tot sind?«

Aber Njål schaute nur an ihr vorbei, kaute energisch an seinem Daumennagel, rutschte unruhig hin und her, gab keine Antwort.

Sie klingelte an der Tür des Hauses, in dem diese Therese offenbar wohnte. Erst nach dem dritten Klingeln wurde die Tür vorsichtig geöffnet.

»Sind Sie von der Polizei?«, fragte die Frau.

»Haben Sie die beiden gefunden?«, fragte Kajsa zurück, ohne darauf einzugehen, und hoffte, die Frau war keine eifrige Zuschauerin von *New York Cops – NYPD Blue,* wo die Polizei immer die Dienstmarken hochhielt, ehe irgendwelche Fragen gestellt wurden. Den Gedanken, dass sie eigentlich ihren Presseausweis zeigen müsste, verdrängte sie sofort.

»Ja«, flüsterte die Frau.

»Was ist passiert?«

»Ich laufe immer hier mit dem Hund, und dann komme ich oft an dem Hof da oben vorbei.«

»Auf dem Weg, der über den Hofplatz führt, zwischen den Gattern?«

»Ja, genau ... und dann ... na ja, seit ein paar Tagen habe ich mich gewundert, weil es dort so still war.«

»Haben Sie sonst Kontakt zu dem Paar, das dort wohnt?«

»Nein, aber sie haben zwei Hunde, die sind immer draußen. Eigentlich laufe ich nur ungern über diesen Weg, denn die Hunde machen immer so einen Lärm, wenn ich mit Tassopp komme. Mit meinem Hund, meine ich«, fügte sie hinzu, als wäre das eine notwendige Erklärung. »Im Wald auf der anderen Seite ist es so schön, und die sind immer an einer Laufleine. Also, ja ... in den letzten Tagen habe ich die Hunde nicht gesehen, hab sie auch nicht gehört, also habe ich heute angeklopft. Das waren doch zwei alte Menschen, denen hätte etwas passiert sein können.« Die Frau biss sich in die Lippe. »Und das stimmte ja auch. Als ich nichts hörte, bin ich hineingegangen und ...«

In diesem Moment kam in hohem Tempo ein Einsatzwagen angefahren und hielt vor dem Haus. Ein Polizist sprang heraus. »He, Coren, jetzt hören Sie aber mal auf mit der Schnüffelei.«

»Ich kann reden, mit wem ich will«, erwiderte Kajsa mürrisch.

Aber sie bekam ein schlechtes Gewissen, als sie das verdutzte Gesicht der Frau in der Tür sah.

»Jetzt nicht mehr«, sagte der Polizist ebenso ungehalten und schob die Frau ins Haus.

Es wurde ein langer Tag. Erst um vier Uhr nachmittags berief die Polizei eine Pressekonferenz ein. Der Ermittlungsleiter, Hauptkommissar Karsten Kjølås, teilte mit, dass es sich bei den Opfern um das Ehepaar Alfhild und Jørgen Godø handelte. Er wollte nichts darüber sagen, wie sie ermordet worden waren. Er bat die Öffentlichkeit um Hilfe und nannte die Nummer der Hotline.

Zu diesem Zeitpunkt hatte Kajsa bereits dreimal direkt vom Hof berichtet, und nichts von dem nun Gesagten war ihr neu. Aber sie hatte die Namen des Ehepaares bisher nicht genannt, sondern auf die offizielle Bestätigung gewartet.

In ihren Beitrag für die Hauptnachrichten packte sie die wichtigen Informationen von diesem Tag. Sie erklärte, es sei die Rede von zwei grauenhaften Morden, lieferte eine ausführliche Beschreibung des Schauplatzes, unterlegt mit den exklusiven Bildern, die sie mit ihrer privaten Kamera aufgenommen hatte. Sie berichtete zudem, dass eine Nachbarin, die die Hunde des Ehepaars seit mehreren Tagen nicht mehr gesehen hatte, die beiden gefunden habe.

Kajsa hatte niemanden aus der Nachbarschaft zu einem Interview überreden können – bis sie den nächstgelegenen Lebensmittelladen betrat. Dort erfuhr sie, dass der Laden dem Ehepaar jede Woche Lebensmittel an die Tür geliefert hatte, und der Ladeninhaber wollte nur zu gern interviewt werden. Vielleicht dachte er, jede Reklame sei eine gute Reklame. So sah er jedenfalls aus, denn während des Interviews schien er ein Lächeln nur mit Mühe unterdrücken zu können, die ganze Zeit zuckte sein Mundwinkel, und am Ende musste Kajsa ihn bitten: »Vielleicht sollten Sie ein etwas ernsteres Gesicht machen, bedenken Sie die Umstände.«

Ehe sie gegen fünfzehn Uhr das Haus beim See verlassen wollte, um rechtzeitig zur Pressekonferenz da zu sein, tauchte Aksel auf.

»Was machst du denn hier?«, fragte er überrascht.

Warum umarmt er mich nicht?, dachte sie und antwortete: »Job.«

»Aber du hast versprochen ...«

»Ja, Aksel, ich weiß, aber das ist nur heute. Kriseneinsatz. Und übrigens, ich arbeite bis neun und hoffe, das geht mit den Kindern. Jetzt muss ich los«, sagte sie, ehe er antworten konnte.

Als sie nach Hause kam, war es fast elf. Sie hörte Stimmen aus Aksels Arbeitszimmer und klopfte an die Tür.

»Hallo!« Der Besucher war Kjell Lauritzen.

Kjell war ein alter Freund von Aksel, schon seit Studienzeiten. Kjell arbeitete jetzt als Psychiater an der Klinik Dikemark. Er war frisch geschieden, früher waren Aksel, Kajsa, Kjell und Kjells Frau Tina viel zusammen gewesen. Die beiden hatten Kinder im selben Alter wie Anders und Thea, und viele Jahre lang hatten sie jeden Sommer eine Hütte an der Südküste gemietet. Kajsa traf sich noch immer mit Tina, aber die Abstände wurden immer größer. Aksel und Kjell dagegen hatten viel Kontakt, nicht zuletzt weil sie bei mehreren Gerichtsverhandlungen als Gutachter aufgetreten waren. Und wenn Aksel als Profiler für die Polizei arbeitete, nutzte er Kjell ab und zu als eine Art Sparringspartner.

»Hallo, Kjell, wie nett, dich zu sehen.«

Kjell sprang auf und umarmte Kajsa. Kjell war ein Umarmer.

Aksel würdigte sie kaum eines Blickes, er hatte nur Augen für seinen Rechner. »Ich will nicht stören«, sagte sie und ging hinaus auf die Terrasse.

Sie war zum Umfallen müde, zugleich aber aufgekratzt, ihre Gedanken konnten sich nicht von den heutigen Geschehnissen lösen. Sie füllte eine Kaffeetasse mit Wein. Eine Kaffeetasse wäre viel weniger verräterisch, wenn Aksel oder eines der Kinder sie zufällig sähen. Der Wein prickelte freundlich an ihrem Gaumen, und sie spürte, wie sich ihre Schultern entspannten.

Was hatte der kotzende Polizist wohl sagen wollen? »So, wie sie …«, hatte er gesagt. Wie war das zu verstehen? Was war mit den beiden passiert? Die Polizei hatte noch immer keine Einzelheiten über die Morde veröffentlicht. Sicher hielten sie einiges *aus Rücksicht auf den Stand der Ermittlungen* zurück, wie sie immer sagten, etwas, das nur der Mörder wissen konnte. Hatte dieser wohl eine sogenannte Signatur hinterlassen?

Die andere große Frage, über die sie sich den Kopf zerbrach, war: Wie kann jemand vierzig Jahre lang keinen Kontakt zu den Nachbarn haben? War das möglich? Gab es dafür einen besonderen Grund? Oder hatten sie bewusst für sich bleiben wollen, hatten etwas zu verbergen gehabt?

Es gab viele Fragen, und Kajsa konnte auf keine eine logische Antwort finden. Die alte Kriminalreporterin in ihr war jetzt erwacht, sie hätte zu gern an diesem Fall gearbeitet. Aber das ging nicht. *Ich kann ja wohl nicht wegen zwei kleiner Morde meine Ehe aufs Spiel setzen,* überlegte sie verstimmt.

Er war sicher gewesen, dass es besser werden würde. Aber so war es nicht gekommen. Er wachte schon in der ersten Nacht, in der er zu

Hause in seinem eigenen Bett lag, auf und weinte. Sein Körper war schweißnass, sein Herz hämmerte rasch und heftig, obwohl er sich nicht immer daran erinnerte, was er geträumt, warum er geweint hatte, denn das konnte viele Gründe haben; er fühlte sich wie gerädert durch den Schmerz, den er im Traum verspürt hatte und der ihn den ganzen Tag nicht verließ, der wie ein schwerer Stein in seinem Bauch lag und ihn zu Boden drückte, so dass er alles, was er tat, nur mit großer Anstrengung bewältigte.

Aber das war nichts im Vergleich dazu, von den eigenen Schreien geweckt zu werden. Dann war es immer dasselbe Erlebnis, das, was ihn zerbrochen und sich so stark in seiner Seele festgesetzt hatte, dass er es immer wieder aufs Neue durchlebte, nicht wie in einem Traum, sondern viel tiefer, dieses Erleben nahm einfach kein Ende. Es war ebenso wirklich wie damals, als es passiert war.

Die Schreie hörten sich damals genauso an wie jetzt; seine Stimme wurde kindlich, wie das Geheul eines Welpen. Jetzt, als Erwachsener, begriff er, dass er einen Zusammenbruch erlitten hatte. Damals hatte sich der Hass in ihn eingegraben, von da an hatte er alle anderen Gefühle in ihm überschattet. Einmal aber war er ein ganz normales Kind gewesen.

Er war zwölf Jahre alt gewesen, als es geschah. Das unvorstellbar Schlimme.

Sein Leben lang hatte er versucht, unsichtbar zu sein. Als Kind war ihm das sehr gut gelungen, zu Hause und im Waisenhaus, aber es wurde immer schwieriger, als er größer wurde, die Unruhe in seinem Leib wuchs mit den Jahren.

In jenem Sommer war er in ein Schullandheim geschickt worden. Es lag mitten in einem großen Wald. Er liebte den Wald und durfte auf eigene Faust losziehen, denn körperliche Ertüchtigung war ein Hauptanliegen des Leiters. »Der Leib ist der Tempel der Seele«, sagte er und nickte beifällig.

Er fühlte sich nie so stark und lebendig wie dann, wenn er lief.

Es hatte so gut angefangen. Der Heimleiter hatte ihn mit den Worten empfangen, er werde hier mit Liebe willkommen geheißen. Mit der Liebe Gottes. »Ich verstehe, was Gott mit dir im Sinn hat. Er will dir Hilfe schicken und dir die Kraft geben, damit du es aushältst. Du wirst jeden Tag neue Stärke finden, du wirst hier bei mir vieles klarer sehen, du wirst erkennen, dass die Prüfungen, denen du ausgesetzt warst, dir gesandt worden sind, damit du lernst, dich zu fügen, denn Gott kann Starrköpfe erst brauchen, wenn sie gelernt haben, sich zu beugen. Du darfst nicht trotzig sein, und dein Herz darf nicht von Hass und Rachsucht erfüllt sein. Also komm zu mir, komm zu deinem besten Freund, und ich werde dich lieben wie mein eigenes Kind.«

Diese Worte hatten ihn wie warme Wasserstrahlen getroffen, hatten ihn erleichtert.

Er würde Kraft erhalten. Alles würde gut werden. Das Sinnlose würde verschwinden.

Der Tag, an dem der Hass zu ihm kam, hatte so gut angefangen, er hatte gedacht, das sei der beste Tag seines Lebens.

Es war sein Geburtstag gewesen. Alle Jungen arbeiteten auf einem in der Nähe des Schullandheims gelegenen Hof. Mitten am Tag bekamen sie von der Bäuerin in der Küche etwas zu essen. Einer der Jungen erzählte der Frau, dass sein Geburtstag sei. Am Ende des Tages, als sie gehen wollten, steckte sie ihm ein Fünfzig-Öre-Stück zu. Er hatte jubelnd gedacht: Ich bin reich! Er hatte zum ersten Mal eigenes Geld, und er stellte sich vor, was er davon alles kaufen könnte. In seiner Brust brodelte es auf eine unbekannte Weise. Aber jemand, sicher ein Junge, der neidisch auf ihn war, verpfiff ihn beim Leiter, denn der stand plötzlich mit ausgebreiteten Armen vor ihm. »Gib mir das Geld«, sagte er. Das wollte er nicht, es war nicht gerecht, er weigerte sich, er hatte das Geld bekommen, weil er Geburtstag hatte, es gehörte ihm, er war reich. Aber der Leiter nahm ihm die Münze mit Gewalt ab, riss ihm die Faust aus der Tasche, presste die Finger auseinander.

Er konnte sich nicht beherrschen, er war so enttäuscht, es tat so weh; der Kontrast zwischen der Freude darüber, reich zu sein, und dem Raub dieses Reichtums innerhalb weniger Sekunden war so groß, dass das Schwarze nach ihm griff. »Verdammtes Schwein«, rutschte ihm heraus. Es war nur ein Flüstern, wie bei einem Selbstgespräch, aber der Leiter hatte es gehört. Er schnippte mit den Fingern, und jemand stürzte sich auf ihn, riss ihm die Hose herunter, drückte ihn auf den Boden. Starke Hände, erwachsene Hände hielten seine Beine fest. Dann verspürte er den ersten brennenden Schmerz bei den Peitschenhieben auf Rücken und Hintern, es tat so furchtbar weh, mit jedem Schlag etwas mehr. Er biss die Zähne zusammen. Er durfte nicht weinen, sie sollten ihn nicht weinen sehen.

Dann wurde er auf die Beine gezerrt und stand nackt vor dem Leiter, der die Peitsche in der Hand hielt.

»Komm her und bitte um Vergebung«, befahl er.

Für einen kurzen Moment dachte er, es gebe keine andere Möglichkeit, er habe keine Wahl, er müsse sich fügen. Aber dann sah er das gebieterische, aufgesetzt fürsorgliche Lächeln des Leiters, und es durchfuhr ihn eiskalt. Nein, er hatte keinen Grund, um Vergebung zu bitten. »Verdammt, nein!«, sagte er. Er versuchte, höhnisch zu lächeln, aber sein Rücken tat so weh, dass er zitterte, ihm war schwindlig, und er glaubte ohnmächtig zu werden, er brachte nur eine gequälte Grimasse zustande. Wie lange hatten sie ihn geschlagen, wie viele Schläge hatte er bekommen? Er wusste es nicht, wusste nur, dass der Schmerz niemals verschwinden würde.

Er wurde in einen Kellerraum gesperrt. Dort lag er geschunden auf dem eiskalten Betonboden. Er versuchte, an dem Gedanken festzuhalten, dass niemand – niemand! – ihn besiegen würde. Dass er stark war, dass er alles ertrug. Aber das ging nicht. Jetzt, da er allein war, konnte er es sich erlauben, zu weinen. Aber das Weinen trug den Schmerz in seinen ganzen Körper, es riss und zerrte an all seinen Gliedern, es war nicht auszuhalten, und er konnte nicht verhindern, dass er anfing zu rufen. Er rief nach seiner Mutter, er rief nach dem Leiter, er rief nach Jesus. Ab und zu kam dann dieses Weinen, das an das Geheul eines Welpen erinnerte.

Er wusste nicht, wie lange er dort gelegen hatte, wie viele Stunden oder Tage, aber plötzlich stand der Leiter in der Tür. Er kroch auf allen vieren zu ihm und umklammerte die Beine des Mannes, auf den Knien, das Gesicht an die Oberschenkel des Leiters gepresst, längst tränenleer, längst nur noch leer.

Der Leiter beugte sich zu ihm herunter, strich ihm über die Haare, während er sagte: »Gott hat keine Verwendung für Starrköpfe. Deshalb war eine so entsetzlich harte Kur vonnöten. Aber auch jetzt, während du in Gottes schwerer Schule bist, wird er dir Hilfe und Trost senden – er wird dafür sorgen, dass du mich liebst. Aber dann darfst du Gott nicht mit Trotz begegnen oder in deinem Herzen Hass und Rachsucht beherbergen. Das würde Gottes Werk an dir zerstören. Ich nehme dich heute in Empfang als eins von Jesu verirrten Lämmlein, zu Hege und Pflege, während ich dir zugleich erzähle, dass ich dir Zeit und Liebe widmen werde – und dich strafen, wenn es sein muss. Und deshalb vergebe ich dir deine Taten voll und ganz.«

Der Leiter knöpfte sich die Hose auf und presste seinen Kopf an sich.

6

Am Tag, nachdem Kajsa über den Doppelmord berichtet hatte, kam ein Brief. Er lag im Postfach der Redaktion und war mit der Maschine geschrieben. *Du bist sehr tüchtig.* Ganz unten stand: *PS. Woher wusstest du, dass der Mord bestialisch war?* Keine Unterschrift. Kajsa sah sich den Umschlag an, nur ihr Name, keine Adresse, keine Briefmarke.

Ab und zu bekam sie Fanpost, in der die Bewunderung, um nicht zu sagen, die Fantasien des Absenders viel weiter gingen als bei diesem Brief.

Woher wusstest du, dass der Mord bestialisch war? Dieser Satz machte ihr zu schaffen. Natürlich konnte sich ein aufmerksamer Zuschauer solche Gedanken gemacht haben, aber trotzdem … Es war so ein bisschen wie: *Das ist eine Sache zwischen uns, nur du und ich wissen etwas.*

Sie ging hinunter zum Empfang. Niemand dort wusste etwas von dem Brief.

Sie ging ins Büro der Empfangsleiterin, Jorunn, und erklärte ihr, sie habe einen Brief erhalten und müsse unbedingt wissen, wer ihn abgegeben habe. Jorunn versprach, alle zu fragen, die innerhalb der letzten vierundzwanzig Stunden im Dienst gewesen waren inklusive des Nachtwächters von Securitas.

Kajsa war verabredet mit Jakob Sperre, dem Mann, der sie wegen der Waisenhausuntersuchung angerufen hatte. Sie fuhr mit einem Taxi zu der Adresse, die er ihr genannt hatte.

Das Ganze hatte in Bergen seinen Anfang genommen. Ehemalige Heimkinder hatten in der Zeitung *Bergens Tidende* grauenhafte Übergriffe im dortigen Jungenheim Garnes geschildert. Sie beschrieben ein Leben, bei dem sie fast isoliert von der Umwelt aufgewachsen waren, und viele hatten so detailliert von physischer und sexueller Misshandlung berichtet, dass nicht wenige Menschen in Bergen sich beim Lesen am Kaffee verschluckten.

In letzter Zeit waren bei der *Organisation Gerechtigkeit für Verlierer* die Telefone heißgelaufen, Männer und Frauen aus dem ganzen Land hatten angerufen. Die Zeitungen waren voll von erschütternden Berichten von Menschen, die wegen der Übergriffe ihre Kindheit verloren hatten. Man konnte sich nur schwer vorstellen, dass so etwas in derart großem Umfang in einer zivilisierten Gesellschaft wie Norwegen möglich gewesen war. Diese Menschen verlangten eine landesweite Untersuchung, aber vor allem wünschten sie sich, dass ihnen Glauben geschenkt würde. Mehrere von ihnen hatten schon seit Jahren versucht, Aufmerksamkeit zu erregen, aber niemand hatte sich für sie interessiert. Einige hatten auch Wiedergutmachungszahlungen verlangt, doch diese Forderungen waren zurückgewiesen worden, weil die Fälle als verjährt galten.

Erst als die Berichterstattung geradezu explodierte, wachten die Politiker im Parlament auf – obwohl mehrere der Heimkinder ihnen im Laufe der Jahre immer wieder Briefe geschrieben hatten. Jetzt wetteiferten die Abgeordneten geradezu darum, die Leiden dieser Kinder wortstark zu beschreiben. Auch der zuständige Minister meldete sich eilig zu Wort. Er sei erschüttert über die Übergriffe, die ans Licht gekommen waren, und nannte sie *das Schlimmste, was Behörden und staatliche Einrichtungen kleinen Kindern angetan haben,* gefolgt von dem Versprechen, die Regierung werde natürlich das Schicksal dieser Kinder genauestens unter die Lupe nehmen. Der Minister erzählte, wie geschockt er von diesen Erkenntnissen sei, als hätte er vorher noch nie davon gehört. Kajsa hatte jedoch schon mehrere Reportagen zum Thema gemacht, und drei Heimkinder hatten ihr Kopien von Briefen überlassen, die sie an den Minister und andere Parlamentsangehörige geschickt hatten. Kajsa hatte sie vor laufender Kamera mit den Briefen konfrontiert, in Interviews, zu denen alle sehr gern bereit gewesen waren und in denen sie erzählten, wie entsetzlich sie das alles fänden. Kajsa hatte sie ausgiebig ihr Engagement für diese armen Menschen bekunden lassen, ehe sie dann gegen Ende des Interviews die Briefe vorlegte. Dann waren ihre Interviewpartner verstummt. Ihre Versäumnisse waren ans Licht gekommen.

So war es auch gewesen, als sie den Minister interviewte. Sie hatte nur ein wenig länger damit gewartet, ihm die Briefe zu zeigen, die er erhalten hatte – als Abgeordneter und nun als Minister. Denn es war ein überaus bewegter Minister, der zu zeigen wagte, wie stark ihn diese Fälle berührten. Kajsa fragte ihn, was er fühlte, was er dachte – da er ja selbst kleine Kinder hatte. Welche Gedanken machte er sich nicht nur über den Mangel an Liebe, Essen und Kleidern, sondern auch darüber, klein zu sein und sich jeden Abend vor der Vergewaltigung zu fürchten.

An dieser Stelle des Interviews traten dem Minister deutlich sichtbar Tränen in die Augen. Kajsa ließ ihm Zeit, sich zu fassen, saß nur da und wartete, während er schluckte und in eine andere Richtung blickte, dann legte sie gelassen Kopien der Antworten, die er den Heimkindern geschickt hatte, auf den Tisch und fragte: »Aber wenn Sie das jetzt so heftig berührt, warum haben Sie sich nicht schon früher berühren lassen? Denn Sie wissen doch schon seit Jahren davon, oder nicht?« Der Minister starrte auf den Tisch, machte den Mund auf und wieder zu.

Aus der Sicht des Ministers war das kein guter Auftritt gewesen. Der einzige Trost war vielleicht, dass viele Oppositionspolitiker auch keine bessere Figur machten und also kaum zur Ministerhatz blasen konnten, ohne der Doppelmoral beschuldigt zu werden.

Kajsa hatte im vergangenen halben Jahr mehrere Reportagereisen unternommen und Heimkinder interviewt. So gut wie alle, die sie getroffen hatte, hatten später im Leben ein ähnliches Schicksal erlitten, egal, wo im Land sie lebten. Sie hatten große Probleme damit, eine Ausbildung zu machen, einen Beruf auszuüben, ein normales Familienleben zu führen. Sie teilte diese Menschen in vier Hauptkategorien ein: die, die auf dem Friedhof lagen, die, die in der Psychiatrie ein und aus gingen, die Sozialfälle und endlich einige wenige, die ihr Leben in den Griff bekommen hatten. Sie hatte niemanden gefunden, der nicht auf irgendeine Weise Probleme gehabt hätte, gesundheitlich oder sozial, die sich auf das im Waisenhaus Erlebte zurückführen ließen – ob sie *nur* immer hungrig oder wiederholt grober Misshandlung und/oder sexuellen Übergriffen ausgesetzt gewesen waren.

Deshalb hatte sie sich einen ganz anderen Menschen vorgestellt als den, den sie nun an diesem Tag kennenlernte. Obwohl die Adresse in einem der feineren Viertel Oslos lag, hatte sie damit gerechnet, dass er auf irgendeine sichtbare Weise von seinem Hintergrund geprägt sein würde.

Das war Jakob Sperre nicht. Er war weder Frührentner noch besonders schwächlich. Im Gegenteil. Er war ein kräftiger, hochgewachsener Mann, braun wie nach einem Urlaub am Mittelmeer. Sein Hemd stand offen, um den Hals trug er eine diskrete Goldkette. Kajsa hatte sich einen älteren Mann vorgestellt, aber Jakob Sperre konnte nicht viele Jahre älter sein als sie selbst. Die Wohnung lag im Hoffsjef Løvenskiolds vei in Ullern. Sperre führte sie in ein großes Wohnzimmer mit Fenstertüren mit einer großartigen Aussicht über die Stadt und weit über den Fjord. Der Tisch war bereits mit einem Service gedeckt, das teuer aussah – *sicher Rosenthal,* dachte Kajsa. Mitten auf dem Glastisch stand ein selbst gebackener Käsekuchen.

Wer hatte den gebacken? Hat er eine Frau? Kajsa schaute sich um. Das Wohnzimmer sah aus wie ein Bild aus einem exklusiven Einrichtungskatalog. Sie erkannte Bjørn Wiinblads charakteristische handgemachte und handbemalte Keramik auf den Fensterbänken, dazu eine offenkundige Originalzeichnung des Künstlers mit der Signatur Wiinblad. Aber es gab keine Familienbilder, keine Pflanzen, keine deutlichen Spuren einer weiblichen Hand.

Fast zwei Stunden lang erzählte Sperre von seiner Kindheit und Jugend. Zwei Stunden, in denen Kajsa nicht mehr als eine Handvoll Fragen stellte.

Als kleiner Junge war er von der Polizei aufgegriffen worden, als er allein durch Oslo stromerte. Bis zum heutigen Tag konnte er sich an nichts erinnern, abgesehen von einer Polizeiuniform und einer großen Hand, die seine hielt. Später hatte er erfahren, dass er in die Obhut des Jugendamtes gegeben worden war.

»Niemand vermisste mich, niemand meldete sich, ich weiß noch immer nicht, woher ich komme. Ich weiß nicht, wie ich eigentlich heiße, ich weiß nicht, wann ich Geburtstag habe, ich weiß nichts über meine Herkunft«, erzählte er.

»Wie alt waren Sie da?«

»Das weiß ich auch nicht«, sagte er. »Vermutlich vier, fünf Jahre.«

»Aber Sie müssen doch groß genug gewesen sein, um Ihren Namen zu nennen, vielleicht auch Ihre Adresse …«

Er brachte sie mit einer Handbewegung zum Verstummen. »Mehrere Wochen lang haben sie kein einziges Wort aus mir herausbekommen. Vielleicht wollte ich nichts erzählen, vielleicht wollte ich nicht dahin zurück, wo ich hergekommen war, vielleicht hatte ich etwas erlebt, weshalb ich nicht reden wollte, nicht reden konnte. Vielleicht, vielleicht, vielleicht … Ich weiß es nicht. Ich kann mich an nichts erinnern. *Aftenposten* brachte mein Bild, aber niemand meldete sich. Meinen Sie, ich hätte nicht gegrübelt, versucht, mich zu erinnern, mich gefragt, warum mich niemand erkannte? Woher kam ich? Warum vermisste mich niemand? Vielleicht waren sie froh, mich los zu sein? Kam ich aus einer Landfahrerfamilie? War ich ein Zigeuner?«

Er zeigte auf seine Oberlippe. »Hasenscharte. Ich wurde zur Adoption freigegeben, aber niemand wollte mich, nachdem sie mich gesehen hatten.« Er schwieg eine Weile, dann fügte er hinzu: »Ich war niemals ein erwünschtes Kind.« Er trank einen Schluck Kaffee und wandte sich ab. Sein Adamsapfel wanderte einige Male auf und ab, dann begann er *seinen Bericht über ein unerwünschtes Kind,* wie er das nannte.

Jacob Sperre war in zwei Waisenhäusern und einigen Jungenheimen aufgewachsen und auf Sonderschulen gegangen. Im ersten Waisenhaus blieb er, bis er sieben war. Am besten erinnerte er sich an einen engen, finsteren Verschlag unter der Treppe. Dort wurde er eingesperrt, wenn er etwas angestellt hatte. Er konnte sich auch vage an eine Hand erinnern, die schlug, und daran, immer Hunger zu haben.

Sperre war ein guter Erzähler, wohl artikuliert, er fand leicht die passenden Worte, um Erlebnisse und Situationen zu beschreiben und lebendig werden zu lassen. Kajsa spürte, wie seine Geschichte sich wie ein harter Druck auf ihre Brust legte. Sie sah ihn vor sich:

klein, verängstigt, unter der Treppe in der Finsternis, ganz allein, unerwünscht.

»Ich habe eins gelernt«, fuhr er fort. »Ich habe gelernt, dass es nur eine Möglichkeit gab, um zu überleben.«

»Und die wäre?« Kajsas Stimme war nur noch ein Flüstern.

»Mich unsichtbar machen, das tun, was von mir verlangt wurde, nicht widersprechen, einfach still sein. Also wurde ich unsichtbar, einer, der nur da war, ohne dass jemand ihn bemerkte.«

Er wuchs heran, ohne Lesen, Schreiben oder Rechnen zu lernen. Als er sieben Jahre alt war und eingeschult werden konnte, befand er sich in einem auf einem großen Hof in Vestfold untergebrachten Heim. Statt zur Schule zu gehen, mussten die Kinder auf dem Hof arbeiten, sie wurden sogar als Arbeitskräfte an andere Höfe vermietet. »Zeit für den Schulbesuch gab es nicht«, sagte er bitter.

Das Schlimmste aber kam, als er in ein Heim in Oslo verlegt wurde.

Jakob Sperre machte es jetzt deutlich Probleme, mit seinem Bericht fortzufahren.

»Ich habe noch nie darüber gesprochen«, sagte er. Seine Stimme zitterte ein wenig. »Aber ich will es versuchen, es ist wichtig, dass Leute wie Sie wissen, wie es wirklich war, ich will, dass Sie alles wissen«, sagte er. Er schwieg eine Weile und schlug die Augen nieder. »Jemand muss es wissen, jemand muss die ganze Geschichte kennen.«

Er hatte geglaubt, in den Himmel gekommen zu sein, als er in die Schwendsens gate kam, zurück in die Stadt. Zum ersten Mal erlebte er, dass jemand sich um ihn kümmerte: ein junger Freizeitleiter.

»Er brachte uns zum Lachen.« Sperre sah Kajsa an. »Verstehen

Sie? Er brachte mich – den Unsichtbaren, den niemand sah, niemand hörte – zum Lachen. Ich musste das fast lernen, musste mich an das Geräusch meines Lachens gewöhnen. Das war mir total fremd, ich konnte mich nicht erinnern, dass ich mich jemals so laut hatte lachen hören, ehe dieser Freizeitleiter mich dazu brachte.«

»Was war denn so besonders an ihm?«

»Er hat mit uns Fußball gespielt, gescherzt, bei ihm hatte ich das Gefühl, gesehen zu werden, für ihn war ich nicht unsichtbar. Ich, der Niemand gewesen war, wurde Jemand. Er ging mit uns auf einer Insel im Oslofjord zelten. Ich konnte es nicht glauben, ich würde einen Ausflug machen, ich freute mich so, dass ich gar nicht mehr wusste, was ich mit mir anfangen sollte.«

Und dann war es passiert. Das Schlimmste von allem, wie Sperre das nannte.

»Er sagte, ich sei auserwählt. Ich.« Jakob Sperre zeigte auf seine Brust. »Unter allen, die er hätte auserwählen können, den großen, starken Jungs, erwählte er mich, den mit der Hasenscharte, und ich durfte in seinem Zelt übernachten. Was für eine Vorstellung, er mochte mich kleines, unsichtbares Wesen. Er war der erste Mensch, der sich wirklich etwas aus mir machte.«

Jakob unterbrach sich. »Entschuldigung«, sagte er und ging hinaus. Er kam mit einer Rolle Küchenpapier zurück. »Entschuldigung«, sagte er noch einmal. Dann holte er tief Luft: »Er hat mich missbraucht.« Seine Stimme klang gepresst. »Der physische Schmerz war unerträglich. Aber der ging vorbei. Anders als der Schmerz hier.« Dabei drückte er sich die Hand auf die Brust.

Er putzte sich die Nase und sagte dann: »Es stimmte also doch nicht, dass er sich etwas aus mir machte. Im Gegenteil. Er dachte nur an sich. Mich hat er zerstört.«

Sie saßen einander lange schweigend gegenüber, dann sagte Kajsa: »Aber Sie sind doch zurechtgekommen, mit Ihrem Leben?« Sie hörte selbst, dass es klang, als wolle sie ihn trösten, etwas finden, worüber er sich freuen könnte. Das war einfach nur albern.

»Ja«, sagte er kaum hörbar. Er räusperte sich. »Ja«, wiederholte er lauter. »Mir ist es gut ergangen, wider aller Wahrscheinlichkeit. Und dann wurden wir in ein Knabenheim verlegt. Dort kamen andere an die Reihe, vor allem ein bestimmter Junge.«

»Was ist mit ihm passiert?«

»Der Leiter dort war ein echter Sadist, und er ernannte einen Jungen zu seinem persönlichen Sklaven ... in jeder Hinsicht«, fügte er hinzu.

»Inwiefern?«

»Ich glaube nicht, dass ich es über mich bringe, Ihnen von ihm zu erzählen. Es war ... grauenhaft. Der Leiter hatte einen Raum im Keller, ich brauche nicht mehr zu sagen, den Rest können Sie sich denken. Ich wurde verschont, weil ...« Er zeigte auf die Narbe an seiner Oberlippe. »Er mochte mich nicht, ich war zu hässlich.«

»Was ist mit diesem Jungen passiert?«

»Er ist weggelaufen, als er fünfzehn oder sechzehn war. Er ist nie zurückgekehrt.« Jakob rieb sich die Nasenwurzel, kniff die Augen zusammen und räusperte sich. »Es gibt noch einen Grund, warum ich es so gut hingekriegt habe.«

»Nämlich?«

»Die Clique.«

»Die Clique?«

»Wir waren eine Clique von Jungen, die zusammenhielt. Unser Motto war: ›Einer für alle, alle für einen‹.« Jakob Sperre lächelte traurig. »Wir haben uns gegenseitig geholfen, uns unterstützt, getröstet. Wir waren schon als kleine Kinder in denselben

Heimen gewesen, wir waren füreinander die Familie, die wir nicht hatten. Ich weiß nicht, was ohne die Clique aus mir geworden wäre.«

Er erhob sich und holte zwei altmodische Karteikästen. »Hier sind die Heimkinder«, sagte er und zeigte auf einen grünen Kasten. Dann legte er die Hand auf den anderen, den roten. »Und hier sind die Täter.«

Kajsa starrte ihn verdutzt an. »Sie haben eine Kartothek angelegt?«

»Ja. Täter und Opfer. Das war mein kleines Hobby, könnte man sagen.«

Er öffnete den Deckel des grünen Kastens, nahm irgendeine Karte heraus. »Der hier ist tot. Selbstmord.« Er zog eine weitere Karte heraus. »Selbstmord.« So machte er weiter. »Selbstmord, Tod durch Überdosis, Herzversagen, der hier ist ins Ausland gegangen, hat sich zu Tode gesoffen, obdachlos ...«

Kajsa unterbrach ihn. »Aber hat jemand es geschafft?«

»Absolut.« Er zog eine weitere Karte hervor. »Rechtsanwalt.« Noch eine Karte. »Politiker.« So ging es weiter: »Forscher, genießt großen Respekt. Chef beim Sozialamt.«

»Starke Persönlichkeiten?«

»Richtig.«

»Warum hören wir nie von denen? Warum sind mir solche nicht begegnet?«

»Solche Feiglinge wie ich?« Er lächelte ironisch. »Solche, die es geschafft haben, aber die nicht wollen, dass alle Welt von ihrer Vergangenheit erfährt, von der schlimmen Kindheit und vor allem von den Übergriffen. Deshalb sind Sie denen nicht begegnet. Sie wollen nicht erzählen. Sie wollen vergessen.« Er fuhr mit dem Zeigefinger über die Karte. »Aber die meisten endeten als Sozialfälle. Mit ihnen ging es immer nur abwärts, als wäre das Leben ein einziger großer Eisbuckel.«

»Und der andere Kasten?«, fragte Kajsa und zeigte auf den roten Behälter.

»Ganz anders, die meisten haben ihr Leben sehr gut im Griff, da gibt es keine Sozialfälle, nein«, antwortete er mit einer leichten Härte in der Stimme. »Viele sind natürlich tot, aber nur einer hat meines Wissens Selbstmord begangen. Einige der Todesfälle sind … äh … ziemlich interessant.«

»Würden Sie sich von mir interviewen lassen?«, fragte sie.

»Absolut nicht«, antwortete er.

»Warum nicht?«

»Ich bin zu feige. Ich will nicht stigmatisiert werden.«

»Das brauchen Sie doch nicht …«

»Aber sicher«, fiel er ihr ins Wort. »Ich wäre dann der ›Direktor, der missbraucht worden ist‹.« Er malte Anführungszeichen in die Luft.

»Ich kann Sie anonymisieren, Ihre Stimme verzerren …«

»Das glaube ich nicht, nein.«

»Dann kann ich nicht viel tun«, sagte sie.

»Nein, das stimmt nicht«, sagte er und musterte sie mit scharfem Blick. »Ich habe Ihnen dieses Wissen als Ausgangspunkt gegeben.«

»Als Ausgangspunkt wofür?«

»Um in der Sache zu graben, tiefer als andere Presseleute, die nur an der Oberfläche kratzen. Ich will, dass Sie diese Fragen stellen: Warum werden die Täter nicht zur Verantwortung gezogen? Es ist schön, dass der Staat uns vielleicht Schmerzensgeld bezahlen, uns eine Art Wiedergutmachung gewähren will, aber damit wird auch die Verantwortung zersetzt. Einzelmenschen sind die Täter, nicht der Staat.«

»Aber wo soll ich anfangen?«, fragte Kajsa.

»Sie können hiermit anfangen«, sagte er und reichte ihr eine Karte. »Dann werden Sie verstehen.«

Arne Slettemoen, stand auf der Karte. *Verstorben 26. August 1971.* Das war alles. Kajsa machte sich Notizen auf ihrem Block.

»Und wenn Sie damit durch sind, können Sie hiermit weitermachen«, sagte er und reichte ihr ein Blatt Papier. »Das ist der Inhalt des roten Kastens. Rot für Gefahr«, fügte er hinzu. »In den letzten Jahren habe ich natürlich alles digitalisiert. Das hier ist eine Liste, ein Ausdruck.«

»Was ist mit dem anderen Kasten?«

»Den können Sie nicht bekommen; die sind wie ich, sie müssen selbst entscheiden, ob sie an die Öffentlichkeit gehen wollen.«

»Warum geben Sie mir das hier?«, fragte sie.

»Weil ich muss«, sagte er. »Weil Sie alles wissen sollen, alles muss ans Licht. Alles.« Und er wiederholte: »Jemand muss es wissen.«

Seine Augen hingen an ihr, traurig. »Niemand darf erfahren, dass Sie das hier von mir haben. Auch niemand bei Ihnen in der Redaktion. Und ich würde es zu schätzen wissen, nicht wieder von Ihnen zu hören, ich habe nichts mehr zu sagen. Aber graben Sie in dem Fall, denn es geht nicht nur darum, was wirklich mit den Kindern geschehen ist. Es geht um Strafe und darum, was niemand weiß, das, was noch schlimmer ist. Jemand muss sie bestrafen, erst dann ist die Rechnung beglichen.«

»Was meinen Sie mit ›das, was noch schlimmer ist‹?«

»Jetzt begeben wir uns auf gefährliches Terrain«, sagte er und schaute aus dem Fenster. »Wir haben alle unsere Geheimnisse. Und wenn die Gesellschaft die, die bestraft werden müssten, nicht bestraft, kann es passieren, dass andere das übernehmen.«

Als sie sich verabschiedete, fragte sie: »Wissen Sie, was aus dem Jungen geworden ist, von dem Sie erzählt haben, dem ›Sklaven‹?«

»Der ist tot.«

An diesem Abend saß sie auf der Terrasse und dachte an den Brief, den sie erhalten hatte. Jorunn hatte angerufen und gesagt, niemand wisse, wer ihn abgegeben habe. Aber vor allem dachte sie an Jakob Sperre.

»Was niemand weiß. Was noch schlimmer ist«, hatte er gesagt. Was meinte er damit? Während des Gesprächs hatte sie mehrmals das Gefühl gehabt, dass er etwas zu sagen versuchte, was sie nicht zu fassen bekam.

Sie zog ihren Block hervor, blätterte in ihren Notizen, kam aber nicht weiter. Darüber ärgerte sie sich. Warum hatte er nicht einfach aussprechen können, was er auf dem Herzen hatte? Wenn es noch mehr gab.

Hatte Sperre etwas gesagt, das ihr nicht aufgefallen war, etwas, dem sie hätte nachgehen, zu dem sie ihm weitere Fragen hätte stellen müssen? »Es geht hier nicht um Wiedergutmachung. Sondern um etwas viel Größeres. Es geht um Strafe«, hatte er gesagt. Das konnte sie verstehen, das ergab einen Sinn. Aber was war mit dem Namen, den er ihr gegeben hatte; Arne Slettemoen? Wer war das? Strafe, Slettemoen, das, was noch schlimmer ist, wenn die Gesellschaft die, die bestraft werden müssten, nicht bestraft, kann es passieren, dass andere das übernehmen. Seine Worte rotierten als einzige große Masse in ihrem Kopf. Sie bekam die Sache nicht zu fassen. Nach drei Tassen Rotwein hatte sie noch immer nicht die Gedanken sortiert. Sie ging ins Haus, holte den Laptop und googelte Arne Slettemoen. Aber sie bekam keinen Treffer.

In diesem Moment steckte Aksel den Kopf durch die Tür.

»Sitzt du hier?«, fragte er, als ob ihn das überraschte.

Sie hielt die Hand wie zufällig über die Kaffeetasse.

Warum umarmt er mich nicht?, dachte sie.

»Wie geht es mit der Ermittlung voran?«, fragte sie.

»Schlecht, aber du weißt ja, dass ich nicht darüber reden darf.«

»Nein, ich habe auch nur versucht, Konversation zu machen«, sagte sie sarkastisch.

»Sei jetzt nicht sauer.«

»Ich bin nicht sauer, aber du kannst ja wohl ein bisschen erzählen, ohne ins Detail zu gehen. Ich will nicht als Journalistin Informationen haben, es interessiert mich nur, wie es meinem Mann bei seiner Arbeit ergeht.«

»Doch, danke, gut. Sehr interessant, ein ungewöhnlicher Fall. Aber frustrierend.« Er sah müde aus und fuhr sich mit der Hand übers Gesicht. »Ich geh jetzt ins Bett, ich bin todmüde.«

»Todmüde ist sicher das richtige Wort«, sagte sie und lächelte über seine Wortwahl.

»Witzig«, sagte er. Aber er lächelte ebenfalls.

»Es steht dir, wenn du lächelst«, sagte sie. »Das solltest du häufiger probieren.«

»Es ist nicht immer leicht«, sagte er, kam zu ihr, nahm ihr Gesicht in die Hände und küsste sie. »Kommst du?«, fragte er.

»Ja«, antwortete sie.

7

»Wird es nicht Zeit, dass wir eine kleine Friedenspfeife rauchen oder uns im Smuget volllaufen lassen? Du strahlst so wenig Glamour aus, warum gibst du dir solche Mühe, als graue Maus zu erscheinen?«

Vidar Kvande stand vor dem Eingang zum Sendegebäude und wartete auf Kajsa, als sie am nächsten Tag zur Arbeit kam.

Kvande sah aus wie eine seltsame Mischung von Bohemien und Gentleman. Er hatte immer einen mehrere Tage alten Bart, lange Haare, meistens zum Pferdeschwanz gebunden. Kajsa hatte absolut keine Ahnung von teuren Anzügen, sie hatte einen Mann, der keinerlei Interesse an Kleidung zeigte, aber etwas an dem Schnitt und dem Stoff von Kvandes Anzügen ließ sie annehmen, dass sie in Mailand oder Paris gekauft worden waren. Er trug jedoch niemals ein Hemd oder einen Schlips, sondern nur graue oder schwarze T-Shirts, ein seltenes Mal ein weißes. Kvande vertrat das Image *reicher Bohemien.*

Zudem stach er mit seinen fast zwei Metern in der Landschaft hervor. Sein Gesicht war nicht direkt hübsch, sein Mund ungewöhnlich groß, die Lippen jedoch schmal.

Kajsa wusste nicht so recht, was sie antworten sollte. Das machte nichts, er registrierte es kaum, redete einfach weiter. »Ich habe ja begriffen, dass du mich nicht leiden kannst – ich verstehe eigentlich nicht, weshalb«, fügte er hinzu und lächelte nachsichtig. »Alle anderen mögen mich doch«, sagte er mit einem ironischen kleinen Lachen. »Aber das ist mir egal, es ist nicht mein Lebensziel, gemocht zu werden.« Er unterbrach seinen Wortschwall und sah sie an, wartete auf eine Reaktion.

»Was willst du?«, fragte Kajsa kurz.

»Abweisend wie immer«, sagte er herablassend und mit einer Stimme, die zu viel Whisky vermuten ließ.

Kajsa gab keine Antwort.

»Okay. Du bist eine saure graue Maus. Das ist mir scheißegal. Aber du bist eine tüchtige Journalistin. Das respektiere ich – und das brauche ich.« Er verstummte, musterte sie mit zusammengekniffenen Augen, runzelte die Stirn und wartete auf eine Antwort. Als die nicht kam, fügte er hinzu: »Ich bin außer mir!« Er hob die Stimme. »Absolut außer mir!«

»Na gut«, sagte sie. Sie wusste nicht so recht, was er sonst noch von ihr erwartete. Sie hätte vielleicht etwas darüber sagen können, dass er ziemlich leicht außer sich geriet. Aber sie ließ ihn weiterreden.

»Na gut? Ist das alles, was du zu sagen hast? Du bist vielleicht doch nicht so tüchtig, wie ich geglaubt habe. Weißt du, dass ich dauernd von Presseleuten angerufen werde, für die ich alles Mögliche kommentieren soll? Die wissen nämlich, dass sie etwas an der Angel haben, wenn sie aus mir etwas herausholen können. Aber du …« Er holte Luft und fuchtelte mit den Armen. »Du bist nicht interessiert, wenn ich zu dir komme. Dabei müsstest du fragen: Und warum bist du dermaßen außer dir, Vidar? Oder vielleicht würdest du mich lieber Kvande nennen? Doch, eins kann ich dir sagen, Kajsa – oder sind wir jetzt bei Coren und Kvande?« Er wartete nicht auf Antwort. »Jedenfalls, ich bin so verdammt wütend auf diese Scheißpolitiker, die wir hierzulande haben. Und dann musst du fragen: Aber was hast du denn gegen die Politiker, Kvande?«

Er hatte recht, Kajsa wäre eine schlechte Journalistin gewesen, wenn sie jetzt an seinen Worten kein Interesse gezeigt hätte. Hier stand einer von Norwegens reichsten und medienscheusten Promis und pöbelte gegen die Politiker. Zweifellos eine Sache mit Sprengstoff. Schlagzeilenqualität sogar.

»Gut, ich werde mir anhören, was du zu sagen hast, wenn du aufhörst, mich zum Essen oder ins Theater oder was auch immer einzuladen. Ich pflege nie persönlichen Kontakt mit einem Interviewpartner. Ist das klar?«

»Kajsa, Kajsa«, sagte er beschwichtigend. »Ich mache mir doch nur Sorgen, weil du zu wenig Spaß im Leben hast. Aber wenn du ohne die großen Neuigkeiten klarkommst, die ich für dich habe, dann geht mir das wirklich sonst wo vorbei!« Er schob die Unterlippe vor wie ein schmollender kleiner Junge, aber seine Augen funkelten vor Belustigung.

»Okay«, sagte sie. »Warum bist du so empört über die Politiker, Kvande?«

»Ich habe eine Geschichte zu erzählen. Hast du Zeit für einen Kaffee?«

Kajsa schaute auf die Uhr in ihrem Mobiltelefon. Die Morgenbesprechung würde in zwei Minuten beginnen. »Okay«, sagte sie und wählte die Nummer des Chefs, um mitzuteilen, dass sie sich mit einer Quelle traf.

Im Café Kaffebrenneriet in der Akersgate standen die kaffeedurstigen und frühstückshungrigen Gäste Schlange. Kajsa und Kvande quetschten sich auf zwei Barhocker vor dem Fenster.

»Also, jetzt habe ich meinen Willen durchgesetzt. Ein kleines Stelldichein mit dir«, sagte er mit breitem Grinsen.

»Komm mir bloß nicht so«, erwiderte sie, konnte ein Lächeln aber nicht unterdrücken. »Also … erzähl.«

Vidar Kvande berichtete, dass er am nächsten Tag auf eine Beerdigung müsse. »Von einem Freund, der nicht mehr warten wollte, wie er das ausgedrückt hat.«

»Worauf denn warten?«, fragte Kajsa.

»Auf die Wiedergutmachung für ein verlorenes Leben. Aber vor allem darauf, dass ihnen geglaubt wird, darauf, dass jemand zu ihm sagt: Es war nicht deine Schuld, wir übernehmen die Verantwortung, wir bedauern das alles, und es tut uns sehr leid für dich, und du kannst sicher sein, wir geben dir ein Schmerzensgeld, das mehr ist als nur ein Almosen.«

Kvande fuhr fort, dass er Einar Kryger seit vielen Jahren gekannt habe. Sie hatten zusammen studiert und mit zwei weiteren Kommilitonen eine Band gegründet. »Du glaubst mir das sicher nicht, aber ich bin nicht nur ein Gitarrist vom selben Rang wie Jimi Hendrix«, er lächelte breit, »ich bin auch ein ungewöhnlich guter Menschenkenner. Ich weiß, was Einar mit sich herumgeschleppt hat«, fügte er mit plötzlichem Ernst hinzu, den sie an ihm bisher nicht kannte.

Sie hatten regelmäßig Kontakt gehabt. Nicht, weil Einar den Kontakt gepflegt hätte, sondern weil Kvande ihn zu seinem Schützling gemacht habe.

»Einar ging es nicht um das Schmerzensgeld an sich. Er kam über die Runden. Dafür habe ich gesorgt. Aber er hätte hören müssen, dass irgendwer die Verantwortung für die Geschehnisse übernahm. Seine Kindheit war grauenhaft, das kannst du dir nicht vorstellen! Er beendete das Studium mit den besten Noten, hat dann aber nie gearbeitet. Er war so voller Angst, dass er am Ende seine Wohnung nicht mehr verlassen konnte. Ich habe nicht nur viel Geld, ich habe auch ein großes Herz.« Sein Lächeln sollte vielleicht ironisch sein, aber Kajsa hatte den Eindruck, dass das für ihn ein schmerzliches Eingeständnis war. Zum ersten Mal fand Kajsa ihn sympathisch.

»Ich habe einen Gedenkfonds eingerichtet: den Einar Krygers Gedächtnisfonds. Für die, die niemand sieht.« Seine Stimme klang belegter als sonst. Kajsa dachte: Himmel, gleich bricht der Kerl in Tränen aus. Sie ließ sich nichts anmerken, schaute nur aus dem Fenster, ließ ihm Zeit, um sich zu fassen. »Die, die niemand sieht.« Es war, als spreche Sperre diese Worte aus: »Ich war der, den niemand sah – der Unsichtbare.«

Sie hätte sich schon längst beim Ministerium erkundigen müssen, wie weit der Fall der Heimkinder gediehen war. Nach dem Gespräch mit Kvande rief sie auf dem Rückweg zur Redaktion sofort beim Ministerium an. Sie erreichte den Staatssekretär, der erzählte, dass der Minister in nächster Zeit klären würde, inwieweit die Fälle verjährt seien.

Inwieweit die Fälle verjährt seien, wiederholte Kajsa in Gedanken. Verjährt? Ging es dem Minister mit den Krokodilstränen darum? Wie wäre es damit, herauszufinden, was damals passiert war? Wer die Verantwortung trug? Wie das hatte passieren können? Warum die Opfer nicht längst angehört worden waren? Und nicht zuletzt das, woran sie vorher gar nicht gedacht hatte, ehe Sperre diese Frage stellte: Warum werden die Täter für ihre Übergriffe nicht zur Verantwortung gezogen?

Kajsa fand Politiker, die alle naselang Ermittlungen und Untersuchungen veranlassten, oft reichlich handlungsunfähig und ziemlich jämmerlich. Diesmal wäre es das einzig Richtige gewesen. Aber was tat der Minister? Rein gar nichts.

Sie rief den Vorsitzenden der parlamentarischen Kommission für Familie, Kultur und Verwaltung an und erzählte, was sie vom Ministerium erfahren hatte. Der Sprecher der Rechtsliberalen geriet außer sich vor Zorn. »Seit Wochen dränge ich den Minister schon, eine landesweite Untersuchung in die Wege zu leiten. Kommen Sie mit einer Kamera her!«, sagte er.

Kajsa konnte diese Art von Berichterstattung nicht leiden. Es war zu einfach. Aber so funktionierte der politische Journalismus. Die Opposition griff an, die Regierung musste sich verteidigen. Und sie und andere liefen mit dem Mikrofon hinterher.

Sie rief abermals den Staatssekretär an und bat um ein Interview mit dem Minister. Sie sagte, sie wolle über den Stand der Heimkinderaffäre berichten. Das war nicht gelogen, aber sie erwähnte nicht, in welchen Zusammenhang sie das Interview führen wollte. Der Staatssekretär fragte auch nicht danach.

Am Nachmittag interviewte sie den familienpolitischen Sprecher der Rechtsliberalen. Der gab wirklich Zunder. Er nannte den Minister in einem einzigen Satz arrogant, gefühllos und inkompetent. Danach interviewte sie den Kinder- und Familienminister, der zufrieden berichten konnte, dass die Beurteilung der juristischen Seite bald abgeschlossen sein würde, und obwohl viele Fälle wohl verjährt seien, käme dennoch zur Sprache, *den Heimkindern eine gewisse Entschädigung anzubieten, wenn sie die Übergriffe belegen können.*

»Aber ist es nicht gerade das Problem bei solchen Fällen«, fragte nun Kajsa, »dass sie das, was sie ihrer Aussage nach durchmachen mussten, nicht belegen können?«

Der Minister meinte, es wäre nicht richtig, allen Geld zu geben, die einfach ohne Weiteres Behauptungen aufstellen.

»Was ist mit einer landesweiten Untersuchung, die die Grundlage für eine Dokumentation über den Umfang der mutmaßlichen Übergriffe liefern könnte?«, fragte Kajsa.

»Ich möchte diejenigen, die glauben, Opfer mangelnder Fürsorge oder Ähnlichem geworden zu sein, auffordern, das mitzuteilen und die notwendigen Belege für ihre Behauptungen zu liefern.«

»Aber, glauben Sie wirklich, Herr Minister, dass diese Menschen dazu die Kraft haben?«

Der ernste, mitfühlende Gesichtsausdruck des Ministers verschwand für einen Moment, als habe er den Faden verloren, aber er fing sich rasch wieder. »Wenn sie die nicht haben, müssen sie sich natürlich kompetente Hilfe bei diesem Prozess besorgen«, sagte er.

Kajsa konnte der Versuchung, noch ein wenig tiefer zu bohren, nicht widerstehen. »Aber das sind doch Menschen mit großen psychischen und sozialen Problemen, die noch dazu weit unter der Armutsgrenze leben und sich keinen Anwalt leisten können?«

Zu diesem Zeitpunkt bat der Minister um eine Pause. Er drehte sich hilfesuchend zu seinem Staatssekretär um. Kajsa gab dem Kameramann ein diskretes Zeichen weiterzufilmen.

Die beiden Männer steckten die Köpfe zusammen und flüsterten, alles wurde aufgenommen. Dann nahm der Minister wieder Platz. »Könnten Sie die Frage noch einmal stellen?«, fragte er. Kajsa tat ihm den Gefallen. Sie wusste, wie die Antwort lauten würde. »Diese Angelegenheit hat Aspekte, die wir uns natürlich genauer ansehen werden«, sagte er und hielt das Interview für beendet.

Als Kajsa noch eine Frage stellen wollte, schaltete sich der Staatssekretär ein und sagte, die Zeit sei um. »Nur eine letzte Frage?«, bat Kajsa.

»Na gut«, sagte der Staatssekretär mürrisch.

»Wie reagieren Sie darauf, dass Heimkinder, die bereits Schadenersatz beantragt haben und abgewiesen wurden, selbst wenn der Fall noch nicht verjährt war, sich das Leben genommen haben?«

Wieder schien der Minister nicht zu wissen, was er antworten sollte, er leckte sich nervös die Unterlippe. »Das ... äh ... das ist uns nicht bekannt ... äh ... aber ... das ist natürlich ganz entsetzlich.«

»Okay, danke«, sagte Kajsa.

Beide Interviews sollten am nächsten Tag gesendet werden. Doch ehe sie die endgültige Fassung erstellen konnte, musste Kajsa zur Beerdigung von Einar Kryger. Kvande hatte überhaupt kein Problem damit, dass Kajsa mit einer Kamera anwesend war. Im Gegenteil. Ihm war klar, dass sie damit starkes Material für ihren Bericht bekäme.

Kajsa vermutete aufgrund von Kvandes Schilderung, dass die Trauerfeier wahrscheinlich klein ausfallen würde. Doch als sie das Vestre- Krematorium betrat, sah sie zu ihrem Erstaunen, dass an die fünfzig Personen gekommen waren. Sie setzte sich mit dem Kameramann ganz hinten hin und bat ihn, die Kamera während der gesamten Trauerfeier laufen zu lassen.

Wie üblich begann die Beisetzung mit gedämpfter, trauriger Orgelmusik. Der Rest jedoch war ungewöhnlich. Es gab keinen Geistlichen, keine Lesung von Bibelstellen. Stattdessen trat ein bekannter Schauspieler auf. Er rezitierte Gedichte von Arnulf Øverland. Zuerst *Die hundert Violinen*:

Und dereinst kommt die Heilige Nacht
mit der Ewigkeit Sordinen
und verwandelt die bitterste Qual mit Macht
in hundert Violinen.

Zwischendurch kam Musik aus der Lautsprecheranlage: Bruce Springsteen und Patti Smith. Als es still wurde und Kajsa sich zum Gehen bereit machte, war plötzlich eine Stimme zu hören: »Ich wäre jetzt gern mit euch zusammen.« (Leises Lachen.) »Aber aus naheliegenden Gründen ist das nicht möglich.« (Wieder Lachen.)

Kajsa schaute sich um, sah, wie die Anwesenden verdutzte Blicke wechselten, lächelten und nickten. Doch, sicher, hier sprach Einar.

»Ich hoffe, euch hat ... wie sollen wir das nennen? ... diese Vorstellung gefallen? Ich will euch nicht mehr lange aufhalten, ich wollte nur kurz etwas sagen: Wenn ich mich nun dazu entschieden habe, mein Leben zu beenden, dann dürft ihr deshalb nicht traurig sein. Mein Leben war an einen Punkt gekommen, an dem es mich mehr kostete, zu leben, als es wert war. Deshalb ist es meine Entscheidung, und ich gehe mit ... ja, mit einer gewissen Freude und Erleichterung, weil Schluss ist. Außerdem möchte ich noch das hier sagen: Mein Leben wurde von Menschen zerstört, die mir ein besseres Leben hätten geben müssen. Ein *besseres* Leben. Es hätte nicht *schlimmer* sein können. Jedes Leben, das ich hätte haben können, wäre besser gewesen als das, welches mir zuteil wurde. Mein Leben wurde zerstört von Erwachsenen, die mir die Fürsorge hätten geben müssen, die ich zu Hause nicht bekommen hatte. Stattdessen gaben sie mir ein Leben ohne ausreichendes Essen, ohne irgendwelche Wärme, sie erfüllten keines der grundlegendsten Bedürfnisse eines Kindes. Einige haben mich geschlagen, haben mich für Bagatellen bestraft – und« (lange Pause) – »einige haben mich vergewaltigt und mich brutalen Übergriffen ausgesetzt. Aber das war nicht das Schlimmste. Das Schlimmste war nicht das, was sie mir angetan haben, das Schlimmste war das, was sie mir nicht gegeben haben: Liebe. Denn auf diese Weise nahmen sie mir meinen Menschenwert und meine Möglichkeit, selbst zu lieben. Die, die das getan haben, hätten bestraft werden müssen. Ich habe viele Briefe an Politiker aller im Parlament vertretenen Parteien geschrieben. Alles, was zurückkam, waren mitleidige Floskeln, und ich dachte: Die glauben mir nicht. Damit wurde mir mein Menschenwert genommen. Ein weiteres Mal. Diese Politiker haben viel zu verantworten, denn seit Jahren wissen sie über das Schicksal der Heimkinder Bescheid, ohne uns Genugtuung zu gewähren.« (Lange Pause.) »Dass es nicht genug zu essen gab und wir frieren mussten, war schlimm genug, aber vergesst nicht: Ohne Liebe stirbt der Mensch. Passt aufeinander auf!«

Es wurde ganz still. Kajsa sah, dass Kvande dem Schauspieler ein Zeichen gab. Dieser trat neben den Sarg und trug ein weiteres Gedicht von Øverland vor:

Brich aus heut Nacht
Du rote Lilie meiner Schmerzen!
Du hältst besetzt
Mein Wesen und den Raum in meinem Herzen.
In meinen Traum bist du versunken,
dein Durst ward nicht gelöscht,
dein Mund ist weh
vom Blut, das du getrunken.

Duft in meinem Dorn!
Ich bin ein leerer Born,
leer und verlassen bin ich.

Brecht aus heut Nacht,
Lilie und Sturm und Sterne.

Sobald er fertig war, erklang Eva Cassidys warme und unverkennbare Stimme in der Kapelle:

Someday I'll wish upon a star
and wake up
where the clouds are far behind me
Where the troubles melt like lemon drops
Away above the chimney tops,
that's where you'll find me.

Kajsa kam nicht dagegen an. Sie weinte um einen Mann, den sie nie gekannt hatte, und dachte: Verdammt, das wird saugutes Fernsehen!

Danach lieferte Kvande ihr die Erklärung für die große Trauergemeinde und die Gestaltung der Trauerfeier. Einar Kryger selbst hatte alles so festgelegt. Er hatte genau aufgeschrieben, welche Gedichte vorgetragen, welche Musik gespielt werden sollte, und er hatte seine Ansprache auf CD gebrannt.

Die meisten Trauergäste waren ebenfalls Heimkinder. Kryger hatte zusammen mit drei anderen, mit denen er seit ihrer gemeinsamen Heimzeit eng befreundet gewesen war, eine Selbsthilfegruppe gegründet. Diese Gruppe war im vergangenen Jahr enorm gewachsen und zählte nun vierzig Mitglieder. Ihr Vorstand sollte das Geld verwalten, das Kvande für den Einar-Kryger-Gedächtnisfonds angelegt hatte.

Nach der Trauerfeier redigierte Kajsa zwei Beiträge von je acht Minuten für die Hauptnachrichten um zwanzig Uhr.

Der Chef vom Dienst, der aus der Wirtschaftsredaktion kam, sagte, er sei im Himmel, musste aber beschämt einsehen, dass das ein unpassender Kommentar war. Kajsa geriet außer sich vor Zorn, als er *Heimkind begeht Selbstmord. Geißelt in Rede aus dem Grab Politiker* als Aufmacher haben wollte. Stattdessen entschieden sie sich für: *Heimkind wollte nicht mehr leben. Gibt den Politikern die Schuld an einem zerstörten Leben.*

Der erste Beitrag handelte von Einar Kryger. Kajsa sendete seine ungekürzte Rede zu Bildern von dem Sarg und der Kapelle – keine ablenkenden Aufnahmen der Anwesenden. Das hier war seine *Show*, und die Bilder betonten das: das langsame Zoomen und die Großaufnahmen zusammen mit Bildern des Sarges und der Kränze mit den letzten Grüßen seiner Freunde, einige Privataufnahmen, die sie von Kvande bekommen hatte, eine mit der Gitarre, eine draußen in der Natur und eine, auf der er ein Champagnerglas in die Kamera hält.

Es wäre eine Untertreibung gewesen, zu behaupten, der Minister habe im nächsten Beitrag ein gutes Bild abgegeben: Der Promi, Finanzmann und Medienliebling Vidar Kvande erzählte mit tiefem Ernst und wutzitternder Stimme von seinem Freund Einar und warf zugleich dem Minister vor, nicht augenblicklich eine landesweite Untersuchung in die Wege geleitet und den Opfern Schmerzensgeld angeboten zu haben. Kajsa tat nun etwas, was sie bisher nur selten getan hatte: Sie schnitt den Wunsch des Ministers, das Interview anzuhalten, um sich mit seinem Staatssekretär zu beraten, nicht heraus. Im Gegenteil, sie verwendete diese Szene, weil sie fand, sie zeige, wie der Sachverhalt wirklich war und welche Haltung der Minister vertrat. Für das Interview mit dem Sprecher der Rechtsliberalen fand sie keinen Platz. Der Mann würde sauer sein, aber das war ihr egal. Was sie hatte, war so stark, dass sie keine erwartbare Kritik vonseiten der Opposition brauchte. Die konnte dann in den Morgennachrichten nachgeschoben werden.

Am nächsten Tag lud der Minister zur Pressekonferenz. Er freue sich, mitteilen zu können, dass nun endlich eine landesweite Untersuchung des Heimkinderskandals in die Wege geleitet werden sollte. Die Regierung halte die juristische Einschätzung, nach der die Fälle verjährt seien, für zweitrangig im Verhältnis zu der moralischen Verantwortung des Staates, den Heimkindern Genugtuung in Form von finanziellem Schadensersatz zu gewähren.

8

Am nächsten Morgen ging Kajsa vom Bahnhof gleich zum Archiv von *Aftenposten* und bat um die Zeitungen vom 26. bis 30. August 1971. Sie blätterte sie rasch durch, konnte den Namen Arne Slettemoen jedoch nirgends finden. Sie sah die Zeitungen noch einmal durch, diesmal aufmerksamer. Daraufhin entdeckte sie unten auf einer Seite eine kleine Notiz: Ein Freizeitleiter, dessen Name nicht genannt wurde, war bei einem Ausflug mit Jungen aus einem Osloer Waisenhaus ertrunken.

Aus der Notiz ging hervor, dass die Polizei von einem Unfall ausging: Der Mann war nachts von einem Steg gefallen. Slettemoens Name wurde zwar nicht erwähnt, aber Kajsa war sicher, das Gesuchte gefunden zu haben. Die Notiz endete mit der Erklärung von Hauptkommissar Henrik Kjelstad, es gebe keine Zeugen für den Unfall.

Henrik Kjelstad. Ach was, der hatte also damals den Fall bearbeitet. Kajsa hatte nicht mehr mit ihm gesprochen, seit er vor einigen Jahren in Pension gegangen war. Auf dem Rückweg zur Redaktion suchte sie online nach seinem Namen. Sie bekam einen Treffer, eine Adresse auf Nesodden.

An der politischen Front war an diesem Tag alles ruhig, keine Pressekonferenzen, keine Meldungen in anderen Medien, denen sie nachgehen musste. Sie wählte Kjelstads Nummer.

Eine etwas schroffe Frauenstimme antwortete. Kajsa stellte sich vor und fragte, ob es möglich sei, mit Henrik Kjelstad zu sprechen.

»Der ist mit dem Hund unterwegs«, war die Antwort.

»Wäre es möglich, ihn nach seiner Rückkehr zu sprechen?«

»Was wollen Sie denn von ihm?«

Kajsa sagte, sie würde gern mit ihm über einen alten Fall sprechen.

»Wir essen um zwölf zu Mittag, danach ruht er sich aus«, erwiderte die Frau abweisend.

»Meinen Sie, er hätte vielleicht vor dem Mittagessen eine halbe Stunde Zeit?«, fragte Kajsa.

»Na gut, von mir aus, aber nur eine halbe Stunde«, erklärte die Frau energisch. »Und verlassen Sie sich nicht darauf, dass Sie etwas aus ihm herausholen werden, er hat in letzter Zeit gewaltig abgebaut«, sagte sie auf eine Weise, worauf Kajsa dachte, sie sei entweder eine Frau, die das Leben nahm, wie es kam, oder eine, die ihren Mann gar zu sehr beschützte.

Henrik Kjelstad war fast zwei Meter groß. In ihrer Erinnerung war er ein Muskelpaket gewesen. Jetzt schlotterten ihm die Kleider um den Leib, er war mager und ähnelte einem Reiher, auch wenn sein Blick noch immer scharf und sein Händedruck kräftig war. Aber er reichte ihr zur Begrüßung die linke Hand, und sie konnte seinem schiefen Gesicht und der Art, wie er das eine Bein nachzog, ansehen, dass er vermutlich einen Schlaganfall gehabt hatte. Also war die Frau vielleicht nur aus Sorge um ihn so abweisend.

»Du meine Güte«, sagte er, als er Kajsa begrüßte. »Und ich hatte geglaubt, die Pressemeute längst abgeschüttelt zu haben.« Dabei lächelte er. »Lange nicht mehr gesehen.«

»Ja … das sind wohl an die …«, begann Kajsa zögernd.

»Genau sechs Jahre«, fiel er ihr ins Wort.

»Das haben Sie aber gut in Erinnerung«, bemerkte sie mit einem Lächeln.

»Das ist leicht, es war einer meiner letzten Fälle. Die Brandstiftung in Ski, zwei Kinder und eine Frau umgekommen. Der Täter: Vater und Gatte, nicht wahr?«

»Ja, so war das wohl«, sagte Kajsa.

»Aber seit damals hatten Sie wohl nicht mehr allzu viele Fälle?« Er blickte sie fragend an. Sie lächelte, er hörte sich an, als ob sie zusammengearbeitet hätten. Vielleicht hatte er das damals so gesehen, als er bei der Kripo war und sie über Kriminalfälle berichtete. Damals hatte er sich jedoch nicht immer so verhalten, als ob sie in derselben Branche tätig wären. Für Presseleute war der Umgang mit ihm nicht leicht gewesen. Aber Kajsa hatte im Laufe der Zeit Respekt vor dem erfahrenen Polizisten entwickelt.

»Und was führt Ihr hübsches Gesicht zu einem alten Kerl wie mir?«, fragte er scherzhaft, noch immer mit diesem forschenden, direkten Blick.

Vielleicht hatte er wie sie das Gefühl, eine alte Bekannte zu treffen, und dachte: Lange her, wie seltsam, dass ich nicht häufiger an dich gedacht habe, wie ist es dir wohl ergangen?

Mehrere Jahre lang hatten sie regelmäßigen Kontakt gehabt. Er hatte Informationen besessen, sie hatte Informationen gesucht. Er verfügte über die Macht, ihr diese Informationen zu geben, sie drohte, flehte und bettelte darum. So war es immer zwischen ihnen gewesen, weshalb sie auch jetzt gleich zur Sache kam: »Arne Slettemoen?«

Kjelstad hob überrascht die Augenbrauen. »Hm, hm«, sagte er, »du meine Güte, ich muss sagen, Sie sind noch immer für eine Überraschung gut, den Namen habe ich schon lange nicht mehr gehört.«

»Aber Sie erinnern sich daran?« Kajsa musterte ihn gespannt.

»Ja, sicher erinnere ich mich.«

Kajsa legte eine Kopie der Notiz aus *Aftenposten* auf den Tisch. Kjelstad setzte die Brille auf, nahm das Blatt und betrachtete es ausgiebig. »Sieh an, ja, Slettemoen. Ja, das kann schon stimmen.«

Es überraschte Kajsa, dass er sich sofort an den Fall erinnerte. In seinem langen Berufsleben musste er viele ähnliche Dinge erlebt haben – er war über vierzig Jahre bei der Polizei gewesen. Die Erklärung war einfach.

»Das war mein erster Fall als Hauptkommissar.«

Seine Frau brachte zwei Tassen Kaffee. Sie war genau so, wie Kajsa sie sich vorgestellt hatte: rundes Gesicht, umkränzt von üppigen grauen Locken, kräftig gebaut, energischer Gang. Sie begrüßte Kajsa freundlich, sagte aber: »Nur eine halbe Stunde, dann muss er essen und sich ausruhen.« Ihr Tonfall ließ keinerlei Diskussion zu. Als sie gegangen war, beugte Kjelstad sich zu Kajsa vor. »Besser, wir tun, was sie sagt«, flüsterte er und zwinkerte ihr aufgesetzt konspirativ zu. Er trank einen Schluck Kaffee und sagte dann: »Na ja, ich erinnere mich auch noch aus einem anderen Grund daran.«

»Und der wäre?«

»Die Jungen. Ich habe mit allen gesprochen, aber keiner von denen, die waren sechs oder sieben, glaube ich … Sie kamen mir vor … wie soll ich sagen … nicht froh, aber fast ein bisschen … gleichgültig. Vielleicht würde ich sogar so weit gehen und ›erleichtert‹ sagen. Das war seltsam.«

»Inwiefern?«

»Also, alle hatten nur Gutes über ihn zu sagen. Ich weiß noch, dass ich dachte: Warum ist dann keiner von ihnen traurig darüber, dass er tot ist?«

Ein vager Gedanke, der sich noch nicht in Worte fassen ließ, begann in Kajsas Kopf Gestalt anzunehmen. Sie fragte: »Was habt ihr damals herausgefunden?«

»Slettemoen hatte einen hohen Promillegehalt im Blut, sein Hosenschlitz war offen. Die Schlussfolgerung war einleuchtend: Er war beim Pinkeln ins Wasser gestürzt. Keiner der Jungen war dabei gewesen. Alle sagten dasselbe, sie hätten vor dem Schlafengehen gebadet. Slettemoen war mit ihnen zusammen gewesen, er blieb noch mit einem Bier auf dem Steg sitzen, als sie schlafen gingen. Wir kamen zu dem Schluss, dass er vom Steg gepisst hatte und dabei ins Wasser gefallen war. Tragisch, aber so was kommt leider viel zu häufig vor.«

»Aber?«

»Wer sagt, dass es ein Aber gibt?«

Kajsa gab keine Antwort. Kjelstad kniff die Augen zusammen, musterte sie und schien nachzudenken. »So scharfsinnig wie immer«, sagte er endlich und lächelte gutmütig. »Ja, es gab ein Aber. An unserer Schlussfolgerung konnte das allerdings nichts ändern.«

Kajsa dachte an Sperre. Der Gedanke, der sich nun aufdrängte, stimmte mit dem überein, was Kjelstad erzählt hatte, und einige Puzzleteile fügten sich.

»Wenn ich Ihnen erzähle, dass er diese Jungen sexuell missbraucht hat, was sagen Sie dann?«

Kjelstad sah nicht im Geringsten schockiert aus. Oder er war geübt darin, es nicht zu zeigen. Die Furche über seiner Nasenwurzel vertiefte sich jedoch ein wenig. Er gab keine direkte Antwort, sondern sagte stattdessen: »Bei der Ermittlung hat mir etwas zu denken gegeben. Slettemoen hatte sich heftig die Stirn angestoßen, vermutlich hat er dabei das Bewusstsein verloren.«

»Was war so seltsam daran? Das ist sicher beim Sturz passiert?«

»Das schon ...« Kjelstad zögerte. »Aber es ist nicht sonderlich natürlich, mit der Stirn irgendwo anzustoßen, wenn man sich über einen Stegrand beugt. Es kann natürlich passieren, aber …«

»Das haben Sie also damals schon gedacht?«

»Ja, aber es gab keine Beweise. Außerdem waren die Jungen erst zehn oder elf.«

»Und jetzt? Wie denken Sie jetzt? Missbrauch …«

Er ließ sie nicht ausreden. »Ich war zu lange bei der Polizei, um übereilte Schlüsse zu ziehen. Aber ich bin sicher, dass die Jungs uns etwas verschwiegen haben. Vielleicht haben Sie mir jetzt die Erklärung geliefert.«

Sie blickte ihn gespannt an.

»Dass sie sich seltsam verhalten haben, weil sie nicht zeigen wollten, dass sie sich über seinen Tod freuten.«

Die Polizei tappt im Dunkeln, schrieben die Zeitungen. Er saß im Auto gegenüber von Kanal 4 und las die Zeitungen. Natürlich tappten sie im Dunkeln. Er hatte keine Spuren hinterlassen. Weder, als er bei ihnen im Haus gewesen war, noch früher in seinem Leben. Dennoch war er unzufrieden. Die Presseleute gruben doch sonst immer allen vorhandenen Dreck aus. Warum taten sie es diesmal nicht? Sie mussten doch wenigstens feststellen, dass es etwas über die Vergangenheit der beiden Alten zu erzählen gab? Es gab keinen anderen Ausweg, er musste ihnen auf die Sprünge helfen.

Er wünschte, er könnte sie einfach anrufen. Ihre Stimme hören, ihr berichten, wie es gewesen war, ihr alles erzählen, nicht von den letzten Tagen, sondern von früher. Er war sicher, dass sie verstehen würde. Sie würde ihn mit diesen braunen Augen ansehen, voller Wärme, vielleicht würde sie seinetwegen weinen, ihn in den Arm nehmen, und er würde mit ihr in den Wald gehen, wo sie eng umschlungen liegen und die Baumwipfel ansehen könnten, die Wolken hoch über ihnen.

Er musste sich in Acht nehmen. Er dachte jetzt schon unvorsichtige Gedanken. Aber er brauchte die Wärme, die diese Gedanken ihm schenkten. Er hatte noch nie für einen anderen Menschen so empfunden. Niemals. Nicht einmal für Ida.

Ida ähnelte Kajsa, denn sie hatte auch braune Augen gehabt.

Er hatte es sich angewöhnt, jeden Tag nach der Arbeit am Sender Kanal 4 vorbeizufahren. Ab und zu hielt er an und wartete, hoffte, dass sie auftauchen würde. Das war bisher nicht geschehen, aber während er nun in der Zeitung blätterte, schaute er in den Rückspiegel, und da war sie. Sie ging durch die Straße auf die Tiefgarage zu. Er schaltete, wendete, fuhr ein Stück die Straße hinunter, hielt und wartete. Als er sie aus der Garage kommen sah, nahm er die Verfolgung auf.

Es war so ein gutes Gefühl, als wären sie zusammen, er stellte sich vor, sie würden gemeinsam irgendwohin fahren, und wenn sie dort angekommen wären, würde sie aus dem Auto springen und ihm entgegenlaufen. Ihn umarmen. Er hatte fast dasselbe gute Gefühl wie im Wald, als er jetzt im Auto hinter ihr herfuhr: dass er in Sicherheit, dass alles gut war.

Er folgte ihr den ganzen Weg bis nach Nesodden und sah sie dort ein Haus betreten. Er rief bei der Auskunft an und nannte die Adresse, neugierig darauf, wer dort wohnte. Als die Frauenstimme den Namen Henrik Kjelstad nannte, erlitt er einen Schock.

Er würde diesen Mann niemals vergessen, diesen großen, kräftigen Menschen, vor allem aber seine Augen, die ungewöhnlich blauen Augen. Kjelstad hatte die Hand gehoben, um ihm durch die Haare zu fahren, aber er war jäh ausgewichen, er hatte geglaubt, der Mann wolle ihn schlagen. Kjelstad hatte ihn mit einem Blick angesehen, als ob er verstanden habe, mit einer Milde, die ihm vorkam wie eine physische Berührung.

Was wollte Kajsa bei Kjelstad? Er musste sie von nun an noch genauer im Auge behalten. Es würde ihm guttun, ihr so nah zu sein. Noch näher als jetzt. Deshalb beschloss er, das zu tun, woran er die letzten Tage gedacht hatte. Er würde sie auf die Fährte bringen, damit die Vergangenheit ans Licht kam.

Dieser Gedanke tat ihm gut. Es war, als flüsterte er ihr ins Ohr, fast wie eine Liebkosung.

Als sie von Nesodden zurückfuhr, rief Kajsa Sperre an.

Es wurde ein kurzes Gespräch. Als er hörte, dass sie es war, erklärte er, er habe nichts mehr zu sagen. Und er war unerschütterlich in seinem Entschluss. »Ich habe Ihnen alles gegeben, was ich weiß«, sagte er.

»Ja, schon, aber war Slettemoen, dieser Freizeitleiter, von dem Sie erzählt …«

Weiter kam sie nicht. Sperre hatte aufgelegt.

Sie konnte nicht sicher sein, solange Sperre es nicht bestätigte. Aber es war absolut möglich, dass Sperre bei Slettmoens Unfall dabei gewesen war. Vielleicht hatte er sogar mitgeholfen, ihn umzubringen.

Hatte er das mit seiner ganzen Heimlichtuerei andeuten wollen?

9

Kajsa blinzelte und setzte sich im Bett auf. Der Radiowecker zeigte erst halb sechs. Sie griff nach dem Mobiltelefon, das auf dem Nachttisch lag. Wer rief um diese Zeit an?

»Hallo?«

»Warum kommst du nicht?« Es war ihre Mutter.

»Wieso soll ich kommen?«

»Du solltest mich doch um fünf abholen.«

»Dich abholen?« Kajsa begriff gar nichts.

»Ja, wir wollten heute doch zusammen zum Training, ins Elixia.«

Training? Langsam dämmerte es Kajsa. Ihre Mutter gehörte zu den vielen eifrigen Rentnerinnen, die zweimal in der Woche im Elixia in Asker trainierten. An diesem Tag hatten sie zusammen hingehen wollen, eine Runde im Geräteraum.

»Weißt du, wie spät es ist, Mama?«

»Ja, es ist schon nach halb sechs, und wir waren um fünf verabredet«, sagte die Mutter vorwurfsvoll.

»Aber jetzt ist Morgen, nicht Nachmittag.«

Es wurde still am anderen Ende der Leitung. »Mama, bist du da?«

»Ja, ich … jetzt ist Morgen? Ist es halb sechs Uhr morgens?«

»Ja.«

»O, tut mir leid, Kajsa. Ich bin auf dem Sofa eingeschlafen … das muss gestern Abend gewesen sein, und dann bin ich aufgewacht und habe gedacht, ich hätte ein Mittagsschläfchen gehalten.«

»Jaja«, sagte Kajsa und zwang sich, ihre Stimme leicht und unbekümmert klingen zu lassen. »Das kann ja passieren. Am besten legst du dich wieder hin.«

Sie selbst konnte nicht mehr einschlafen.

Kajsa ging ins Badezimmer, blieb lange unter der Dusche. *Gesunde Kinder, eine Arbeit, die mir zusagt, keine finanziellen Sorgen, ein Mann, der Erfolg hat, den alle mögen, ich habe ein Auto und ein Haus, eine Arbeit, die ich liebe, und alles, was ich brauche. Alles wird sich finden. Aksel hat recht, Mama ist nur ein bisschen vergesslich, das ist ganz normal in ihrem Alter. Das mit Aksel und mir wird auch in Ordnung kommen, wir sind nur gerade in einer Phase, in der wir nicht genug Zeit füreinander haben. Es wird sich ändern, wenn die Kinder größer werden. Vielleicht können wir uns einen Babysitter suchen und mehr zusammen unternehmen. Ein Liebespaar sein.*

Wie das Paar auf dem Rastplatz.

Sie dachte oft an die beiden, das verstärkte das Gefühl, etwas versäumt zu haben.

Worüber redet man, wenn man ein Liebespaar ist, das sich an einem Tisch gegenübersitzt?, überlegte sie.

Sie sah sie vor sich, die beiden bei der Raststätte. Dieses Bild hatte sich ihr seit dem vergangenen Sommer eingepragt.

Es war wie ein Kurzfilm, den sie immer wieder ablaufen ließ, eine Erzählung von Nähe, eine Beschreibung einer unklaren Sehnsucht, die sie bisher nicht begriffen hatte.

Sie waren auf dem Weg in den Urlaub nach Schweden gewesen. Unterwegs hatten sie an einer Tankstelle gehalten. Davor lag ein Spielplatz mit einigen Tischen. Sie und Aksel hatten sich an einen Tisch gesetzt, während die Kinder auf dem Klettergerüst herumturnten. Sie hatten in der Sonne gesessen, eine Wurst gegessen, Kaffee getrunken, einen Schokoriegel geteilt, nicht miteinander geredet, nur den Kindern zugesehen.

Ein Ehepaar in ihrem Alter, mit zwei Kindern, hatte ein Stück weit entfernt Platz an einem Tisch genommen.

Zuerst kamen die Kinder angerannt und stürzten sich auf die Schaukeln. Die Mutter setzte sich und sah ihnen zu. Gleich darauf erschien der Mann. Er setzte sich nicht auf die andere Seite des Tisches, so wie Aksel, sondern rittlings auf die Bank, dicht neben die Frau. Sie lehnte sich an ihn und lächelte ihn an, und er gab ihr einen leichten Kuss. Auf den Mund.

Sie hatte Aksel angesehen. Er war vertieft in sein Telefon und verschickte eine Nachricht, sicher beruflich, hatte sie gedacht.

Sie sah den Kindern wieder eine Weile zu, dann lugte sie zu dem Paar hinüber. Sie saßen dicht aneinandergeschmiegt da, er flüsterte ihr etwas ins Ohr, sie lächelte.

In diesem Moment hatte Kajsa die Bewegung unter der Bluse der Frau gesehen, seine Hand, die über ihre Brüste strich. Die beiden ließen sich nichts anmerken, schauten nur den Kindern zu. Ihre Gesichter zeigten keine Erregung oder Lust, sie sahen einfach nur vollkommen ruhig, harmonisch aus.

Kajsa dachte, es seien vielleicht nicht ihre eigenen Kinder oder nur seine oder ihre, die beiden hätten sich gerade erst kennengelernt, alles sei neu, ein frisch verliebtes Paar, das nicht genug voneinander bekommen konnte, so wie es bei ihr und Aksel einmal gewesen war.

Aber gleich darauf hörte sie, dass die Kinder die beiden Mama und Papa nannten.

Der ältere Junge war vielleicht zwei Jahre älter als Anders. Die beiden kannten sich also mindestens so lange wie Kajsa und Aksel.

Wann hatten sie und Aksel aufgehört, einander so nahe zu sein? Sie wusste es nicht. Sie sah ihn an, sein Telefon piepste, er war weit weg, in seine Arbeit vertieft. Jetzt. Die ganze Zeit.

Das Paar stand auf. Der Mann rief die Kinder, dann nahm er die Hand der Frau, und sie gingen zum Auto, Hand in Hand. Es waren nur zehn Meter.

Wann hatte Aksel zuletzt ihre Hand genommen, als sie nebeneinanderher gingen? Oder: Wann hatte sie seine Hand genommen?

Dieses Bild des Paares auf der Bank bei der Tankstelle hatte ihr Denken verändert. Langsam, Stück für Stück, Tag für Tag, hatte das Bild in ihr eine wachsende Unruhe ausgelöst, das Gefühl, etwas versäumt zu haben.

Nachdem sie geduscht hatte, stand sie nackt vor dem Spiegel. Bald vierzig. Nicht schlecht. Ein bisschen Bauch, Brüste, die zeigten, dass zwei Kinder sie leer gesaugt hatten, aber schlanker als viele in ihrem Alter, auch wenn die Haut am Bauch seit der letzten Geburt ein wenig zu schlaff aussah. Sie cremte sich mit Bodylotion ein, massierte fest, trat näher an den Spiegel heran, trug Tagescreme auf, föhnte die Haare, nahm sie zu einem Zopf zusammen, blieb stehen und sah sich an.

Nicht hässlich. Nicht schön. Durchschnittlich. Schöne Augen.

Die Leitung von Kanal 4 suchte eine neue Moderatorin für das Diskussionsprogramm *Tagesordnung*. Bisher hieß es nur, sie hätten am liebsten eine Frau.

Kajsa interessierte sich für diese Stelle, mehrere Kollegen hatten angedeutet, sie hätte Chancen. Aber sie würde nicht genommen werden. Sie war zu durchschnittlich.

Das hatte der Chefredakteur gesagt. Nicht wortwörtlich, aber sie war ja nicht blöd.

»Hier sitzt du also«, hatte er eines Tages gesagt, als er in der Redaktion vorbeigeschaut hatte. Er hatte sich auf ihren Schreibtisch gesetzt, so nah, dass sein Knie ihren Oberschenkel gestreift hatte. »Eine von Norwegens besten politischen Reporterinnen«, hatte er hinzugefügt.

»Du hast deinen eigenen Stil, meine Kleine«, sagte er dann. »Man weiß sofort, welche Beiträge von dir stammen. Man merkt es an den Bildern, dem Schnitt, an der Sprache. Und nicht zuletzt: an deiner Stimme. Sie klingt ein bisschen heiser. Da gibt es kein Vertun.«

Sie konnte es nicht verhindern, dass sie sich geschmeichelt fühlte. »Danke, das höre ich gern«, sagte sie.

»Aber«, erwiderte er und hob einen Finger, beugte sich vor und flüsterte: »Du könntest noch besser sein, wenn du LIVE auf Sendung bist.«

»Ach?« Sie blickte ihn abwartend an.

»Ich habe eine Philosophie: Frauen in unserem Sender sollen so sein, wie unsere Zuschauerinnen gern wären: professionell, tüchtig, gepflegt, gut angezogen und attraktiv. Und so, dass unsere Zuschauer«, er beugte sich noch weiter zu ihr vor, »feuchte Träume kriegen.« Dann lehnte er sich zurück und lachte so laut, dass die anderen in der offenen Bürolandschaft sich umdrehten und sie beide anstarrten. Sie hätten sicher zu gern gewusst, worüber er lachte, denn Kajsa war knallrot geworden.

Der Chef erhob sich. »Ein paar helle Strähnchen im Haar und etwas mehr Schminke würden sich gut machen, meine Kleine«, sagte er und zwinkerte ihr zu. »Ich liebe Blondinen, deshalb war ich mit dreien verheiratet.« Wieder lachte er laut.

10

Am nächsten Tag hatte sie zum ersten Mal seit langer Zeit frei. Sie hatte einen Friseurtermin ausgemacht, und das Resultat fiel zu ihrer Überraschung besser als erwartet aus – ohne dass sie glaubte, damit bei irgendjemandem *feuchte Träume* zu verursachen. *Vielleicht bei Aksel,* dachte sie und musste ihr Spiegelbild und den Friseur hinter sich anlächeln.

Als sie nach Hause kam, war es erst zwei, sie könnte noch eine Runde joggen, ehe sie die Kinder holte.

Vielleicht war es eine bewusste Entscheidung, vielleicht nicht, aber nach einer Weile fand sie sich am Tatort wieder. Sie blieb stehen und machte Dehnübungen, ehe sie beschloss, zum Haus hochzugehen. Sie öffnete das Gattertor. Die Morde lagen inzwischen zehn Tage zurück, und die Absperrbänder waren noch nicht entfernt worden. Wieder überkam sie das scheußliche Gefühl wie beim ersten Besuch hier. Es war verflogen, als es auf dem Hofplatz vor Polizei gewimmelt hatte, aber nun, da sie allein hier stand, stellte es sich wieder ein.

Langsam ging sie auf das Haus zu, schaute sich um, es war ganz still. Dennoch hatte sie das Gefühl, dass jemand sie beobachtete, genau wie damals, als sie mit Hanne hier gestanden hatte.

Die Eingangstür war plombiert, die Küchengardinen vorgezogen. Sie stellte sich auf die Zehenspitzen, versuchte, durch einen Spalt hindurchzuspähen, sah aber nur einen Teil des Küchentischs.

Sie ging um das Haus herum, zur Veranda auf der Rückseite. Die Tür zum Wohnzimmer war ebenfalls abgeschlossen. Sie sah bei den anderen Gebäuden nach, aber alles war verschlossen und plombiert. Schließlich überquerte sie den Hofplatz und folgte dem Weg um den See, blieb stehen und sah sich das Haus aus der Entfernung an. Sie bekam eine Gänsehaut.

Auf dem Rückweg zum Auto kam sie am Haus von Birte und Njål vorbei. Njål saß wieder auf der Treppe.

»Hallo, Njål«, rief sie. Er gab keine Antwort. Sie ging auf ihn zu.

»Was willst du?«, fragte er. Sein Tonfall passte nicht zu der unhöflichen Frage.

»Ist deine Mutter zu Hause?«

Er nickte und machte eine Kopfbewegung in Richtung Tür. Kajsa klopfte an und trat ein.

»Hallo? Sind Sie zu Hause, Birte?«, rief sie und ging weiter durch den Flur.

Birte lag im Wohnzimmer auf dem Sofa. »Hallo«, sagte Kajsa. »Störe ich? Nein, nein, bleiben Sie ruhig liegen«, fügte sie hinzu, als Birte sich aufsetzen wollte. Die ältere Frau ließ sich in die Kissen zurücksinken.

»Sind Sie krank?« Kajsa musterte sie besorgt. Ihre Haut war bleich und feucht.

»Ich weiß nicht«, erwiderte Birte. Sie atmete angestrengt und sah müde und erschöpft aus. Sie schien seit ihrer ersten Begegnung gealtert zu sein.

»Ich bin bloß so schlapp, schaffe gar nichts mehr, habe keine Kraft, mir wird schon schwindlig, wenn ich nur durch das Zimmer gehe, gestern bin ich gefallen, mitten in der Küche, können Sie das begreifen?«

Kajsa fragte nach ihrem Hausarzt, und Birte nannte den Namen eines Arztes vom Ärztezentrum in Asker. »Da rufe ich an«, sagte Kajsa.

»Ach nein, tun Sie das nicht.«

»Warum nicht?«

»Njål. Was soll aus Njål werden, wenn ich nicht hier bin?«, flüsterte Birte. »Er hat doch nur mich. In letzter Zeit war er ein bisschen … wie soll ich sagen … nicht ganz er selbst, als ob ihn irgendetwas quält.«

»Haben Sie noch andere Kinder?«, fragte Kajsa.

»Ja, noch einen Sohn.«

»Vielleicht kann ich den anrufen?«

»Nein, das hat keinen Zweck, er hat immer so viel zu tun.«

»Wie heißt er? Wo wohnt er?«

»Ingvald. Ingvald Kristiansen. Er wohnt in Bergen. Er hat keine Zeit, um herzukommen, bloß weil ich mich nicht richtig wohlfühle, das können Sie sich doch denken.«

»Dann rufe ich Ihren Hausarzt an«, sagte Kajsa energisch und wählte die Nummer, die sie während des Gesprächs von der Auskunft erfragt hatte.

Im Ärztezentrum ging niemand an den Apparat. Kajsa stellte ihr Telefon auf Lautsprecher um und wartete. »Soll ich einen Kaffee machen?«, fragte sie. Birte nickte nur.

Nach zwanzig Minuten war Kajsa noch immer nicht durchgekommen. Sie schaute auf die Uhr, es ging auf vier zu. *Ich muss Thea und Anders holen,* dachte sie leicht gestresst.

Sie ließ es im Ärztezentrum weiterklingeln, holte Birtes Mantel, zog sie an, bat Njål, sich ebenfalls fertig zu machen, und gemeinsam halfen sie Birte zum Wagen. Kajsa holte Thea im Kindergarten und Anders aus dem Schulhort ab, fuhr nach Asker, suchte einen Parkplatz, und sie gingen alle zusammen in die Praxis. Das Wartezimmer war voll besetzt. Sie ging zum Empfang und wartete darauf, dass die Sprechstundenhilfe öffnete. Die Frau hinter der Glasscheibe sah sie nicht an, sie telefonierte und starrte auf einen Bildschirm. Es dauerte und dauerte, die Frau beendete ihr Telefongespräch, erhob sich und ging. Die ganze Zeit konnte Kajsa das Telefon klingeln hören. Nach mehreren Minuten kam sie zurück, sah Kajsa noch immer nicht an, griff abermals zum Telefon.

Thea stellte sich neben ihre Mutter und zupfte sie am Arm.

»Ich hab Hunger, Mama.«

Kajsa sagte, sie müsse warten, bald würden sie nach Hause fahren und essen.

»Ich will jetzt essen!« Kajsa kannte Theas Quengelstimme, wusste, dass ihre Tochter sich bald vollkommen bockig aufführen würde. »Ich hab Hunger«, wiederholte Thea, noch trotziger. »Ich WILL jetzt essen!«

»Da drüben auf dem Tisch liegen schöne Bücher«, sagte Kajsa. »Schau die dir mal an, und dann fahren wir bald.«

»Ich will nicht. Ich hab Hunger!« Thea zerrte sie am Arm. Kajsa sah die Frau hinter der Glasscheibe an, noch immer kein Kontakt. Birte saß auf einem Stuhl, sie hatte ihren Kopf auf Njåls Schulter gelegt. Der saß einfach nur da und kaute an seinem Daumennagel. Er hatte jetzt etwas Ruheloses, Unsicheres.

Anders spielte mit einigen Legosteinen auf einem kleinen Tisch. Ab und zu blickte er zu seiner Mutter hoch. *Der geduldige Anders,* dachte sie. Er hat sicher auch Hunger, ist aber bereit, einfach abzuwarten.

Thea weinte jetzt, sie hatte sich auf den Boden gesetzt und zerrte an Kajsas Jacke. Kajsa hatte das Gefühl, dass alle sie anstarrten, ihr Gesicht war rot und heiß, und sie spürte, wie ihr unter den Armen der Schweiß ausbrach. Sie bückte sich, versuchte, Thea zum Schweigen zu bringen und sie hochzuheben. Aber Thea protestierte lauthals und schlug nach ihr. In diesem Moment drückte die Frau auf einen Knopf und die Glasscheibe bewegte sich mit einem mechanischen Geräusch langsam zur Seite.

»Ja?« Die Frau sah sie fragend an.

»Ich bin mit einer älteren Dame hier, die …«

Die Frau fiel ihr ins Wort. »Geburtsdatum?«

»Das weiß ich nicht, aber ich bin gekommen, weil …«

»Den Namen! Haben Sie einen Termin?«

»Nein, ich …«

»Sie haben keinen Termin?« Die Frau sah sie verärgert an.

»Nein, ich habe immer wieder angerufen, bin aber nicht durchgekommen.«

»Sie müssen einen Termin haben, sehen Sie nicht, dass es hier voll ist?«

»Doch, aber …«

»Wer ist ihr Hausarzt?«

Kajsa nannte den Namen des Arztes. »Der hat heute frei«, sagte die Frau. Kajsa konnte sie kaum hören, weil Thea so laut schrie. Sie beugte sich vor.

»Es ist mir, ehrlich gesagt, scheißegal, wo sich der Arzt herumtreibt, hier werden ja wohl noch andere sein? Ich habe eine ältere Dame hierhergebracht, die Hilfe braucht, und wir bleiben hier sitzen, bis sie diese bekommt.«

Die Frau öffnete den Mund, aber ehe sie etwas sagen konnte, fuhr Kajsa fort: »Sie ist krank, sie braucht Hilfe, und die Hilfe braucht sie jetzt.« Wieder öffnete die Frau den Mund, aber Kajsa redete einfach weiter.

»Diese Frau ist eine Bekannte, ich bin nicht für sie verantwortlich, sie ist nicht meine Mutter, nicht einmal meine Nachbarin. Ich habe zwei Kinder bei mir und ihren behinderten Sohn, die Kinder haben seit Stunden nichts gegessen, sie sind müde und erschöpft, meinen Sie, Sie könnten so nett sein und uns ziemlich bald drannehmen?«

»Vor Ihnen warten schon ziemlich viele«, sagte die Frau mürrisch.

»Okay, dann muss ich mit meinen Kindern nach Hause fahren. Und die Frau und ihren Sohn Ihnen überlassen.« Sie bückte sich, überhörte Theas Protestgeschrei und hob sie hoch.

»Warten Sie, ich werde sehen, was sich machen lässt.« Die Glasscheibe schob sich knirschend vor die Luke.

An diesem Tag kamen Kajsa und die Kinder erst um sieben nach Hause.

Der Arzt hatte bei Birte einen leichten Schlaganfall und stark erhöhten Blutdruck festgestellt. Er hatte eine Menge Blutproben genommen, und Birte sollte nach dem Wochenende noch einmal wiederkommen. Danach waren sie zum Einkaufszentrum Trekanten gefahren, Kajsa hatte das Auto im Parkhaus abgestellt, war mit Thea und Anders in die Apotheke gegangen, während Birte und Njål im Auto warteten, und hatte für Birte ein blutverdünnendes Medikament geholt. Dann hatte sie Birte und Njål nach Hause gefahren.

Thea war im Auto eingeschlafen, und Kajsa musste sie ins Haus tragen. Inzwischen war Kajsa so müde, dass sie sich am liebsten einfach auf den Boden im Flur gesetzt hätte.

»Wo in aller Welt hast du denn gesteckt?« Aksel stand in der Wohnzimmertür, er sah wütend aus.

In den Händen hielt er eine Plastikwanne voller zusammengelegter Socken. *Ach was,* dachte Kajsa, *es geschehen noch Zeichen und Wunder.* Überall auf dem Wohnzimmertisch lagen einzelne schwarze Socken. Die Lampe über dem Tisch strahlte hell. Dennoch sahen alle Socken genau gleich aus.

»Weißt du, wie spät es ist?«, fragte Aksel vorwurfsvoll. »Ich habe immer wieder versucht, dich anzurufen, habe mehrere SMS geschickt, aber keine Antwort bekommen.«

»Der Akku ist leer«, erwiderte sie müde.

»Die Kinder müssen bald ins Bett, ich warte seit zwei Stunden auf euch, hast du nicht daran gedacht, dass ich mir vielleicht Sorgen mache?«

»Nein«, erwiderte sie mit harter Stimme. »Nein, ich habe nicht an dich gedacht.« Ihre Stimme wurde immer lauter. »Ich hatte einen anstrengenden Nachmittag, und der Letzte, an den ich gedacht habe, warst du!« Sie fing an, Thea und Anders auszuziehen. Thea protestierte im Halbschlaf. Anders ging lautlos an seinem Vater vorbei ins Wohnzimmer.

»Aber wo warst du denn eigentlich?«

»Beim Arzt.«

»Beim Arzt, wer ist krank?«

»Birte.«

»Wer ist Birte?« Aksel sah sie verzweifelt an.

Kajsa erzählte von Birte, dass sie beim Joggen bei ihr vorbeigeschaut hatte.

»Aber was hattest du da zu suchen?« Jetzt klang Aksels Stimme noch wütender. »Kannst du nicht die Finger von Mordfällen lassen? Du hast versprochen, dich nicht in meine Fälle einzumischen, du hast gesagt …«

»Halt die Klappe!«, fiel sie ihm ins Wort. Kajsa schaute in Aksels erregtes Gesicht, erwiderte seinen harten Blick. »Hör auf, Aksel.« Sie vernahm den weinerlichen Ton in ihrer Stimme.

Aksel gab keine Antwort, er bückte sich, hob Thea hoch und kehrte Kajsa den Rücken zu.

Nun setzte sie sich einfach auf den Boden.

»Was ist los, Mama?« Anders stand in der Tür und sah sie an. Sie fuhr sich mit der Hand über die Augen.

»Nichts, ich bin nur schrecklich müde.« Mit großer Kraftanstrengung stand sie auf. »Komm, wir gehen ins Badezimmer«, sagte sie leichthin.

Nachdem die Kinder eingeschlafen waren, wartete sie darauf, dass Aksel die Initiative ergriff, sie fragte, was geschehen sei, die Spannung beseitigte, die Distanz zwischen ihnen überbrückte. Aber er ging einfach schweigend in sein Arbeitszimmer.

Sie blieb vor dem Fernseher sitzen, starrte ins Leere. Aksels harter Blick ließ sie nicht los.

Er glaubt sicher, dass ich böse bin, dabei bin ich nur müde, so unendlich müde, dachte sie. *Doch das sieht er nicht, oder es ist ihm egal. Es interessiert ihn nicht.*

»Das lag im Briefkasten.«

Sie wollte gerade die Treppe hochgehen und sich schlafen legen, als Aksel mit einem Briefumschlag in der Hand aus seinem Arbeitszimmer kam.

Auf dem Umschlag, auf dem weder ein Briefmarke noch ein Stempel war, stand *Kajsa Coren*. Offenbar hatte ihn jemand direkt in ihren Briefkasten gesteckt. Sie riss den Umschlag auf. Auf dem Blatt Papier stand: *Was ist während des Krieges geschehen?*

Kajsa ließ sich auf eine Treppenstufe sinken.

»Was ist das?«, fragte Aksel.

Kajsa reichte ihm den Brief.

»Du lügst, du arbeitest an dem Mordfall«, rief Aksel empört.

»Nein, es geht um Politik!«

»Warum bekommst du dann so was?«

»Woher soll ich das wissen?« Kajsa sprang auf. »Ist das alles, was du zu sagen hast, was dich interessiert? Glaubst du vielleicht, es ist angenehm, so einen Brief zu kriegen?«

»Du musst doch begreifen, dass …«

»Aksel, nicht jetzt«, fiel sie ihm ins Wort.

Er seufzte.

»Tut mir leid, ich bin nur ein bisschen ängstlich.«

»Willst du damit andeuten, dass der Inhalt dieses Briefes dir etwas sagt? Warum bringst du ihn mit dem Doppelmord in Verbindung?«

Er gab keine Antwort.

»Gibt es etwas in der Vergangenheit der beiden Mordopfer, dem ihr nachgeht?«, fragte sie. »Ja, ich weiß, dass du nicht über den Fall reden darfst, aber das kannst du mir immerhin sagen, damit ich weiß, ob das hier ein Grund zur Sorge ist.«

»Das hier gefällt mir nicht.«

»Warum nicht?«

Aksel musterte sie nachdenklich.

»Wer immer dir das hier geschickt hat, weiß etwas über das Ehepaar, über ihre Vergangenheit. Und wer weiß so was?«

»Der Mörder zum Beispiel«, sagte Kajsa.

»Verstehst du, warum ich Angst habe, wenn du solche Briefe bekommst?«

Sie öffnete den Mund, doch ehe sie antworten konnte, sagte er: »Diesen Brief nehme ich mit zur Polizei. Und noch eins: Das mit der Vergangenheit behältst du für dich.«

Wieder öffnete sie den Mund, aber Aksel sah sie mit ernster Miene an: »Das ist mein letztes Wort.«

Kajsa konnte nicht schlafen, obwohl sie so müde war, dass ihr alles wehtat. Ihre Gedanken ließen ihr keine Ruhe. Wer hatte den Brief geschickt? Und warum gerade an sie? Hätte sie Aksel von dem Brief erzählen müssen, den sie in der Redaktion bekommen hatte, konnte er vom selben Absender sein? Ja, das sollte sie eigentlich. Nein, das brachte sie nicht über sich. Aksel würde noch wütender werden. Was war während des Krieges passiert? Plötzlich wusste sie es. Godø, die beiden hießen Godø. Ein Name aus Sunnmøre, ein Name auf Godøya. Sie würde jemanden auf dieser Insel anrufen, vielleicht einen Lokalhistoriker, der ihr helfen könnte festzustellen, ob die beiden ursprünglich von dort kamen. Aksel brauchte nichts davon zu erfahren.

Gehörte Godøya nicht zur Gemeinde Giske? Und lag ganz in der Nähe von Ålesund? Doch, sicher, sie war einmal mit ihren Eltern dort gewesen, Sonntagsausflug nach Alnes, dieses kleine Dorf mit dem großen Leuchtturm.

11

Als Kajsa am nächsten Tag bei Birte und Njål vorbeischaute, tauchte Karsten Kjølås auf, der die Ermittlungen zu dem Doppelmord leitete. Er wollte mit Njål sprechen.

»Hallo, Kajsa«, begrüßte er sie. »Ach, du arbeitest an dem Fall«, fügte er mit einem sarkastischen Lächeln hinzu.

»Nein«, antwortete sie kurz. »Ich bin nur eine Freundin der Familie.«

Karsten ging mit Njål in die Küche, blieb aber in der Tür stehen und drehte sich zu Kajsa um.

»Geht es dir gut?«, fragte er und erwiderte ihren Blick. Kajsa merkte, dass ihre Wangen heiß wurden. Aksel hatte ihm natürlich den Brief gezeigt.

»Ja«, antwortete sie und schaute zu Boden.

»Kennen Sie den?«, fragte Birte ganz leise, als Karsten die Tür geschlossen hatte.

»Ja«, antwortete sie.

»Flottes Mannsbild«, sagte Birte.

Zwanzig Minuten darauf kam Njål zurück ins Wohnzimmer. Kajsa bemerkte, dass er heftig an seinem Daumennagel kaute.

»Was wollte er?«, fragte die Mutter ängstlich.

Njål kaute weiter an seinem Daumen.

»Njål, was wollte er wissen?«

»Wald.«

»Wald?«

»Ja, was ich im Wald gemacht habe.«

»Und sonst?«

»Der hat nach Tieren und so was gefragt, ob ich Tiere gernhabe.«

»Hast du denn im Wald Tiere gesehen?«

»Nein, keine Tiere.«

»Hast du etwas anderes gesehen?«

Njål kaute noch wütender an seinem Daumen.

»Hast du im Wald jemanden gesehen?«

»Njål, was hast du gesehen?«, fragte sie mit sanfter Stimme. »Mir kannst du es sagen.«

»Einen Mann ... einen Mann.«

»Wo stand der?«

»Am anderen Seeufer.«

»Was hat er gemacht?«

»Das Haus angeguckt.«

»Was hat er sonst noch gemacht?«

»Nichts.«

»Stand er ganz still?«

»Ja.«

»Lange?«

»Ja.«

»Hast du das alles dem Polizisten erzählt?«

»Nein.«

»Du musst dem Polizisten alles erzählen, weißt du.«

Sie bekam keine Antwort. »Hast du sonst noch etwas gesehen? Was hat der Mann danach gemacht?«

Aber Njål schaute nur aus dem Fenster und kaute wortlos weiter auf seinem Daumen herum.

Kajsa blieb lange bei Birte sitzen und redete mit ihr. Birte war zweimal von der Polizei vernommen worden. »Ich antworte auf alles, was sie fragen, natürlich tu ich das, aber es ist ziemlich unangenehm, ich will doch nicht in einen Mordfall verwickelt werden«, sagte sie zu Kajsa.

Kajsa hatte *VG* und *Dagbladet* mitgebracht, und Birte blätterte rasch zu den Artikeln über den Doppelmord. Es wurde immer weniger darüber berichtet. In den letzten Tagen war überhaupt nichts darüber geschrieben worden. Aber an diesem Tag brachte *VG* eine große Nicht-Neuigkeit: KEINE SPUR IM DOPPELMORD. Birte las den Artikel mehrere Male, ehe sie die Zeitung weglegte.

»Die kommen nicht weiter«, sagte Kajsa.

»Nein …« Birte nahm die Brille ab und seufzte. »Nein …«, wiederholte sie und schaute nachdenklich aus dem Fenster. »Die kommen nicht weiter.«

Kajsa hatte mit Birte nicht viel über den Fall gesprochen. Sie wollte nicht aufdringlich wirken, Birte sollte nicht denken, sie sei als Journalistin hier, kümmere sich deshalb um sie. Darum wartete sie, bis Birte das Thema zur Sprache brachte. »Was meinen Sie?«, fragte Kajsa vorsichtig.

Birte seufzte noch einmal und nahm sich ein Himbeerbonbon aus einer Tüte auf dem Tisch. Sie lutschte eine Weile, dann schaute sie Kajsa wieder an.

»Kann ich mich auf Sie verlassen?«, fragte sie.

»Natürlich«, sagte Kajsa und dachte, dass sie vielleicht ein bisschen zu viel versprochen hatte. Was sollte sie machen, wenn Birte etwas Wichtiges wusste? Sie verdrängte diesen Gedanken und wiederholte: »Natürlich können Sie sich auf mich verlassen.«

»Es ist nur seltsam … dass eine Sache nicht erwähnt wird.« Dann verstummte sie, lutschte energisch an ihrem Bonbon.

»Was denn?«, fragte Kajsa schließlich und versuchte, sich nicht zu übereifrig anzuhören.

Wieder ein nachdenklicher Blick von Birte, die Für und Wider abzuwägen schien. Dann holte sie Luft. »Es gibt etwas … etwas, das vor langer Zeit passiert ist.«

Kajsa schwieg, ließ ihr Zeit.

»Die waren nicht immer allein.«

»Nicht allein?«

»Es gab ein Kind. Früher.«

»Wann denn?«

»Als Njål klein war. Ein Junge in Njåls Alter.«

»Aber … wie …« Kajsa war sprachlos. »Was … wer … war es ihr Kind?«

»Ich glaube schon.«

»Wie alt war er?«

»Er war klein, als ich ihn zum ersten Mal gesehen habe. Ich bin immer mit Ingvald und Njål spazieren gegangen, hatte Njål in einem Tragetuch auf dem Rücken. Ingvald war etwas älter als drei, als Njål geboren wurde. Wir waren jeden Morgen im Wald, nachdem Halvor zur Arbeit gegangen war, sie fanden es so schön, wir waren jeden Tag dort, bei jedem Wetter.« Ihr Blick ging in die Ferne, sie lächelte bei diesen Erinnerungen. »Das war eine glückliche Zeit. Njål war nicht immer … so.« Sie schaute zu Njål hinüber und schlug die Augen nieder.

Danach blickte sie wieder abwesend aus dem Fenster. Ihr Gesicht glättete sich, sie lächelte. Dann sah sie wieder Kajsa an. Sie hatte Tränen in den Augen. »Ich war der glücklichste Mensch auf der Welt. Ein lieber Mann, zwei gesunde Kinder, was braucht man im Leben denn sonst noch? Aber … was weiß man darüber, was bevorsteht? Njål wurde unten auf dem Semsvei von einem Auto angefahren, er hatte ein neues Fahrrad bekommen, er hat nur mit knapper Not überlebt und ...« Sie schlug die Hand vor die Augen. »Dann ist Halvor bei der Arbeit umgefallen. Das Herz, er war erst einundvierzig und dann ... ja, das hat er nicht überlebt. Und hier saß ich mit den Kindern. Allein.«

Kajsa fand keine Worte.

Nach einer Weile fragte sie: »Seid ihr damals an dem Haus vorbeigegangen?«

»Aber nein, wir haben nie die Gattertore geöffnet. Seit die beiden hergezogen sind, nicht mehr. Ich bin immer am anderen Ufer des Sees entlanggegangen. Und da habe ich sie gesehen. Alfhild. Mit dem Kind. Das erste Mal. Sie sah mich nicht. Ich war total überrascht. Ich hatte nicht gewusst, dass sie ein Kind erwartete.«

»Haben Sie sie danach auch noch einmal gesehen? Mit dem Kind?«

»Ja, mehrmals.«

»Wie alt war der Junge, als Sie ihn das letzte Mal gesehen haben?«

»Sechs Jahre, glaube ich.«

»Was ist passiert?«, fragte Kajsa.

Aber Birte gab keine Antwort. »Können Sie nicht Kaffee aufsetzen?«, fragte sie.

12

Aksel saß das ganze Wochenende im Arbeitszimmer und arbeitete an dem Doppelmord. Am Samstag kam Kjell Lauritzen zu Besuch. Kajsa brachte die Kinder ins Bett und nahm sich die Liste aus dem roten Karteikasten vor. Sie hatte bereits einen Ordner angelegt, den sie WAISENHAUS nannte. Dort hatte sie Zusammenfassungen aller Gespräche gespeichert, die sie zu diesem Thema geführt hatte. Sie legte einen neuen Ordner namens TÄTER an. Sie ging die Namen durch, insgesamt fünfzehn, zwei davon Frauen. Wieso waren es so viele? Jakob Sperre konnte doch nicht allen begegnet sein! »Mein kleines Hobby«, hatte er gesagt. Sicher hatte er Material zugesandt bekommen von Orten, an denen er nicht selbst gewesen war.

Sie begann mit denen, die nicht mehr am Leben waren, insgesamt zehn. Danach gab sie die Namen der fünf ein, die noch lebten. Keinen der Namen kannte sie.

Kajsa schaltete den Drucker ein, druckte das Dokument aus und ging damit und einer Tasse Wein auf die Terrasse. Es war ein sternklarer Abend, jedoch windig und kalt. Sie schaute auf das Thermometer: null Grad. Sie schaltete den Heizstrahler an der Wand ein, holte die Kissen für das Terrassensofa, den Pelz und die Wolldecke und setzte sich in die Ecke. Sie behielt den ersten Schluck Wein lange im Mund, schloss die Augen, legte den Kopf in den Nacken und holte tief Atem.

Was sollte sie mit diesen Informationen anstellen? »Darin graben«, hatte Sperre gesagt. Sie konnte aber nicht so einfach bei diesen Menschen auftauchen und sie mit dem konfrontieren, was sie über deren Vergangenheit wusste. Sie war sicher, dass niemand von ihnen gesprächsbereit sein und von den Übergriffen berichten würde. Das wäre eine ziemliche Sensation! Vielleicht würde jemand es anonym tun? Auf jeden Fall würde es viele Wochen dauern, Kontakt zu ihnen aufzunehmen, und die Vorstellung, dass bei der ganzen Arbeit nichts herumkommen könnte, war niederschmetternd.

»Was noch schlimmer ist«, hatte Sperre gesagt. Was war schlimmer als Übergriffe auf Kinder? *Der Tod,* dachte sie. *Nur der Tod.* Sie sah sich die Liste der Verstorbenen an. Auch dort kam ihr kein Name bekannt vor. Sie erhob sich und holte den Rechner.

Sie gab den ersten Namen von der Liste bei Google ein. Kein Treffer. Nächster Name. Kein Treffer. So machte sie weiter. Kein Treffer. Sie gab Inge Sorte ein. Treffer! Sie klickte den Link an und ließ sich auf dem Sofa zurücksinken.

Inge Sorte stand auf der Liste der nicht aufgeklärten Todesfälle. Kajsa streckte die Hand nach der Weintasse aus, zerstreut, den Blick auf den Bildschirm gerichtet, und las:

*Inge Sorte (47, *1945) wurde am 2. Oktober 1992 in der Nähe von Filtvedt tot aufgefunden. Sorte besaß kein Boot, und da in seinem Blut Drogenreste gefunden wurden, betrachtete die Polizei diesen Todesfall als verdächtig. Sorte war seit mindestens zehn Tagen tot, als er gefunden wurde. Er war frisch geschieden und lebte allein. Er hinterlässt keine Kinder.*

Mehr stand dort nicht. Kajsa scrollte auf der Seite nach unten. Dort waren alle unaufgeklärten Mordfälle seit 1975 aufgeführt. Sie wollte schon einen neuen Schluck Wein trinken, hielt aber in der Bewegung inne. Was zum …? Weiter unten auf der Liste standen drei Namen, die sie kannte.

*Jørgen Henriksen (50, *1945) wurde am 26. Oktober 1995 in seinem Haus in Hakadal tot aufgefunden. Die Polizei glaubt, dass Henriksen den Täter gekannt und dass dieser mehrere Tage bei ihm verbracht hat. Im Blut des Opfers wurden Spuren von großen Mengen Ketamin gefunden, und die Polizei meint, Henriksen sei betäubt worden, ehe er in der Badewanne ertränkt wurde. Er wurde von einer Freundin gefunden, die zu einem vorher vereinbarten Wochenendbesuch kam. Henriksen war frisch geschieden und lebte allein. Er hinterlässt zwei erwachsene Kinder.*

*Willy Nybø (72, *1925) wurde am 11. November 1997 tot aufgefunden. Nybø war verheiratet, war aber allein zu Hause, da seine Frau mit einer Freundin verreist war. Nybø wurde erst bei ihrer Heimkehr gefunden. Er war betäubt und im Schwimmbecken ertränkt worden. Die Polizei vermutete, der Mörder oder die Mörder hätten sich Zutritt zum Haus verschafft, möglicherweise bereits als Nybø seine Frau zum Flughafen fuhr. Nybø waren Verletzungen zugefügt worden, vermutlich über mehrere Tage hinweg, ehe er ertränkt wurde. Nybø wohnte in einer abgelegenen Gegend von Lommedalen. Er hatte keine Kinder.*

*Gudny Årvoll (72, *1927) wurde am Abend des 4. oder in der Nacht auf den 5. Dezember 1999 ermordet. Sie war zum Bingo in Stovner gewesen, in der Nähe ihres Wohnblocks. Dort hatte sie eine größere Geldsumme gewonnen. Es gab keine Hinweise auf einen Einbruch, und die Polizei vermutet, dass der Täter ein Bekannter von Årvoll war und sie ihn hereingelassen hat. Die Polizei nahm anfangs an, sie sei des Geldes wegen umgebracht worden, aber das Geld wurde in einer Küchenschublade gefunden. Die Polizei veröffentlichte keine Details über den Mord, was in den Medien zu Spekulationen führte, die Polizei halte Informa-*

tionen über die Mordumstände zurück, die nur der Täter kennen konnte. Gudny Årvoll hinterlässt ein Enkelkind.

Ein Enkelkind. Kein Kind? Kajsa holte sich eine Stange Barclay aus dem Schrank. Sie konnte sich jetzt an den Fall erinnern, der damals ein großes Medienecho ausgelöst hatte.

Als sie sich die Zigarette anzündete, stand plötzlich Aksel in der Tür.

»Rauchst du?«, fragte er in vorwurfsvollem Tonfall.

»Nein«, sagte sie, blies den Rauch aus und drückte die Zigarette aus. Sie kam sich vor wie ein auf frischer Tat ertapptes Kind. Konnte er nicht einfach ignorieren, was ihm nicht gefiel? Dieses eine Mal?

»Die Kinder schlafen, du brauchst ihnen also nicht gute Nacht zu sagen«, sagte sie verärgert und konnte sich nicht beherrschen. »Und in deinem Schrank hängen frisch gebügelte Hemden.«

»Kannst du nicht versuchen, ein bisschen nett zu sein? Dieses eine Mal?« Er unterbrach sich. »Hast du denn gar kein Feingefühl?«, fügte er verdrossen hinzu. Es klang wie ein Echo ihrer eigenen Gedanken. Kajsa seufzte.

Ich halt das nicht aus, dachte sie. *Kann er nicht einfach schlafen gehen?*

»Was ist Ketamin?« Kajsa griff zur nächstliegenden Frage, um das Thema zu wechseln.

Betäubt, hatte sie gedacht, während sie las. Die Toten waren unter Drogen gesetzt worden, das war der einzige gemeinsame Nenner, den sie diesem Bericht entnehmen konnte. Aber nur bei einem Fall war Ketamin erwähnt worden.

»Ketamin? Wie kommst du darauf?« Aksels Stimme klang überrascht und hart zugleich. Als habe ihn die Frage provoziert. Kajsa stutzte. Was hatte sie denn nun schon wieder Falsches gesagt?

»Wie kommst du darauf?«, fragte er noch einmal. »Du hast gesagt, dass du nicht an dem Mordfall arbeitest, du hast mir versprochen …«

Und nun begriff sie. Der Doppelmord.

»Setz dich«, sagte sie. »Ich verstehe ja, dass du glaubst, das habe etwas mit deinem Fall zu tun. Hat es aber nicht. Ich arbeite an einem anderen Thema.«

Aksel sah sie an, resigniert, er begriff, dass er ungewollt zu viel verraten hatte.

»Woran denn?«, fragte er und fuhr sich müde mit der Hand über die Augen.

Diesmal kam die übliche Antwort von ihr: »Darüber darf ich nicht sprechen.«

Er lächelte kurz. »Das ist mein Text«, sagte er grinsend.

»Es geht um die Heimkindersache, an der ich arbeite«, sagte sie und lächelte zaghaft.

»Ach was. Ketamin?« Er sah sie an, als ob er ihr nicht so recht glaubte. »Ketamin ist die neue Mediendroge, so nennen wir das. Das solltest du dir als Journalistin überlegen«, sagte er und setzte sich. »Die Rolle der Medien.«

Kajsa holte ihm eine Decke. »Ein Glas Wein?«

»Eigentlich dürfte ich nicht, ich muss morgen ja auch arbeiten«, sagte er. »Aber … ein kleines vielleicht, wo doch Sonnabend ist.« Sie holte ein Glas für ihn und fragte: »Mediendroge? Wie ist das zu verstehen?«

»Die Medien schaffen Trends, auch beim Drogenkonsum.«

»Okay. Erzähl.«

»Die Erwähnung in den Massenmedien fungiert als Verbreitungsweg für neue Drogen unter den Konsumenten. Die ersten Artikel über Ketamin gab es 1999, als diese Droge gerade ihren Einzug auf dem norwegischen Drogenmarkt hielt. Mehrere Entzugskliken in Ostnorwegen bestätigten, dass Ketamin schon in mehreren jugendlichen Drogenszenen verbreitet war, dort wird es K oder Special K genannt. Aber Ketamin findet seit über dreißig Jahren in Norwegen klinische Verwendung. Im Vergleich zu anderen Anästhesiemitteln hat Ketamin den Vorteil, dass lebenswichtige Funktionen wie Atmung, Blutkreislauf und Schutzreflexe nicht betroffen sind. Deshalb war Ketamin wichtig für Schmerzlinderung und Anästhesie.«

»Aber es hat auch andere Effekte?«

»Der Nachteil an Ketamin sind vor allem unangenehme psychische Nebenwirkungen wie Halluzinationen, Wahrnehmungsstörungen und Albträume. Aber gerade deshalb wird es ja als Droge verwendet. Die Benutzer haben das Gefühl, das Gehirn würde vom Körper abgekoppelt. Einige sagen, es sei die Hölle gewesen. Ein Patient von mir hat es als das absolut Schrecklichste bezeichnet, was er jemals erlebt hat. Er sah tote Körper, die durch die Luft schwebten, also ein richtig mieser Trip. Die Streetworker in Oslo, die sich am besten auskennen, berichten, dass Ketamin grauenhafte Flashbacks verursachen kann, die noch viel übler sein können als schlechte Trips.«

»Und das wurde bei dem Ehepaar verwendet?«, fragte Kajsa.

Aksel schwieg.

»Okay. Du brauchst nicht zu antworten«, sagte sie.

Als Aksel schlafen gegangen war, googelte Kajsa Ketamin und fand mehrere Foren, in denen Jugendliche ihre Erfahrungen mit dieser Droge schilderten.

Einer schrieb im Norwegischen Freakforum – was immer das sein mochte – einen *Tripreport* und beschrieb ihn als *enorm spannend* und *witzig*: *Ich begreife immer weniger, während ich nach und nach mit der*

Matratze verschmelze, auf der ich liege. Ich habe auch das Gefühl, dass sich mein Körper von meinem Kopf entfernt. Nicht der ganze Körper, aber alles außer dem linken Arm, auf dem mein Kopf ruht, und vom Hals aufwärts … Alles in allem ein unglaublich geiles Erlebnis, so beendete der Betreffende seine Schilderung des Ketaminrausches.

Nur eine Minute nachdem dieser Bericht gepostet worden war, traf auch schon die erste Reaktion ein. Die Liste der Kommentare war lang, einige teilten eigene Erlebnisse mit dieser Droge und empfahlen energisch, sie zu verwenden, andere sagten, sie würden das gern testen, und wollten wissen, wo sie sich Ketamin besorgen könnten.

Kein einziger negativer Kommentar.

Auf einer englischen Website fand Kajsa das, was sie eigentlich suchte. Die Gefahren beim Konsum dieser Droge:

Angst, Halluzinationen und reduziertes Schmerzempfinden können den Konsumenten zu einer Gefahr für sich und seine Umgebung machen. Ketamin ist vor allem in Verbindung mit Alkohol gefährlich, kann Atmung und Herzfunktion beeinflussen, kann erhöhten Blutdruck und Panikattacken verursachen, bei hoher Dosierung kann es zu Übelkeit und Erbrechen führen und dazu, dass man am eigenen Erbrochenen erstickt.

Das Norwegische Freakforum. Was in aller Welt war das? Sie hatte noch nie von solch einem Forum gehört. Wie einfach es für die heranwachsende Jugend war, sich eine Gebrauchsanweisung für Drogenkonsum zu beschaffen – mit Jubelrufen darüber, wie unglaublich schön das Leben doch sein konnte, wenn man Drogen konsumierte! Wo war die Polizei? Wo waren die Politiker? Sie hatte noch nie gehört, dass jemand sich für die Überwachung solcher Internetforen ausgesprochen hätte. Alles konzentrierte sich auf die Gefahr, online an Pädophile zu geraten. Warum beschäftigte sich niemand mit etwas wie dem Freakforum? Vielleicht weil es nicht strafbar war, es herrschte schließlich Meinungsfreiheit in diesem Land! Im Netz kann man alles veröffentlichen. Ohne Filter. Das war beängstigend.

Was mache ich jetzt? Ketamin. Drogen. Doppelmord. Kinderheimmorde. Was war das hier? Lauter Zufälle? Gab es einen Zusammenhang? Aksel wäre sauer und wütend, wenn er auch nur die geringste Ahnung davon hätte, dass sie sich über die Umstände dieses Doppelmordes informierte. Andererseits arbeitete sie ja nicht daran, sie war nur durch einen Zufall darüber gestolpert.

Unter ihren Kollegen war Kajsa als Pedantin bekannt. Während die meisten in der Redaktion Schreibtische hatten, die den Mythos widerspiegelten, dass Presseleute ihre *Archive* in Form von Stapeln von alten Notizen, Zeitungen und Kopien mit Kaffeeflecken anlegten, war Kajsas Schreibtisch relativ ordentlich. Sie hatte für jedes ihrer Projekte einen Ordner, alle Hintergrundgespräche wurden mithilfe der unterwegs gemachten Notizen als Dokumente ins Reine geschrieben. Hier schrieb sie auch die Gedanken auf, die sie sich dazu gemacht hatte, und nicht nur das, was die Gewährsleute gesagt hatten.

Außerdem hatte sie ein eigenes System für die Registrierung und Bearbeitung besonders komplizierter Dinge, an denen sie lange gearbeitet hatte.

Dieses System hatte sie sich überlegt, als sie einige Jahre zuvor eine längere Reportage über das Leben hinter den Kulissen des Parlaments gedreht hatte. Sie verfügte über dreißig Tonaufnahmen, jeweils dreißig Minuten lang. Die Sendung sollte vierundzwanzig Minuten und sechsundfünfzig Sekunden lang sein. Kajsa begann mit einem großen Flipchart und gelben Zetteln, die sie verschieben konnte. Nach kurzer Zeit hatte sie sich wortwörtlich verzettelt und vollkommen den Überblick über Szenen, Personen, Aussagen, Bilder, ihren eigenen Text, über das ganze Chaos, verloren. Plötzlich kam ihr eine Idee: Sie würde alles in Excel übertragen, ein kleiner Tastendruck und schwupp, schon konnte sie die gesamte Dokumentation sehen. Der Redakteur war skeptisch gewesen, als sie *das neue System* angebracht hatte. Er gehörte zu den Besten bei Kanal 4, sie hatte noch nie mit ihm zusammengearbeitet, und er hatte ihren Ansatz in Bausch und Bogen abgelehnt, noch ehe sie es ihm erklärt hatte. Aber sie hatte darauf bestanden, dass er wenigstens einen Versuch machte.

»Okay, dann versuchen wir es eben, aber komisch ist es schon«, sagte er. Nach einer halben Stunde konstatierte er: »Das ist genial.«

Nun druckte sie alle ihre Notizen von den Gesprächen aus, die sie im Zusammenhang mit den Waisenhausfällen und dem Doppelmord geführt hatte. Sie las alles noch einmal durch, merkte aber, dass ihre Gedanken in alle Richtungen davonsprangen und keinerlei System aufwiesen. Als Experiment und als Versuch, sich einen besseren Überblick zu verschaffen, öffnete sie das Excelsystem.

Die waagerechte Linie oben sollte eine logische Zusammenstellung von Geschehnissen und Aussagen enthalten, die zusammen eine Geschichte bildeten. Es konnte sich aber auch um einen Lebenslauf, ein Fußballspiel, ein Erlebnis handeln, eigentlich um alles.

Die senkrechte Linie enthielt in chronologischer Reihenfolge viele Punkte von den Gesprächen mit ihren Quellen. Sie wusste aus Erfahrung, dass sich viele dieser Punkte am Ende als irrelevant erweisen würden. Falls sie überhaupt zu einem Ergebnis käme.

Unter die Überschrift DOPPELMORD schrieb sie senkrecht: *Alfhild Godø, Jørgen Godø, Polizei vor Ort, Therese Bostad* (die Frau, die den Mord gemeldet hatte), *Birte, Njål, Aksel (mögen die Götter verhindern, dass er das hier zu Gesicht bekommt,* dachte sie, als sie seinen Namen eingab), *anonyme Briefe, Ermittlungsleitung.*

Hinter jeden Punkt schrieb sie weitere Informationen. Hinter das Ehepaar schrieb sie: *Ermordet, bestialisch, Isolation, Kind.* Als sie auf das Viereck mit dem Namen klickte, tauchten diese Infos auf.

Kajsa runzelte die Stirn. Das hier war eine dünne Geschichte: Man hatte Alfhild und Jørgen Godø in ihrem eigenen Zuhause ermordet. Unsicher, wann. Die Morde waren auf bestialische Weise verübt worden. Mit den Leichen hatte es etwas Besonderes auf sich. Ihnen war Ketamin verabreicht worden. Sie hatten ein abgeschiedenes Leben außerhalb der Gesellschaft geführt. Sie hatten einmal ein Kind gehabt. Sie hatten eine Vergangenheit.

Sie legte ein neues Dokument an, das sie *Offene Fragen* nannte und sich auf den Doppelmord bezog, und notierte alles, was ihr einfiel: *Warum lebten die beiden so abgeschottet? Woher kamen sie? Wer hat mir die anonymen Briefe geschrieben? Was weiß Njål? Wen hat er im Wald gesehen? Woher wusste er, dass sie ermordet worden waren, als ich zum ersten Mal mit ihm gesprochen habe? Was weiß Birte? Wann ist das Kind verschwunden? Wie wurden die Morde durchgeführt?*

Kajsa las, was sie geschrieben hatte. Die Polizei musste doch die Antworten auf viele dieser Fragen wissen. Aksel wusste es bestimmt.

Aksel hatte seinen Rechner mit nach Hause gebracht. Sie sah ihn drinnen auf dem Wohnzimmertisch stehen. Aber wirklich, Kajsa, das kannst du nicht machen, sagte sie sich und konzentrierte sich auf ihren eigenen Computer.

Sie legte eine neue Datei an und fügte nach dem gleichen Muster unter der Überschrift WAISENHAUS Informationen dort ein. Senkrecht schrieb sie: *Jakob Sperre, Henrik Kjelstad, Arne Slettemoen, Inge Sorte, Jørgen Henriksen, Willy Nybø, Gudny Årvoll,* und hinter jedem Namen schrieb sie, was sie über diese Person wusste.

Heraus kam die Geschichte, dass Arne Slettemoen auf einem Ausflug mit sechs Heimjungen ums Leben gekommen war. Die Polizei ging von einem Unfall aus, aber konnten die Kinder seinen Tod mit verursacht haben? Hatten sie sich eines übergriffigen Täters entledigt?

Die vier anderen Mordfälle waren nie aufgeklärt worden. Sperre zufolge hatten sich wie Slettemoen alle Übergriffe zuschulden kommen lassen. Und wie Slettemoen waren sie gestorben. Nun wusste sie, was ihr nach ihrer Begegnung mit Sperre so zu schaffen gemacht hatte, das Gefühl, dass er etwas gesagt hatte, dem sie nachgehen sollte. »Einige dieser Todesfälle sind ziemlich interessant.« Jetzt wusste sie, was er gemeint hatte.

Sie legte ein weiteres Dokument an und notierte Fragen.

Wer waren die sechs Waisenjungen, die mit Slettemoen zusammen gewesen sind? Jakob Sperre war einer von ihnen, da war sie sich ziemlich sicher. Das stimmte mit dem überein, was er gesagt hatte, es war sein *Geheimnis*. Slettemoen, der Freizeitleiter, hatte sich an ihm vergangen.

Konnte es einen Zusammenhang geben zwischen den Morden an Inge Sorte, Jørgen Henriksen, Willy Nybø und Gudny Årvoll, weil sich all die Namen in Sperres rotem Kasten befunden hatten? Hatte jemand sie bestraft, weil die Gesellschaft sie nicht bestraft hatte? Und genauso hatten die Jungen es mit Slettemoen gemacht? Gehörte auch das zu Sperres Geheimnissen? Was wusste Sperre eigentlich?

Kajsa ging ins Wohnzimmer, schaltete den Drucker ein und druckte die beiden Excel-Dateien und ihre Notizen aus. Dann vertiefte sie sich eine halbe Stunde darin. Das machte sie immer. Danach setzte sie sich hin, ließ ihren Gedanken freien Lauf und machte sich handschriftliche Notizen. Als Kajsa sie sich ansah, hatten sich zwei gemeinsame Treffer zwischen dem Doppelmord und den anderen Morden ergeben, zwei Wörter: *Drogen (Ketamin?)* und *Kinder*. Sie gähnte. Das war doch alles bloß Unsinn. Es war purer Zufall, dass sie an der Heimkindergeschichte arbeitete und gleichzeitig dieser Doppelmord stattgefunden hatte, es gab keinen logischen Zusammenhang.

Viel zu viele Was, Wie, Warum und Wann. Aber mitten in diesem Fragenchaos gab es einen Gedanken, der alle anderen überlagerte: Was war aus dem Kind von Alfhild und Jørgen Godø geworden?

Er kam sich vor wie ein neuer Mensch. Zum ersten Mal seit langer Zeit wachte er morgens ausgeruht auf. Nicht jeden Morgen, aber häufiger als früher. Die Arbeit war immer das Wichtigste in seinem Leben gewesen, dort war er ein ganzer und vollständiger Mensch, ein Mensch, der etwas leistete, was von Bedeutung war. Die Arbeit war seine Rettung gewesen, ohne sie hätte er niemals überlebt. Aber jetzt war sie nicht mehr lebensnotwendig. Er hatte bei der Arbeit immer alles gegeben, weil ihm das ein gutes Gefühl vermittelt hatte. Jetzt fühlte er, dass das Leben noch einen anderen Sinn bekommen hatte.

Die bösen Träume waren nicht verschwunden, die Erinnerungen kamen und holten ihn wie immer ein, wenn er schlief, wenn er sein Gehirn nicht unter Kontrolle hatte. Aber er war schon lange nicht mehr davon aufgeweckt worden, dass er weinte. Denn Kajsa war da, im Traum mit ihm zusammen, wenn jemand ihn schlug, kam sie und machte der Sache ein Ende, wenn er im Verschlag saß, kam sie und öffnete die Tür, strich ihm über die Haare und zog ihn an sich. Sie duftete nach Geborgenheit, sie duftete nach dir wird nichts Böses passieren.

Sein Leben war wie eine Waage gewesen, die immer schief hing, weil die eine Seite zu viel Gewicht hatte. Er hatte davon geträumt, dass sein Leben eines Tages im Gleichgewicht sein würde. Deshalb hatte er getan, was er getan hatte.

Es war eigentlich einfach. Er hatte die Wahl gehabt: entweder selbst die Schuld für das auf sich zu nehmen, was ihm passiert war, oder die

Schuld denen zuzuschreiben, die entschieden hatten, wie sein Leben verlaufen würde. Er hatte sich für die zweite Möglichkeit entschieden, denn die anderen hatten alles Böse in die eine Waagschale gelegt. Damit hatte er, so sah er das, keine andere Wahl gehabt, als sie für ihre Taten zur Verantwortung zu ziehen. Er erklärte sie für schuldig in allen Punkten.

Das hatte geholfen. Aber nicht so, wie er erwartet hatte. Es hatte das Gleichgewicht nicht automatisch hergestellt. Und doch war es passiert. Hätte er den letzten Auftrag nicht ausgeführt, hätte er nicht die Ruhe zurückerhalten. Denn das, was geschehen war, hatte ihn an Kajsa gebunden. Sie war gekommen und hatte etwas Neues in die andere Waagschale gelegt, etwas Großes und Schweres.

In den ersten Träumen, denen, die anders waren als die früheren, war er wieder ein Kind gewesen, und sie hatte ihm Fürsorge und Liebe geschenkt, wie eine erwachsene Bezugsperson. Noch immer waren seine Träume meistens so, aber in letzter Zeit war sie ihm manchmal so begegnet, wie er heute war. Er hatte ihr von allem Bösen erzählt, als Erste hatte sie erfahren, wer er war, was er mit sich herumschleppte, und sie hatte ihn mit diesen braunen Augen angesehen, hatte ihm die Hand gereicht und um ihn geweint.

Dass wirklich jemand so stark für ihn empfand, mit ihm! Es war doch nur ein Traum, aber wenn er im wachen Zustand daran dachte, war er sicher, dass es so sein würde, wenn er ihr es wirklich erzählte.

Jeden Tag dachte er viele Male an sie. Es tat so gut, sie bei sich zu haben, sie war wie ein Schutzengel. Vor allem abends, wenn er allein war und noch immer gegen Bitterkeit, Hass ankämpfen musste, gegen die Wut über das, was die Menschen ihm angetan hatten. Dann dachte er an sie, bis er ruhig wurde.

Am allerliebsten stand er in der Nähe ihrer Terrasse, wenn sie abends allein dort saß.

Er hatte nur zufällig entdeckt, dass sie diese Angewohnheit hatte.

Eines Abends war er zu ihrer Adresse gefahren. Das Haus lag in einer Sackgasse, und er hatte gewendet, war zurückgefahren und der Straße um die Anhöhe gefolgt, auf der das Haus lag. Er kam zu einem großen Parkplatz am Fjord. Von dort aus konnte er das Haus nicht sehen, aber er dachte, es müsse doch einen Fußweg geben, einen Weg, den die Anwohner im Sommer benutzten, um ans Wasser zu gelangen. Er hatte recht. Der Weg führte durch den Wald und endete an der Sackgasse bei Kajsas Haus. Er verließ den Pfad, als er das Haus sah. Es hatte eine Terrasse über dem Hang, und er musste das letzte Stück klettern, bis er die Pfosten der Terrasse erreichte. Langsam kroch er hinauf und schaute über den Rand auf die große Terrasse. Sein Herz machte einen Sprung, und rasch zog er den Kopf ein. Sie saß auf der Terrasse. Das war das Letzte, was er erwartet hätte. Kein Mensch setzte sich zu dieser Jahreszeit auf die Terrasse.

Langsam hob er wieder den Kopf. Kajsa trug einen Pelz, sie hatte sich eine Decke um die Beine gewickelt und einen Heizstrahler an der Wand eingeschaltet. Sie arbeitete an ihrem Rechner, und im Licht des Bildschirms konnte er ihr Gesicht deutlich sehen.

Er blieb dort stehen, bis sie ins Haus ging. Er fühlte sich steif und war durchgefroren, aber das spielte keine Rolle. Er lächelte auf dem ganzen Weg zum Auto. Er hatte eine Möglichkeit gefunden, ihr näherzukommen.

13

Kajsas Chef, Geir Hermansen, hatte gehört, dass im Universitätskrankenhaus Ullevål krebskranke Kinder auf dem Gang lägen.

»Der Gesundheitsminister ist schon lange nicht mehr in die Mangel genommen worden, vielleicht wird es mal wieder Zeit?«, sagte er bei der Morgenbesprechung und reichte Kajsa eine ausgedruckte Mail.

Diese stammte von der Mutter einer krebskranken Zehnjährigen. Sie berichtete, dass sie die letzten Tage hinter einem Wandschirm verbracht hatte, während ihre Tochter eine Chemotherapie machen musste.

Kajsa rief die Frau nach der Besprechung an, und sie verabredeten, dass Kajsa und ein Kameramann zur Besuchszeit ins Krankenhaus kommen würden. Die Mutter war offenbar eine tatkräftige Frau und hatte auf eigene Initiative mit einem Arzt gesprochen, der ebenfalls zu einem Interview bereit war. Als Kajsa diesen Arzt anrufen wollte, erreichte sie nur einen Anrufbeantworter, aber sie hinterließ eine Nachricht, sagte, worum es ging und wann sie sich bei Ingvild, so hieß die Zehnjährige, einfinden würde.

Ingvild entpuppte sich als wunderbarer Fund für einen Fernsehbericht, ein bezauberndes Kind mit großen Augen, einer kleinen Stupsnase und keinen Haaren, lächelnd und zutraulich – und für ihr Alter ungewöhnlich redegewandt. »Ich komm ins Fernsehen? Cool!«

Das Interview mit ihr lief großartig, und Kajsa stellte sich vor, das Interview mit Ingvild ins Zentrum des Beitrags zu stellen. Normalerweise fiel diese Rolle Eltern oder dem Pflegepersonal zu, aber dieses Mädchen eignete sich sprachlich für die Hauptrolle.

Mitten im Interview mit der Mutter registrierte Kajsa im Augenwinkel eine Gestalt. Als sie mit dem Gespräch fertig war, entpuppte sich diese Gestalt als der Arzt, den sie anzurufen versucht hatte.

»Jetzt wirst du ein Star, da bin ich mir sicher!«, sagte er zu Ingvild. »*Give me five*!« Die Kleine klatschte ihn ab. Der Arzt wandte sich der Mutter zu. »Die Ergebnisse aus dem Labor sind hervorragend, alles wird gut gehen.« Dann reichte er Kajsa die Hand. »Und Sie sind die Journalistin von Kanal 4? Pete Howick«, stellte er sich vor.

Das Interview mit dem Arzt drehten sie in seinem Büro. Kajsa fiel auf, dass er auf seinem Schreibtisch keine Bilder von einer Familie, Frau oder Kindern stehen hatte. Sie hatte so viele Ärzte in ihren Sprechzimmern aufgesucht, und immer hatten sie Familienbilder, vor allem von Kindern, die im Sommer badeten, und von einer lächelnden, sonnengebräunten Gattin. *Vielleicht ist er mit der Arbeit verheiratet,* überlegte sie, während der Kameramann seine Ausrüstung aufbaute und sie darüber sprachen, wo sie am besten sitzen sollten.

»Ich habe Sie oft im Fernsehen gesehen«, sagte Howick. »Sie machen das sehr gut.«

»Danke«, erwiderte sie. »Ich glaube, Sie auch.«

»Hm …« Er sah ein bisschen verlegen aus. »Ich habe Kinder gern. Kinder sollen nicht leiden müssen. Ingvild musste leiden, aber jetzt geht es ihr besser.« Er erklärte, dass sie gerade deshalb auf dem Gang gelandet war. Sie gehörte zu denen, die dafür am besten geeignet waren. »Die, denen es am schlechtesten geht, liegen nicht dort.«

»Ist das eine Entschuldigung?«

Howick beugte sich über den Schreibtisch, sah ihr ins Gesicht. »Absolut nicht. Kein Kind, kein Patient, ob groß oder klein, egal, in welchem Zustand, darf auf dem Gang liegen!«, erklärte er leidenschaftlich. »Wissen Sie, weshalb?« Kajsa schüttelte den Kopf. »Nicht, weil dort zu viel Krach ist, weil man in die Bettpfanne machen muss, während Leute vorüberhasten. Sondern, weil das signalisiert, dass der Patient nicht wichtig ist, keine Priorität genießt. Alle sind wichtig, egal, ob man sterben wird oder am nächsten Tag nach Hause fahren kann, um weiterzuleben.«

Das Interview mit Howick sandte eine ungewöhnlich deutliche Botschaft an die Politik: »Es ist unsere Aufgabe, das Leben krebskranker Kinder zu retten, wir müssen alle aufnehmen. Wenn wir dann einige auf dem Gang unterbringen müssen, liegt das in der Verantwortung der Politiker. Sie müssen dafür sorgen, dass es Platz für alle gibt, die uns brauchen. Nicht wir!«

Kajsas Chef sollte recht behalten. Der Gesundheitsminister wurde in die Mangel genommen. Er war gebeten worden, ins Studio zu kommen und die Reportage vor laufender Kamera zu kommentieren. Nachrichtensprecher an diesem Abend war Tore Abrahamsen, das Schwergewicht des Senders.

Abrahamsen hatte es zu seiner Spezialität gemacht, Machtmenschen mit einer Härte zu Leibe zu rücken, die viele Kollegen bewunderten. Er zeigte keine Gnade und ließ es sich nicht gefallen, wenn der Interviewpartner versuchte, seinen Fragen auszuweichen. Er war wie ein zähnebleckender Wolf. Sein Problem war, dass er ab und zu übertrieb, dann wirkte er nur noch bösartig, und alles, was er erreichte, war, Sympathie für seine Interviewopfer zu erregen. Abrahamsen war völlig unzugänglich für Kritik. Im Gegenteil, es konnte wirken, als genieße er es, so gemein wie möglich zu sein – nicht nur seinen Interviewpartnern gegenüber, er war auch dafür berüchtigt, Kollegen auf eine Weise zusammenzustauchen, die viele zu der Frage veranlasste, was dem Mann eigentlich fehlte.

An diesem Abend war Abrahamsen in seinem Element, er trieb den Minister vor sich her, ließ ihn nicht aus seinen Klauen, indem er einfach verlautbarte, dass der Regierung die Situation natürlich bekannt sei, sie schon etliche Maßnahmen ergriffen habe, dass bald alles besser werde und das hier nur vorübergehend sei. Am Ende hatte Abrahamsen den Minister in die Enge getrieben und ihn da, wo er ihn haben wollte: »Sie sind also zufrieden mit der Situation, mit den ergriffenen Maßnahmen?«

»Die in die Wege geleiteten Maßnahmen …«, begann der Minister.

»Aber«, fiel Abrahamsen ihm ins Wort. »Sind Sie zufrieden?«

»Weitere Maßnahmen sind natürlich nötig, aber …«

»Aber sind Sie zufrieden?«, beharrte Abrahamsen. »Damit, dass krebskranke Kinder auf dem Gang liegen?«

»Nein, von zufrieden können wir hier nicht …«

»Sie sind also nicht zufrieden?«

»Äh … na ja, nein«, sagte der Minister.

»Das bedeutet dann sicher, dass Sie Ihren Job nicht richtig machen, da es ja in Ihr Ressort fällt?«

»Na ja«, sagte der Minister, auf dessen Stirn nun Schweißperlen zu sehen waren. »Wir haben ja viel unternommen, und bald werden wir …«

»Ja«, unterbrach Abrahamsen ihn abermals. »Das haben Sie uns schon erzählt. Die Frage ist, ob, da Sie nicht zufrieden sind und es in Ihr Ressort fällt, Sie einen schlechten Job gemacht haben.«

»Ja, das fällt natürlich in mein Ressort. Ich …«

»Haben Sie vielen Dank«, fiel Abrahamsen ihm ins Wort und drehte sich zur anderen Kamera und fuhr mit der Sendung fort.

Am nächsten Tag rief Howick Kajsa an, er war sehr zufrieden mit dem Bericht. Er erzählte, die Krankenhausleitung habe ihn wegen fehlender Loyalität zur Rede gestellt. »Sicher hat das Ministerium vorher bei ihnen angerufen und sie zusammengestaucht«, sagte er zufrieden. »Und da mussten sie mich zusammenstauchen. So was muss delegiert werden, wissen Sie, aber mir ist das egal«, sagte er und lachte.

Howick war ein Arzt ganz nach Kajsas Geschmack: seine rührende Fürsorge für die Kranken, seine unbestreitbare Fähigkeit, mit Kindern zu kommunizieren, seine furchtlose Haltung gegenüber seinen Vorgesetzten. Außerdem hatte er sicher viele Patienten, deren Geschichten sich gut fürs Fernsehen verwenden ließen. Ein guter Kontakt für eine Journalistin.

»Haben Sie noch andere Fälle, solche, die ich über einige Zeit hinweg begleiten kann, zum Beispiel?«

»Ich muss mal überlegen«, sagte er. »Jetzt muss ich mich beeilen. Bis dann«, sagte er und legte auf.

Einen Tag später rief Howick sie abermals an. Er hatte die Eltern einer kranken Achtjährigen gefragt, ob Kajsa die Behandlung ihrer Tochter begleiten dürfe.

»Es ist ja nicht sicher, ob es einen positiven Ausgang nimmt, aber ich habe ein gutes Gefühl«, sagte er und fügte hinzu, dass Kajsa heute die ersten Aufnahmen machen könnte.

Sie sprach darüber mit Geir Hermansen, und sie kamen zu dem Schluss, dass sie daraus vielleicht eine Dokumentation machen könnten, sie aber zunächst Beiträge als Fortsetzungsgeschichte für die Nachrichten drehen würden. »Ein hervorragendes Thema, ein Thema, bei dem die Leute sich wiederfinden können, bei dem es um normale Menschen geht. Wir haben genug Politiker und Statoil-Chefs in unseren Sendungen. Das ist genau das, was wir brauchen, um den Nachrichten einen Kick zu geben. Ganz zu schweigen von unserer Website, wir werden irre viele Klicks bekommen, wir werden ganz einfach Geld daran verdienen«, sagte er begeistert. »Unser eigenes kleines krankes Maskottchen. Die Leute werden an den Bildschirmen kleben!«

Kajsa sagte nichts darüber, dass sie von der Verbindung von Krebs und Werbeeinnahmen einen üblen Geschmack im Mund bekam.

Sie durfte sich die Zeit nun einteilen, wie sie wollte. »Aber du musst auch mehr in diesen Heimkinderfällen graben, wir brauchen weitere gute Beispiele aus dem ganzen Land, wir müssen ihr Leben beschreiben, fern vom Politikergefasel«, meinte Geir. »Wir müssen Regierung und Parlament unter Druck setzen, damit etwas geschieht. Liefere mir ein paar schlagzeilentaugliche Fälle, damit die Politiker endlich einen Finger rühren. – Aber wenn diese Sigrid, hm … nicht überlebt, dann können wir daraus unter Umständen trotzdem eine Dokumentation machen«, fügte er hinzu.

»Dann wollen wir hoffen, dass sie es schafft«, sagte Kajsa ernst und schaute ihrem Chef ins Gesicht.

»Ja? Äh … ja, sicher. Natürlich«, sagte er.

An den folgenden Tagen war Kajsa mit der kleinen Sigrid und ihrer Familie beschäftigt. Sie lernte den Vater Theo, die Mutter Signe, die Großmütter und Großväter und nicht zuletzt die vier Jahre alte Schwester Andrea und die sieben Jahre alte Aurora gut kennen.

Sie schienen allesamt die ganze Zeit im Krankenhaus zu sein, im

Zimmer herrschte ein ziemliches Chaos, ab und zu schauten auch noch ganze Heerscharen von Tanten, Onkeln, Vettern und Kusinen vorbei. Aber das lieferte einen ungewöhnlichen Rahmen und eine reichhaltige Personengalerie, nicht zuletzt, weil alle so außergewöhnlich kommunikativ waren.

Kajsa führte – mit Zustimmung der Eltern – Gespräche mit Howick, dem behandelnden Arzt, darüber, wie es Sigrid ging, und er schaute immer herein, wenn sie dort war. Die ganze Familie schien den Arzt ins Herz geschlossen zu haben.

Kajsa merkte, dass seine Anwesenheit auch sie berührte, und während sie zusah, wie er Sigrid untersuchte, dachte sie: *So war mein Vater. Ebenso hingebungsvoll. Ebenso warmherzig.*

Eines Tages, als sie mit ihm zu einem Interview verabredet war, kam er nicht. Seine Sekretärin teilte mit, er sei mit einem schwerkranken Patienten beschäftigt.

Später rief er an und bat um Entschuldigung. »Aber wenn Sie mögen und Zeit haben, könnten wir uns heute noch treffen. Ich hatte keine Zeit zum Essen, könnten wir uns wohl in einem Restaurant treffen? Ich kann hier bald Feierabend machen.«

Sie verabredeten sich im Druen auf Aker Brygge.

Es war seltsam, ihn ohne Arztkittel zu sehen.

»Sie wirken so nachdenklich, woran denken Sie?«, fragte er.

»Warum sind Sie Arzt geworden?«, gab sie zurück.

»Ach, das haben Sie also überlegt?«, sagte er und nippte an seinem Wein. »Hm … gar nicht schlecht«, sagte er, hob das Glas ins Licht und musterte die Farbe des Weines. »Warum ich Arzt geworden bin? Darauf gibt es eine einfache Antwort: Ich habe Kinder gesehen, um die sich niemand gekümmert hat, und da beschloss ich, alle Kinder auf der Welt zu retten.« Seine Augen waren ernst.

Kajsa wollte weitere Fragen stellen, aber er nahm sein Glas und prostete ihr zu. »Auf Sigrid«, sagte er. Sie schwiegen, aber es war kein peinliches Schweigen.

»Howick?«, fragte sie. »Englisch?«

»Amerikanischer Vater«, antwortete er.

»Sind Sie …«

Er fiel ihr ins Wort. »Immer stellen Sie hier die Fragen«, sagte er. »Jetzt tauschen wir die Rollen, ja?« Er blickte sie forschend an.

»Okay«, sagte sie, ließ sich zurücksinken und legte die Hände auf den Tisch. »Schießen Sie los!«

»Warum sind Sie Journalistin geworden?«

»Um die Welt zu verändern.«

»Gelingt Ihnen das?«

»Ein seltenes Mal.«

»Reicht das?«

»Ja, das reicht.«

»Woran arbeiten Sie gerade, was die Welt verändern kann?«

Kajsa überlegte. »Außer an der Situation krebskranker Kinder?«

Er nickte.

Es gab nur ein Thema. »Die Heimkinder.«

»Was ist mit denen?«

Sie erklärte, wie die Sache politisch stand. Er nickte interessiert, während sie redete.

»Aber was können Sie tun?«

»Ihre Geschichten erzählen«, sagte sie. »Alles erzählen.«

»Alles?«

»Die persönlichen Geschichten, wie sie die Übergriffe erlebt haben, ich kann für Verständnis sorgen, kann die Geschichten den Leuten nahebringen, kann die Verantwortlichen zur Rede stellen,

Druck ausüben, damit die Kinder die Wiedergutmachung erhalten, die sie verdienen.«

»Die Verantwortlichen? Und wer ist das?«

»Der Staat. Die, die es geschehen ließen. Die, denen es nicht wichtig genug war.«

»Die? Der Staat?« Er lächelte ironisch. »Wer ist der Staat?«

»Die, die aufpassen sollten, die Verantwortung für das System trugen. Und der Staat muss tief in die Tasche greifen, muss ihnen einen richtigen Schadensersatz zahlen. Es ist meine Aufgabe, dafür zu sorgen, dass sie gesehen werden, dass diese Geschichten gehört werden, dass sie Konsequenzen haben, dass die Opfer nicht mit Kleingeld abgespeist werden.«

»Schadensersatz? Kann etwas – oder jemand – ihnen Wiedergutmachung verschaffen? Diesen Kindern, die heute keine Kinder mehr sind, sondern Erwachsene mit einem zerstörten Leben? Wiedergutmachung? Was ist das für ein Wort? Bedeutet es, dass alles Schlimme verschwindet?«

Sie gab keine Antwort, was hätte sie sagen sollen, er hatte natürlich recht. Sie konnten ihr Leben nicht zurückerhalten, sie hatten verloren.

Howick drehte sein Glas immer wieder, ließ es nicht aus den Augen. Er schien tief in seinen eigenen Gedanken versunken zu sein. Sie musterte ihn. Er sah sehr traurig aus.

Sie wurde von dem Wunsch überwältigt, ihn froh zu machen, die Schwere wegzunehmen, die sich über sein Gesicht gelegt hatte, die Steifheit, mit der die Hand das Glas bewegte. Sie beugte sich über den Tisch: »Was ist aus dem Interviewer geworden? Wollten Sie mir nicht weitere Fragen stellen?«

Er rieb sich das Kinn und lächelte wieder.

»Erzählen Sie mir von sich«, sagte er.

»Da gibt es nicht viel zu erzählen.«

»Etwas gibt es immer, jedes Leben ist eine gelebte Geschichte«, sagte er und hob abermals das Glas, um ihr zuzuprosten. »Mann?«

»Ja.«

»Kinder?«

»Ja, zwei.«

»Wie alt?«

»Vier und fast sieben.«

»Schönes Alter.«

»Ja und anstrengend«, sagte sie lächelnd.

»Kann ich mir vorstellen, ja.« Er lächelte ebenfalls.

»Sie haben keine?«

»Leider nein, aber ich habe viel mit Kindern zu tun und das oft über lange Zeit.«

»Ihre Eltern, leben die noch?«

»Nein«, sagte er ernst, ohne ihren Blick zu erwidern.

»Sind Sie in den USA aufgewachsen?«

»Ja, und da habe ich auch meine Ausbildung gemacht.« Er blickte an ihr vorbei, aus dem Fenster, auf die Menschen, die draußen über Aker Brygge gingen.

Sie musterte ihn. *Er ist traurig, seine Eltern fehlen ihm, er trauert,* überlegte sie, als er sich ihr wieder zuwandte und lächelte.

»Interviewt mich hier die Journalistin? Wollten wir nicht über Sie reden? Erzählen Sie mir von Ihrer Kindheit, Ihrer Jugend.«

Kajsa erzählte, dass sie bis zum Alter von zehn Jahren in Sunnmøre gewohnt habe.

»Sprechen Sie denn Sunnmørisch?«, fragte er lächelnd.

»Sicher doch«, antwortete sie.

»Dann sagen Sie mal was.«

»Hm, was soll ich denn sagen?«

»Stellen Sie sich vor, das sei ein Fernsehbeitrag.« Er beugte sich eifrig über den Tisch und wartete.

Kajsa fuhr sich mit der Hand durch die Haare und sah ihn an, als wäre er eine Kamera, während sie die Gabel hochhielt wie ein Mikrofon. Im typischen Singsang ihrer alten Heimat sagte sie: »Wir stehn hier im Büro des Ministerpräsidenten. Vor 'ner halben Stunde erst hat der 'ne Pressekonferenz einberufen und wird in wenigen Minuten im Plenarsaal erwartet. Wir wissen alle nich', was der Grund dieser eiligen Einberufung ist, aber Gerüchte behaupten, dass Kanal 4 mit den Berichten über die Lage krebskranker Kinder den Ministerpräsidenten dazu gebracht hat, zwanzig Millionen Kronen für 'ne Sofortmaßnahme zu sichern.«

»Hervorragend. Und wenn es nur so wäre!« Howick klatschte in die Hände. »Aber es ist schon seltsam, Sie sind da irgendwie zu einer anderen geworden«, fügte er hinzu und lachte.

14

Die Frau, die die Tür öffnete, war vielleicht Mitte zwanzig. Sie hatte jeweils ein Piercing in der Nase und in der einen Augenbraue, die Augen waren stark geschminkt, mit dickem Eyeliner. Die langen, glatten Haare pechschwarz gefärbt. Auch ihre Kleidung war schwarz, schwarze Hose, und trotz des warmen Frühlingstages, an dem man Fenster und Türen aufreißt, um die Luft hereinzulassen – trug sie einen langärmligen schwarzen Wollpullover. Sie schien zu frieren.

»Wer sind Sie?«, fragte sie. Ihre Stimme klang abweisend.

Kajsa lächelte vorsichtig. »Ich bin Journalistin bei …« Weiter kam sie nicht.

»Journalistin?« Die Frau trat einen Schritt zurück und wollte die Tür schließen.

Kajsa legte die Hand an die Tür und drückte dagegen. »Moment noch. Wollen Sie nicht wissen, was ich will?«

»Nein«, antwortete die Frau, schloss die Tür aber nicht.

»Sie sind Ine-Marie, nicht wahr?«, fragte Kajsa rasch.

»Was wollen Sie von mir?«

»Sind Sie Idas Tochter?«

»Warum wollen Sie das wissen?«

Kajsa hatte herausgefunden, dass Gudny Årvolls Tochter Ida hieß und eine Tochter namens Ine-Marie hatte. Sie wusste nicht so recht, wie sie weiter strategisch vorgehen sollte, deshalb sagte sie: »Ich weiß es eigentlich nicht so recht, Ihr Name ist in einer Angelegenheit aufgetaucht, an der ich arbeite, und da hatte ich einfach Lust, ein bisschen mit Ihnen zu reden.«

»Wo arbeiten Sie?«

»Bei Kanal 4.«

»Fernsehen?«

»Ich habe nicht vor, Sie im Fernsehen zu interviewen, ich möchte nur im Zusammenhang mit meinen aktuellen Recherchen mit Ihnen sprechen. Wollen wir nicht hineingehen, dann kann ich Ihnen alles erklären? Es dauert nicht lange.«

Ihre gesamte schwarze Gestalt strahlte Abweisung aus, Körperhaltung, Gesichtsausdruck, die Hand mit dem festen Griff um die Türklinke. Deshalb war Kajsa überrascht, als die Tür sich nun langsam öffnete.

Die Wohnung war ungewöhnlich sauber und aufgeräumt; nirgendwo lag etwas herum, nichts war schief. Auf dem Gang standen fünf Paar Schuhe ordentlich nebeneinander, als wäre dafür ein Lineal benutzt worden. Im Wohnzimmer lag ein Stapel Zeitungen auf dem Tisch, sorgfältig zusammengefaltet, die Kanten genau aufeinander.

Das Wohnzimmer war spartanisch eingerichtet mit einem alten Sofa, einem Tisch, einem großen Sessel, einem Fernseher und einer Stereoanlage. Auf einem kleinen Ecktisch neben dem Sofa lagen einige CDs, sorgfältig aufeinandergelegt. Heavy Metal. Auf der Fensterbank stand eine einsame Pflanze, ein rosa Alpenveilchen. Vom Wohnzimmer blickte Kajsa in eine kleine Küche. Sie sah einige Konservendosen, die in Reih und Glied aufgestellt waren, und einige ebenso ordentlich platzierte Müslipackungen. In einem Glasschrank befanden sich Gläser und Tassen, allesamt mit millimetergenauer Präzision platziert.

Ine-Marie sagte nichts, nahm nur im Sessel Platz. Kajsa setzte sich auf das Sofa. »Ja, also, wo soll ich anfangen«, sagte sie. »Sie haben vielleicht davon gehört, was über die Zustände in norwegischen Waisenhäusern ans Licht gekommen ist.«

Ine-Marie nickte.

»Ich weiß, dass Ihre Großmutter in mehreren dieser Waisenhäuser gearbeitet hat.«

Die Frau im Sessel sagte nichts. Kajsa fuhr zögernd fort: »Sie ... sie wurde vor drei Jahren ermordet?«

»Ja. Aber was hat das mit mir zu tun?«

»Ich versuche, mir ... Klarheit in gewissen Dingen zu verschaffen und suche nach Leuten, die Ihre Großmutter und andere Waisenhausangestellte gekannt haben.«

»Was heißt schon gekannt ... ich hatte wenig Kontakt zu ihr, solange meine Mutter noch lebte.«

»Warum nicht?«

»Meine Mutter wollte das nicht.«

»Ach was? Warum nicht?«

Ine-Marie erhob sich, öffnete einen Schrank und nahm eine selbst gedrehte Zigarette heraus, zündete sie an und trat mit dem Rücken zu Kajsa ans Fenster.

»Und Ihre Mutter?«

»Meine Mutter hat sich umgebracht, als ich vierzehn war. Ich musste bei meiner Großmutter wohnen. Ich bin ausgezogen, sobald ich alt genug war.«

Kajsa sagte nichts, betrachtete die dünne Gestalt am Fenster. Ine-Marie hatte sich den einen Arm um den Leib geschlungen, als ob ihr kalt sei. Ihr gebeugter, schmaler Nacken hatte etwas Weiches und Verletzliches.

»Das ist eine lange Geschichte«, sagte Ine-Marie, ohne sich umzudrehen.

»Der Mord an Ihrer Großmutter ist nicht aufgeklärt worden«, sagte Kajsa vorsichtig, als die junge Frau schwieg.

»Das macht nichts«, sagte Ine-Marie.

»Wollen Sie nicht wissen, wer es getan hat? Und warum?«

»Nein.«

»Weshalb ...«

Kajsa wurde unterbrochen. »Die hatte nichts Besseres verdient«, sagte Ine-Marie heftig. »Es war ihre Schuld, dass meine Mutter sich umgebracht hat«, fügte sie ruhiger hinzu und drehte sich zu Kajsa um. »Sie hat meine Mutter zerstört.«

»Wie das?«

»Das ist doch egal. Es ist einfach so.«

»Wie ist das zu verstehen, dass Ihre Mutter zerstört worden ist?«

»Sie war eine gute Mutter, und sie war wie ihre Mutter. Sie war zwei verschiedene Personen. Am Ende konnte sie nicht mit der leben, die sie war, glaube ich.«

Ine-Marie setzte sich wieder in den Sessel. Sie schwiegen beide lange, aber das Schweigen der Frauen war nicht mehr von derselben Ablehnung geprägt wie zuvor. Kajsa sagte nichts, sie wartete nur, hoffte, dass die junge Frau weiterreden würde. Ine-Marie pflückte sich Tabakkrümel von der Zunge. Dann streckte sie die Hand nach dem Aschenbecher aus, ihr Pulloverärmel rutschte ein wenig nach oben. Kajsa sah Narben an ihren Unterarmen. Ine-Marie starrte ihre Zigarette an, drehte sie zwischen Daumen und Zeigefinger.

»Meine Mutter hat nie über ihre Kindheit gesprochen«, sagte sie schließlich. »Ich wusste nichts über ihre Kindheit oder ihre Jugend, bis sie gestorben ist. Als ich ihre Sachen aufgeräumt habe, habe ich ein Tagebuch gefunden, das sie früher geführt hat.« Ine-Marie machte wieder einen Lungenzug, sah Kajsa jedoch nicht an. »Dann habe ich begriffen, warum sie mich in den Schlafzimmerschrank eingesperrt hat, wenn sie mir böse war.« Sie zog abermals an ihrer Zigarette, blies ruhig den Rauch zur Decke. »Das hatte ihre Mutter auch mit ihr gemacht. Nur war es viel schlimmer. Danach hat Mutter es immer bereut, sie hat geweint und mich um Verzeihung gebeten und ist mit mir zum Eisessen in den Frognerpark gegangen.« Ine-Marie schaute auf, sah Kajsa an, ihr Blick war traurig,

»Ist das nicht seltsam?«, fragte sie.

»Was denn?«, fragte Kajsa.

»Man sollte doch meinen, dass ein Mensch, der als Kind misshandelt worden ist, das seinem eigenen Kind nicht antut – aber genau das ist passiert. Die Geschichte wiederholt sich. Wer geschlagen wird, schlägt.«

Kajsa sagte nichts, spürte aber, dass Ine-Marie nicht mehr so reserviert war. Sie hatte nun etwas Verbissenes. Sie redete schneller, als drängten die Wörter nur so aus ihr heraus, als fürchte sie, der Wortstrom könne versiegen, oder als werde sie sich die Sache anders überlegen und gar nichts mehr sagen. »Als ich das Tagebuch gefunden habe, habe ich endlich verstanden, wer sie war und warum sie so geworden ist: heute gut, morgen grausam. Es war, als ob sie versucht hätte, mich zu lieben, als ob ihr das aber nicht gelungen wäre.«

Gleich gegenüber dem Eingang zu Kanal 4 lag ein gemütliches kleines Café. Nur einmal hatte er Kajsa bei Kanal 4 gesehen, als er vorbeifuhr, nachdem er ihr nach Nesodden gefolgt war. Deshalb schaute er nun oft im Café vorbei, ab und zu morgens, bevor er zur Arbeit ging, vor allem an den Tagen, an denen er keinen Frühdienst hatte. Es kam auch vor, dass er nach der Arbeit am Nachmittag und Abend hinging. Es hatte nichts gebracht, dort zu sitzen, aber dann hatte er herausgefunden, wie er in Erfahrung bringen konnte, wann sie arbeitete. Das war leicht ge-

wesen. Er hatte bei Kanal 4 angerufen, sich mit falschem Namen vorgestellt, sich als Freund von Kajsa ausgegeben, der erfolglos versucht hatte, ihre Mobilnummer anzurufen, und der nun wissen wollte, wann sie im Sender sein würde, was für Arbeitszeiten sie hatte.

Das hatte vieles erleichtert. Denn seither hatte er sie mehrere Male beobachten können.

Er wusste, dass sie heute bis fünf Dienst hatte. Er saß seit etwas mehr als einer Stunde Zeitung lesend im Café und dachte schon, dass sie vielleicht doch früher Feierabend gemacht hätte. Aber als es schon nach halb sechs war und er gerade gehen wollte, kam sie heraus. Er folgte ihr in sicherer Entfernung, als sie zu ihrem Wagen ging, er wusste, wo sie ihn abstellte. Als sie das Parkhaus verließ, folgte er ihr.

In Stovner blieb er ein Stück die Straße hinunter im Auto sitzen und sah, dass sie einen Wohnblock betrat.

Er wartete eine Weile, dann ging er zur Eingangstür und sah sich die Namen an. Årvoll. Der Name traf ihn wie ein Fausthieb, er bekam keine Luft mehr, er musste sich an die Mauer lehnen. Ine-Marie Årvoll.

Er ging zu seinem Auto zurück, griff nach der Flasche mit dem Mineralwasser und trank ausgiebig, dann schüttete er sich ein wenig Wasser in die Hand und fuhr sich damit über das Gesicht. Ine-Marie Årvoll? Ida?

Er kniff die Augen heftig zusammen.

Es war wie ein Traum, sie kam auf ihn zugelaufen, fiel ihm um den Hals. Sie duftete nach Sommer, ihre Haut war golden, warm, ihre dunkelbraunen Haare legten sich über sein Gesicht, sie drückte sich an ihn, er konnte die kleinen Brüste spüren, er streichelte ihren Rücken, legte ihr die Hand in den Nacken, drehte ihr Gesicht, erwiderte den Blick der braunen Augen, fand ihren Mund, er glaubte zu bersten, es pochte in seinem Schritt, als ob sich sein Herz dort unten niedergelassen hätte, sein ganzer Leib war ein großer Muskel, der sie aufhob und sie herum-

schwenkte, bis ihnen beiden schwindlig war und sie lachend in das weiche Heu in der Scheune sanken. Er wollte sie, und wenn es das Letzte wäre, was er in diesem Leben täte, er wollte sie. Aber sie wollte nicht. »Du musst warten«, sagte sie. »Nächstes Jahr, vielleicht nächstes Jahr, dann sind wir sechzehn, dann dürfen wir.«

Sie machte ihn verrückt.

Er wollte protestieren, aber sie legte ihm einen Finger auf den Mund. »Und niemand darf das von uns wissen. Wenn es einer weiß, wissen es alle, und dann ist Schluss mit der Romantik«, sagte sie.

Es war Mittwinter gewesen, als sie zu ihm gekommen war. So dachte er an sie: Dass sie zu ihm gekommen war, dass sie ihm zu Hilfe kam, so dass er nicht mehr fror.

Der Heimleiter hatte gesagt, sie würden eine neue Köchin bekommen. Er – Satan, wie er ihn nannte – hatte nicht erwähnt, dass die Köchin eine Tochter hatte. Deshalb waren sie alle total überrascht gewesen, ja, einige der Jungen hatten sogar mit offenem Mund geglotzt, im wahrsten Sinne des Wortes, als sie Ida zum ersten Mal sahen. Sie war ungefähr in ihrem Alter. Die Jungen im Heim waren nicht an Mädchen gewöhnt, und abends im Bett hatten mehrere von ihnen dem Befehl des Leiters, »Hände auf die Bettdecke«, getrotzt.

Er hatte bald begriffen, dass etwas nicht stimmte. Sie lächelte nie. Sie schaute immer zu Boden. Fast immer. Denn er merkte, dass sie ihn ab und zu ansah, aber wenn er sie anschaute, schlug sie sofort die Augen nieder.

Er hatte sie vom ersten Augenblick an geliebt.

Einmal war er viele Tage lang krank gewesen. Es war ihm sehr schlecht gegangen, er hatte hohes Fieber gehabt. Anfangs hatte er sich nur gewünscht, dass irgendwer sich um ihn kümmerte, jemand mit weichen Händen, die sein fieberheißes Gesicht mit einem feuchten Tuch abtupften. Er hatte sich so darüber gefreut, in der Kammer neben der Küche liegen zu dürfen, und geglaubt, die Köchin habe weiche, warme Hände. Das hatte sie nicht.

Da hatte er begriffen: Sie gehörte zu den Bösen.

Sie wurde böse, als er das Essen, das sie gekocht hatte, nicht hinunterbrachte, obwohl sie doch sehen musste, dass er sehr krank war, sein Mund und sein Hals waren dermaßen ausgedörrt, dass er fast nicht sprechen konnte, dazu tat ihm alles weh, und er war schweißnass.

Aber das war nicht das Schlimmste; er sah aus nächster Nähe, hörte durch den Türspalt zur Küche, wie sie Ida schikanierte. Nichts, was Ida tat, war der Mutter gut genug. Es war, als ob Gudny ihre Tochter nicht ertragen konnte, sie hackte die ganze Zeit auf ihr herum, hatte nie ein freundliches Wort für sie.

Eines Tages, als Ida etwas auf den Boden gefallen war, hatte Gudny sie geohrfeigt und auf ihr Zimmer geschickt. Das war am Vormittag gewesen, und für den Rest des Tages hatte er Ida weder gehört noch gesehen. Am Nachmittag, als er sich allmählich ein wenig besser fühlte und Gudny irgendwo etwas zu erledigen hatte, schlich er sich auf den Dachboden, wo die Zimmer von Ida und ihrer Mutter lagen. Vorsichtig und mit hämmerndem Herzen hatte er die Tür geöffnet. Zuerst glaubte er, Ida sei gar nicht da, das Zimmer sei leer, aber dann hörte er Schluchzen und begriff, dass es aus dem Kleiderschrank kam. Er schlich sich hinüber, flüsterte ihren Namen, schloss vorsichtig die Schranktür auf, und da saß sie mit ängstlichem Blick und erhobenen Armen, wie um Schläge abzuwehren.

Und da hatte er begriffen, dass es ihr ging wie ihm, dass ihre Mutter genauso war wie seine.

Er hatte nicht gewusst, was er sagen sollte, hatte sie nur angestarrt. Sie hatte ihn mit rot geränderten Augen und geschwollenem Gesicht angesehen. »Geh«, hatte sie geflüstert. »Sie darf dich nicht sehen.« Als er keine Anstalten machte, sich zu bewegen, weil seine Füße wie festgewach-

sen waren, hatte sie ihm einen Stoß versetzt. »Du musst gehen, geh endlich und schließ wieder ab.«

Es war das Schlimmste, was er jemals hatte tun müssen, sie wieder einzuschließen.

Als er gerade den Schlüssel umdrehte, war es zu spät. Gudny stand in der Tür und musterte ihn mit kaltem, hartem Blick.

Die Scheune war zwei Jahre lang ihr Treffpunkt gewesen. Er hatte nicht geglaubt, dass jemand davon wusste, aber sicher war er sich nicht. Er verspürte jedoch keine Angst, keiner der Jungen würde etwas verraten, sie fürchteten sich vor ihm, denn sie wussten, wozu er fähig war.

Am letzten Abend vor seinem Aufbruch hatten Ida und er sich nachts hinausgeschlichen und mehrere Stunden in der Scheune im Heu verbracht, bis die Sonne den Himmel rosa gefärbt hatte. Sie hatte geweint, weil er weggehen würde, das machte sie schwach und nachgiebig, und so hatte er sie genommen. Sie hatte ihn gebeten, es nicht zu tun, sie wollte nicht, aber er konnte nicht aufhören, konnte sich nicht mehr beherrschen, und am Ende hatte sie einfach still dagelegen. Sie weinte, als er sie verließ.

Am nächsten Tag hatte er gedacht, dass er sie niemals wiedersehen, ihr niemals wieder in die Augen schauen konnte nach dem, was er getan hatte.

An diesem Tag war ihm zum ersten Mal bewusst geworden, dass er eine Rechnung zu begleichen hatte, nicht nur für sich, sondern auch für Ida und alle anderen, die dazu nicht stark genug waren. Er würde die bestrafen, die nicht bestraft wurden.

15

An den vergangenen Tagen hatte Kajsa mehrere Male versucht, Sperre anzurufen, aber niemand hatte sich gemeldet. Nach den Hauptnachrichten um 20 Uhr machte sie noch einen Versuch. Es klingelte lange, und Kajsa wollte schon auflegen, als sie Sperres Stimme hörte: »Hier bei Sperre, ja bitte?« Kajsa konnte gerade noch ihren Namen nennen, dann legte er auf.

Dieser verflixte Sperre. Kajsa merkte, wie die Wut in ihr brodelte, sie blieb sitzen und starrte vor sich hin. Was bildete der sich eigentlich ein? Hielt er sie für dumm? Glaubte er, sie würde seine Motive nicht hinterfragen, nicht annehmen, er wisse mehr, als er gesagt hatte?

In ihr Mitgefühl mit Sperre mischte sich Resignation und Verärgerung. Okay. Wenn er nicht mit ihr reden wollte, würde sie die Sache allein klären. So leicht würde sie sich nicht geschlagen geben, denn schließlich gab es noch andere, die mehr wussten, als sie sagten. Kjelstad zum Beispiel.

Wieder ging die Gattin ans Telefon.

»Es ist spät«, antwortete sie auf Kajsas Frage, ob ihr Mann zu sprechen sei.

Kajsa hörte im Hintergrund jemanden etwas sagen.

»Einen Moment«, sagte die Frau.

Kajsa nahm Stimmen wahr, dann war die Frau wieder da. »Er

würde Sie gern treffen«, sagte sie und seufzte resigniert. »Dann kommen Sie eben her, aber Sie dürfen nicht lange bleiben, er wird schnell müde, wissen Sie.« Klick, weg war sie.

Auf dem Weg nach Nesodden besorgte sie sich die Nummer von Karsten Kjølås. Als sie noch als Kriminalreporterin gearbeitet hatte, war Kjølås für sie eine wichtige Kontaktperson gewesen. »Verheiratet mit der Arbeit«, hatte er gesagt, als sie am Ende ihres ersten Arbeitsessens mehr ins Private abdrifteten. Sie hatten sich eine Flasche Wein geteilt und tranken zum Kaffee einen Cognac.

Später waren sie in der Kneipe Ryktebørsen gelandet, damals die Anlaufstelle der Medienleute – allerdings nicht nur für Journalisten, sondern auch für Promis aus den Medien. Sie hatten noch mehr Wein getrunken, und als er gegen vier Uhr morgens mit einem Grinsen gefragt hatte, ob sie mit ihm nach Hause kommen wolle, »damit ich dir meinen Hund vorstellen kann«, hätte sie um ein Haar Ja gesagt.

Damals hatte sie Aksel noch nicht gekannt, aber dennoch war sie allein nach Hause gegangen. Sie hatte ein festes Prinzip: keine One-Night-Stands mit einer Quelle.

Am nächsten Tag hatte er sie angerufen und sie abermals zum Essen eingeladen. »Quellentreff«, hatte er gesagt und gelacht. Sein Lachen gefiel ihr: tief, warm, beruhigend.

»Du bist die Quelle«, hatte sie gesagt und ebenfalls gelacht. »Also muss ich dich einladen.«

»Ach, zum Henker, läuft das so?« Dann hatte er wieder gelacht.

Im Laufe der Jahre hatte es viele Essen gegeben, aber nie war sie mit ihm nach Hause gegangen. Einmal war sie fast so weit gewesen, hatte sich die Sache aber anders überlegt und ein Taxi angehalten. Sie hatte es bereut, als sie ihn durch die Heckscheibe des Taxis verschwinden sah. Sie hatte gedacht, er sei keiner, dem es nur um Sex ging.

Dann hatte sie Aksel kennengelernt. Aksel hatte mit ihr etwas gemacht, was keinem anderen gelungen war. Er hatte das hervorgeholt, was sonst niemand sah, was sie aus ihrer Jugend mit sich herumtrug und was ihr ganzes Leben und ihr Verhältnis zu anderen Menschen geprägt hatte, das, was sie daran gehindert hatte, enge Beziehungen zu anderen aufzubauen, vor allem zu Männern.

Kajsas Vater kam aus Ålesund, hatte ihre Mutter, die aus Asker stammte, während seines Medizinstudiums in Oslo kennengelernt. Nach der Hochzeit waren die beiden zurück nach Sunnmøre gegangen, wo der Vater als Distriktarzt tätig war. Die Mutter hatte sich dort jedoch nie eingelebt, und als Kajsa zehn Jahre alt war, zogen sie nach Asker um und bauten auf dem Grundstück von Kajsas Großeltern ein Haus. Dort waren Kajsa und ihre beiden Schwestern aufgewachsen.

Ihre Mutter war ausgebildete Bibliothekarin, und nach dem Umzug nach Asker hatte sie in der Stadtbücherei gearbeitet. Sie hatte auch ihr großes Interesse am Theater neu belebt, in mehreren lokalen Aufführungen mitgewirkt und war in zwei Spielfilmen als Statistin aufgetreten. Sie hatte viele Jahre lang Gedichte geschrieben, aber nur für die Schublade. Doch unmittelbar vor dem Tod des Vaters gelang es ihr, die erste Gedichtsammlung zu veröffentlichen.

Kajsa war die jüngste der drei Schwestern, der Nachkömmling und die Einzige, die beim Tod des Vaters noch zu Hause wohnte.

Er hatte bei einer Skitour zum Asdøltjern einen Herzstillstand erlitten. Die Mutter hatte ihn als vermisst gemeldet, als er abends nicht nach Hause gekommen war, und er war am folgenden Tag gefunden worden. Dieser Tag war der schwärzeste in Kajsas Leben.

Es war der Tag, an dem die Sicherheit verschwand.

Sie und die Mutter befanden sich in Solli, als die Suchmannschaft des Roten Kreuzes seinen Leichnam auf einem Schlitten brachte. Während viele Erinnerungen mit der Zeit zu vagen, unklaren Momentaufnahmen verblassten, schien sich dieses Erlebnis im Laufe der Jahre nur noch zu verstärken. Wenn sie daran dachte, fühlte sie noch immer die Kälte im Gesicht, es war ein ungewöhnlich kalter Wintertag gewesen, mit fast zwanzig Grad unter null. Und sie konnte noch immer die verzweifelten Schreie der Mutter hören, gefolgt von einem animalischen Gebrüll, als sie zusammenbrach. Konnte das Gewicht ihres Körpers spüren, der gegen ihren sank.

Kajsa war damals erst fünfzehn gewesen, aber sie war die Starke, die, die nicht zusammenbrach, die nicht zusammenbrechen *durfte,* die ihre Gefühle unterdrückte, um es für die Mutter nicht noch schlimmer zu machen. Mehrere Monate musste sie sich nach dem Tod des Vaters um Hausarbeit und Küche kümmern, musste jeden Morgen die Mutter zum Aufstehen überreden, ehe sie selbst zur Schule ging. Die Großeltern hatten versucht zu helfen, aber die Mutter hatte sie nicht im Haus haben wollen. Sie wollte nur Kajsa um sich haben, und Kajsa hatte niemals mehr eine solche Einsamkeit verspürt wie damals, als sie bei ihrer eigenen Mutter die Mutterrolle übernehmen musste.

Für ihre eigene Trauer war kein Platz gewesen.

Sie fand es gut, dass sie so viel übernehmen musste. Es hatte alle ihre Kräfte in Anspruch genommen, sie war jeden Abend zum Umfallen müde gewesen, war rasch eingeschlafen. Und wenn die Großmutter kam und Kajsa mit traurigen Augen ansah und ab und zu versuchte, mit ihr über das Geschehene zu reden, hatte sie sich abgewandt, obwohl sie nur klein sein und auf dem Schoß der Oma sitzen und deren weiche Arme um sich spüren wollte. Spüren, wie die Oma ihre Haare streichelte, an ihrer Brust weinen, sie sagen hören, dass alles gut werden würde. Aber sie glaubte, wenn sie das täte, würde sie nicht stark genug für sie beide sein können, für die Mutter und sich selbst.

Nach und nach war es der Mutter besser gegangen, aber nun war es zu spät. Kajsa konnte keine Trauer empfinden, sie brachte dem Vater nur Bitterkeit entgegen; er, der davon gelebt hatte, andere gesund zu machen, hatte sich selbst nicht retten können. Wie hatte er ihnen, ihr das antun können? Ihr, die ihm immer so nahegestanden hatte! Irgendwann schlug die Bitterkeit in einen heftigen Zorn um, wurde zu einem finsteren Klumpen, der sich ganz unten in ihrem Bauch festsetzte und sie zu Boden drückte.

Und die Mutter hatte nie begriffen – oder begreifen wollen –, dass sie Kajsa die Möglichkeit genommen hatte, ihre Trauer zu verarbeiten. Als die Mutter wieder einigermaßen hergestellt war, unterstützte Kajsa sie trotzdem weiterhin, war weiterhin eine Mutter für ihre Mutter. Aber innerlich fühlte sie sich klein und schwach. Nur sah das niemand.

Bis sie Aksel kennenlernte.

Sie arbeitete als Kriminalreporterin bei *Aftenposten*, er erwarb sich gerade einen Ruf als Psychiater, und sie interviewte ihn über seine Arbeit als Gutachter vor Gericht. Aksel war fünf Jahre älter als sie. Er war der Erste – und der Einzige –, dem sie von ihrem Vater erzählt hatte. Er meinte, sie halte an ihrem Zorn fest, um sich vor der Trauer zu schützen, die sie sich niemals zugestanden hätte.

Aksel war für sie da gewesen, er hatte sie hervorgelockt und sie gezwungen, die Augen nicht zu verschließen, sondern ihre Trauer zu spüren, ihre Sehnsucht nach dem Vater, die irgendwo versteckt vorhanden war. Sie hatte sich an ihn geklammert wie an einen Rettungsring, als der Damm barst.

Aber so konnte sie nicht weitermachen. Es musste ein Ende

haben. Und sie merkte auch nach einiger Zeit, dass ihn das alles weniger interessierte. Vielleicht hatte er die Sache satt, vielleicht war er nur der Psychiater, der das fachlich Richtige getan hatte, ihr nicht zu gestatten, ihre Trauer zu pflegen. Also hörte sie auf, darüber zu reden. Er hörte auf zu fragen. Das musste so sein, ihretwegen, seinetwegen, ihrer beider wegen. Sie konnten eine Beziehung nicht auf einem solchen Fundament aufbauen, darauf, dass sie von ihm behandelt wurde.

Sie gab vor, die Sache verarbeitet zu haben. Aber nun spürte sie eine Trauer in sich, die ihr neu und frisch vorkam.

Das sagte sie Aksel nicht. Irgendwann dachte sie nicht nur an den Tod ihres Vaters, sondern auch an ihren eigenen, an Aksels, den der Mutter, den der Kinder. Der Tod legte sich wie ein Schatten über ihr Leben.

Er legte sich über alles und stand ihrer Lebensfreude im Weg. Es kostete sie sehr viel Kraft, und das Ergebnis war, dass sie sich die ganze Zeit müde fühlte. Aber sie konnte den Schatten nicht verjagen, er stand vielem im Weg, was sie erlebte, anderen Menschen, Erfahrungen und Eindrücken, vor allem aber erzeugte er in ihr eine Angst, etwas könne ihr und ihren Nächsten zustoßen. Noch schlimmer war es geworden, als sie Kinder bekommen hatte. Nun hatte sie Angst, krank zu werden und zu sterben, nicht um ihrer selbst willen, sondern weil Aksel und die Kinder dann allein wären. Sie hatte erfahren, dass das Leben sich nicht planen ließ und gleich hinter der nächsten Ecke das Böse auf der Lauer liegen konnte.

Es mochte deshalb seltsam wirken, dass sie sich beruflich mit Mordfällen beschäftigte. Denn deshalb war sie Kriminaljournalistin geworden – nicht weil sie Interesse an Klein- und Bandenkriminalität, Vergewaltigungen oder Wirtschaftsvergehen hatte. Wenn sie an Mordfällen arbeitete, schrumpfte der Schatten über ihrem Leben, dann konnte sie professionell und unpersönlich an den Tod denken, es war nicht der ihres Vaters, nicht ihr eigener, nicht der ihrer Kinder, es war der Tod von Menschen, die sie nichts angingen. Mordfälle, die fremde Menschen berührten, gaben ihr eine Distanz zum Tod, die sie sonst nicht verspürte, und ließen sie auf eine seltsame Weise weniger schwermütig werden.

Aber ihre Angst war unverändert. Jeden Tag. Die Angst, dass ihren Nächsten etwas zustoßen könnte, war ihr von der Mutter an dem Tag eingepflanzt worden, als die Suchmannschaft den Vater aus dem Wald gebracht hatte.

Sie konnte absolut außer sich geraten, wenn Anders zu einem Freund ging und sie einige Stunden später dort anrief, weil er nach Hause kommen sollte, aber niemand ans Telefon ging. Dann glaubte sie sofort an das Schlimmste, dass die Familie des Freundes nicht zu Hause gewesen und Anders umgekehrt war, dass jemand ihn in ein Auto gezerrt und mitgenommen hatte und sie das erst viele Stunden später entdeckte. Deshalb folgte sie ihm oft, ohne dass er es mitbekam, er musste die Freiheit haben, allein zurechtzukommen, stolz darauf sein können, etwas selbst zu schaffen. Aber sie folgte ihm, um zu sehen, ob er in das Haus des Freundes ging, überzeugte sich davon, dass er dort war, wo sie ihn vermutete. Oft rief sie nach einigen Stunden an unter dem Vorwand, dass Anders bestimmt Hunger habe, um ganz sicher zu sein. Denn womöglich hatte er sich auf den Nachhauseweg gemacht, und irgendwer hatte ihm unterwegs etwas angetan, große Jungs oder ein Pädophiler.

Aksel hätte ihr sicher eine Diagnose verpasst, wenn sie ihm anvertraut hätte, was sie dachte, wie weit sie ging, um Anders zu überwachen. Deshalb erzählte sie es ihm nicht.

Vor allem hatte sie Angst davor, allein im Haus zu sein. Wenn Aksel und die Kinder ein seltenes Mal nicht da waren, schlief sie auf dem Wohnzimmersofa. Das Haus war so bedrückend leer, wenn außer ihr niemand dort war. Sie wagte nicht, in den Spiegel zu blicken, wenn sie sich die Zähne putzte, wagte nicht, ihren Blick zu erwidern, denn wenn sie allein war, hatte sie das Gefühl, sich selbst fremd zu werden. Dann kam die Angst. Es war, als verlöre sie ihre Identität, weil sie nur wusste, wer sie war, wenn andere bei ihr waren, und manchmal stellte sich ein beängstigendes Gefühl ein, eine andere zu sein. Die Angst lag die ganze Zeit auf der Lauer.

Aksel hatte ab und zu Witze darüber gemacht, dass sie einen Anflug von ADHS aufweise, weil es ihr so schwerfiel, nichts zu tun, weil sie die ganze Zeit beschäftigt sein musste. Dann lachte sie, hätte aber lieber geweint. Sie hätte ihm von ihrer körperlichen Unruhe erzählen können, davon, wie die Schreie der Mutter und das Bild ihres toten Vaters auf dem Schlitten sie jeden Tag verfolgten. Sie konnte Aksel nicht sagen, dass sie allein auf der Terrasse eine unerklärliche, aber notwendige Ruhe gefunden hatte, um festen Boden unter den Füßen zu spüren, einen Ort, wo sie ganz still sitzen konnte und es guttat, mit sich allein zu sein.

Denn Kajsa hatte Angst, Aksel könne sie für krank halten, er würde sicher von posttraumatischem Stressleiden oder Ähnlichem reden. Und das könnte sie nicht ertragen.

Jetzt, so viele Jahre später, dachte sie, ihre Gefühle für Aksel seien vielleicht keine normale Verliebtheit gewesen. Vielleicht eher eine Patientin-Psychiater-Beziehung, wo das gemeinsame Empfinden, füreinander so viel zu bedeuten – wenn auch auf unterschiedliche Weise –, andere Gefühle beinhaltet hatte als wirklich im Spiel gewesen waren? Denn sie hatte es an seinem Blick gemerkt, als sie den Schmerz über den Verlust ihres Vaters nicht länger zur Sprache brachte, dass er das Gefühl hatte, Erfolg gehabt zu haben.

Nein, so durfte sie nicht denken. Sie erinnerte sich daran, wie sie nicht genug voneinander bekommen konnten. Damals. Es schien sehr lange her zu sein. Wo war die Leidenschaft geblieben? Wo war die Nähe jetzt?

Ich renne wie eine Irre durch die Gegend, um alles zu schaffen: Arbeit, Kinder, Haus, immer etwas, das ich erledigen muss, das eigentlich Aksel erledigen müsste.

Sie hatte ihn verwöhnt. Er hatte keine Ahnung von der Fettschicht oben auf den Küchenschränken.

Sie putzte die Toilette, während die Kinder in der Badewanne saßen, faltete die herumliegenden Kleidungsstücke zusammen, während sie den beiden zwischendurch die Haare wusch, fischte allen Dreck aus dem Abfluss in der Dusche, sie putzte sogar die Ablage neben der Toilette, während sie auf der Toilette saß, es war einfach lächerlich. Wenn er die Verantwortung hatte, saß er einfach auf dem Rand der Badewanne und scherzte mit den Kindern. Wenn er aufs Klo ging, las er Zeitung.

Er war ein guter Vater. Das musste sie ihm lassen. Machte mit den Kindern einen Sonntagsspaziergang im Wald, ging zu all ihren Freizeitaktivitäten. Jetzt war er als Trainer bei Anders' Fußballmannschaft eingestiegen. Dazu hatte er immer Zeit. Dann hatte er keine wichtigen Besprechungen, dann war er niemals zu müde.

Sie und Karsten Kjølås hatten noch immer ihre *Quellentreffen* abgehalten, als sie Aksel schon längst kannte, bis sie dann heirateten und Aksel Aufträge für die Polizei übernahm. Er hatte bei mehreren Fällen mit Karsten zusammengearbeitet. Eigentlich hätte sie die Initiative ergreifen müssen, das *Verhältnis* zu beenden, aber das hatte Karsten übernommen. Er hatte keine Begründung geliefert, nur gesagt: »Wir können uns nicht mehr treffen«, als ihre Wege sich nach einem Essen trennten. Sie fragte nicht, warum. Beide kannten die Antwort.

Es klingelte nur einmal, dann meldete er sich.

»Kjølås.« Seine Stimme klang förmlich.

»Hallo! Hier ist Kajsa.«

»Meine Güte«, erwiderte er nur.

Sie hatte sich überlegt, was sie sagen wollte: *Entschuldige die späte Störung, aber ein Kollege aus der Kriminalredaktion ist krank geworden und hat mich gebeten, dich anzurufen.* Stattdessen stammelte sie: »Äh … Quellentreffen?«

»Ja«, antwortete er knapp.

»Am üblichen Ort?«

»Ja.«

»Morgen um sieben?«

»Schön. Ich bestelle einen Tisch.«

»Gut. Bis dann.«

Sie spürte, wie sich in ihrer Brust ein schwaches Zittern ausbreitete, als spüre sie die Wärme einer Hand.

Henrik Kjelstad stand mit dem Feldstecher an seinem großen Fenster. Er hatte bei ihrem letzten Besuch erzählt, der Feldstecher stamme aus dem Krieg, er habe ihn in einem Laden für ausgesonderte Armeeartikel gekauft.

»So einen bekommt man heute nicht mehr«, sagte er.

Der Feldstecher stand auf einem alten, abgenutzten Gestell, das wirklich aussah wie aus Kriegstagen. Er beugte sich ein wenig vor und schaute hinein.

»Was sehen Sie?«, fragte Kajsa und trat neben ihn.

»Ihr Haus«, sagte er.

»Mein Haus?«

Er sah sie an. »Ich bin Polizist. Auch wenn ich in Pension bin. Ich überprüfe die Leute. Jetzt weiß ich, wo Sie wohnen.« Er schmunzelte.

Sie sah ihn an. Er hatte einen langen, sehnigen Körper, die weißen Haare sehr kurz geschnitten. Und unglaublich hellblaue Augen.

»Also … worüber wollten Sie mit mir sprechen?« Er zeigte auf das Sofa, er selbst setzte sich in einen Sessel.

»Inge Sorte, Jørgen Henriksen, Willy Nybø, Gudny Årvoll«, sagte sie.

Er kniff die Augen zusammen. »Was ist mit ihnen?«, fragte er ausdruckslos.

»Klingelt es da gar nicht?«

»Die Frage ist doch, was denn klingeln sollte.«

»Okay«, sagte sie. »Fangen wir damit an, ob Sie diese Fälle bearbeitet haben.«

»Ja«, sagte er nur.

»Sie erinnern sich also daran?«

»Ja.«

»Weil es da einen Zusammenhang gab?«

Er trank einen Schluck von dem Kaffee, den seine Frau auch diesmal serviert hatte.

»Das sind alles ungeklärte Mordfälle. Deshalb kann ich mich daran erinnern. Ich erinnere mich an alle Fälle, die ich nicht aufklären konnte.«

Kajsa machte eine irritierte Handbewegung. »Aber habt ihr diese Fälle miteinander in Verbindung gebracht? Parallelen gefunden?«

»Das ist vertraulich.«

»Ihr habt das nie an die Öffentlichkeit gebracht, meinen Sie?«

Er lächelte. »Fangfrage.«

Kajsa schaute nachdenklich aus dem Fenster, auf die weite Aussicht über den Fjord, wo ihr eigenes Zuhause lag. Dann drehte sie sich zu ihm um, hielt seinen Blick fest.

»Der gemeinsame Nenner sind Drogen.« Das war nur ein Gedanke, der ihr gekommen war, ein Schuss ins Blaue. »Bei mehreren Opfern wurde Ketamin festgestellt.« Sie sagte es, als stelle sie eine Tatsache fest, als wisse sie es einfach. Was gelinde gesagt eine Übertreibung war. Ketamin war nur bei einem Fall erwähnt worden, und was Gudny Årvoll betraf, wusste sie rein gar nichts über die Todesursache. Für einen kurzen Moment glaubte sie, er sei überrascht, aber sie war nicht sicher, nur ein kurzes Aufflackern in seinen Augen, in seinem Gesicht bewegte sich kein Muskel. Vielleicht war es gerade dieser Blick, der sie auf den Gedanken brachte, ins Schwarze getroffen zu haben. »Ach was«, sagte er nur.

Kajsa seufzte resigniert und erhob sich. »Sie wollen also nichts sagen.« Sie reichte ihm ihre Karte. »Rufen Sie mich an, wenn Sie sich die Sache anders überlegen.«

»Warum fragen Sie, ob wir diese vier Fälle miteinander in Verbindung gebracht haben?«, fragte er.

Kajsa musterte Kjelstad nachdenklich. *Er weiß nicht, dass es eine Verbindung gibt,* dachte sie.

»Ich weiß etwas, was Sie nicht wissen«, sagte sie.

»Was denn?« Kjelstad hatte noch immer die Augen zusammengekniffen.

»Glauben Sie, ich gebe Ihnen Informationen, wenn ich von Ihnen keine bekomme?«, gab sie trocken zurück.

Kjelstad gab keine Antwort, sah sie nur weiter an und presste die Lippen aufeinander.

»Es sei denn …«, sagte sie und hielt inne.

»Was haben Sie jetzt eigentlich vor?«, fragte er und tunkte einen Keks in seinen Kaffee.

»Alle wurden unter Drogen gesetzt. Der Täter hat Zeit mit seinen Opfern verbracht. Deshalb habt ihr eine Verbindung zwischen den Fällen gesehen, konntet sie aber nicht aufklären. Euch hat etwas gefehlt, das ich weiß.«

»Und das wäre?«

»Sie zuerst: Habe ich recht? Stimmt das, was ich sage?«

Kjelstad stöhnte leise und sah sie mit resignierter Miene an.

»Okay, Sie haben recht. Es waren Drogen im Spiel, und ja, sie wurden vermutlich über längere Zeit hinweg misshandelt. Und ja, wir glaubten, es ist möglicherweise derselbe Mörder, aber merken Sie sich, ich sage *möglicherweise.* Wir hatten keine technischen Beweise. Die Umstände waren die gleichen, aber nur bei zwei konnte ein Zusammenhang hergestellt werden, weil es eine Verbindung zwischen den Opfern gab. Okay? Und jetzt: Sie. Spucken Sie's aus!«

»Hier irren Sie sich eben. Alle vier haben in Kinderheimen oder Sonderschulen gearbeitet.«

»Alle?«, fragte er, jetzt sichtlich überrascht. »Alle vier? Aber … Willy Nybø hat sein Leben lang als Heimleiter gearbeitet. Gudny Årvoll war Köchin. Die beiden anderen waren in ganz anderen Bereichen tätig, Sorte war Bankier, Henriksen Ingenieur, wenn mich meine Erinnerung nicht trügt.«

»Ich weiß nicht, was sie gemacht haben oder wann«, sagte Kajsa. »Ich weiß nur, dass sie irgendetwas mit Kinderheimen oder Sonderschulen zu tun hatten. Vielleicht als Freiwillige, vielleicht haben sie nur vorübergehend dort gearbeitet, während des Studiums zum Beispiel. Sorte und Henriksen waren ja viel jünger als Nybø und Årvoll. Was weiß ich.«

»Hm. Ja, was wissen Sie eigentlich? Woher wissen Sie das?« Er machte eine ärgerliche Handbewegung, runzelte die Stirn und musterte sie streng. Er hatte große Ähnlichkeit mit dem schroffen, unzugänglichen Polizisten von einst.

Kajsa lächelte.

»Warum lächeln Sie?«, blaffte er sie an.

»Weil Sie mich gerade so an früher erinnern«, sagte sie.

Sein Gesicht öffnete sich zu einem Lächeln, aber über seiner Nasenwurzel war noch immer eine besorgte Furche zu sehen. »Wenn Sie recht haben, haben wir es möglicherweise mit einem Serienmörder zu tun. Ein Serienmörder hört erst auf, wenn er gefasst wird. Seien Sie vorsichtig, Kajsa.«

16

War der Ausschnitt vielleicht etwas zu tief? Kajsa stand in der Damentoilette des Senders und musterte sich im Spiegel. Verflucht, aber wieso sollte sie nicht sexy aussehen? Sie zog das schwarze Top etwas weiter runter, zeigte mehr Dekolleté und machte im Spiegel eine Grimasse.

Sie würde Karsten Kjølås erst in über einer halben Stunde treffen und beschloss daher, im 3 Brødre vorbeizuschauen und ein Glas Wein zu trinken. Das würde ihr guttun. *Er ist eine Quelle,* Kajsa, dachte sie, *jemand, der dir Auskünfte und Informationen gibt, das, wovon du lebst.* Sie trug dunkelroten Lippenstift auf und ging hinaus. Man muss Leute treffen, um seine Arbeit machen zu können!

Ihr Herz schlug verräterisch schnell, als sie eine halbe Stunde später auf das Theatercafé zusteuerte. Gleichzeitig verspürte sie ein Hochgefühl, eine Art Freiheit. *Das hier ist mein Leben,* dachte sie. *Ich bin nicht nur ein Teil im Leben anderer, sondern stehe mitten in meinem eigenen Leben. Ich kann leben, wie ich will. Ich will spüren, dass ich lebe, will etwas Echtes fühlen und nicht nur an der Oberfläche durch ein graues, vorhersehbares und langweiliges Leben gleiten, ich brauche etwas … etwas Verrücktes, ich muss etwas Unerhörtes tun. Ich will gesehen werden, mich attraktiv und sexy fühlen,* dachte sie und hatte Lust, laut zu lachen, während sie durch den Studenterlunden-Park lief. *Ich kann mein Leben leben, wie ich will.*

Als sie die Straße zwischen Nationaltheater und Hotel Continental überquerte, fiel ihr Blick auf Karsten, der draußen stand und auf sie wartete. Er hob die Hand und lächelte. Kajsa schlängelte sich zwischen zwei Autos hindurch und lief auf ihn zu, sie verspürte ein flatterndes Gefühl im Bauch, das in jede Faser ihres Körpers vorzudringen schien. Ich komme mir wie ein junges Mädchen vor, das sich nachts durchs Fenster hinausstiehlt, um einen Jungen zu treffen. Wie peinlich und das als erwachsene Frau!

Er wusste, dass sie bis acht arbeitete, war aber schon gegen sieben im Café in Stellung gegangen. Zum Glück. Sie war erst vor wenigen Minuten herausgekommen. Sie trug knallroten Lippenstift, einen türkisen Schal und einen langen blauen Mantel. Kräftige Farben standen ihr gut.

Erst war sie im 3 Brødre gewesen und hatte ein Glas Wein getrunken, dann war sie durch Studenterlunden geeilt.

Sie sahen aus wie ein Paar, ein verliebtes Paar.

Sie hatten einen Tisch an der Stortingsgate bekommen. Er stand auf der anderen Straßenseite vor dem Nationaltheater und betrachtete sie.

Es tat weh, sie so zu sehen. Dass sie verheiratet war, konnte er verschmerzen, das war geschehen, bevor er in ihr Leben getreten war. Aber nicht das hier.

Er erkannte den Mann von Zeitungsfotos wieder: Karsten Kjølås – der die Ermittlungen in dem Doppelmordfall in Asker leitete. Weshalb traf sie ihn? Wieso wirkte sie so fröhlich, und so hübsch? Als sie das Glas hob und Kjølås anlächelte, musste er sich abwenden. Sie würden noch lange da sitzen, das hielt er nicht aus, er würde zurückkommen. Er zog die Kapuze seines Sweatshirts tiefer ins Gesicht, vergrub die Hände in den Taschen und ging.

Es war, als ob die Zeit stillgestanden hätte. Die Unterhaltung plätscherte locker dahin, als hätten sie erst vor Kurzem gemeinsam zu Abend gegessen.

Karsten bestellte Sancerre.

»Immer noch dein Lieblingswein?«, fragte er.

Kajsa lachte. »Du erinnerst dich?«

Er nahm ein Probeschlückchen. »Ich habe das Gedächtnis eines Elefanten«, entgegnete er lachend und verdeutlichte mit einer Handbewegung, dass der Wein die Prüfung bestanden hatte und die Kellnerin Kajsa einschenken sollte.

»Und was hat das zu bedeuten?«, fragte sie und hob eine Augenbraue, als wäre sie überrascht.

»Es bedeutet, dass ich mich an alles erinnere.« Er grinste herausfordernd. »An alles«, wiederholte er.

Sie tat, als ob sie nichts verstünde, sie spielten ein Spiel, bei dem beide die Dialoge kannten, beide wussten, was sich hinter den Wörtern verbarg, alles bezog sich auf längst vergangene Dinge.

»Man soll sich gar nicht an alles erinnern. Sondern nur an die Dinge, die es wert sind, dass man sich an sie erinnert«, sagte Kajsa.

»Da stimme ich zu. Aber wenn alles eine Erinnerung wert ist, dann soll man sich auch an alles erinnern.«

Kajsa fing seinen Blick auf. Er lächelte, der Humor schimmerte in seinen Augen, aber da gab es auch die Spur von etwas anderem. Kajsa wollte gerade etwas erwidern, aber im selben Moment kam die Kellnerin mit der Vorspeise.

»Das war wirklich gut.« Kajsa tupfte sich mit der Serviette den Mund ab.

»Dessert oder Kaffee und Cognac? Nein, halt, nicht antworten. Beides? Oder?«

Sie lachte. »Genau! Beides. *Same procedure.*«

»Crème brulée?«

»Und wieder richtig. Du hast wirklich das Gedächtnis eines Elefanten!«

»Eben«, entgegnete er lächelnd.

Nachdem er das Dessert geordert hatte, blickte er sie fragend an. »Quellentreffen?«

»Ja, Quellentreffen.«

»Und wer ist die Quelle?«

»Du. Und ich.«

»Wie das?«

»Wir haben beide etwas, das uns von Nutzen sein kann.«

»Und was hast du, das ich gebrauchen könnte?«

»Da ich dich eingeladen habe, ist es mein Vorrecht, die Frage zuerst zu stellen, nicht wahr?«

»Jaja, die gute alte Kajsa ... Also bitte.«

»Was ist mit dem Kind passiert?«

Karsten sah sie erstaunt an. »Kind?«, sagte er.

»Du, jetzt spiel mir kein Theater vor. Ich weiß von dem Kind, das ihnen weggenommen wurde. Ich ...«

Er fiel ihr ins Wort: »In Ordnung, ich hätte es ja eigentlich wissen sollen. Das Kind. Gut. Und was bekomme ich, wenn ich dir von dem Kind erzähle?«

»Ich weiß etwas, das du wissen musst.«

Er blickte sie nachdenklich an. »Arbeitest du an dem Fall? Ich dachte, du hättest aufgehört als Kriminalreporterin.«

»Stimmt, ich habe aufgehört, ich arbeite nicht an dem Doppelmord. Es geht um was anderes, worüber ich ... gestolpert bin. Ein anderer Fall, an dem ich arbeite.«

»Gut. Aber da gibt es ein Problem.«

»Nämlich?«

»Wenn ich dir von dem Kind erzähle … Kannst du mir dann versprechen, dass du bis auf Weiteres den Mund hältst?«

»Ewig kann Kanal 4 nicht auf diesen Informationen sitzen bleiben, aber wir können eventuell ein paar Tage warten. Wir werden auch über die Geschichte aus dem Krieg berichten«, log Kajsa. Wie leicht ihr doch in letzter Zeit das Lügen fiel.

»Hm … der Krieg …« Karsten zupfte gereizt an der Tischdecke herum. »Der Brief, den du bekommen hast … du kannst den nicht verwenden. Das musst du für dich behalten, Kajsa.«

»Anonymer Hinweis«, log sie abermals. »Ich weiß gar nichts, ein Kollege hat einen Tipp bekommen und ist dem nachgegangen. Eine starke Story.«

»Nicht gut.«

»Nein?«

»Nein, die Sache ist kompliziert, wir brauchen Zeit. Kannst du nicht etwas warten? Ich verstehe ja, dass ihr als Erste von diesen Geschichten berichten wollt, aber niemand sonst weiß davon. Ihr könnt noch warten.«

»Ich werde es versuchen«, entgegnete Kajsa.

»Und noch etwas.« Karsten zögerte, allerdings nur ganz kurz. »Ist das kein Problem für Aksel? Dass du so viel weißt?«

»Nicht, solange dir klar ist, dass nicht er etwas verraten hat. Tatsächlich hat nämlich ein Kollege von mir den Tipp bekommen, was passiert ist, als das Ehepaar noch jung war – ehe ich den Brief bekommen habe«, log sie. »Und von dem Kind hat Birte mir erzählt. Du kannst unmöglich erwarten, dass ich diese Information nicht mit meinen Kollegen teile und dass Kanal 4 darauf sitzt, ohne etwas damit anzustellen.«

»Okay, dann gehe ich mal das Risiko ein und vertraue dir. Aber dann kann ich auch davon ausgehen, dass du was Wichtiges für mich hast?«

»Ich werde dich nicht enttäuschen«, sagte sie.

Eine halbe Stunde später lehnte er sich zurück. »Das Ergebnis der Ermittlung war, dass es sich bei dem Kind um ein *dead end* handelte. Buchstäblich.« Er grinste über seine eigene Wortwahl.

»Bist du ganz sicher?«

»Ja, wir haben Informationen von der Botschaft in Kapstadt. Der Junge fiel über Bord und wurde nie gefunden. Sein Pass ist auch nie wieder aufgetaucht, vermutlich hatte er ihn in der Tasche. Die Botschaft hat uns eine Liste derjenigen geschickt, die an Land gegangen sind. Wir suchen noch nach dem anderen Jungen, mit dem er zusammen war.«

»Dem anderen Jungen?«

»Ja, er hat zusammen mit einem anderen angeheuert.«

»Dann bist du also sicher, dass der Sohn von Alfhild und Jørgen tot ist?«

»Ja.«

»Wie hieß er?«

»Arvid.«

»Arvid Godø ...« Kajsa ließ den Namen nachklingen. »Was für ein Schicksal, was für ein Leben«, sagte sie traurig.

»Jetzt bist du dran. Was hast du für mich?«

»Njål«, sagte sie nur.

»Njål? Was ist mit ihm?« Karsten beugte sich interessiert über den Tisch.

»Er weiß etwas. Er hat nicht alles erzählt. Ich glaube, er hat den Täter gesehen.«

Karsten schürzte die Lippen. »Wie kommst du darauf?«

Kajsa berichtete von ihrer ersten Begegnung mit Njål, als er gesagt hatte: »Die sind tot, sehr tot.«

»Wie konnte er das wissen?«

»Du hast doch an jenem Morgen live vom Fundort berichtet«, wandte Karsten ein. »Er hat es vermutlich im Fernsehen gesehen.«

»Nein, er sagte, er hat keine Fernsehsendungen geschaut.«

Kajsa berichtete weiter, was Njål nach seiner Vernehmung durch Karsten gesagt hatte. Dass er einen Mann im Wald bemerkt habe. Das könnte der Täter gewesen sein. Njål hatte ihn womöglich sogar ins Haus hineingehen sehen.

»Man kommt bloß so schwer an Njål heran. Ich weiß einfach nicht, wie ich ihn dazu bringen kann, mir zu erzählen, was er gesehen hat«, sagte Karsten mit einem resignierten Seufzer.

»Er redet nur mit Menschen, die er kennt, dann fühlt er sich sicher. Nicht mit einem fremden Polizisten.«

Karsten musterte sie. »Du«, sagte er. »Du könntest …«

»Wie bitte?«, unterbrach sie ihn. »Nein … Du meinst doch wohl nicht … Das kann ich nicht.«

»Wieso nicht? Dich kennt er. Niemand braucht zu erfahren, dass wir darüber gesprochen haben.«

»Ja, aber …« Sie hielt inne. Ein Gedanke formte sich in ihrem Kopf.

Karsten sah sie abwartend an.

»Okay, ich kann's versuchen, allerdings ist nicht sicher, dass es funktioniert. Wenn aber, dann …«

»Versuch's erst gar nicht. Ich kenne diesen Gesichtsausdruck. Was für 'nen Gefallen willst du dafür haben?«

Kajsa lachte. Doch ja, er kannte sie, und das gefiel ihr. »Ich will nur eins wissen: Gab es Anzeichen dafür, dass der Täter die Opfer von irgendwoher kannte?«

Karsten wand sich. »Also, das lässt sich nicht so eindeutig klären.« Kajsa dachte an den Polizisten, der gesagt hatte: »So, wie sie …«

»Aber war an den Leichen etwas Auffälliges, vielleicht eine Signatur, die der Täter hinterlassen hat?«

»Falls dem so wäre, käme ich niemals auf die Idee, mich mit einer Journalistin darüber auszutauschen.« Karsten Kjølås sah jetzt genauso aus wie der strenge und etwas arrogante Ermittler, der er angeblich war.

Kajsa grinste.

»Was? Wieso lächelst du jetzt?«, fragte er.

Sie wollte sagen, dass er süß aussah, wenn er sich so wie jetzt aufführte, ganz nach dem Vorbild des durchgreifenden Polizisten. Stattdessen sagte sie: »Die Arroganz steht dir.«

Sein Lächeln wurde weicher.

»Arrogant? Ich? Das ist ja Unsinn!« Sie merkte allerdings, dass er wusste, was sie meinte. »Findest du mich arrogant?«, fragte er.

»Ich? Aber nein. Ich weiß doch, dass du butterweich bist. Im Inneren«, fügte sie betont ironisch hinzu.

Er drehte sich zu ihr, legte die Hände auf ihre und flüsterte: »Um Gottes willen, verrate es niemandem!«

Kajsa kicherte. Seine Berührung war leicht wie eine Feder, breitete sich aber spürbar von der Hand im ganzen Körper aus.

Sie hob den Kopf und sah ihn voller Ernst an: »Antworte mir bitte. War der Täter lange im Haus, vielleicht mehrere Tage? Hat er sie womöglich gefangen gehalten, bevor er sie umbrachte?«

Karsten sah sie scharf an. »Wieso fragst du mich das?«

»Aha, ins Schwarze getroffen also«, erwiderte sie nur.

Karsten drehte das Weinglas zwischen den Fingern. »Du weißt sehr gut, dass ich so etwas nicht kommentieren kann.«

Sein Gesichtsausdruck wirkte leicht bekümmert.

»Auf welcher Spur bist du denn gerade?«, fragte er.

»Ich weiß es nicht«, erwiderte sie wahrheitsgemäß. »Ich weiß es tatsächlich nicht. Etwas fehlt, es gibt einen Zusammenhang, aber ich kann das Muster nicht erkennen, mir fehlen … was soll ich sagen … die Verbindungspunkte.«

»Das war ja wirklich eine eindeutige Aussage«, sagte Karsten. »Versprich mir, dass du es mir erzählst, wenn du auf etwas Wichtiges stößt.«

»Das werde ich«, sagte sie, »aber vorläufig ist mir das Ganze noch ein Rätsel. Es geht noch um mehr, um mehr als deine Ermittlungen.«

»Versprich mir bitte, vorsichtig zu sein.«

Sie holten ihre Sachen von der Garderobe und überquerten die Straße vor dem Hotel Continental. Karsten legte ihr beschützend die Hand auf den Rücken. Auf der anderen Straßenseite hielten sie an. Ein Gedanke war ihr gekommen. »Was ist mit Arvid passiert, nachdem er den Eltern weggenommen wurde?«

»Waisenhaus.«

Kajsa spürte, wie eine Kälte unter ihren Mantel kroch. Waisenhaus. Natürlich. Arvid war im Waisenhaus gelandet. Sie erschauderte im kalten Wind und schnallte den Gürtel ihres Mantels enger, als sie zum Eingang der Haltestelle Nationaltheater kamen. Etwas fehlt, und es gibt einen Zusammenhang …

»Frierst du?«, fragte er, legte die Hände auf ihre Schultern und massierte ihre Oberarme mit ruhigen Bewegungen.

Sie fing seinen Blick auf. Er brannte sich in ihren ein. Sie wollte sich an ihn lehnen, wollte spüren … Nein, sie brachte den Gedanken nicht zu Ende und wich zurück. Er ließ sie los, seine Arme hingen schlaff herunter, und er blickte über ihre Schulter, als suche er nach etwas, woran er sich festhalten könnte.

»Ich sollte wohl gehen«, sagte sie.

»Ja, das solltest du«, entgegnete er, ohne sie anzusehen. »Vielleicht möchtest du den Hund treffen …« Er sagte es in einem scherzhaften Ton, nur sein Lächeln war nicht mehr so schalkhaft wie sonst.

Kajsa hob einen Finger zu seinem Mund. »Pst«, sagte sie. Schnell nahm er ihre Hand und drückte ihren Zeigefinger an seine Lippen. Dann drehte sie sich um und ging, ohne noch einmal zurückzublicken.

Am Eingang des Nationaltheaters stand ein Mann in schwarzem Kapuzenshirt und richtete den Blick auf Kajsa und Karsten. Er ballte die Fäuste in den Hosentaschen. Er kam sich klein vor, klein wie in dem dunklen Verschlag unter der Treppe. Als Kajsa sich von Karsten Kjølås verabschiedete, entfernte sich der Mann mit schnellen Schritten in Richtung Vika, wo er den Wagen abgestellt hatte.

Kajsa ging zu Fuß vom Bahnhof nach Hause. Sie musste ein paar klare Gedanken fassen: Karstens warme Lippen auf ihrem Finger und dann alles, was er ihr erzählt hatte. Sie musste sowohl den Wein als auch Karsten aus ihrem System bekommen, in die Wirklichkeit zurückkehren. Die Gedanken kreisten um das, was sie wusste. Sie war bemüht, sich auf Fakten zu konzentrieren, nicht auf Gefühle, auf Annahmen, auf Intuition. Nur harte Fakten.

Es war still, als sie nach Hause kam. Sie schaute zu den Kindern hinein, deckte sie sorgsam zu. *Das hier ist mein Leben,* dachte sie. *Nichts anderes. Ich darf es nicht verlieren.*

Dann ging sie weiter zur nächsten Tür, hörte Aksels Atem, er schlief. *Das hier ist mein Leben. Ich muss daran festhalten. Ich habe nichts getan, weswegen ich es verlieren könnte. Ich hatte ein Quellentreffen wie unzählige andere Presseleute auch.*

Sie setzte sich mit dem Laptop auf die Terrasse, kramte die Zigarrenkiste hervor, zündete eine Zigarre an und legte sie in den Aschenbecher. Inhalierte nicht, sog nur den Duft ein. Ah, jetzt riecht es hier nach großen Tieren, dachte sie und lächelte.

Wie üblich loggte sie sich zuerst ins Mailprogramm ein und checkte die eingegangenen Meldungen: Eine alberne Mail von Hanne mit Videoausschnitten von Männern, die sich in der Küche blamierten. Eine Pressemitteilung der Sozialistischen Partei, die die Umweltpolitik der Regierung angriff. Und eine Nachricht von Vidar Kvande. *Überraschung,* dachte sie voller Ironie und öffnete die Mail. Kvande schickte ihr mehrere E-Mails in der Woche. Meistens etwas über Heimkinder, doch auch Angebote, mit ihm auszugehen. Er ließ nicht locker.

Hallo, Kajsa. Politikern ist nicht zu trauen, sie versprechen etwas und lügen einen gleichzeitig an. Was ist denn jetzt mit den Überprüfungen der Waisenhäuser? Wollen wir uns zum Abendessen treffen? Vidar.

Nachdenklich blickte sie auf die E-Mail. Er hatte recht. Sie hätte den Status quo der Überprüfungen verfolgen müssen, die der Minister hatte anordnen wollen. Sie schloss die Nachricht. Dann öffnete sie die Excel-Datei mit der Überschrift DOPPELMORD.

Sie fügte *Karsten Kjølås* in die Spalte mit den Quellen ein, tippte die Informationen dazu, die sie von ihm bekommen hatte. Es gab drei neue Punkte: Der Sohn von Alfhild und Jørgen war ins Waisenhaus gekommen, und er war tot. Außerdem gab es eine Übereinstimmung zwischen dem Doppelmord und zwei Waisenhausmorden. Jedenfalls hatte sie Karstens Reaktion so gedeutet: Zeit. Der Täter hatte eine Weile zusammen mit den Ermordeten verbracht.

Sie druckte die beiden Excel-Tabellen aus: DOPPELMORD und WAISENHAUS. Dann öffnete sie ein neues Word-Dokument und schrieb: ÜBEREINSTIMMUNGEN ODER ZUFÄLLIGE GEMEINSAMKEITEN?

- LEIDEN: *Die Ermordeten waren für einige Zeit mit dem Täter zusammen, ehe die Morde ausgeführt wurden. Wurden sie gefangen gehalten? Der Täter kannte die Opfer. Wie genau? Folgerung:* STRAFE.
- WAISENHAUS: *Die Ermordeten standen auf Jakob Sperres Liste der Missbrauchstäter, die im Waisenhaus gearbeitet haben. Die vier Ermordeten hatten in Waisenhäusern/Sonderschulen gearbeitet. Das Ehepaar aus Asker hatte einen Sohn, der im Waisenhaus gelandet ist. Folgerung:* ÜBEREINSTIMMENDE SPUREN.
- DROGEN: *Die dritte und deutlichste Übereinstimmung. Verwendung von Drogen. Vermutlich die gleiche Droge, Ketamin, verwendet beim Ehepaar Godø sowie bei den anderen Morden. Folgerung:* GLEICHE METHODE.

Auf einer neuen Seite notierte sie fünf Wörter und zeichnete einen Kreis darum: *Waisenhaus. Leiden. Strafe. Drogen. Mord.*

Kajsa saß lange da und starrte auf die Wörter. Es existierte ein Zusammenhang. Sie erinnerte sich daran, was Sperre gesagt hatte: »Wenn die Gesellschaft die, die bestraft werden müssten, nicht bestraft, kann es passieren, dass andere das übernehmen.«

Jetzt wusste sie, was er gemeint hatte. Natürlich hatte er all das gewusst, was jetzt in ihrer Kartothek stand. Doch was wusste er noch? Hatte er einen Verdacht, wer dahintersteckte? Fanden sich der oder die Täter in seiner grünen Kartei? Sie musste noch mal mit ihm reden, und wenn sie sich gewaltsam Zugang zu ihm verschaffen musste.

Es war ein ruhiger Abend, ohne den geringsten Wind. Auf dem

Rasen lagen noch immer dicke Schneehaufen. Ein leichter Regen begann auf das Dach zu trommeln. Der erste Regen seit Monaten. Es konnte durchaus noch mehr Schnee geben und auch wieder kälter werden, aber dieser Regen war das erste Anzeichen für das baldige Ende des Winters.

Als der Regen zunahm, zog Kajsa die Beine unter sich. Sie liebte dieses Geräusch von Regen, der auf das Dach prasselte, das Glucksen in den Dachrinnen. Zufrieden lächelte sie in die Dunkelheit hinein. Als der Regen noch stärker wurde und dicke Tropfen auf dem Terrassengeländer tanzten, wurde ihr Lächeln noch breiter.

Sie dachte an Karsten. Etwas, was er erzählt hatte, stand in Zusammenhang mit dem, was sie wusste, aber ihr fiel nicht ein, was. *Der Wein hat mein Gehirn vernebelt,* dachte sie, *geh schlafen, vielleicht kommst du ja morgen drauf.*

Er stand schon mit dem Wagen am Bahnhof, als sie aus dem Zug stieg und den Weg nach Hause einschlug. Am liebsten wäre er aus dem Wagen gestiegen und hätte sich ihr angeschlossen, als ob sie alte Bekannte wären und sich zufällig getroffen hätten. Stattdessen fuhr er zum 7-Eleven-Kiosk, kaufte Kaffee und eine Tüte Rosinenbrötchen und fuhr zum Parkplatz am Fjord.

Es war dunkel, doch er wusste genau, wo der Weg entlangführte, inzwischen kannte er ihn so gut wie seine Westentasche. Es war ein gutes Gefühl, dort hinaufzugehen, es gab ihm Sicherheit, es war ein Ort, den er kannte und dem er sich zugehörig fühlte.

Mehrmals war der Versuch vergebens gewesen, aber ein paarmal hatte er diese Ruhe verspürt, die daraus erwuchs, mit ihr zusammen zu sein.

Er hoffte, dass sie nicht völlig müde war und sich gleich ins Bett legte. Er musste sie sehen, musste sie allein dort sitzen sehen. Dann wären da nur sie und er. Niemand sonst. Nur sie beide.

Als er über den Rand der Terrasse spähte, war er enttäuscht, sie war leer, aber er hockte sich unter die Terrasse, saß ganz still da, wie er es so gut konnte, und wartete. Und als er ein leises Klicken von der Terrassentür hörte, atmete er tief ein und spürte, wie sein Herz etwas schneller schlug. Vorsichtig stand er auf, blickte durch den Spalt zwischen Geländer und Terrassenboden und sah, wie sie sich auf das Sofa setzte.

Abermals dachte er, wie eigenartig es doch war, bei diesem kalten Wetter und mitten in der Nacht auf der Terrasse zu sitzen. Das gefiel ihm, er mochte es, dass sie so seltsame Dinge tat. Du bist eigenartig, dachte er und lächelte.

Er war an diesem Abend so enttäuscht von ihr gewesen. Es hatte ihn sehr geschmerzt, sie dort im Theatercafé sitzen und mit Kjølås flirten zu sehen. Sie hatte ihn wirklich tief verletzt. So tief, dass er eine ordentliche Wut verspürt hatte, eine Lust, es ihr heimzuzahlen, damit sie spüren könnte, wozu er in der Lage war, wenn sie ihm so etwas antat. Er hatte sich wirklich zusammenreißen müssen, um nicht weiter darüber nachzudenken. Jetzt allerdings waren diese Gedanken verflogen. Jetzt, als er hier stand und es nur sie und ihn gab. Er würde ihr ja niemals ernsthaft etwas antun. Gerade, als ihm dieser Gedanke kam, wurde der Regen stärker. Er beobachtete Kajsa, die sich mit einem zufriedenen Lächeln zurücklehnte, einem Lächeln, das noch breiter wurde, als sie geradeaus vor sich hinblickte, genau in seine Richtung. Einfach so dort zu sitzen und in den Regen zu lächeln, ganz allein in der Dunkelheit. Ihr ganzer Körper strahlte Zufriedenheit und Lebensfreude aus. Er erwiderte das Lächeln.

17

Sie log zu häufig. Allerdings waren es meist nur Notlügen.

Sie hatte Karsten angelogen, als sie sagte, dass Kanal 4 die Vergangenheit des Ehepaars kannte und sie diese Geschichte sowie die von dem Kind nicht allzu lange für sich behalten könnten. Tatsächlich wusste nur sie allein davon. Noch hatte sie mit niemandem bei Kanal 4 darüber gesprochen.

Die gleiche Lüge tischte sie auch Aksel auf: Dass ein Kriminalreporter einen Tipp bekommen und herausgefunden hatte, was in Alfhilds und Jørgen Godøs Jugend geschehen war. Es habe nichts mit dem Brief zu tun, den sie bekommen habe.

In Wahrheit hatte sie die Stadtbibliothek in Giske angerufen und gefragt, ob ihr jemand dabei helfen könne herauszufinden, ob dort ein Paar namens Alfhild und Jørgen Godø gelebt hatte. Tatsächlich hatten ein Jørgen Godø, Jahrgang 1923, und eine Alfhild Godø, geboren 1925, in Giske gewohnt. »Rufen Sie mal Lars Brekke an. Der weiß alles Wichtige über die lokale Geschichte«, hatte die Bibliothekarin geraten.

»Alfhild und Jørgen Godø, ja«, sagte Brekke, als Kajsa ihn anrief und ihr Anliegen vorbrachte. »Alfhilds Nachname lautete Godøy, aber sie war eine verheiratete Godø. Ja, wirklich außergewöhnlich«, sagte er und berichtete von den Geschehnissen auf Godøya während des Krieges und danach. Beide hätten »die falsche Seite gewählt«, wie er sich ausdrückte. »Die konnten hier nicht wohnen bleiben.«

Kajsa erzählte Aksel wahrheitsgemäß, dass man laut Birte den Godøs ein Kind weggenommen hätte. Wie erwartet reagierte er skeptisch. »Ja, versuch ruhig, was aus der Sache zu machen«, sagte er. »Deine Stimme in einem Bericht über etwas, das mit dem Mordfall zu tun hat, und ich kann mir weitere Aufträge von der Polizei abschminken.«

Sie versicherte ihm, dass sie nicht mal im Traum daran gedacht hatte, so etwas zu tun.

Karsten hatte zweimal angerufen und gefragt, ob sie mit Njål gesprochen habe. Kajsa musste gestehen, dass sie keinen Schritt weitergekommen war. Sie war nach dem Treffen mit Karsten einmal bei Birte und Njål gewesen, doch als sie versucht hatte, mit Njål darüber zu sprechen, was er am Tag des Mordes gesehen hatte, war er sehr unruhig geworden, hatte sich hin- und hergewiegt, eine Weile an seinem Daumen herumgekaut und sich schließlich von ihr abgewendet.

Sie hatte ihn daraufhin mit ins Café genommen, damit er sie, ohne seine Mutter, besser kennenlernen konnte. Vielleicht würde es ihm dann leichter fallen, mit ihr zu reden, hatte Kajsa gedacht. Sie hatte darauf verzichtet, ihn nach Jørgen und Alfhild Godø zu fragen, hatte bloß Zeit mit ihm verbracht und sich ein wenig mit ihm unterhalten. Njål ging gern ins Café Kaffebrenneriet in Asker, wo er Cappuccino trinken und Kekse mit Nüssen und Schokoladestücken essen konnte. Nach einer Weile hatte er dann etwas mehr geredet, wobei die Initiative nur selten von ihm ausgegangen war.

Am Samstagnachmittag joggte Kajsa um das Semsvann. Einem Impuls folgend, schaute sie auf dem Rückweg bei Birte und Njål vorbei. Njål saß wie üblich auf der Treppe. Kajsa parkte den Wagen am Straßenrand und stieg aus.

»Kommst du mit zum Joggen, Njål?«, rief sie ihm zu.

»Pöh, ich jogge doch nicht«, sagte er ernst.

»Ich hab nur einen Scherz gemacht«, entgegnete Kajsa und trat lächelnd auf ihn zu. »Aber vielleicht hast du ja Lust, einen Spaziergang mit mir zu machen? Du kennst dich doch hier so gut aus und könntest mein Tourguide sein.«

Zu ihrem Erstaunen stand er auf.

»Ich hole nur meine Jacke«, sagte er und ging ins Haus. Nach kurzer Zeit war er zurück. »Wir gehen da lang«, sagte er und lief an ihr vorbei.

Sie gingen unterhalb des Hauses von Alfhild und Jørgen Godø den Weg entlang. Njål lief voraus und machte einen großen Bogen um das Haus, ehe sie auf der anderen Seite in den Wald hineingingen.

Das Sonnenlicht drang durch die Baumkronen. Auf den Hängen im Schatten lagen immer noch größere Schneeflächen, aber die Sonne hatte in den letzten Tagen gute Arbeit geleistet. Die Wege waren feucht und matschig, der frostige Boden taute nach und nach auf, es roch nach Kiefern und nassem Gras und Laub. Sie folgten einem kleinen Bachlauf bergauf und befanden sich schon bald auf einer Anhöhe, von wo aus sie weit über die Landschaft blicken konnten. Sie konnten das Haus sehen, in dem Birte und Njål lebten, sowie den Hof von Alfhild und Jørgen.

Kajsa zog einen Keksriegel aus der Tasche und teilte ihn mit Njål.

»Schön hier«, sagte sie.

»Ja«, entgegnete er.

Eine ganze Weile saßen sie schweigend nebeneinander.

»Ich will nicht über Arvid reden«, sagte Njål unvermittelt.

»Arvid? Nein, Arvid ist doch tot«, sagte Kajsa.

Njål sagte nichts, nahm nur einen Bissen von dem Schokoladenkeks.

»Erinnerst du dich denn an Arvid?«, fragte Kajsa unbefangen.

»Ja.«

»Und wie war Arvid so?«

Keine Antwort.

Kajsa musterte Njål. Er zeigte keine Anzeichen von Unruhe wie sonst, wenn sie von etwas sprachen, das mit Alfhild und Jørgen zu tun hatte. Vielleicht weil er sich hier draußen in der Natur sicherer fühlte? Sie dachte plötzlich, dass die Unterhaltung mit Njål der Radiosendung *20 Fragen* mit Knut Borge ähnelte; oft lauteten die Antworten nur ja oder nein. Vielleicht käme sie ja weiter, wenn sie die richtigen Fragen stellte? Njål äußerte sich nur selten spontan, so viel hatte sie begriffen, aber im Gegensatz zu früher, als er auf ihre Fragen überhaupt nicht eingegangen war, antwortete er jetzt immerhin.

Wieder saßen sie eine Weile schweigend da. Kajsa hatte Angst, ihn zu sehr unter Druck zu setzen, so dass er sich wieder dichtmachte.

»Hat der Mann am anderen Seeufer gestanden?« Sie hielt die Luft an.

»Ja«, kam es von Njål.

Okay, überlegte sie, *richtige Frage. Ja oder nein als Antwortmöglichkeit. Ich muss behutsam auf der letzten Frage aufbauen.*

»Stand er da ganz still?«

»Ja.«

»Hast du sein Gesicht gesehen?« Kajsas Puls schoss in die Höhe.

»Ja.«
»Hast du ihn davor schon einmal gesehen?«
»Ja.«
»Im Wald?«
»Ja.«
»Am selben Tag?«
»Ja.«
»Früher auch schon?«
»Ja.«
»Öfter?«
»Ja.«
»Ist er ins Haus gegangen?«
»Ja.«
»Wer war er?«
Njål antwortete nicht.
»Kanntest du ihn?«
Keine Reaktion.
»Kanntest du ihn?«, fragte sie erneut.
Njål fing an, an seinem Finger zu knabbern. »Ich will nicht über Arvid reden.«
»Aber Arvid ist tot, Njål.«
»Arvid ist tot«, wiederholte Njål.

Später trank Kajsa einen Kaffee mit Birte. Jedes Mal, wenn sie ihr begegnete, bedankte sich Birte bei Kajsa dafür, dass sie geholfen hatte, als sie krank gewesen war. »Was hätte ich bloß ohne Sie gemacht? Sie sind wirklich ein guter Mensch, Kajsa.«

Es war ein Monat vergangen, seit die Leichen von Alfhild und Jørgen Godø entdeckt worden waren, und Birte sprach kaum noch über den Mord. Kajsa hatte das Thema während ihrer letzten Besuche nicht angeschnitten, obgleich sie darauf brannte, noch mehr über das Ehepaar zu erfahren.

»Birte, kann ich Sie mal was fragen?«, begann Kajsa.

»Was denn?«

»Nun ... ich wollte nur wissen ...« Kajsa suchte zunächst nach den passenden Worten und beschloss dann, einfach geradeheraus zu sein. »Sie haben damals das Jugendamt über Arvids Situation informiert, stimmt's?«

Birte sah lange aus dem Fenster. Schließlich antwortete sie: »Ja, das war ich. Ach, Kajsa, ich würde am liebsten gar nicht darüber reden, aber letztlich müssen Sie es ja erfahren.« Sie seufzte tief. »Ich konnte es ... nicht länger aushalten ... zu wissen, wie es dem Kind dort erging.«

Seit dem ersten Mal, als Birte das neugeborene Kind gesehen hatte, hatte sie ein Auge auf den Jungen gehabt. Jeden Tag ging sie mit ihren Kindern raus. Sie gab unumwunden zu, dass sie neugierig auf dieses plötzlich aufgetauchte Kind gewesen war. Doch wer wäre das nicht gewesen, angesichts der Verhältnisse, angesichts dieses Paars, das hergezogen war und völlig isoliert von den Nachbarn lebte, als versuchten sie, sich unsichtbar zu machen.

Als Erstes war ihr aufgefallen, dass das Kind oft im Kinderwagen lag und lange schrie.

»Ich konnte das gar nicht glauben. Einmal war ich in der Nähe im Wald und hörte das Kind endlos lange schreien. Niemand war in der Nähe. Der Vater hat draußen auf den Feldern gearbeitet und wohl nichts gehört, aber die Mutter! Wo war die Mutter? Irgendwann kam sie schließlich und nahm das Kind genervt aus dem Wagen. Als das Kind größer wurde, hat der Vater direkt neben der Treppe einen Sandkasten gebaut.« Birte hatte gedacht, dass das für das Kind bestimmt schön sei. Aber das stimmte nicht. Denn Arvid

– damals wusste sie noch nicht, wie der Junge hieß – saß stundenlang allein da, schon als Kleinkind, obwohl er kaum ohne fremde Hilfe aufrecht sitzen konnte. Nach einer Weile hörte er auf zu weinen und beruhigte sich.

»Ich war oft am anderen Seeufer, von wo aus ich alles beobachten konnte. Ich hörte ihn oft weinen. Aber dann schien es, als ob der Kleine begriffen hätte, dass es nichts nutzte, also saß er bloß da und spielte mit ein paar Autos im Sand. Aber er hat nie Geräusche gemacht, wie andere Kinder, wenn sie mit Autos spielen. Eine Weile hat er vor sich hin geplappert, aber dann wurde er ruhig. Ich fand das erschreckend. Er war ganz still.«

Mit etwa drei Jahren bekam er ein Dreirad, mit dem er auf dem Hofplatz herumkurvte. Ganz offensichtlich liebte er dieses Dreirad. Wann immer Birte mit den Kindern vorbeikam, saß er darauf. Von früh bis spät. Oft ging Birte mit den Kindern mehrmals am Tag raus. Sie konnte nicht anders, musste ständig an dieses Kind denken. Die Situation des Kleinen quälte sie, und sie überlegte oft, was sie unternehmen sollte. Das war nicht so einfach, es widerstrebte ihr, sich in das Leben der Nachbarn einzumischen, außerdem war Halvor dagegen.

»Eines Tages ist er vom Dreirad gefallen und hat sich wehgetan. Er hat auf dem Boden gelegen und wie wild geschrien. Ich wartete darauf, dass jemand kommen und ihn trösten würde. Als schließlich die Mutter erschien, war ich erleichtert. Aber wissen Sie, was sie getan hat?« Mit schmerzvollem Blick sah Birte Kajsa an. »Sie hat ihn gar nicht getröstet. Sie hat ihn nur gepackt und ins Haus gezerrt.«

Birte rang die Hände. »Und trotzdem habe ich nichts unternommen.«

»Wann haben Sie schließlich das Jugendamt informiert?«, fragte Kajsa.

»Da war Arvid etwa sechs, glaube ich. Sechs Jahre! Stellen Sie sich das mal vor. Wie konnte ich bloß so lange tatenlos zusehen? Nichts im Leben bereue ich mehr, als dass ich nicht früher etwas getan habe.« Birte holte tief Luft. »Deshalb habe ich auch nichts erzählt«, fügte sie hinzu. »Ich konnte einfach nicht darüber reden.«

»Als ich heute mit Njål gesprochen habe, kam es mir so vor, als ob er sich an Arvid erinnert. Kann das sein?«, fragte Kajsa.

»Als Arvid etwa vier war, stand er eines Tages plötzlich vor unserem Zaun und beobachtete Ingvald und Njål auf der Schaukel.«

Birte hatte ihn vom Küchenfenster aus gesehen und war hinausgegangen und hatte gefragt, ob er nicht hereinkommen und mit den anderen spielen wolle. Erst hatte er wortlos dagestanden, war dann aber vorsichtig über den Zaun geklettert. Birte hatte Waffeln gebacken, und er hatte mit ihnen am Gartentisch gesessen, Waffeln gegessen und Johannisbeersaft getrunken. Die ganze Zeit hatte er kein einziges Wort gesagt, aber am nächsten Tag kam er wieder.

»Ich weiß noch, wie er das erste Mal gelacht hat. Eines der schönsten Geräusche, die ich je gehört habe.«

Nach einer Weile hatte er auch mehr gesprochen, allerdings nie viel. Kein Geplapper, wie oft bei Kindern in diesem Alter. Birte fiel auf, dass er öfter blaue Flecken im Gesicht hatte. »So was passiert schon mal, manche Kinder holen sich ja ständig Beulen. Aber er schien mir gar nicht so lebhaft zu sein, dass er dauernd hingefallen wäre. Ich habe mich sehr gewundert ...«

»Wussten die Eltern, dass er bei Ihnen war?«

»Nein, das glaube ich nicht.«

»Was hat Sie schließlich veranlasst, Bescheid zu geben?«

»Als er sechs war, ist etwas passiert. Arvid war hier, und Ingvald und Njål stritten sich wie die Kesselflicker, so dass ich dazwischengehen musste. Ich war wohl etwas unsensibel, jedenfalls habe ich sie hart angefasst und mit ihnen geschimpft. Doch als ich Arvid ansah, hörte ich sofort auf.«

»Was war denn?«

»Er krümmte sich zusammen und hielt sich die Arme über den Kopf, als ob er erwartete, dass ich ihn schlagen würde. Er sah mich nicht an, er hockte nur da und wartete auf die Schläge, als wären sie unvermeidlich. Er wirkte so … resigniert. Ein Kind, das sich mit allem abfand … mit allem.«

»Wie schrecklich.«

»Ja. In diesem Moment begriff ich, dass ich etwas unternehmen musste.«

Kajsa und Birte saßen lange schweigend da.

»Ich frage mich, wie es ihm wohl ergangen ist«, sagte Birte schließlich.

Kajsa spürte einen Kloß im Hals, doch als Birte ihren Blick auffing, wurde ihr klar, dass sie verstanden hatte.

»Nicht so gut?«, fragte Birte.

»Nein, nicht so gut. Arvid ist tot.«

Kajsa schaffte es nicht, zu erzählen, was ihm bis zu seinem Tod auf einem Schiff zwischen Norwegen und Südafrika widerfahren war. Birte fragte auch nicht weiter nach. »Ich hatte mal ein Foto«, sagte sie nachdenklich, »aber ich weiß nicht, wo das abgeblieben ist.«

»In meinem Zimmer«, sagte Njål und unterbrach sein Hin- und hergeschaukel für zwei Sekunden.

»Wirklich?« Birte sah ihren Sohn erstaunt an. »Wo hast du es gefunden?«

Njål gab keine Antwort.

»Darf ich es sehen?«, fragte Kajsa.

Wortlos stand Njål auf, Kajsa folgte ihm.

In seinem Zimmer stand das Foto auf dem Schreibtisch.

»Hast du es vorhin aufgestellt?«, fragte sie.

Njål nickte.

»Hallo. Ich bin wieder da!«, rief Kajsa, als sie durch die Tür kam, erhielt aber keine Antwort. Sie zog ihren Mantel aus und warf einen Blick ins Wohnzimmer. Aksel stand mit dem Rücken zu ihr und bügelte Wäsche.

»Gottchen, du mit einem Bügeleisen?«

Keine Antwort. Da bemerkte sie, dass er Kopfhörer trug. Resigniert seufzte sie. Er war wie üblich am Telefonieren. Plötzlich hörte sie ihn summen. Rhythmisch bewegte er den Kopf und schwang den Oberkörper hin und her. Er hörte Musik.

Und er bügelte eines ihrer Kleider: das Knallrote aus Rohseide. Ihr erster Impuls war, sich einzumischen, er würde es sonst ruinieren, hatte bestimmt eine zu hohe Temperatur eingestellt, was wusste er schon vom Bügeln, wo er sich doch nicht mal selbst um seine Hemden kümmerte?

Aber im selben Moment nahm er das Kleid vom Bügelbrett, hielt es in die Höhe und betrachtete das Ergebnis.

Das Kleid war faltenfrei und makellos, keineswegs ruiniert.

Er versucht es. Versucht es, so gut er kann, dachte sie.

Sie hielt inne und musterte ihn.

Plötzlich legte er sich den einen Ärmel des Kleids vorsichtig um den Hals, dann den anderen, hielt das Kleid dicht an sich und machte ein paar Schritte durchs Wohnzimmer.

Aksel tanzte mit ihrem Kleid. Mit geschlossenen Augen schwang er es langsam hin und her, drehte sich ein paarmal im Kreis und strich mit der Hand über das Rückenteil.

Er lächelte, sah glücklich aus.

Da war er, mitten in ihrem Wohnzimmer: der zufriedene, fröhliche Aksel, in den sie sich verliebt hatte. Nicht der, den sie sonst wahrnahm; den abwesenden, gestressten, reizbaren und unzufriedenen Aksel.

Er war der Aksel, der ihr abhandengekommen war. Im selben Moment öffnete er die Augen und erwiderte ihren Blick. Schnell ließ er das Kleid sinken und zog die Kopfhörer aus den Ohren.

»Hallo«, sagte er. Das Lächeln verschwand. Er nahm einen Bügel, hängte das Kleid darauf und drehte sich zu ihr um. In seinem Blick lag etwas Verhaltenes.

Wieso hört er auf zu lächeln, sobald er mich sieht?

»Hallo«, erwiderte sie. Sie trat auf ihn zu, stellte sich dicht vor ihn, umarmte ihn und legte den Kopf an seine Brust. »Was hörst du denn da?«, flüsterte sie.

Er reichte ihr einen Ohrstöpsel, stopfte sich den anderen ins Ohr, drückte auf eine Taste am Handy, und der Song ertönte.

Now in Vienna there's ten pretty women

There's a shoulder where Death comes to cry

Aksel schob sie ein Stück von sich weg, verbeugte sich und reichte ihr eine Hand. Sie nahm sie, er legte die andere um ihre Taille, sie ließ ihre freie Hand auf seiner Schulter ruhen.

Oh I want you, I want you, I want you

On a chair with a dead magazine

Sie sah ihn an, er erwiderte ihren Blick, und sie wusste, dass er an dasselbe dachte wie sie: an das erste Mal, als sie zusammen getanzt hatten. Sie lächelte.

Jetzt haben wir sie, dachte sie. Nähe.

In the cave at the tip of the lilly,

In some hallways where love's never been

Etwas, das sie an Aksel am meisten erstaunte, hatte sie erst entdeckt, als sie bereits ein Jahr verheiratet waren. Und das nur, weil sie auf der Hochzeit einer von Kajsas Freundinnen zu Gast gewesen waren. Das Brautpaar hatte sich Leonard Cohens *Take this waltz* als Hochzeitstanz ausgesucht, und Kajsa und Aksel hatten zum ersten Mal miteinander getanzt. Zu ihrer Verwunderung war er ein ausgezeichneter Tänzer. Er erzählte, dass er sich seit seinem sechsten Lebensjahr mit Gesellschaftstanz beschäftigt habe.

Jetzt führte Aksel sie zum Walzertakt der Violinen durch das Wohnzimmer, drehte sie ein paarmal herum, bis ihr ganz schwindelig war.

Sie sah ihn wieder vor sich, tanzend mit dem roten Kleid.

Take this waltz, take this waltz
Take its broken waist in your hands

Er zog sie an sich, presste seine Hand auf ihren unteren Rücken. Sie nahm die Hand von seiner Schulter und legte sie in seinen Nacken.

This waltz, this waltz, this waltz, this waltz
With its very own breath of brandy and Death
Dragging its tail in the sea

Nachdem Aksel wie immer problemlos eingeschlafen war, stand Kajsa auf. Sie konnte nicht schlafen, Aksels Nähe löste in ihrem Körper eine warme Zufriedenheit aus.

Sie trat hinaus auf die Terrasse und betrachtete das Foto, das sie von Njål bekommen hatte. Er war einverstanden gewesen, dass sie es sich auslieh.

»Nur ausleihen, nicht behalten«, hatte er gesagt.

Ein Bild sagt mehr als viele Worte, dachte Kajsa. Njål, Ingvald und Arvid saßen an einem Campingtisch in Birtes Garten. Es war offenbar Sommer, denn alle trugen kurze Hosen und kurzärmelige Hemden. Auf dem Tisch standen Erdbeeren. Ingvald schnitt eine lustige Grimasse, und Njål lächelte in die Kamera. Im Oberkiefer fehlte ein Zahn. Arvid saß mit offenem Mund da und sah den Fotografen an. Sein Gesicht war ernst.

Nun, da sie wusste, was geschehen war, lag nach all den Jahren ein schmerzvoller Schatten über diesem Augenblick, den die Kamera eingefangen hatte. Nicht nur wegen Arvids Schicksal, es tat auch weh, zu sehen, dass Njål ein ganz normaler kleiner Junge mit verschmitztem, sorglosem Gesichtsausdruck gewesen war.

Kajsas Blick wanderte wieder zu Arvid. Das schwarz-weiße Foto war vergilbt, gleichwohl konnte sie die Gesichter deutlich erkennen. Arvid war in Njåls Alter gewesen. Ein hübsches Gesicht mit einer geraden feinen Nase, großen Augen und schmalen Lippen.

18

Zwei Tage später erzählte Kajsa dem Chefredakteur Geir Hermansen alles, was sie über Alfhild und Jørgen Godø wusste: von der Geschichte aus dem Krieg und dem Kind, das ihnen 1966 weggenommen wurde.

Sie hatte erwartet, dass seine Reaktion enthusiastischer ausfallen würde. Stattdessen rief er: »Wieso zum Teufel arbeitest du an dem Doppelmord? Da fehlen mir Ressourcen im politischen Ressort, und dann erfahre ich, dass eine meiner erfahrensten Reporterinnen an einem Fall arbeitet, auf den ich schon drei Leute angesetzt habe und der absolut nichts mit Politik zu tun hat. Was soll das?!«

Kajsa war völlig überrascht von seiner Reaktion und wusste nicht, was sie erwidern sollte. »Und dein Privatleben? Geht eure Ehe jetzt in die Brüche?«, fügte er hinzu.

Kajsas Erstaunen wurde von Wut abgelöst. »Ich wüsste nicht, was dich das angeht«, sagte sie. »Aber wenn dich der Fall nicht interessiert, meinetwegen. Ich kann jemanden bei *VG* informieren.« Sie merkte selbst, dass ihre Stimme zu laut geworden war, und blickte Geir zornig an. Er war in letzter Zeit unerträglich; wenn er schlechte Laune hatte, ließ er sie dauernd an anderen aus.

Wie zwei Kampfhähne standen sie einander gegenüber. Es war absolut still geworden, alle aus der Politik folgten dem Auftritt mit unverhohlenem Interesse.

»Aksel hat überhaupt nichts mit diesem Fall zu tun«, fauchte sie leise. »Die Nachbarin hat mir von dem Kind erzählt. Und außerdem … außerdem habe ich einen Brief erhalten, der vielleicht vom Täter stammt.« Im selben Moment bereute sie, dass ihr diese Worte entschlüpft waren.

Geir blickte sie an. »In mein Büro.« Kajsa folgte ihm. Er schloss die Tür und blieb vor ihr stehen. »Erzähl schon. Aber alles.«

Kajsa berichtete von den Briefen, die bei ihr zu Hause sowie im Büro eingegangen waren. Natürlich wisse sie nicht, ob sie wirklich von dem Täter stammten. »Es wäre aber möglich«, fügte sie hinzu. »Die Polizei hat beide Briefe untersucht, aber weder Fingerabdrücke noch sonst etwas darauf gefunden.«

Geir wollte eine ehrliche Antwort haben, ob sie ihre Arbeitszeit für den Doppelmord aufgewendet hatte, aber Kajsa log ihn schlicht an. Wieder einmal.

»Ich habe lediglich einen alten Bekannten in Sunnmøre angerufen. Er erzählte mir, was während des Krieges passiert ist. Außerdem hatte ich ab und an Kontakt mit der Nachbarin, Birte Kristiansen. Sie brauchte Hilfe, und da hat sie mir von dem Kind erzählt, das Alfhild und Jørgen Godø einst hatten«, sagte sie und kam sich total idiotisch vor. Schnell fügte sie hinzu, dass sie auch mit dem Ermittlungsleiter Kontakt aufgenommen hatte, der sei nun darüber informiert, und dass Kanal 4 mit beiden Fällen an die Öffentlichkeit wollte.

»Na klar, bloß ein Telefonat, aber sicher«, sagte Geir, lächelte dann aber. »Wegen der Kriegsgeschichte schicken wir einen Reporter nach Ålesund. *Du* schreibst die Story über das Kind, aber wir lassen sie von jemand anderem präsentieren.« Jetzt grinste er. »Wir wollen ja schließlich nicht deine Ehe in Gefahr bringen, oder?«

Plötzlich war Geir Hermansen bester Laune. »Beides eignet sich als Hauptaufmacher an zwei aufeinanderfolgenden Tagen. Wann können wir das bringen?«

Kajsa schickte eine Mail an Karsten und informierte ihn, dass der Bericht über den ersten Fall in zwei Tagen gesendet würde. Er antwortete bereits nach 30 Sekunden: *Okay. Das gefällt mir nicht. Aber danke für deine Info.* ☺

Er hatte gewusst, dass sie es herausfinden würde. Endlich. Lange hatte er gewartet. Letzte Woche hatte er eine Konferenz im Ausland abgesagt, nur um die Nachrichten zu verfolgen. Er war so gespannt darauf, zu erfahren, ob sie der Spur folgen würde, die er ihr aufgezeigt hatte. Es war nicht ihre Stimme, die bei der Reportage zu hören war, aber natürlich stand sie dahinter.

»Die Polizei arbeitet jetzt mit einer neuen Spur im Zusammenhang mit dem Doppelmord in Asker«, sagte der Moderator. »Nach Informationen, die Kanal 4 vorliegen, kann die Lösung des Mordfalles mit der Vergangenheit des Paares zu tun haben. Eine Geschichte, die bis in den Krieg zurückreicht und Stoff für einen Roman böte: Es geht um eine Schwärmerei, eine verbotene Liebschaft und« – der Moderator legte eine winzige Pause ein – »Landesverrat.«

Der TV-Bericht begann mit einem Kameraschwenk über das offene Meer und das Land dahinter. Der Reporter ging langsam auf die Kamera zu, mit dem Ebbestreifen auf der einen und dem Gebirge auf der anderen Seite.

»Hier auf Godøya in der Nähe von Ålesund wuchsen Alfhild und Jørgen Godø auf«, sagte er. »Sie wohnten nicht weit auseinander, sie führten ein harmonisches und sicheres Leben in einer Familie, die sich von Landwirtschaft und Fischfang ernährte. Doch als der Krieg kam, wurde alles auf den Kopf gestellt. Von diesem Punkt an scheint ihr Leben

wie aus einem Kriegsroman kopiert. Es ist die Geschichte zweier Menschen, die auf der falschen Seite landeten und dann merkten, wie ihr Verrat all ihre Lebensträume in Schutt und Asche legte.«

Es war eine gute Reportage, mehrere Interviews mit Inselbewohnern. Auf ihre typische Art sprachen diese Menschen aus Sunnmøre ganz nüchtern über Alfhild und Jørgen, der Journalist indes konzentrierte sich mehr auf das Deutschenflittchen *Alfhild und darauf, dass Jørgen mehrere Männer verraten hatte, die Flüchtlinge auf die Shetlandinseln gebracht hatten. Infolgedessen waren zwei Familienväter erst ins Lager Grini und dann nach Dachau geschickt worden. Sie waren nie zurückgekommen.*

»Ja, die beiden ham gut zusammengepasst, der Jørgen und die Alfhild, kann man schon sagen«, meinte einer der Interviewten.

Ein paar Jahre nach dem Krieg wurden Alfhild und Jørgen ein Paar. Sie heirateten 1952. Jørgen hatte im Gefängnis gesessen, während Alfhild nur ein paar Wochen von der Bildfläche verschwunden war, allerdings hatte sie für einen Zeitraum von zehn Jahren ihre bürgerlichen Ehrenrechte verloren. »Sie wissen schon, das hier war kein dauerhafter Ort für zwei Menschen, die so was getan hatten, auch wenn se damals noch Jugendliche gewesen waren. Landesverrat ... «, fügte der Mann hinzu und presste die Lippen aufeinander. »Tja ja, so isses dann gegangen, wie's gegangen ist, wissen Se.«

»Sind Sie den beiden später noch mal begegnet?«

»Ob ich die mal gesehen hab? Nee, ich hab die nich mehr gesehen, seit se damals in den Fünfzigern fortgegangen sind. Wobei ich glaube, dass Alfhild für die Beisetzung ihrer Mutter zurückgekommen is.«

Der Journalist fragte: »Glauben Sie, dass ihnen jemand nach dem Leben getrachtet hat?«

»Is niemand von hier, der das gemacht hat. Da können Se sicher sein«, erhielt er zur Antwort.

Jetzt wusste ganz Norwegen, was für verräterische Menschen sie gewesen waren. Der Verrat hatte immer in ihnen gesteckt.

Einen Tag später brachte Kanal 4 den anderen Fall an die Öffentlichkeit; das Kind, das Alfhild und Jørgen Godø 1966 weggenommen worden war. Sie brachten das Foto, das Kajsa von Njål ausgeliehen hatte, das einzige, das überhaupt zur Verfügung stand. Kajsa fuhr auch mit einem Fotografen zu dem alten Hof. Anders als bei seiner sonst eher eintönigen Arbeit konnte der Fotograf hier seine Kreativität einsetzen, lief mit der Kamera durch den Wald, über die Wiese oder die Treppe hinauf, damit die Zuschauer sich vorstellen konnten, in welcher Umgebung der kleine Junge aufgewachsen war. Der Fotograf hatte auch einen sechs- oder siebenjährigen Jungen als Komparsen engagiert und filmte dessen Hand, als er ein Pferd streichelte, sowie seine Beine, während er über eine Wiese rannte. Aufnahmen in Zeitlupe und Schwarz-Weiß, die einen Anschein von Authentizität vermittelten, als ob Arvid noch immer auf dem Hof lebte.

So etwas Beeindruckendes hatte er noch nie im Fernsehen gesehen. Die TV-Bilder riefen unwahrscheinlich eindringliche Augenblickserinnerungen hervor, als ob er sich inmitten von allem befände. Er nahm die sanfte Sommerluft auf der Haut wahr, die Wärme des Pferdes, das glatte Fell unter den Händen, den Geruch vom Stall, das Geräusch der blökenden Schafe, das weiche Moos unter den Füßen. Er erlebte die Freude angesichts all dessen, aber auch die Trauer über den Verlust. Er rollte sich auf dem Sofa zusammen, legte die Arme um den Oberkörper und weinte leise. Er konnte gar nicht aufhören, er weinte und weinte, bis er plötzlich dachte: Dann hat sie mich also endlich gefunden. Es musste ja geschehen. Und auch wenn es die Stimme eines anderen Reporters war, wusste er, dass Kajsa ihn gefunden hatte.

Bei diesem Gedanken ließ der Schmerz etwas nach.

Sie hat mich gefunden.

Er fuhr sich mit der Hand durchs Haar, über die Stirn, strich mit dem Finger über die Lippen.

Am nächsten Tag hatte die Polizei eine Pressekonferenz angesetzt, die der Ermittlungschef Karsten Kjølås leitete. Er begann damit, dass er den Status quo des Falls erläutern und einen Kommentar zu den in den Medien kursierenden Informationen der letzten Tage abgeben wolle. Kajsa verfolgte mit Geir Hermansen in dessen Büro die Extrasendung.

Geir lächelte zufrieden angesichts des großen Presseaufgebots. »Lahmärsche!«, rief er vergnügt. »Rennen uns allesamt hinterher. Ha!«

Kajsa grinste ebenfalls, allerdings hauptsächlich weil Karsten ständig an seinem Krawattenknoten herumnestelte, als bekäme er nicht genügend Luft. Sie wusste, dass er das Tragen der Uniform verabscheute. *Und dennoch steht sie ihm ziemlich gut,* dachte sie.

Karsten Kjølås fasste zusammen: Alfhild und Jørgen Godø hatten abgeschieden auf ihrem kleinen Bauernhof in Asker gelebt. Nur wenige Menschen hatten seit ihrem Zuzug im Jahr 1958 Kontakt mit ihnen gehabt, abgesehen von ein paar Tagelöhnern, die für kürzere Perioden im Garten beschäftigt gewesen waren, einigen Handwerkern sowie dem Kaufmann vor Ort. Ansonsten habe es wenig oder keinen Kontakt zur Lokalbevölkerung gegeben. »Mit einer Ausnahme. 1960 bekam das Paar einen Jungen, und etwa sechs Jahre später ging bei den Behörden ein Hinweis auf mögliche Vernachlässigung ein. Das Jugendamt suchte die Familie auf, und es wurde ein Sorgerechtsentzug veranlasst. Das Kind wuchs in einem Heim auf. 1976, kurz bevor der Junge sechzehn wurde, floh er gemeinsam mit einem anderen Heimbewohner aus der Einrichtung. Später fiel er von Bord eines Schiffes, auf dem er angeheuert hatte. Es gab keine Zeugen. Dies wurde von der Botschaft in Kapstadt bestätigt, wo das Schiff nach dem Unfall zuerst eingelaufen war. Die Leiche wurde nie gefunden. Über den anderen Jungen, Peder-André Høvik, haben wir Informationen eingeholt. Vieles deutet darauf hin, dass er 1989 in London starb. Auf einer Brücke über die Themse wurden sein Pass, ein Brief und andere Habseligkeiten gefunden. Aufgrund dessen haben wir Grund zu der Annahme, dass es sich um Selbstmord handelt. Die Leiche ist vermutlich ins Meer hinausgetrieben und wurde nie gefunden. Diese Informationen stammen von der Norwegischen Botschaft in London und wurden später an das Außenministerium und die Kriminalpolizei weitergeleitet.«

Kjølås bestätigte, dass die Polizei weiterhin untersuchte, warum das Paar sich so von der Umwelt abgekapselt hatte. Höchstwahrscheinlich lasse sich das auf die Geschehnisse während des Krieges zurückführen. Die beiden, während des Krieges noch kein Paar, waren ursprünglich auf derselben Insel aufgewachsen. Nachdem sie ihre Strafe abgesessen hätten, seien sie auf die Insel zurückgekehrt, aber nach ihrer Hochzeit wieder weggezogen.

Karsten wurde gefragt, ob er die Kriegsgeschehnisse für die wichtigste Spur halte, möglicherweise sogar für das Motiv in dem Mordfall. Er erwiderte, die Polizei ermittle in alle Richtungen, aber zum gegenwärtigen Zeitpunkt gebe es keinen Verdächtigen.

Kajsa verfolgte aufmerksam die Pressekonferenz. Wo fand sich wohl die unerzählte Geschichte? Wurde hier etwas ausgelassen oder übersehen, gab es Lücken in der Darstellung der Polizei?

An diesem Tag konnte sie keine unbeantworteten Fragen entdecken. Ungeachtet dessen gab es aber eine Geschichte. Eine Geschichte über das Leben dieser beiden Menschen, insbesondere was die Kriegszeit betraf. Wie war ihr Leben während des Krieges verlaufen? Und wie danach? Was hatten sie getan? Wie hatten sie zueinandergefunden? Gemeinsames Schicksal? Geteiltes Leid ist halbes Leid? War es die Erfahrung des Ausgestoßenwerdens, die zu ihrer Isolation geführt hatte?

Kanal 4 hatte bereits darüber berichtet. Allerdings nur in einem Beitrag von rund zweieinhalb Minuten. Kajsa wusste, dass Alfhild eine Schwester hatte, die auf Godøya lebte. Sie hatte nicht mit den Journalisten von Kanal 4 reden wollen und sich auch sonst von niemandem interviewen lassen. Vielleicht könnte Kajsa sie zum Reden bringen?

Als sie abends auf der Terrasse saß, fühlte Kajsa sich erschöpft und deprimiert.

Was trieb sie da bloß? In ihrem Kopf herrschte Chaos. Wie sollte sie das alles unter einen Hut kriegen?

Aksel hatte die Kinder abgeholt, Hausaufgaben mit Anders gemacht, Essen zubereitet und sogar die saubere Wäsche zu Stapeln zusammengelegt und in den Schränken verstaut.

»Bist du schon weitergekommen?«, hatte sie ihn gefragt.

»Mhm, tja, ich weiß nicht so recht. Es ist schwierig. Allerdings habe ich eine klare Meinung zum Täterprofil«, hatte er erwidert.

Sie blickte aus dem Wohnzimmerfenster. Aksels PC stand auf dem Tisch. Sie hätte das Täterprofil gut gebrauchen können und schielte auf den Computer. Nein, Kajsa! Das ist prinzipiell das Gleiche, als ob du Aksel betrügen würdest, das kannst du nicht tun. Reiß dich zusammen, wie weit willst du noch gehen?, schalt sie sich.

19

Zwei Tage später nahm Kajsa den 14:50-Uhr-Flug nach Ålesund. Bei der Landung in Vigra gab es starke Turbulenzen. Die Temperatur betrug acht Grad, und es schüttete wie aus Kübeln. Geir Hermansen und die Leitung der Dokumentationsabteilung waren einverstanden gewesen, dass sie nach Godøya fuhr, um für eine Dokumentation über Alfhild und Jørgen Godø zu recherchieren.

Als sie aus dem Flugzeug stieg, atmete sie tief durch. Die salzige Luft füllte ihre Lungen. Hier fühlte sie sich zu Hause, die Kindheit und die Sommerferien ihrer Jugend bei der Großmutter in Ålesund steckten noch immer in ihr.

Sie holte den Leihwagen ab und fuhr direkt zu Lars Brekke, dem Lokalhistoriker, mit dem sie bereits wegen Alfhild und Jørgen Godø telefoniert hatte. Er wohnte nur einen Steinwurf vom Flughafen entfernt, und er, seine Frau und ein Norwegischer Buhund erwarteten Kajsa mit Kaffee und selbst gebackenem Kuchen.

Lars Brekke war ein beredsamer älterer Mann, der sich lang und breit über seine Kenntnisse zur Lokalgeschichte und sein Engagement für deren Bewahrung ausließ. Es dauerte eine Weile, bis sie anfingen über das zu reden, weswegen Kajsa eigentlich gekommen war.

Er führte sie eine Kellertreppe hinab, die so steil war, dass Brekke rückwärts hinunterstieg. Der Geruch nach altem Haus war durchdringend. Der Raum, den sie schließlich betraten, war voll mit alten Gerätschaften und wirkte wie ein Museum. Er zog einige Bücher aus dem Regal. Historische Bücher, die er zu verschiedenen Themen über das Leben in seiner Gemeinde verfasst hatte, mit Titeln wie *Giske in der Wikingerzeit* oder *Spuren der Vorfahren.* Außerdem Bücher über Fischereigeschichte, über Boote und Menschen und über die Entwicklung und Modernisierung der Fischerei. Nachdem er eine Weile über die Bedeutung der Ringwadenfischerei für Sunnmøre doziert hatte, fragte Kajsa sich, wann er wohl endlich zum eigentlichen Thema käme.

Als sie schließlich wieder im Wohnzimmer saßen, sagte er: »Sie wollen also mehr über den Krieg wissen? In der Tat ein trauriges Kapitel. Da gibt es eine Menge zu erzählen.«

Kajsa fürchtete schon, dass eine ausführliche Schilderung des Krieges an der Küste von Sunnmøre folgen würde, und fragte daher: »Kannten Sie Alfhild und Jørgen?«

»Nein, die waren ja doch etwas älter als ich.«

»Was ist geschehen?«

»Wie schon am Telefon erwähnt – das ist keine schöne Geschichte.«

»Ja, aber was genau ist vorgefallen?«

»Da reden Sie wohl besser mit jemand anderem.«

»Ach ja?«

»Ja, ich habe mit Alfhilds Schwester gesprochen, sie war nicht sonderlich begeistert, aber Sie können sie morgen besuchen. Ich möchte mit Journalisten nicht über Dinge reden, die die Leute lieber vergessen wollen. Das sollen sie selbst tun, sofern sie dazu bereit sind.«

Greta Godøy füllte fast die ganze Türöffnung aus. Sie bewegte sich langsam und führte Kajsa durch den Flur ins Wohnzimmer. Das Fett an ihren Hüften und Oberarmen und ihre schweren Brüste erzitterten, als sie mit ihrem Rollator über die Türschwelle ging.

»Setzen Sie sich doch«, sagte sie und deutete auf das Sofa.

Das Wohnzimmer war mit Möbeln vollgestopft, nicht ein Regalbrett oder eine Fensternische, auf dem kein Nippes stand. *Genau wie bei Großmutter,* dachte Kajsa.

Die Sofas, ein Dreisitzer und ein Zweisitzer, waren mit beiger und cognacfarbener Chenille bezogen. Auf dem Eckschrank stand eine halbhohe Lampe mit verschnörkeltem Messingfuß und braunem Samtschirm. Die Wände waren cremefarben bis auf eine, die mit Paneelen in Holzoptik verkleidet war. Ein dunkles Regal mit Glastüren wurde von eingebauten Oberlichtern erhellt. Das ganze Wohnzimmer wirkte wie aus einem Einrichtungsmagazin aus den siebziger Jahren.

Der runde Tisch mit eingelassenen Keramikfliesen in Braun, Beige und Orange war für zwei Personen gedeckt. Eine Kaffeekanne und ein Teller mit frisch gebackenen Eierkuchen und süßen Brezeln, wie sie in Sunnmøre gern gegessen wurden, standen bereit.

»Kuchen«, rief Kajsa aufrichtig erfreut aus und war froh, einen lockeren Ton anschlagen zu können. Außerdem war sie ganz versessen auf diese beiden lokalen Spezialitäten.

»Essen Sie die gern?«, fragte Greta und wirkte ebenso erfreut.

»Ah ja, die liebe ich geradezu.«

»Eine echte Spezialität aus Sunnmøre …«

»Ja, und wo ich doch zur Hälfte von hier stamme«, entgegnete Kajsa.

»Was Sie nicht sagen!«

»Mein Vater stammte aus Sunnmøre, ich habe hier gelebt, bis ich zehn war, und die Ferien bei meiner Großmutter in Ålesund verbracht.«

»Was Sie nicht sagen!«

Greta Godøy lächelte. Kajsa dachte an ihre Familie. Vielleicht würde es ja gar nicht so kompliziert werden, wie sie zunächst befürchtet hatte. Jedenfalls war sie jetzt in einer guten Ausgangsposition.

»Jetzt müssen Sie aber auch zugreifen«, sagte Greta und ließ sich mühsam auf einen Stuhl sinken.

»Soll ich Kaffee einschenken?«, bot Kajsa an.

»Ja, bitte, das wäre nett. Ich bin nicht mehr so fit wie früher.«

Kajsa wollte gern so schnell wie möglich zur Sache kommen, kannte die Mentalität der Lokalbewohner aber gut genug, um zu wissen, dass hier alles seine Zeit brauchte und es ungeschickt wäre, Druck aufzubauen. Außerdem hatte sie schon verstanden, worauf Greta hinauswollte, und fragte daher freundlich: »Lassen die Beine Sie im Stich?«

»Ach ja, die Hüfte, eine Seite ist schon operiert worden, aber das war kein großer Erfolg. Da muss die andere Seite eben so bleiben. Außerdem bin ich schon alt, und eine Reparatur bringt nicht mehr viel.«

»So alt sind Sie aber nun wirklich nicht«, entgegnete Kajsa.

»Ich werde im Herbst sechsundsiebzig.«

»Nein, wirklich? Darauf wäre ich nie gekommen«, sagte Kajsa. Greta lächelte zufrieden.

»Hier, bedienen Sie sich«, sagte sie und schob Kajsa den Kuchenteller zu.

Schweigend aßen die beiden Kuchen und tranken Kaffee.

Kajsa wartete ab. Sie hoffte, dass Greta von selbst das Gespräch auf ihre Schwester lenken würde.

Mit vollem Mund deutete Greta plötzlich auf eine alte Kiste mit Rosenmalerei, die neben der Wohnzimmertür stand. Sie schluckte und sagte: »Können Sie mal das Fotoalbum aus der Kiste holen?«

Greta wischte sich Mund und Hände mit einer Serviette ab und fing an zu blättern. »Als Lars Brekke anrief, wollte ich Sie erst gar nicht treffen«, sagte sie und blickte von den Fotos auf. »Aber er hat was Kluges gesagt. Dass nämlich jemand für die Toten sprechen müsse.«

»Was meinte er denn damit?«

»Ich habe die Geschichte ja im Fernsehen und in den Zeitungen verfolgt.« Sie deutete auf eine Ausgabe von *Sunnmørsposten*, die auf dem Couchtisch lag. *Verurteilt wegen Landesverrat,* lautete die Schlagzeile auf der Titelseite.

»Alfhild und Jørgen wurden wie die schlimmsten Verräter des Landes hingestellt. Das ist nicht richtig. Das ist niemals richtig gewesen. Da gibt's noch eine andere Geschichte, die mindestens genauso wahr ist. Hier!« Sie zeigte Kajsa ein Foto. »Das ist das Bild, das ich Ihnen zeigen wollte.« Sie deutete auf eine junge Frau, die sich auf eine Heugabel stützte. Im Hintergrund stand ein Heureuter. Die Frau lachte den Fotografen an, ihr Haar wurde von einer Spange zusammengehalten, die langen hellen Locken wogten um ihr Gesicht, als hätte sie sich schnell bewegt, als das Foto geschossen wurde. Sie trug eine weiße kurzärmelige Bluse. Trotz des Schwarz-Weiß-Fotos konnte man sehen, dass sie braun gebrannt war.

»So war sie. Genau so! Fröhlich und hübsch«, sagte Greta. »Fröhlich«, wiederholte sie, »immer so überschäumend fröhlich.«

»Standen Sie einander nah?«

Greta Godøy berichtete, dass sie und ihre Schwester ein enges Verhältnis gehabt hätten. Nur ein knappes Jahr habe sie getrennt, Alfhild sei die Ältere gewesen.

»Wir haben uns das Zimmer geteilt, und nur ich allein wusste, dass sie sich nachts hinausschlich.«

»Um wen zu treffen?«

»Um Otto zu treffen.«

»Sie wussten also …«

»Dass sie in Otto verliebt war? Natürlich. Ich sagte ihr, dass dabei nichts Gutes herauskommen könnte, aber sie hat nicht auf mich gehört. Sie war total in ihn verschossen.«

Greta blätterte weiter in dem Fotoalbum. »Hier«, sagte sie und reichte Kajsa eine vergilbte Aufnahme. »Das ist Otto.«

Das Foto zeigte einen jungen Mann in deutscher Uniform. Er lächelte schüchtern und wirkte bescheiden. Freundliche Augen.

»Otto war ein sehr netter und angenehmer Mann, nicht so ein angeberischer Gockel«, sagte Greta. »Und er war lieb. Jeden Tag hat er seiner Mutter geschrieben, wie ein Tagebuch, und die Briefe schickte er in regelmäßigen Abständen nach Deutschland. Er machte sich große Sorgen um seine Familie. Wenn er eine Wahl gehabt hätte, wäre er wohl niemals in den Krieg gezogen. Da bin ich mir sicher.«

»Wussten Ihre Eltern von der Beziehung?«

»Ah nein, davon wusste nur ich. Ich habe ihr geholfen, es geheim zu halten. Was hätte ich auch sonst tun sollen? Meine Eltern wären völlig durchgedreht, wenn sie es erfahren hätten. Mein Vater war in der Widerstandsbewegung, er hat Flüchtlingen hinüber nach Shetland geholfen. Die kamen erst hierher, dann hat er sie weiter nach Süden verfrachtet, nach Herøy, und von da wurden sie nach England gebracht. Während des Krieges wussten wir gar nicht, womit er sich beschäftigte, erst viel später, aber wir begriffen natürlich, dass da irgendetwas lief. Meine Eltern wussten nichts von der Sache … jedenfalls nicht bis … sie schwanger wurde.«

Kajsa hatte gerade einen Schluck Kaffee genommen und hätte sich beinahe verschluckt. »Schwanger?«

»Ja, sie bekam einen Sohn.«

»Einen Sohn?«, sagte Kajsa kaum hörbar. »Sie bekam einen Sohn? Wann denn?«

»Am 13. Mai 1944. Ich erinnere mich, als wäre es gestern gewesen.«

»Und was ist mit dem Jungen geschehen?«

»Jemand hat ihn aufgenommen.«

Otto war aus Norwegen abkommandiert worden, und Alfhild bemerkte die Schwangerschaft erst, nachdem er gefahren war.

»Hier.« Greta blätterte weiter bis zu einer vergilbten Seite von *Sunnmørsposten.* Sie zeigte auf eine Annonce, die zwischen Anzeigen für Katzenjunge und Feuerholz stand, Rubrik *Diverses: Gibt es irgendwo freundliche Menschen, die sich eines ungetauften männlichen Säuglings annehmen möchten? Bill. Chiffre 736.*

Alfhilds Vater hatte die Anzeige aufgegeben und war einige Tage später mit dem Kind fortgegangen. Niemand wusste, wohin.

»Alfhild hat so getrauert, dass wir schon mit ihrem Tod gerechnet haben.«

Gretas Lippen zitterten. »Ich denke jeden Tag an dieses Kind. Was aus ihm geworden ist, wie es ihm geht, waren sie lieb zu ihm, wo er hingebracht wurde, lebt er noch?«

Bis kurz vor der Geburt erhielt Alfhild ein paar Briefe von Otto, aber dann kam nichts mehr. Er wurde an die Ostfront versetzt, und Alfhild begriff, dass Otto vermutlich umgekommen war. »Sie war untröstlich, wollte nichts mehr essen, war nach einer Weile nur noch Haut und Knochen und kam ins Irrenhaus in Oppdøl oder in die Psychiatrie, wie man heute sagt.«

Greta erzählte, dass etwa ein Jahr nach der Geburt des Kindes alles noch schlimmer für Alfhild wurde. Nach Ende des Krieges wurde sie als Deutschenflittchen abgestempelt und landete in einem Internierungslager in Kongsvinger. Mittlerweile war sie in einer derart schlechten Verfassung, dass sie abermals eingewiesen wurde, danach schickte man sie zu ihren Eltern. Für zehn Jahre wurden ihr die bürgerlichen Ehrenrechte entzogen.

»Die Schande war unerträglich für die Familie, besonders für Vater. Ein Widerstandskämpfer mit einem Deutschenflittchen als Tochter.«

Der Vater hatte sein Leben lang nie wieder über das Kind gesprochen. Es war so, als wäre niemals etwas geschehen, aber all die Jahre lag eine schwere Schande auf der Familie. Der Anblick der kranken Alfhild erinnerte sie jeden Tag an das, worüber nicht gesprochen wurde. Alfhild schottete sich von anderen ab, und wenn Leute zu Besuch kamen, zog sie sich in ihr Zimmer zurück.

»Heute wäre es völlig undenkbar, dass solche Frauen so etwas durchmachen müssen. Alfhilds einziges Verbrechen war, sich verliebt zu haben.« Gretas Stimme war voller Bitterkeit.

»Und Jørgen?«

»Jørgen saß lange im Gefängnis, er war wegen Landesverrats verurteilt worden, weil er Informationen an die Deutschen weitergegeben hatte.«

»Ja, das weiß ich. Aber wie hat sich die Geschichte im Einzelnen abgespielt?«

»Jørgen war während des Krieges ja noch kein Erwachsener, genauso wenig wie Alfhild. Aber er machte einen Fehler. Er hatte viel Kontakt mit den Deutschen in Vigra.«

»Welche Art von Kontakt?«

»Er fuhr dorthin, um mit ihnen Fußball zu spielen. Weshalb er an Waren von den Deutschen rankam, Zigaretten, Kaffee und solche

Dinge. Alle wussten, dass man so etwas bei Jørgen kaufen konnte. Offiziell wurde er für diese Art von ›Handel‹ verurteilt, aber es gab viele, die bei ihm etwas gekauft haben.«

»Aber zwischen Warenhandel und Landesverrat ist doch ein großer Unterschied?«

Greta erzählte, dass nach Kriegsende eine regelrechte Jagd auf angebliche Denunzianten veranstaltet wurde, nicht nur auf der Insel, sondern in der ganzen Region. Auf Godøya hatten sich die Gemüter der Menschen besonders erregt, weil die Deutschen 1942 von einem Flüchtlingstransport nach Shetland erfahren hatten. Zwei Männer von der Insel waren verhaftet worden. Sie kamen niemals zurück aus dem Konzentrationslager Dachau, und nach dem Krieg wollten alle, besonders die Familien, natürlich wissen, was passiert war. Sie wollten Rache. Einige hatten Jørgen verdächtigt, weil er so oft mit den Deutschen zusammen gewesen war, und nach Ende des Krieges keimte der Verdacht abermals auf.

»Ich weiß nicht, wie das gelaufen ist. Wie sie ihn dazu gebracht haben, alles zu gestehen, aber das tat er, und so galt der Fall als abgeschlossen.«

»Aber wie konnte Jørgen denn an die Informationen über die Shetlandroute kommen?«

»Sein Vater war im Widerstand. Es hieß, dass Jørgen Gespräche über die Pläne belauscht hat.«

»Und gibt es da vielleicht noch etwas anderes?«

Greta sah Kajsa nachdenklich an. »Ich habe Jørgen immer für einen ordentlichen Kerl gehalten. Allerdings … man kann nie wissen … Ich verstehe es einfach nicht.«

»Was ist nach dem Krieg mit Alfhild und Jørgen passiert?«

Greta erzählte weiter, dass Jørgens Vater gestorben war, während Jørgen im Gefängnis gesessen hatte. Jørgen erfuhr, dass sein Vater den Hof, auf dem sie lebten, Jørgens jüngerem Bruder vermacht hatte. Jørgen war enterbt worden. Aber er wollte nichts anderes als einen Bauernhof führen, und nachdem er seine Strafe abgesessen hatte, absolvierte er in Sem in Asker eine Ausbildung zum Landwirt. Erst viele Jahre nach dem Krieg kam er zu Besuch zu seiner Mutter, die noch auf dem alten Bauernhof lebte. Im Dorf kursierte das Gerücht, dass er einen furchtbaren Streit mit dem Bruder gehabt hätte und jemand, der an diesem Tag an dem Hof vorbeigekommen sei, hätte Jørgen angeblich brüllen hören, er sei unschuldig verurteilt worden. Aber niemand glaubte ihm.«

»Also musste jemand anderes aus der Gegend der Schuldige gewesen sein«, sagte Greta.

»Was glauben Sie?«

»Schwer zu sagen. Aber wenn er tatsächlich unschuldig war, wieso hat er dann die Tat gestanden? Alfhild meinte, er sei unschuldig. Sie sagte, sie wisse genau, wer dahinterstecke und dass Jørgen die Strafe für einen anderen abgesessen hätte.«

»Für wen denn?«

»Das hat sie nie gesagt.«

»Aber Alfhild und Jørgen sind sich dann begegnet. Hier auf der Insel?«

»Ja. Jørgen war öfter zu Besuch bei seiner Mutter. Ich weiß nicht genau, wie sie sich kennengelernt haben, aber wir bemerkten eine Veränderung. Alfhild ging es besser, sie aß wieder, und auch wenn sie nicht richtig glücklich wirkte, war ihr doch viel leichter zumute.«

Eines Tages habe sie dann gesagt, dass sie Jørgen heiraten und wegziehen wolle. Der Vater war wortlos vom Mittagstisch aufgestanden und hinausgegangen. Und die Mutter hatte zu weinen angefangen. »Einen Verräter«, hatte sie geschluchzt. Alfhild sei so wütend wie noch nie in ihrem Leben geworden. Sie habe entgegnet, die

Mutter müsse sich nicht um die Ausrichtung der Hochzeit kümmern, und außerdem werde sie nie wieder auf die Insel zurückkommen. Dann war sie auf ihr Zimmer gegangen, hatte einen Koffer gepackt und war gegangen.

»Ich werde das nie vergessen. Sie sah so klein aus, als sie da mit dem großen Koffer im Flur stand. Wir umarmten uns, und ich konnte spüren, wie sie zitterte. Sie wollte weit weg, ausgerechnet sie, die viele Jahre keinen Fuß vor die Tür gesetzt hatte. Ich glaube, sie hatte Angst. Sie war ängstlich, wütend und am Boden zerstört.«

Greta versuchte nicht mehr, ihre Tränen zu verbergen, und tupfte sich mit einem Taschentuch die feuchten Augen.

Kajsa stand auf und trat ans Fenster, blickte über den Fjord in Richtung Ålesund. Vor ihrem geistigen Auge sah sie die Frau mit dem Koffer, die ihre Eltern, die Schwester, ihr Zuhause und die Insel verließ.

Sie drehte sich zu Greta um. »Ist sie jemals zurückgekehrt?«

»Ja, als Mutter 1959 starb, ist sie zur Beisetzung gekommen.« Greta schluchzte und atmete schwerfällig aus. »Es wäre besser gewesen, wenn sie nicht erschienen wäre.«

»Wieso?«

»Niemand hat mit ihr gesprochen, niemand hat ihr kondoliert. Mit Ausnahme von mir natürlich.«

»Und Ihr Vater?«

»Er hat sie kaum eines Blickes gewürdigt. Aber sie hat sich nichts anmerken lassen. Sie hat sich ganz vorn mit uns in eine Reihe gestellt, und als der Pastor die Predigt beendet hatte, ist sie an den Sarg herangetreten und hat eine rote Rose daraufgelegt. In diesem Moment schienen alle die Luft anzuhalten, kein Ton war zu hören, nur ihre Schritte und die Rose, die auf den Sarg gelegt wurde. Alle beobachteten sie, es war fast wie eine Inszenierung am Theater, und ich glaube, genau das hatte sie beabsichtigt. Denn wissen Sie, was sie tat?«

»Nein«, flüsterte Kajsa.

»Sie verneigte sich, legte die Finger zu einem Kuss an die Lippen und berührte dann den Sarg. Dann erhob sie sich wieder, stand ein paar Sekunden regungslos da und ging erhobenen Hauptes hinaus. Mitten durch den ganzen Trauerzug. Alle blickten zu Boden, drehten sich dann aber um und sahen ihr nach. Auch Vater. Aber solange er lebte, hat er nie wieder darüber gesprochen, hat nicht mal ihren Namen in den Mund genommen.«

»Aber Sie hatten weiter mit ihr Kontakt?«

»Ja.«

»Und wie ist es ihr ergangen?«

»Schwer zu sagen, aber sie wirkte verbittert. Sie meinte, sie wolle nach dem Jungen suchen, den man ihr weggenommen hatte.«

In den ersten Jahren hatten Alfhild und Greta Briefe gewechselt, doch nach und nach wurden die Abstände, in denen Greta etwas von ihrer Schwester hörte, immer länger. Den letzten Brief hatte Greta im Jahr 1961 erhalten. Da hatte Alfhild berichtet, dass sie einen Jungen bekommen hatten. »Ich dachte an die Beisetzung unserer Mutter. Ich hatte gesehen, wie stark meine Schwester geworden war, und hoffte, dass sich schon alles regeln würde. Doch als ich den Brief bekam, war ich in Sorge. Besonders wegen des Jungen.«

»Und wieso?«

»Sie hat es nicht direkt geschrieben, aber ich begriff, dass es ein Problem gab. Das stand irgendwie zwischen den Zeilen. Sie schrieb, sie denke an den Jungen, den Vater ihr weggenommen hatte, und dass er alle Liebe von ihr bekommen habe und nun nichts mehr davon übrig sei.«

Gretas ältester Sohn hatte 1971 in Oslo mit dem Studium begonnen, und als sie ihn dort einmal besucht hatte, war sie zu dem Hof in Asker gefahren, wo Alfhild und Jørgen lebten. Dort gab es kein Telefon, weshalb sie unangemeldet erschien.

»Ich wünschte, ich wäre niemals dorthin gefahren«, sagte Greta. »Es war … einfach deprimierend.«

»Hat sie ihr erstes Kind wiedergefunden?«

»Das weiß ich nicht.«

»Hat sie etwas über Arvid gesagt?«

»Kein Wort.«

Greta mochte sich nicht vor einer Fernsehkamera äußern, wollte aber gern, dass Kajsa von Alfhild und Jørgen berichtete. Kajsa versuchte, sie zu überreden, aber Greta war nicht zu bewegen. Allerdings war sie einverstanden, dass Kajsa das alte Fotoalbum mitnahm und Lars Brekke etwas dazu sagte.

Kajsas Gehirn arbeitete auf Hochtouren, als sie von Greta Godøy wegfuhr. Es war eine eindrucksvolle Story, aber war sie auch gut genug, wenn Greta nicht vor der Kamera saß? Das war ohne Zweifel ein Nachteil. Abgesehen davon war niemand von Jørgens Familie dabei. Jørgens Bruder, der den Hof übernommen hatte, war das einzige noch lebende Familienmitglied, aber er lag im Pflegeheim, und man könne wohl nichts Vernünftiges aus ihm herausholen, meinte Greta. Kajsa tröstete sich mit dem Gedanken an die vielen Fotos von Alfhild, die bis zurück in ihre Kindheit reichten. Außerdem hatte sie das Foto von Otto, die Anzeige aus *Sunnmørsposten* und das Hochzeitsbild von Alfhild und Jørgen. Immerhin etwas.

Nach einer Weile entdeckte sie das Hinweisschild nach Alnes, dem kleinen Ort auf der anderen Seite von Godøya. Wie ein langer Arm streckte sich das Dorf ins Meer hinaus, von den Häusern am

Fuße des darüber aufragenden Berges bis zum Leuchtturm. Kajsa hatte plötzlich eine Idee und bog ab.

Alnes war vermutlich einer der schönsten Orte an der ganzen Küste von Sunnmøre. Pittoresk in seiner Erscheinung, Wind und Wetter direkt ausgesetzt, unmittelbar am Meer. An diesem Tag war es kalt, der Wind kam aus Nordwest, und es hatte aufgefrischt, während Kajsa bei Greta gewesen war. Das Meer wogte schwer, und der Wind packte sie, als sie aus dem Wagen stieg. Sie schlug den Weg zum Leuchtturm ein.

Als sie noch klein war, hatte ihr Vater sie bei jedem Wetter mit hinaus zum Meer genommen. Jetzt machte Kajsa etwas, was sie seit vielen Jahren nicht mehr getan hatte: Sie öffnete den Reißverschluss der Daunenjacke, steckte die Hände in die Taschen und ließ den Wind unter ihre *Flügel* dringen. Sie lehnte sich gegen den kräftigen Wind, so wie sie es viele Male gemeinsam mit dem Vater getan hatte. Ein wenig war es so, als ob er plötzlich wieder neben ihr stünde.

Sie dachte an das Verhältnis zwischen Alfhild und ihrem Vater.

Mein Vater hätte mich niemals von sich weggeschoben, egal, was ich getan hätte, dachte sie und lehnte sich wieder gegen den Wind.

20

»Verflucht!« Didden knallte den Hörer auf die Gabel.

»Was ist denn?«, fragte Kajsa ruhig. Sie war an solche Ausbrüche von Didden, der die Dokumentation *Das Geheimnis der Ermordeten* redigieren sollte, durchaus gewöhnt. Er war ein ungeduldiger Mensch.

»Die Musik für die Eröffnungssequenz sollte heute fertig sein, aber jetzt gibt es eine Verzögerung. Ich kann aber nicht schneiden, ehe ich die Musik habe. Ich muss den Rhythmus körperlich spüren. So ein Mist!«

Didden, mit bürgerlichem Namen Didrik Steffensen, und Kajsa hatten eine Woche zur Verfügung, um die Dokumentation fertigzustellen. Didden meinte, das sei völlig unverantwortlich, weil er nämlich mindestens drei Wochen benötige, »um nicht ein Machwerk, sondern einen Film herzustellen«.

Seit dem Doppelmord waren fünf Wochen vergangen, und der Ressortleiter wollte die Dokumentation senden, solange der Fall noch aktuell war und oben auf der Tagesordnung der Medien stand. »Wir müssen zeigen, dass wir in kürzester Zeit einen aktuellen Dokumentarfilm produzieren können, dass wir uns mitten im Nachrichtengeschehen befinden.«

Was bedeutete, dass Kajsa und Didden Tag und Nacht arbeiten mussten, um fertig zu werden.

Während der Arbeit an dem Film hatte Kajsa an Jakob Sperre fast gar keinen Gedanken mehr verschwendet. Doch als sie jetzt mit Didden in dem verdunkelten Schneideraum saß, musste sie plötzlich umso heftiger wieder an ihn denken.

Mitunter schwiegen die beiden eine Stunde lang, ehe Didden mit dem Schnitt so weit gekommen war, dass er ihr etwas zeigen konnte. Kajsa holte daher ihren Laptop hervor und öffnete die Excel-Dateien DOPPELMORD und WAISENHAUS. Sie las sich ihre Notizen genau durch und schrieb dann: *Was weiß Sperre?*

Sie sah auf die Uhr. Es war halb elf geworden. Didden grunzte nur, als sie fragte, ob es in Ordnung sei, wenn sie für eine Weile verschwinde.

Vom Vækerøvei fuhr sie in den Lysevei, bis sie das große Schild mit der Aufschrift LYSE TERRASSE im Hoffsjef Løvenskiolds vei sah, bog dann links ab und fuhr um den ganzen Wohnkomplex herum bis zu den Hinweisschildern Nummer 37 und 39. Neben ein paar Garagen befanden sich Parkplätze. Eine Weile blieb sie im Wagen sitzen. Es würde nichts bringen, auszusteigen und zu klingeln. Sperre würde ihr kaum die Tür öffnen, so abweisend wie er zuletzt gewesen war.

Kajsa versuchte, analytisch zu denken, aber in ihrem Kopf herrschte nur Chaos.

Es waren Sperres Informationen und die Geschichte über seine Kindheit und Jugend gewesen, die Kajsa die Konturen eines Zusammenhangs zwischen den Waisenhausmorden hatten erkennen lassen, Arne Slettemoen und den vier anderen. Sperre hatte sie aufgefordert, all das auszugraben, und Kajsa spürte immer noch Gereiztheit, ja Wut, weil sich gezeigt hatte, dass er den Zusammenhang kannte oder zumindest ahnte, als er ihr sein Material gegeben hatte. Wieso war er damit nicht zur Polizei gegangen, warum musste er sie dafür benutzen? Ja, er hatte sie benutzt, ohne im Anschluss mit ihr reden zu wollen oder ihr Antworten zu geben.

Der Gedanke formte sich wie aus dem Nichts. Wieso war sie nicht früher darauf gekommen? Vielleicht kannte Sperre ja Arvid Godø? War Arvid Godø einer aus der Clique? War er seinerzeit mit Arne Slettemoen auf dem Ausflug gewesen? Gab es einen viel stärkeren Zusammenhang, als sie geahnt hatte?

Angefeuert von diesen neuen Gedanken, stieg sie resolut aus dem Wagen, ging an Block Nummer 37 vorbei und folgte einem Weg, der an Nummer 39 entlangführte. Sperres Wohnung lag ganz oben, sie konnte Licht in den Fenstern sehen. Sie lief zurück zum Eingangsbereich auf der anderen Seite und blickte durch das Fenster neben der Haustür. Eine ältere Frau kam die Treppe herunter. Als sie die Tür öffnete, tat Kajsa so, als redete sie mit jemandem über die Sprechanlage: »In Ordnung, dann komme ich hoch«, sagte sie und lächelte die ältere Frau freundlich an.

Jakob Sperre öffnete die Tür. »Ich habe doch klar gesagt, dass es keinen Zweck hat, mich zu kontaktieren«, sagte er mit wütendem Blick.

»Kannten Sie Arvid Godø?«, fragte Kajsa, drückte die Tür auf und schlüpfte an ihm vorbei.

»Ich habe doch gesagt ...« Weiter kam er nicht, weil Kajsa ihn unterbrach.

»Jaja, ich weiß, dass Sie die Namen von anderen Waisenhausbewohnern nicht preisgeben wollen, aber das hier ist wichtig.«

Sperre sah sie nur verdutzt an und kniff den Mund zusammen.

»Arvid Godø war der Sohn des ermordeten Ehepaares aus Asker«, sagte sie.

Sperre reagierte nicht. Er stand breitbeinig da und hatte die Arme vor der Brust verschränkt. »Arvid ist tot«, sagte sie.

Erst in diesem Moment wurde Kajsa klar, dass er ihr bereits einmal von Arvid Godø erzählt hatte. Sie hätte es schon früher kapieren müssen, als Karsten erwähnte, dass der Sohn von Alfhild und Jørgen Godø, der im Waisenhaus gelebt hatte, gestorben war. »Arvid ist der Sklave gewesen, nicht? Der Sklave, der wegrannte?«

Sperre hatte sich nicht gerührt und stand noch immer in derselben Positur da. Kajsa bemerkte, dass er barfuß war und ungewöhnlich große Füße hatte. Er musterte sie. Da war eine Härte in seinem Blick, die ihr zuvor nicht aufgefallen war, der Mund war ein dünner Strich, die angespannte Oberlippe ließ seine Hasenscharte noch deutlicher hervortreten. Nur wenig erinnerte an den Mann, den sie zuvor angetroffen hatte, den Mann mit der Küchenrolle und den Tränen. Jetzt strahlte er keine Verletzlichkeit aus, und nichts ließ sie an das kleine Kind denken, das in dem dunklen Verschlag unter der Treppe gesessen hatte. *Er weiß etwas,* dachte sie. *Warum erzählt er nicht alles?*

Plötzlich drehte Sperre sich um und trat an den Barschrank. Er schenkte sich einen Drink aus einer Kristallkaraffe ein, wandte sich erneut um und deutete auf das Sofa. Kajsa zögerte eine Sekunde. Dann folgte sie der Einladung und ließ sich auf die Sofakante sinken. Er nahm ihr gegenüber Platz und drehte das Glas in den Händen. Schließlich blickte er auf. Sein Gesicht wirkte jetzt weicher.

»Ich verstehe das nicht. Ich verstehe es einfach nicht. Sie wissen genauso viel wie ich, und ich begreife es einfach nicht«, sagte er.

»Nein, ich weiß nicht genauso viel wie Sie«, entgegnete Kajsa.

»Ich hatte gehofft, dass Sie den Zusammenhang finden würden. Ich kann es nicht.«

»Können Sie nicht, oder wollen Sie nicht?«, fragte sie.

»Mir ist das zu nah. Ich kann nicht, und ich will nicht.«

»Wieso ist es Ihnen zu nah? Weil Sie den- oder diejenigen kennen, die diese Missbrauchstäter umgebracht haben? Weil Sie wissen, um wen es sich handelt?«

»Nein«, sagte er entschieden.

»Sie glauben, es könnte jemand sein, den Sie kennen«, sagte Kajsa. »Das ist es, was Sie so quält. Sie gaben mir die Informationen, damit ich es herausfinde. Um zu überprüfen, ob es so ist, wie Sie glauben?«

Sperre gab keine Antwort.

»Wer waren die sechs in der Clique? Sie und Arvid und …?«

»Wir sind nur noch vier. Arvid und Peder-André sind tot.«

»Peder-André, der Junge, der mit Arvid weggelaufen ist.«

»Ja, Peder-André Høvik.«

»Sie wussten also, dass beide tot sind?«

»Ja.«

»Und woher wussten Sie das?«

»Sie haben doch meine Kartei gesehen, meine Übersicht. Ich habe selbstverständlich jeden einzelnen Namen überprüft. Auch Peder-André und Arvid.«

»Was haben Sie herausgefunden? Und wie?«

»Arvid galt offiziell als tot. Mit Peder-André war es schwieriger. Solange seine Leiche nicht gefunden war, galt er nicht als tot. Aber ich konnte die Sache durch die Kripo zum Außenministerium zurückverfolgen und schließlich zur Botschaft in London. Die hatten dort die Berichte der Londoner Polizei archiviert. Hier in Norwegen wurde nicht viel unternommen, es wurde geprüft, ob er Verwandte hatte, die man informieren müsste, aber das war ja nicht der Fall. Niemand hat ihn vermisst.«

»Eines wüsste ich gern: Wie sind die beiden an einen Pass gekommen?«

»Wir sind nach London gefahren, kurz bevor die beiden abgehauen sind, in ein englisches Jungenheim. Das hat sie erstmals auf die Idee zur Flucht gebracht. Sie fanden heraus, wo die Pässe aufbewahrt wurden, haben sie geklaut und sind getürmt.«

»Wer sind die anderen drei, die außer Ihnen noch leben?«, unterbrach Kajsa ihn.

»Das zu wissen hilft Ihnen auch nicht weiter. Keiner von denen … keiner hat was mit diesem Fall zu tun.«

»Woher wollen Sie das wissen?«

»Ich habe immer noch Kontakt zu ihnen. Die sind gar nicht in der Lage dazu … keiner von denen. Keiner.«

»Okay, dann fragen Sie sie doch, ob Sie ihre Namen an mich weitergeben dürfen. Das ist doch nicht gefährlich?«

»Die wollen das nicht! Haben Sie nicht gehört, was ich gesagt habe? Sie waren es nicht«, sagte er laut und zornig.

Dann nahm er sich wieder zusammen und antwortete mit ruhiger Stimme: »Wir haben viele Male darüber gesprochen. Sie alle haben Familie und Kollegen, die nicht das Geringste davon wissen, was sie durchgemacht haben.«

»Aber haben Sie denn gar keine Idee, wer von ihnen imstande wäre, jemanden zu töten?«

»Alle. Und keiner.«

»Wie meinen Sie das?«

»Alle, mit denen ich aufgewachsen bin, hatten gute Gründe, so etwas zu tun.«

»Sie auch?«

»Ich auch«, sagte er so leise, dass Kajsa es kaum hörte.

»Erzählen Sie mir von Arvid Godø«, forderte Kajsa ihn auf.

»Arvid Godø war so widerspenstig.« Sperre seufzte tief. »Er hätte niemals so widerspenstig sein dürfen, dann hätte er das alles nicht durchmachen müssen. Er hätte sich ergeben müssen, sich fügen, aber er schien dazu nicht fähig, er wurde bloß härter und härter, immer aufsässiger, weigerte sich, sich unterzuordnen. Von so etwas werden Missbrauchstäter geradezu angetörnt. Wer am meisten provoziert, wird am meisten getreten und erniedrigt.«

»Warum haben ausgerechnet Sie sich zu sechst zu einer Clique zusammengeschlossen?«

»Die Clique ähnelte am meisten einer Familie. Wir gehörten zu niemandem, nur zueinander.« Ein zartes Lächeln huschte über Sperres Gesicht.

»Wir schnitten uns in die Finger und schlossen Blutsbrüderschaft. *Einer für alle, alle für einen.*«

Sperre starrte ins Leere, sein Blick wurde fern, als ob er sich an etwas Schönes erinnerte. Dann wandte er sich wieder an Kajsa.

»Er war ein guter Freund, und eine Führungsfigur. Vermutlich verstehen Sie das nicht, aber es entstand eine Zugehörigkeit, eine gegenseitige Abhängigkeit und Loyalität zwischen uns. Man kann nicht einfach einen Strich unter das ziehen, was wir erlebt und was wir füreinander bedeutet haben. Wir sind für alle Zeiten miteinander verbunden.« Abermals lächelte Sperre. »Die anderen hatten Angst vor uns. Wir waren der harte Kern und haben gesagt, wo es langging. Vor allem Arvid.«

»Arvid und Peder-André sind tot, aber Sie … und die anderen drei …«

»Hören Sie nicht, was ich sage?« Sperre sah sie wieder wütend an. »Es ist keiner von uns. Ich weiß es.«

»Sie haben also versucht, einen Mörder zu finden … und wenn zwei tot sind, sind noch vier übrig …«

»Keiner von denen hätte es tun können«, unterbrach er sie. »Ich weiß, was die anderen drei gemacht haben, als diese Morde begangen wurden. Die waren nicht mal in der Nähe«, fuhr er fort und atmete ein paarmal schwer ein und aus. »Halten Sie mich für dumm? Ich habe die überprüft.«

»Aber Sie haben in all den Jahren gewusst, dass da vier ungeklärte Morde in Ihrer Kartei lagen. Sie müssen sich doch gedacht haben, dass es da einen Zusammenhang gibt?«, entgegnete Kajsa ungeduldig.

»Ja … ich …«

»Warum sind Sie dann nicht zur Polizei gegangen?« Kajsa sah ihn irritiert an. »Wieso sind Sie zu mir gekommen?«

Sperres Blick wirkte resigniert. »Wir wurden zur Vernehmung einbestellt, als Willy und auch als Gudny starb. Da ist es verdammt noch mal nicht meine Schuld, dass die Polizei nicht weitergekommen ist.« Er hob die Stimme. »Ich habe selbst Untersuchungen angestellt, ich habe keine Antwort gefunden, ich hatte nichts, womit ich zur Polizei hätte gehen können. Ich wäre nur in etwas hineingezogen worden, das ich vergessen wollte! Begreifen Sie das?« Dann flüsterte er: »Ich will nur vergessen.«

Kajsa blieb im Wagen sitzen, ohne den Motor zu starten. Sie kam nicht weiter, alles, wozu das Treffen mit Sperre geführt hatte, war Unbehagen, Mitleid, vermischt mit Wut und Resignation. Sperre hatte alles gewusst, was sie herausgefunden hatte. Er hatte sogar die Clique überprüft, ohne eine Antwort zu finden. Hatte er jedenfalls behauptet.

Mit einem Stöhnen ließ sie den Wagen an. Sie sah Sperres harten Blick vor sich, diese alles überragende Gestalt, die barfuß und mit verschränkten Armen dagestanden hatte. Während sie den Vækerøvei hinter sich ließ, kam ihr ein Gedanke. Sperre hatte die anderen überprüft. Aber was war mit ihm selbst? Soweit sie wusste, war er der Einzige, der eine Verbindung zu beiden Fällen hatte. Was hatte er gesagt, als sie sich zum ersten Mal begegnet waren? »Wenn die Gesellschaft die, die bestraft werden müssten, nicht bestraft, kann es passieren, dass andere das übernehmen.« Kajsa dachte abermals an Sperre und seinen harten, angestrengten Blick. Sie betrachtete ihn nicht länger als den kleinen ängstlichen Jungen in dem dunklen Verschlag unter der Treppe.

21

Eigentlich hatte Kajsa nur Material für einen zehnminütigen Bericht. Da sie aber einen Professor für Geschichte von der Universität Bergen, der als Experte für den Umgang Norwegens mit sogenannten Deutschenflittchen und Landesverrätern galt, sowie einen Psychiater hinzugezogen hatte, wurde es dennoch eine umfassende Dokumentation. Besonders eindrucksvoll konnte der Psychiater schildern, welches Trauma Alfhild durch die erzwungene Trennung von ihrem Kind erlitten hatte, und ging so weit, anzudeuten, dass sie dadurch vermutlich später, als sie erneut Mutter wurde, nicht in der Lage gewesen war, Liebe und Fürsorge für Arvid aufzubringen. Vermutlich hätten Alfhild und Jørgen einen Hass auf die Gesellschaft entwickelt. Sie waren zwar ausgestoßen worden, aber dennoch hatten sie die Isolation selbst gewählt, als ob ihre Rache darin bestanden hätte, andere Menschen aus ihrem Leben auszuschließen. Kajsa beschloss, Alfhild in den Mittelpunkt zu stellen, und machte Jørgen zu einer Nebenfigur; seine Geschichte wurde abgeschwächt und nur als Teil von Alfhilds Leben verwendet. Kajsa hatte sich ganz bewusst dafür entschieden, weil Alfhild am meisten Zeit mit dem Kind verbracht hatte. Jørgen war der Versorger und die meiste Zeit des Tages nicht zu Hause gewesen. Zudem war Jørgens Rolle im Zusammenhang mit der Vernachlässigung des Kindes unklar. Nach allem, was Birte erzählt hatte, schien es fast, als ob er bis zu einem gewissen

Grad versucht hatte, sich um das Kind zu kümmern, indem er ihm einen Sandkasten gebaut und ein Dreirad geschenkt hatte.

Es waren neue Aufnahmen auf Godøya entstanden, der Sender hatte Naturbilder und Fotos vom Haus geschossen, in dem Alfhild aufgewachsen war. Außerdem wurden Beiträge aus den Nachrichtensendungen verwendet, als der Doppelmord bekannt geworden war. Darüber hinaus neue Aufnahmen vor Ort, Bilder des kleinen Jungen sowie das Schwarz-Weiß-Foto von Arvid in Birtes Garten. Mithilfe eines Krans waren von dem leer stehenden Hof in Asker auch Bilder aus der Vogelperspektive geschossen worden, wodurch das Gebäude wie ein Geisterhaus wirkte. Das Beste, was Kajsa zur Verfügung hatte, waren indes die Fotos von Alfhild in Gretas Album.

Jetzt hatten sie zwei Tage – und eine Nacht, wie Didden sagte –, um der Dokumentation den letzten Schliff zu verpassen, indem der Ton justiert, die Musik hinzugefügt, der Feinschnitt gemacht und die Szenenübergänge überprüft wurden.

Am Tag vor der Ausstrahlung klingelte Kajsas Handy um Viertel vor acht morgens. Pete Howick war dran. Seine Stimme klang ernst. Er wollte sie treffen, aber nicht sagen, worum es ging, klang nur äußerst formell und kurz angebunden, typisch Arzt eben.

Die letzte Reportage, die Kajsa über Sigrid gemacht hatte, beschäftigte sich mit der anstrengenden und belastenden Behandlung, die die Kleine durchmachen musste, um hoffentlich wieder gesund zu werden. Howick sollte sich wieder bei Kajsa melden, sobald es etwas Neues über Sigrid gab.

»Die Behandlung wirkt nicht?«, fragte sie.

»Nein«, erwiderte er, »aber wir reden darüber, wenn wir uns treffen.«

Sie trafen sich um zwei am selben Nachmittag in seiner Praxis. Howick sah furchtbar erschöpft aus, als hätte er seit vielen Tagen nicht geschlafen. Sein Gesicht wirkte eingefallen, die Haut war grau, und er sah Kajsa mit traurigen Augen an, als er ihr einen Platz anbot.

»Sigrid?«, sagte sie. Er nickte, legte die Handflächen zusammen und stützte sein Kinn darauf.

»Aber … es ging doch so gut?«

Howick räusperte sich und schluckte, als ob die Wörter in seinem Hals feststeckten. »Ja, es sah gut aus. Aber … so ist es eben mit Krebs. Plötzlich schlägt er zurück, man kann niemals ganz sicher sein. Jedenfalls nicht, ehe man als geheilt gilt.«

»Keine Hoffnung …?«

Er gab keine Antwort. Kajsas Frage schwebte weiter in der Luft.

»Kann ich Sigrid treffen?«, fragte sie nach einer Weile.

Das lebendige Mädchen gab es nicht mehr. In dem Bett lag eine kraftlose Zehnjährige mit geschlossenen Augen. Kajsa trat mit Howick vorsichtig näher heran. Er legte der Kleinen eine Hand auf den Arm.

»Hallo Sigrid, hier ist Besuch für dich.«

Beim Anblick des Arztes huschte ein schwaches Lächeln über ihr Gesicht. Er beugte sich über das Bett.

»Hello Fighter«, sagte er.

»Hello«, entgegnete sie.

»Kajsa ist zu Besuch gekommen.«

Kajsa beugte sich vor.

»Hallo, Sigrid.«

»Hallo, willst du mich interviewen?«

»Nein, heute nicht. Ich wollte nur kurz vorbeischauen.«

»Dann vielleicht morgen?«

»Ja, vielleicht.«

Kajsa blickte Howick an.

Als ob sie sein eigenes Kind wäre, dachte sie. Der Kampf der Patienten ist auch sein Kampf, ihre Niederlage ist auch seine.

Kajsa stritt sich mit dem Nachrichtenredakteur darüber, wie sich der Sender zu Sigrid und ihrer Familie weiter verhalten sollte.

Der Beitrag über Sigrid – und nicht zuletzt über ihre ziemlich bunte Familie – war für Kanal 4 ein Erfolg. Die Zuschauer engagierten sich intensiv in dem Kampf des jungen Mädchens gegen den Krebs. Jedes Mal, wenn in den Nachrichten ein neuer Bericht über ihren Zustand gesendet wurde, nahmen die Besuche auf der Homepage des Senders zu. Dort gab es einen Link, der direkt zu Sigrids eigener Website führte, wo die einzelnen Familienmitglieder porträtiert worden waren. Die Zuschauer konnten auch E-Mails an die Redaktion schicken. Immer wenn über Sigrid und ihre Familie berichtet wurde, kamen Hunderte von Mails, und die Telefonzentrale hatte alle Hände voll zu tun, um die Anrufe von engagierten – und mitunter auch befremdlichen Personen – entgegenzunehmen. Die Anrufer konnten grob in zwei Gruppen eingeteilt werden: diejenigen, die sich vom Gesundheitswesen schlecht behandelt fühlten, und diejenigen, die mit Ratschlägen zu Behandlungsmethoden aufwarteten – von anerkannten Kliniken im Ausland bis hin zu sogenannten Heilern, die angeblich Wunder vollbrachten. Auch die Osloer Pfingstgemeinden und weitere Freikirchen engagierten sich für Sigrid und hatten Bittgottesdienste und Gebetskreise für sie abgehalten.

An diesen Erfolg müsse Kanal 4 anknüpfen, egal wie es Sigrid gehe, meinte der Nachrichtenredakteur. Er bekam Unterstützung von den Redaktionsleitern, die er zu einer Besprechung gebeten hatte, nachdem Kajsa sie über Sigrids neue Situation unterrichtet hatte. Kajsa war der Ansicht, dass es geradezu unethisch sei, den Todeskampf des kleinen Mädchens zu dokumentieren.

»Aber hat denn die Familie nicht zugestimmt, dass wir weitermachen?«, fragte der Redakteur.

Kajsa musste zugeben, dass dem so war. »Aber ich glaube nicht, dass die Familie das richtig einschätzen kann. Sie klammern sich an die Hoffnung, und vielleicht denken sie sogar, dass diese wächst, solange wir darüber berichten. Der Vater hat sich in dem letzten Beitrag ja für die Unterstützung bedankt und gesagt, die Familie fühlt sich von der norwegischen Bevölkerung angespornt. Das gibt uns die Kraft, weiterzumachen und zu hoffen. Vielleicht glauben sie sogar, dass der Sender nicht weitermachen würde, wenn sie keine Chance mehr hätte. Aber damit wecken wir völlig falsche Hoffnungen.«

»Aber hat sie denn keine Chance mehr?«

»Nur eine minimale.«

»Minimal? Aber dann gibt es noch Hoffnung. Wo ist also das Problem?«, fragte der Nachrichtenredakteur. »Die Sache ist doch der größte Erfolg, den wir je im Netz hatten, mit Tausenden von Treffern, sobald wir …«

»Klickjournalismus«, unterbrach Kajsa ihn.

»Cliquenjournalismus? Es geht doch nicht darum, dass Journalisten in Rudeln oder in Cliquen jagen, wie du das ausdrückst«, entgegnete der Redakteur und lachte über Kajsas vermeintlich falschen Sprachgebrauch.

»Du missverstehst mich«, sagte Kajsa und tat so, als schriebe sie auf einer Tastatur und klickte auf eine Maus. »Ich spreche darüber, dass die Anzahl von Klicks darüber entscheidet, worüber geschrieben wird und was wichtig ist.«

»Jetzt musst du aber …«, setzte der Chef vom Dienst an.

»Wir bringen das erst mal nicht«, mischte sich Geir Hermansen ein. Zu Kajsas Überraschung unterstützte dieser sonst so rücksichtslose Mann sie im Hinblick auf Sigrid. Immerhin etwas. Er schlug einen Kompromiss vor. »Wir können nicht einfach ohne jede Erklärung aufhören, über Sigrid zu berichten«, meinte er und bat Kajsa, noch am selben Abend einen Beitrag darüber zu machen, dass die Behandlung nicht wirke, Sigrid aber bald eine neue Medizin ausprobieren werde. Es sollte kein Wort darüber verloren werden, dass es sich dabei nur um lebensverlängernde und nicht um heilende Maßnahmen handelte. Das Hauptaugenmerk sollte auf Hoffnung, Zusammenhalt und die Stärke der Familie gerichtet sein. Ein guter Fotograf könnte viele Bilder von dem Mädchen machen, auch ohne zu zeigen, wie schlecht es ihr ging. Sie würden abwarten. Und wenn es nicht gut ausging, sollte die nächste Reportage von ihrer Beisetzung handeln. In Zukunft sollte Kajsa nicht mehr so dicht an Sigrid dranbleiben, jedoch Kontakt zu dem Arzt aufrechterhalten.

Als Kajsa nach der Besprechung an ihrem Schreibtisch saß, um Howick und die Eltern telefonisch zu informieren, stützte sie den Kopf resigniert auf die Hände. Auf Geirs Vorschlag hätte sie auch selbst kommen können, schließlich hatte sie schon in diese Richtung gedacht. Es ging hier nämlich nicht allein um presseethische Bedenken, sondern die Sache verlangte ihr eine Menge ab, sie wurde persönlich in das Schicksal eines sterbenden Menschen hineingezogen. Das hier war keine Kriminalreportage, wo Personen, die sie nicht kannte, schon gestorben waren. Hier gab es keine Distanz, sondern sie war unmittelbar mit dem Tod konfrontiert. Und Kajsa wusste nicht, wie sie das schaffen sollte.

Telefonisch konnte sie Howick nicht erreichen, sprach aber mit Sigrids Mutter, die ihr erlaubte, Aufnahmen zu machen und noch am selben Abend einen Bericht zu veröffentlichen.

Im Laufe des Tages versuchte sie mehrmals, Howick an den Apparat zu bekommen, sowohl in seiner Praxis als auch auf seinem Handy, doch ohne Erfolg. Schließlich rief sie auf der Krankenstation an und konnte mit einer Pflegerin sprechen, die sie informierte, dass Howick sich krankgemeldet habe.

Nachdem die Reportage gesendet worden war – und noch mehr Zuschauerreaktionen als jede vorherige Sendung ausgelöst hatte –, rief Kajsa auf dem Heimweg Karsten an. Er nahm gleich nach dem ersten Klingeln ab. »Hallo, Kajsa«, sagte er. Sie konnte förmlich hören, dass er lächelte.

»Hallo«, entgegnete sie und hoffte, nicht allzu müde zu klingen.

»Ich habe deinen Beitrag gesehen, ziemlich heftig«, sagte er.

»Ja«, sagte sie. »Ziemlich.«

»Geht es dir sehr nahe?«

»Ja.«

»Das kann ich gut verstehen. Gibt es noch Hoffnung für das Mädchen?«

»Nein.«

»Du musst versuchen, dich davon zu distanzieren. Es ist nicht dein Kind.« In seiner Stimme lag Besorgnis. »Willst du darüber reden?«, fragte er.

Sie hätte gern den Wagen gewendet und wäre zu ihm gefahren. Aber sie waren keine Freunde, solche Gespräche sollten sie besser nicht führen. Sie waren Journalistin und Quelle. Und dennoch wollte sie zu ihm; ihn sehen, mit ihm reden, es rührte sie, dass er sich Sorgen machte. »Ich muss nach Hause«, sagte sie. »Aber ich habe mit Njål gesprochen. Morgen vielleicht …?«

»Okay.«

Als sie nach Hause kam, war Aksel sauer, weil sie versäumt hatte, ihm zu sagen, dass es später würde. Er hatte eine telefonische Verabredung mit einem Kollegen in den USA, um über den Doppelmord zu diskutieren. »Thea ist krank, ich musste mich den ganzen Abend um sie kümmern«, sagte er und steuerte auf sein Arbeitszimmer zu. Kurz bevor die Tür zufiel, blökte er: »Wäre schön, wenn du für deine eigenen Kinder genauso viel Engagement aufbrächtest wie für die von anderen!«

Die Worte trafen sie, sie taten weh. Kajsa besann sich jedoch, eilte in Theas Zimmer und fühlte ihr die Stirn. Leicht erhöhte Temperatur, nicht tragisch.

Sie ging wieder hinunter, öffnete die Tür zum Arbeitszimmer und sagte mit ruhiger Stimme: »Thea hat kein starkes Fieber, vielleicht geht es ihr morgen schon besser.« Aksel saß mit dem Rücken zu ihr und gab keine Antwort. »Aber wenn sie noch krank ist, musst du zu Hause bleiben. Ich habe keine Zeit. Ich muss die Dokumentation fertig redigieren, die soll morgen auf Sendung gehen. Außerdem bist du sowieso dran. Ich bin das ganze letzte Jahr immer zu Hause geblieben, wenn die Kinder krank waren.«

Kajsa hatte nicht ahnen können, dass er so wütend wurde.

»Du bist immer so extrem egoistisch, momentan geht es ständig nur um dich. Was ist bloß los mit dir?« Mit einem Blick, der sie erschaudern ließ, drehte Aksel sich von seinem PC langsam zu ihr um. Als falle sie ihm zur Last. Es machte sie völlig fertig.

»Was … was meinst du denn damit … Ich habe doch nur …« Weiter kam sie nicht.

»Du hast jede Woche Überstunden gemacht …«

»Überstunden? Wenn hier jemand zu viel arbeitet, dann bist du das …«, unterbrach sie ihn mit zitternder Stimme. Sie trat zu ihm, baute sich vor ihm auf und stemmte die Hände in die Hüften.

»Du bist ständig beschäftigt mit …«, setzte er an.

Kajsa reichte es jetzt. Sie hob die Hand und starrte ihn wütend an. Abwehrend hielt Aksel sich den Arm vors Gesicht. In letzter Sekunde riss Kajsa die Hand zur Seite und schlug sich selbst auf den Schenkel.

Dann drehte sie sich um und ging zur Tür, ohne ihn noch einmal anzusehen. »Verstehe … Du hast wohl keine sauberen Hemden mehr, du Ärmster.« Ein spöttischer Unterton lag in ihrer Stimme, und sie fügte hinzu: »Übrigens kannst du heute mit dem Sofa vorliebnehmen.« Dann ging sie hinaus und schloss die Tür demonstrativ leise.

22

»Aber Kajsa ... Du darfst dir nicht alles so zu Herzen nehmen. Sigrid ist nicht dein Kind, sie ist nicht einmal mit dir verwandt. Empathie und Mitgefühl sind ja gut und schön, aber es gibt auch Grenzen.«

Kajsa sah Karsten über den Rand ihres Glases hinweg an.

»Und wo verlaufen die?«

»Wir reden hier von Professionalität.«

Kajsa schnaubte. »Professionalität. Und was soll das sein? Gleichgültigkeit?«

Karsten beugte sich über den Tisch. »Hör mir zu. Ich habe mehr Elend gesehen, als du dir vorstellen kannst. Ich begegne ständig Menschen in schweren Lebenskrisen. Ich würde das ohne Abstand nicht aushalten. Aber diese Menschen sind nun mal nicht *mein* Leben. Ich bin kein Therapeut und arbeite nicht im Gesundheitswesen.« Er sah sie eindringlich an. »Und du ebenso wenig. Du beschreibst die Realität der Menschen für die Zuschauer. Aber Sigrid ist kein Teil deines Privatlebens.«

Er machte sich Gedanken, und er verstand sie. Sie legte ihre Hand auf seine. »Danke.«

Karsten legte seine andere Hand auf ihre. Sie ließ ihn gewähren, zog die Hand nicht zurück. Dann sagte sie: »Zwei Kinder. Alfhild war die Mutter zweier Kinder.«

»Aha …« Sie lösten die Hände voneinander.

»Tu nicht so, als ob du das nicht wüsstest.«

»Und du weißt, dass ich das nicht kommentieren kann.«

»Okay. Dann erzähl ich dir eben nicht, was ich weiß.«

Karsten lächelte und schüttelte den Kopf. »Hast du mit Njål gesprochen?«

»Jepp.«

»Und?«

»Und ich war in Sunnmøre.«

»Im Urlaub?« Er lachte und schüttelte abermals den Kopf.

»Nein, für die Arbeit. Eine Dokumentation.«

»Über die Bedeutung der Loddenfischerei für die Bevölkerung Sunnmøres?«

Jetzt brach sie in Lachen aus. »Nein, natürlich nicht«, erwiderte sie und wurde dann ernst. »Es ging um Alfhild und Jørgen. Die Vorfälle während des Krieges.«

»Vorfälle während des Krieges? Okay«, sagte er, »dann weißt du also …«

»Von dem Deutschenkind? Ja.«

»In Ordnung. Eins nach dem anderen. Was hat Njål gesagt?«

»Du zuerst.«

»Unter uns? Nichts im Fernsehen?«

»Genau.«

»Wir wissen natürlich von dem Kind, wir haben Alfhilds Schwester befragt.«

»Greta?«

»Greta Godøy, richtig.«

»Habt ihr das Kind gefunden?« Kajsa beugte sich über den Tisch.

»Es gibt keine Spur von dem Jungen. Niemand weiß, wo er ist.«

»Aber falls er was über seinen Hintergrund erfahren hat …«

»Kein Kommentar.«

Der Kellner brachte das Essen.

»Du bist dran«, sagte Karsten.

Sie erzählte ihm von dem Gespräch mit Njål, von dem Ausflug in den Wald. Karsten wirkte enttäuscht. »Das war ja nicht gerade viel. Er bestätigt erneut, dass er einen Mann mehrmals im Wald gesehen hat. Das ist zwar neu und interessant, aber auch bloß eine Bestätigung. Wir sind ohnehin davon ausgegangen, dass der Täter das Haus eine Weile beobachtet hat.«

»Ja, schon … aber er sagt noch etwas anderes, etwas, worüber ich dauernd nachdenke.«

»Was denn?«

»Er sagt: Ich will nicht über Arvid reden.«

»Ach ja?«

»Wir reden doch gar nicht über Arvid.«

»Aber?«

»Aber Njål redet über Arvid.«

»Und das hat was zu bedeuten?«

»Dass er sich an Arvid erinnert? Und daran, dass Arvid verschwunden ist? Eine schmerzliche Erinnerung? Glaubt er vielleicht, dass er Arvid gesehen hat? Ich weiß es nicht …«

Als sie fertig mit dem Essen waren, fragte Karsten: »Geht's dir jetzt besser?« Wieder legte er seine Hand auf ihre.

»Viel besser. Danke.« Kajsa fühlte sich erleichtert und froh.

»Was für einen Hund hast du eigentlich?«, hörte sie sich selbst sagen.

»Ich hatte nie einen, ich kann Hunde eigentlich nicht ausstehen.«

Er fühlte sich machtlos und verängstigt. Es war ein neuer und dennoch alter, vertrauter Schmerz: Das Gefühl, verraten zu werden.

Es war ihre Schuld.

Als er klein war, hatte er sich auch machtlos und verängstigt gefühlt. Jetzt waren sie zurück: die Angst und die Ohnmacht.

Damals hatte es nichts gegeben, was er hätte tun können, um etwas zu verändern. Er hatte die ganze Zeit mit der Angst gelebt, fürchtete sich vor dem Verschlag unter der Treppe, vor dem Keller, vor der Dunkelheit, vor dem Hunger. Er hatte Angst davor, geschlagen zu werden, Angst davor, vergewaltigt zu werden, Angst vor Menschen.

Doch als er nach und nach älter wurde, begriff er, dass er etwas tun konnte. Er war viel größer geworden, und das Laufen im Wald hatte ihn stark gemacht. Gegen die Machtlosigkeit konnte er nichts ausrichten, dazu war er erst später in der Lage, aber er hatte entdeckt, dass er sich gegen die Angst entscheiden konnte. Die musste bloß durch etwas ersetzt werden. Er wählte den Zorn. Und den ließ er in seinem Inneren wachsen und gedeihen, so dass schließlich die Angst völlig verschwand.

Daraufhin war er zornig und machtlos. Lange Zeit fühlte er sich so. Eines Tages jedoch beschloss er, dass auch die Ohnmacht durch etwas ersetzt werden könnte. Inzwischen war er so groß und stark geworden, dass er glaubte, töten zu können. Somit war er nun weder ängstlich noch machtlos. Sondern nur zornig.

Jetzt jedoch waren Angst und Machtlosigkeit zurück, und wieder musste er sie vertreiben, musste eine Veränderung herbeiführen, sie durch etwas ersetzen. Noch wusste er nicht, wie. Aber in seinen Gedanken nahm langsam ein Plan Form an. Und während er nachdachte, spürte er, wie die Angst vor dem Zorn zurückwich.

Sie hatte ihn verraten.

Nachdem die Dokumentation gesendet worden war, war er die ganze Nacht zwischen Wohnzimmer und Küche hin- und hergegangen. Dass sie ihm so etwas antun konnte, war unfassbar. Sie, die ihm so wohlgesinnt gewesen war, hatte sich abgewandt.

Sie hatte Erklärungen geliefert und nach Entschuldigungen gesucht, hatte sie als Opfer dargestellt.

Er war völlig außer Atem, als er oben auf dem Hügel ankam und auf den Weg zur Terrasse abbog. In letzter Zeit war er öfter hier gewesen, hatte sie allerdings nicht angetroffen. Das hatte ihn mutlos gemacht, und er wurde noch wütender, weil er wusste, weshalb sie nicht zu Hause gewesen war, womit sie sich beschäftigt hatte.

Eine Weile verharrte er, damit sich der Puls senkte. Dann schlich er leise bis zum Hügel und kletterte zur Terrasse hinauf. Vorsichtig blickte er über die Kante und sah, dass Kajsa an ihrem gewohnten Platz saß.

Immer stärker fühlte er, dass es Zeit wurde, ihr alles zu erklären, so dass sie ihren Irrtum einsah und begriff, dass es nichts gab, was auch nur das Geringste entschuldigen könnte.

23

Kajsa erwachte ruckartig und sah auf die Uhr. Viertel vor fünf. Was hatte sie bloß geweckt? Plötzlich erinnerte sie sich: Sie war ein Kind in einem dunklen Schrank. Ganz allein. Der Traum saß ihr fest in den Gliedern, sie musste geweint haben, die Wangen waren feucht.

Sie dachte an Jakob Sperre, Arvid Godø, Ida und Ine-Marie. So war es gewesen, so war es ihnen ergangen, wie in dem Traum. Kleine Kinder, eingesperrt in einen dunklen Schrank. Unbegreifliche Bösartigkeit von Erwachsenen gegenüber Kindern, die das Geschehen nicht zu reflektieren vermochten und keine Worte dafür hatten, aber mit allen Fasern spürten, dass es kaum eine größere Einsamkeit gab, als wenn man keine Möglichkeit besaß, sich selbst zu schützen.

Der Gedanke kam ihr genauso plötzlich, wie sie wach geworden war: die Tagebücher! Ida Årvoll hatte ein Tagebuch gehabt. Hatte sie über Arvid und die Clique geschrieben? Kajsa ärgerte sich, dass sie nicht früher darauf gekommen war.

Ine-Marie stand mit den Tagebüchern ihrer Mutter in der Türöffnung. Sie sah anders aus als beim letzten Mal: ohne Make-up, müde und blass, in einem schwarzen Morgenmantel, obwohl der Tag schon weit vorangeschritten war. Sie bat Kajsa nicht herein. »Aber nur Sie dürfen die lesen«, sagte sie. »Niemand sonst.« Als Kajsa angerufen hatte, war sie erst widerwillig gewesen, hatte aber schließlich zugestimmt, dass Kajsa sie lesen durfte. Kajsa hatte allerdings versprechen müssen, dass sie alles für sich behielt.

»Ja, ich verspreche es«, sagte Kajsa. Allerdings nahm sie sich vor, Ine-Marie um Erlaubnis zu bitten, eventuell ein paar anonymisierte Zitate aus den Tagebüchern verwenden zu dürfen. Womöglich gab es hier Stoff für eine Reportage in der Serie über Heimkinder. Aber darum würde sie sich später kümmern.

Als sie wieder im Wagen saß, konnte sie sich nicht gedulden und öffnete das erste Tagebuch.

23. Oktober 1970

Heute bin ich zehn geworden.

Ich wünschte, ich wäre nie geboren worden.

Die beiden Sätze trafen Kajsa mit voller Wucht. Eine Zehnjährige, die sich wünschte, nicht zu leben. Ida, Ine-Maries Mutter, Gudny Årvolls Tochter. Da standen nur diese beiden Sätze, in der Mitte der Seite. Keine Erklärung, was sie dazu veranlasst hatte.

Im selben Moment, als Kajsa gespannt umblätterte, rief ihre Mutter an. Kajsa schaltete die Freisprechfunktion ein und legte die Tagebücher auf den Beifahrersitz.

»Hallo Mutter, wie geht's dir?«

»Ich … ich weiß nicht … wie …« Die Stimme der Mutter war nur ein Flüstern, Kajsa konnte kaum hören, was sie sagte. Sie spurte die Angst in ihrem Nacken hochkriechen. »Wo bist du?« Sie versuchte, normal zu reden, hörte aber selbst, dass ihre Stimme zitterte.

»Ich weiß nicht.«

»Bist du im Auto?«

»Nein, ich bin draußen.«

»Wo draußen, auf der Straße?«

»Nein, im Wald.«

Kajsa dachte fieberhaft nach. Im Wald? Wo konnte sie sein?

»Bist du draußen und gehst spazieren?«

»Ja? Ja … spazieren, ich geh spazieren.«

»Was siehst du? Gibt es da Häuser?«

»Nein, nur Wald.«

Kajsa kam ein Gedanke. »Siehst du irgendwelche Schilder?«

»Nein … Doch … Schilder? Ja, etwas weiter weg steht ein Schild …«

»Kannst du dort hingehen und lesen, was auf dem Schild steht?«

Sie hörte sie weitergehen. »Da steht Vestlia auf einem«, sagte die Mutter, »… und Myggheim … Sandungen … und Haveråsen.«

Irgendwo im Wald, nahe bei Solli, dachte Kajsa. Wo Vater gestorben ist.

»Kannst du Richtung Myggheim gehen?«, fragte sie und sah auf die Uhr. Sie musste Aksel anrufen und ihn bitten, die Kinder abzuholen.

Sie bat die Mutter, nicht aufzulegen, schärfte ihr ein, den Hörer ans Ohr zu halten und darauf zu warten, dass sie sich wieder meldete. Dann hielt sie die Verbindung und rief Aksel an. Keine Antwort, erst nach einer Weile schaltete sich die Mailbox ein. Die Angst um ihre Mutter vermischte sich mit der Wut auf Aksel. Es fiel ihr schwer, normal zu atmen. Wieso erreichte sie ihn nie, wenn sie ihn brauchte? Sie rief beim Kindergarten an und fragte nach Stine.

Stine war Praktikantin und schon ein paarmal als Kindermädchen für Thea und Anders eingesprungen. Kajsa erklärte ihr die Situation und bat sie inständig, Thea nach Hause zu bringen. Sie beschrieb ihr, wo in der Garage sie den Schlüssel fand. Erleichtert atmete sie auf. Gleich danach rief Kajsa im Schulhort an und gab Bescheid, dass Anders nicht abgeholt werden könne und nach Hause laufen müsse.

Sie sprach wieder auf der anderen Leitung. »Mama?« Stille. »Mama, bist du noch da?« Keine Antwort. Sie blickte auf das Display. Dort wurde die Verbindung immer noch angezeigt. »Mama!«, rief sie in den Hörer, aber die Mutter antwortete nicht. Kajsa dachte nach. Sollte sie auflegen und erneut anrufen? Nein, dann würde sie nur das Besetztzeichen hören, denn ihre Mutter hatte nicht aufgelegt. Sie verspürte ein schmerzvolles Ziehen in der Brust und versuchte ruhig zu atmen. Sollte sie die Polizei anrufen? Um Hilfe bitten? Nein, sie wusste ja in etwa, wo die Mutter sich befand, und beschloss daher, nach Solli zu fahren. Vielleicht war die Mutter ja in der Nähe des Parkplatzes? Jedenfalls musste sie überprüfen, ob der Wagen der Mutter dort stand. *Sie ist bestimmt ganz in der Nähe, ich finde sie,* dachte sie.

Sie fuhr hinaus aus der Stadt, an Sandvika vorbei, bog bei Holmen ab, passierte das Asker Museum, den königlichen Landsitz Skaugum, das Hotel Sem Gjestegård und den Kindergarten, wo sie in den Sollivei einbog. Sie fuhr viel zu schnell über die unbefestigte und kurvenreiche Straße zum Parkplatz Solli. Dort standen keine Autos. Nicht ein einziges. Sie fuhr ganz hinauf bis zur Wanderhütte Solli. Da stand der rote Golf ihrer Mutter.

Denk nach, Kajsa, dachte sie. *Wohin kann sie gegangen sein? Was stand auf den Schildern?* Myggheim, Vestlia. War sie auf dem Weg zum Asdøltjern, dem See, wo Kajsas Vater gestorben war? Erst als sie aus dem Wagen stieg, bemerkte sie, dass ihre Stiefeletten ja hohe Absätze hatten. Mist, mit denen konnte sie nicht im Wald herumlaufen. Sie sah nach, ob vielleicht Joggingschuhe im Kofferraum lagen, fand aber nichts. Dann lief sie den Hügel hinauf in Richtung Vestlia.

Kajsa glaubte zu wissen, wo die Schilder standen, die ihre Mutter gesehen hatte. Sie musste von Vestlia nach Myggheim hinübergelaufen sein. Gab es dort auf dem Weg nicht Schilder? Doch schon, aber was stand darauf?

Als sie eine Wegbiegung passiert hatte, entdeckte sie ihre Mutter. Sie war kurz vor Myggheim.

»Mama!«, schrie Kajsa und rannte zu ihr.

Die Mutter drehte sich um und winkte Kajsa zu, als sie auf sie zugelaufen kam. Kajsa drückte sie an sich.

»Aber, Kajsa, was ist denn? Warum weinst du?«

»Ich … ich habe … so furchtbare Angst bekommen.«

»Ja, das sehe ich. Aber es besteht keine Gefahr. Ich habe mich nur etwas verlaufen. Es ist so lange her, dass ich hier zuletzt war, jetzt bin ich auf dem Weg nach Myggheim«, sagte Kajsas Mutter. Sie war wie immer, nichts deutete darauf hin, dass etwas passiert war.

Kajsa sah sie an, erwiderte ihren Blick, die Mutter lächelte entspannt. Sie war ganz sie selbst, nichts Ängstliches oder Abwesendes in ihrem Blick. »Aber«, setzte Kajsa an, »du warst, warum bist du …« Plötzlich war sie völlig erschöpft. Sie brachte es nicht über sich, der Mutter zu erklären, was über kurz oder lang geschehen würde, nicht jetzt, später vielleicht. Jetzt war alles wieder gut.

Sie hakte sich bei ihr ein und ging mit ihr durch den Wald zurück zum Parkplatz.

Es war ein herrlicher Frühlingstag, gleichwohl spürte Kajsa wieder die Kälte von damals, als sie hier mit der Mutter gestanden hatte und sie mit dem Schlitten, auf dem ihr toter Vater lag, aus dem Wald gekommen waren.

Sie wünschte, ihre Mutter hätte damals etwas gesagt, aber sie hatte nie ein Wort darüber verloren. Sie hatte nie erkennen lassen, ob sie wusste, wie schlimm es für Kajsa gewesen war – jener Tag, die

Tage danach und alle Tage, an denen sie sich nicht um sich selbst kümmern konnte und Kajsa auf sie aufpassen musste.

Auch jetzt schwieg sie.

24

Wütend warf Aksel Zelt, Schlafsäcke und Rucksäcke in den Wagen. Kajsa hockte auf der Treppe und hielt Anders und Thea in den Armen. Die beiden hatten ihr Schmusetiere dabei. Kajsa hatte die Angst um ihre Mutter an Aksel ausgelassen.

»Wieso erreiche ich dich ausgerechnet dann nie, wenn es am wahrscheinlichsten ist, dass ich anrufe und dich bitte, die Kinder abzuholen? Zufall? Ha! Das glaube ich nicht«, hatte sie ihm vorgeworfen. »Ich war draußen im Wald und hab nach meiner Mutter gesucht, während du …«

»Jetzt reicht es aber. Du wirst von Tag zu Tag unausstehlicher«, parierte Aksel.

Kajsa war niedergeschlagen, verängstigt wegen ihrer Mutter, wegen Sigrid, wegen der Briefe, die sie bekommen hatte. Sie wollte, dass sie jemand in den Arm nahm. *Aber Aksel sieht es nicht,* dachte sie, als sich der Wagen mit den winkenden Kindern auf dem Rücksitz entfernte.

Zusammen mit seinem Kumpel Kjell und dessen Kindern wollte Aksel auf die jährliche Vater-Kind-Tour auf dem Campingplatz in Rødtangen. Anders und Thea freuten sich. Aksel freute sich. Kajsa graute es davor. Sie ging wieder hinein, lehnte sich mit dem Rücken an die Haustür und spürte, wie ihr die Einsamkeit unter die Haut kroch. Die Dunkelheit lag auf der Lauer.

Sie musste sich irgendetwas einfallen lassen, um die Gedanken fernzuhalten. Sie nahm Idas Tagebücher hervor und sah auf die Uhr. Es war fast sechs. Zu früh für ein Glas Wein? Nein! Das, was sie jetzt brauchte, war ein oder mehrere Gläser Wein, sie wollte sich aufs Sofa legen, die Tagebücher lesen und einschlafen – ausreichend benebelt, um weniger Angst vor dem Alleinsein zu haben.

Jedes Tagebuch erstreckte sich über ein Jahr. Alle Bücher begannen an Idas Geburtstag, und die ersten beiden Sätze waren immer gleich.

Heute bin ich elf geworden. Ich wünschte, ich wäre nie geboren worden.

Heute bin ich zwölf geworden. Ich wünschte, ich wäre nie geboren worden.

In den ersten drei Tagebüchern, bis zu Idas dreizehntem Geburtstag, gab es keinerlei Erläuterung darüber, was sie damit eigentlich meinte. Die Bücher enthielten kleine Erzählungen und Beschreibungen über das, was sie getan hatte, geschmückt mit bunten Blumen und Zeichnungen von stets sonnigen Landschaften. Zwischendurch kleine Poesieverse. Einige kannte Kajsa aus ihrer eigenen Kindheit, andere hatte Ida womöglich selbst verfasst. Niemals war die Rede von anderen Menschen, weder von der Mutter noch von Freunden, es ging nur darum, was sie unternommen hatte, was sie gern machte: im Wald herumlaufen, Blumen pflücken, baden, Skilaufen, zeichnen.

Die Tagebücher vermittelten Kajsa den Eindruck, dass Ida ein sehr einsames Kind gewesen war, das oft in der Natur Zuflucht suchte. Mit Ausnahme der beiden ersten Sätze handelte alles von schönen Dingen, mit anschaulichen Beschreibungen von Sonnenaufgängen, des durch die Baumkronen fallenden Lichts, des Gefühls von weichem Moos unter nackten Füßen, von Tieren, die sie gesehen hatte. Sie konnte sich gut ausdrücken, auf eine Weise, die verriet, dass sie ein reifes Kind war. Detailliert beschrieb sie eine Krähe mit ihren Jungvögeln, wie oft diese gefüttert wurden, wie sie nach Nahrung schrien, sobald die Mutter sich näherte. Sie reflektierte darüber, dass *die Krähenmutter nicht an sich selbst denkt,* und kam zu dem Schluss, dass sie eine gute Mutter war. Dieser Satz handelte wohl auch von ihrer eigenen Mutter und von dem, was sie für Ida nicht war.

Das vierte Buch begann anders:

23. Oktober 1973. Heute bin ich dreizehn geworden.

Ich wünschte NICHT, ich wäre nie geboren worden.

Die Handschrift war zierlich und geschwungen: *Die Liebe erträgt alles, glaubt alles, hofft alles, hält allem stand. (Erster Brief des Apostels Paulus an die Korinther, Kap. 13)*

Ida war verliebt. Jetzt gab es etwas Schönes in ihrem Leben. Und zum ersten Mal hatte jemand an ihren Geburtstag gedacht. Ein paar der Jungen, die sie kennengelernt hatte, hatten etwas Geld zusammengekratzt, waren – unerlaubt – zur Bäckerei geradelt und hatten Zimtschnecken gekauft, mit denen sie Ida in der Scheune überraschten.

Er wollte es nicht zugeben, aber vermutlich war es Arvid, der sich darum gekümmert hatte, dessen war sie sich sicher, denn nur ihm gegenüber hatte sie ihren Geburtstag erwähnt. Außerdem hatte sie ihm erzählt, ihre Mutter sage immer, ihr Geburtstag sei nichts, was wert wäre, gefeiert zu werden.

Ich bin so glücklich!, schrieb sie. *Dass jemand so etwas für mich gemacht hat!*

Etwas später wurde Arvid krank und lag im Bett. *Ich habe die Soßenschüssel fallen lassen, als ich Mutter beim Essen helfen sollte. Es spritzte auf das neue weiße Kleid, das Mutter für mich gekauft hat. Sie wurde wütend und bekam den Blick. Ich wusste, was das bedeutete, rannte in mein Zimmer hinauf und kroch in den Schrank. Mutter kam und schloss mich ein. Ich weiß nicht, wie lange ich dort saß, aber später hörte ich jemanden meinen Namen flüstern. Ich gab keine Antwort, aber es war Arvid, der die Tür aufschloss. Ich wollte nicht, dass er mich dort sieht. Er war sehr erschrocken und wollte mich aus dem Schrank ziehen. Er wollte nicht zuhören, als ich sagte, das sei viel zu gefährlich. Schließlich musste ich böse werden und ihn zwingen, mich wieder einzuschließen. Aber es war zu spät. Gerade als er den Schlüssel umdrehte, hörte ich Mutters Stimme. Bestimmt hat sie ihn gepackt, als sie sagte: »Jetzt reden wir mit Willy, dann geht's runter in den Keller.« Ein Teil von mir hoffte und betete, dass Arvid nicht wütend würde. Dann hat er sich nicht unter Kontrolle, und er hätte sie sicherlich getötet. Ein anderer Teil von mir wollte nur, dass er sie zusammenschlug und sie nie wieder aufwachen würde.*

Willy Nybø. Das stimmte mit dem überein, was Kjelstad gesagt hatte. Willy Nybø, der 1997 ermordet worden war, hatte als Leiter zusammen mit Gudny Årvoll gearbeitet. Kajsa fühlte ihren Puls ansteigen. Sie blätterte schnell weiter. Ein Eintrag zwei Tage später lautete: *Arvid ist jetzt seit zwei Tagen im Keller. Mutter weiß es. Sie tut nichts.*

Kajsa nickte. Willy Nybø hatte Arvid zum Sklaven gemacht, ihn unten im Keller eingesperrt, wie Sperre es erzählt hatte.

Am Tag danach schrieb Ida: *Arvid durfte nach oben kommen. Er ist so still. Es tut mir weh, ihn so zu sehen. Was macht Willy im Keller mit ihm?*

Kajsa saß da und starrte auf den letzten Satz. *Was macht Willy im Keller mit ihm?*

Ich weiß es, dachte Kajsa.

Sie dachte an den kleinen Jungen, von dem Birte erzählt hatte, an

Arvids erste Lebensjahre bei den Eltern in Asker, die Vernachlässigung. Sie sah das ernste Gesicht vor sich, das ausdruckslos in die Kamera blickte. Was hatten Willys Misshandlungen außerdem mit ihm gemacht?

Kajsa blätterte weiter. Zwei Wochen später hatte Ida geschrieben: *Ich habe Arvid in der Scheune getroffen. Es ist unser geheimer Treffpunkt. Viele Jungen haben Angst vor Arvid, aber ich weiß, dass er eigentlich sehr lieb ist. Lieb und ängstlich. Genau wie ich. Ich glaube, ich liebe ihn.*

Der Rest des Tagebuchs und auch die beiden folgenden, die Ida schrieb, als sie vierzehn und fünfzehn war, handelten meist von Arvid und den Treffen in der Scheune. Ein paarmal erwähnte sie andere Jungen namentlich. Jakob etwa, bei dem es sich vermutlich um Jakob Sperre handelte. Kajsa notierte jeden auftauchenden Namen, bis sie zehn beisammenhatte: Arvid, Jakob, Gunnar, Peder-André, August, Nils-Martin, Hans-Erik, Vidar, Stein und Brynjar. *Das sind zu viele,* dachte sie. Sie konnte unmöglich nur anhand der Vornamen herausfinden, welche aus der Clique noch lebten. Vielleicht erwähnte Ida auch einige gar nicht. Sperre hatte von sechs gesprochen, die »Einer für alle, alle für einen« geschworen hatten. Kajsa seufzte und blätterte weiter.

In dem Tagebuch, das mit Idas fünfzehntem Geburtstag begann, schrieb sie: *Arvid sagt, dass wir eines Tages ein neues Leben anfangen werden. Ein normales Leben. Wir werden heiraten und Kinder bekommen, und Arvid hat eine gute Arbeit. Er sagt, dass meine Mutter uns niemals besuchen darf. Er hat es so schön gesagt. Wir müssen unser Leben zurückerobern, hat er gesagt.*

Der letzte Tagebucheintrag stammte vom 24. März 1976. *Liebes Tagebuch. Jetzt sind es nur noch zwei Tage, bis Arvid fährt. Ich weiß nicht, wie ich das überleben soll. Er sagt, ich muss stark sein, denn eines Tages käme er zurück. Er hat einen Plan, und wenn der durchgeführt ist, kommt er zurück. Er sagt, dass ich ihn erkennen werde, auch wenn dann viel Zeit vergangen und er ein völlig anderer geworden ist.*

Danach hatte Ida nichts mehr ins Tagebuch geschrieben.

Kajsa holte die Weißweinflasche aus dem Kühlschrank und nahm sie mit ins Wohnzimmer, goss sich ein weiteres Glas ein. Immer wieder fiel ihr Blick auf Aksels Computer auf dem Esstisch. Sie könnte einen kurzen Blick riskieren, jetzt konnte er sie ohnehin nicht überraschen.

Sie stand auf und trat an den Tisch, blieb nachdenklich vor dem Laptop stehen. Dann klappte sie das Gerät auf und schaltete es ein. Sie setzte sich an den Tisch und navigierte zu *Meine Dateien*. Dort gab es einen Ordner mit der Überschrift DOPPELMORD ASKER. Kajsa scrollte durch die Liste mit Dokumenten: Rechtsmedizinischer Bericht, Technische Spuren, Vernehmung Nachbarn, Kriegsgeschichte, Vernehmung Greta Godøy, Profil, Bericht Jugendamt 1966.

Kajsa klickte auf das letzte Dokument: Tatort.

Sie spannte die Bauchmuskeln an, ihr Herz schlug hart und schnell. Ihre Hände hielten abrupt über der Tastatur inne. Alfhild und Jørgen Godø starrten sie mit leerem Blick aus einem Hundekäfig an. Sie klappte den Computer zu, schluckte, zwang sich, ruhig zu atmen.

Sie blieb sitzen und blickte weiter auf den Laptop.

Etwas an dem Bild störte sie. Sie wusste nicht, was es war, hatte es maximal fünf Sekunden lang betrachtet. Sie stand auf, ging durchs Zimmer, griff nach dem Weinglas auf dem Couchtisch und nahm einen großen Schluck.

Dann setzte sie sich wieder, holte tief Luft und öffnete abermals den Computer. Der Ruhemodus schaltete sich aus, das Foto kam wieder zum Vorschein. Kajsa zwang sich, es anzusehen, vermied dabei, den Toten in die Augen zu blicken.

Das Bild war von vorn geschossen worden, in den Käfig hinein. Beide saßen an das rückwärtige Gitter gelehnt mit ausgestreckten Beinen da, wobei die Füße aus dem Käfig ragten. Sie schienen so etwas wie Stirnbänder zu tragen, die an dem Gitter befestigt waren, um sie in aufrechter Position zu halten. Um den Bauch hatten sie die gleichen Bänder.

Da! Das war es, was sie gesehen hatte, doch nicht lange genug, als dass ihr Gehirn den Eindruck hätte verarbeiten können. Die Hände.

Die Hände waren auf den Oberschenkeln gefaltet.

Doch zwischen Handgelenken und Händen klaffte eine Lücke von etwa fünf Zentimetern.

Sie waren abgeschnitten worden.

Kajsa spürte Übelkeit in sich aufsteigen, hielt sich die Hand vor den Mund und zwang sich, den Blick nicht abzuwenden. Da war noch etwas. Sie beugte sich weiter vor, klickte mit zitternden Fingern auf die Zoomfunktion und vergrößerte Jørgen Godøs Hände. Da sah sie es: Ein Damenring. Du liebe Güte! Es waren nicht seine Hände, es waren ihre. Sie waren vertauscht worden.

Kajsa knallte den Computer zu und stand auf. In dem Ordner gab es noch viel mehr, was sie gern sehen und lesen wollte, aber sie konnte nicht, ihr Magen verkrampfte sich.

Sie dachte an die Hände, sah aber die Augen der beiden vor sich. Tote Augen, deren Blicke ihr folgten.

Sie rannte ins Bad und übergab sich.

Später trat sie auf die Terrasse hinaus. Sie brauchte frische Luft. Es war ein schöner Abend, ganz still, der Fjord so glatt wie ein Spiegel, nicht eine Welle. Es roch nach Frühling.

Sie erhob sich, ging dicht an das Geländer heran. Sie zuckte zusammen, als sie vom Wald gegenüber ein Geräusch hörte. Aber es blieb still, nichts weiter war zu hören. *Bestimmt nur eine Katze,* dachte sie.

Er war gerade auf dem Weg zur Terrasse, als er ein Geräusch hörte. Schnell zog er sich zurück, hockte sich hin. Er fluchte, als er auf einen Zweig trat. Sie trat ans Geländer und spähte in seine Richtung.

Er hatte an diesem Abend seinen Plan noch nicht umsetzen wollen, doch als er gesehen hatte, wie der Mann das Auto volllud und mit den Kindern davonfuhr, hatte er eine schnelle Entscheidung getroffen. Schon längst hatte er alles arrangiert, genauso gut konnte es jetzt passieren, es war perfekt.

Lange hatte er darüber nachgedacht, ein Haus zu kaufen, und hatte die Immobilienanzeigen studiert. Er wollte ein Haus mit großem Garten, der sich mit dem Lauf der Jahreszeiten veränderte. Mit Blumen, Obstbäumen und Beerensträuchern, mit Kletterrosen an den Wänden, einem großen Rasen und einer überdachten Terrasse. Bei der Besichtigung wusste er sofort, dass das Haus perfekt passte. Nicht zuletzt, weil die Familie, die dort gelebt hatte, die Haushaltsgeräte und ein paar Möbel zurückgelassen hatte. Sie wollten ins Ausland.

Erst vor zwei Tagen hatte er die Schlüssel bekommen. Als er sie in der Hand hielt, wurde ihm klar, dass der Zeitpunkt schneller näher rückte als gedacht. Deswegen hatte er mit der Planung begonnen. Jetzt war alles klar.

Die letzten Einkäufe hatte er erst vor ein paar Stunden getätigt: Lebensmittel und Getränke natürlich, einen knallroten Hausanzug, einen Fleecepulli und eine Fleecehose, Unterhosen sowie Funktionswäsche und einen dunkelblauen winddichten Pullover, den sie tragen konnte, wenn sie ausgingen. Zudem weiße Satinbettwäsche, die in der Waschmaschine lag.

Hatte er womöglich etwas vergessen? Nein, ihm fiel nichts ein. Er war bereit.

Ich bin doch wirklich ein Angsthase, dachte Kajsa. Dennoch ging sie hinein und verschloss die Terrassentür. Reiß dich zusammen, es war bloß eine Katze.

Sie nahm auf dem Sofa Platz, schaltete den Fernseher ein, versuchte, nicht an die Fotos auf Aksels Laptop zu denken, aber die toten Augen sahen sie weiterhin an.

Sie nahm das Blatt Papier, auf dem sie die Namen der Jungen notiert hatte. Zehn ganz gewöhnliche norwegische Namen. Sechs von ihnen hatten zum harten Kern der Clique gehört. Nur wer?

Was hatte Sperre gesagt? Dass die vier, die noch am Leben waren, bis heute Kontakt miteinander hatten. Trafen sie sich? Wann? Wo? Kajsa fuhr mit dem Finger über die Liste. Kannte sie womöglich einen von ihnen? Ihr Finger blieb bei einem Namen hängen: Vidar. Sie kannte nur einen mit dem Namen Vidar. Vidar Kvande. War er im Waisenhaus gewesen? Sehr gut möglich. Das würde jedenfalls den Mangel an Informationen über seine Vergangenheit erklären, ehe er plötzlich, wie ein Komet, am Prominentenhimmel der Finanzwelt aufgetaucht war. Und es erklärte sein Interesse an der Waisenhausgeschichte.

Kajsa stand nachdenklich auf und trat ans Fenster. Die Dunkelheit presste sich gegen die Scheibe. Kajsa reckte sich, um zu sehen, ob die Nachbarn zu Hause waren, konnte aber nur die dunklen Fenster im ersten Stock ausmachen.

Sie wurde immer unruhiger. Bei dem Gedanken, dass sich in den Häusern um sie herum keine Menschen aufzuhalten schienen, wirkte das Haus nach und nach immer leerer, die Dunkelheit immer aufdringlicher.

Ich habe die Post noch gar nicht hereingeholt, fiel ihr plötzlich ein. Das kann ich ja jetzt machen und gleichzeitig nachsehen, ob die Nachbarn nicht doch zu Hause sind.

Sie öffnete die Hintertür und stellte fest, dass es zu regnen angefangen hatte, sie schlüpfte in den Regenmantel und lief die fünfzig Meter zum Briefkasten. Ein schneller Blick verriet ihr, dass bei ihren beiden unmittelbaren Nachbarn niemand zu Hause war.

Sie geriet außer Atem. In ihren Fingern kribbelte es leicht, als sie den Briefkasten öffnete, und sie verspürte einen Widerwillen, in das leere Haus zurückzukehren. Das ältere Paar, das in dem Haus direkt neben ihnen wohnte, war offenbar da. Sie hatten Gäste, Kajsa konnte festlich gekleidete Menschen erkennen, ein paar Kerzen brannten auf der Fensterbank.

Sie fühlte sich gleich besser. *Du brauchst vor gar nichts Angst zu haben, du fürchtest dich nur vor der Dunkelheit, das ist nicht gefährlich,* dachte sie, während sie zum Haus zurückging.

Bereits im Flur blätterte sie schnell durch die Post. Ein Brief für sie. Ohne Adresse, ohne Briefmarke. Ihr Herz schlug schneller. Schon wieder ein Brief. Beruhige dich, es ist nur ein Brief und muss gar nicht von demselben Absender wie beim letzten Mal stammen. Ihre Hände zitterten so, dass Kajsa Probleme hatte, den Brief zu öffnen. Ihre Beine schienen nachzugeben, sie lehnte sich an die Haustür und ließ sich langsam zu Boden sinken. Beim Anblick des Briefbogens erschauerte sie derartig, dass er ihr aus der Hand glitt.

Er fiel zu Boden.

Du hast mich gefunden.

Eternity.

Sie war verängstigt wie ein kleines Kind und spürte, dass sie so weinen wollte, wie nur Kinder es tun. Das Bild des Ehepaars in den

Hundekäfigen kehrte zurück, die toten Augen blickten sie an. Kam der Brief von demjenigen, der ihnen das angetan hatte? Vom Mörder?

Ich muss Aksel anrufen. Nein, nicht Aksel, ich darf ihn nicht beunruhigen, darf ihm nicht den Ausflug vermasseln, auf den er und die Kinder sich so gefreut haben. Außerdem war Aksel sauer, sie hatte sich vorgenommen, ihn nicht anzurufen und so zu tun, als ob nichts wäre.

Kajsa hob den Briefbogen vom Boden auf. Was meint er damit, dass ich ihn gefunden habe? Wer ist er? Es muss jemand sein, den ich kenne, dem ich begegnet bin, der mich kennt. *Eternity.* Mein Parfum. Woher weiß er, welches Parfum ich benutze? Ist er mir so nahe gewesen? Sie konnte nicht richtig nachdenken. Die Angst lähmte sie. Sie zerknüllte den Brief und steckte ihn in die Tasche des Regenmantels. Wo ist mein Handy? Ich muss jemanden anrufen. Sie stand auf, zog den Mantel aus und hängte ihn an einen Haken. Von wem kommt der Brief? *Du hast mich gefunden.* Wen habe ich gefunden? Was habe ich nicht verstanden? Wen übersehe ich?

Sie ging ins Wohnzimmer, suchte nach dem Handy, fand es aber nicht. Was hatte sie bloß damit gemacht? Sie ergriff das Festnetztelefon, rief sich selbst an, aber nichts war zu hören. Wo war bloß das Handy? Sie rannte durch das Haus und suchte im Flur, in der Küche, in der Toilette. Ohne Erfolg. Panik überkam sie. Das Handy musste auf lautlos gestellt sein, oder war vielleicht der Akku leer?

Kajsa ließ sich aufs Sofa fallen, griff nach der Fernbedienung und fand auf einem der ausländischen Kanäle eine Reisesendung. Genau das Richtige, um sich zu beruhigen. Die Weinflasche war leer, sie holte aus der Küche eine neue, fühlte sich etwas unsicher auf den

Beinen, als sie zum Sofa zurückging. Es machte nichts, niemand sah sie, weder Aksel noch die Kinder. Es besteht keine Gefahr, ich bin in meinem eigenen Haus völlig sicher.

Morgen ist alles anders.

Gierig kippte sie den Wein in sich hinein, als handelte es sich um Wasser. Wer ist er bloß? Es muss jemand sein, den ich kenne. Und der den Geruch meiner Haut kennt?

Sie machte den Fernseher aus. Im Wohnzimmer wurde es still und dunkel. Sie schaltete das Gerät wieder ein, sie kam sich weniger einsam vor, wenn es lief. Sie musste schlafen, es war schon spät. Dann drehte sie den Ton leiser.

Sie sah ihre Augen, die Toten blickten sie an. Sie wollte ihren Blicken nicht begegnen.

Dann sah sie Aksel vor sich. Sein Blick war hart, unversöhnlich. Diesen Blick von Aksel wollte sie nicht sehen. Sie stellte sich Karsten vor. Er lächelte. Sie wollte ihn anrufen. Nein, seine Nummer war im Handy eingespeichert.

Morgen würde sie es wiederfinden, morgen würde sie Karsten anrufen. Sie musste ihm den Brief geben. Nein, sie wollte nicht an den Brief denken.

Sie sah Karstens warmen Blick vor sich. Das half. Morgen rufe ich Karsten an.

Dann legte sie sich auf die Seite, der Fernsehschirm erhellte den Raum.

Jørgen hat Alfhilds Hände bekommen. Das schien die Botschaft zu sein. Jørgen hat Alfhilds unsanfte Hände bekommen.

Woher weiß er, welches Parfum ich benutze? Er war ganz dicht bei mir, er kennt den Duft meiner Haut.

Kajsa fing an zu weinen.

Es war so, als ob sie alles für ihn vorbereitet hätte. Als sie von der Terrasse wieder hineinging, schlich er sich um die Hausecke und spähte durchs Küchenfenster. Er sah, dass sie eine Flasche Wein holte und zurück ins Wohnzimmer ging. Nachdenklich verharrte er.

Kurz darauf kam sie plötzlich heraus. Er drückte sich in die Nische an der Treppe und sah sie die Straße hinuntereilen. Er dachte ein paar Sekunden nach, überprüfte, ob er alles Nötige in der Tasche hatte. Wie gut, dass er alles schon geplant hatte. Schnell lief er die wenigen Stufen hinauf und probierte den Türgriff. Nicht verschlossen. Er schlüpfte hinein, achtete darauf, die Tür hinter sich wieder zu schließen.

Die Kammer im Keller war perfekt. Sie war L-förmig, und an der hinteren Wand war eine Garderobenstange mit Kleidung, hinter die er kriechen konnte. Vorsichtig hatte er die anderen Zimmer im Keller untersucht und herausgefunden, dass die Schlafzimmer im oberen Stockwerk liegen mussten. Hier unten gab es ein großes Kellerzimmer, eine Art Arbeitszimmer, das durch eine zweite Tür mit der Garage verbunden war und so aussah, als ob es mitsamt der Kammer als Gästezimmer verwendet werden konnte. Deshalb würde sie im Laufe des Abends vermutlich nicht hier herunterkommen. Er setzte sich auf den Fußboden und wartete. Im Dunkeln sitzen und warten konnte er gut.

Gegen zwei Uhr trat er hinaus in den Flur, schlich geräuschlos die Treppe hoch und spähte ins Wohnzimmer. Die brennende Kerze, die er vor ein paar Stunden beim Hereinkommen gesehen hatte, war jetzt ausgeblasen. Die Deckenleuchter über den Fenstern zur Terrasse waren noch eingeschaltet, allerdings auf niedriger Stufe.

Der Fernsehschirm erhellte das Wohnzimmer mit seinem flackernden Licht. Hatte sie vergessen, das Gerät auszuschalten? Er schlich weiter die Treppe hinauf. Als er bereits halb oben war, registrierte er eine Bewegung auf dem Sofa und erstarrte. Dann wurde es wieder still.

Sie lag auf dem Sofa und schlief. Ein oder zwei Minuten wartete er ab, um sicherzugehen, dass sie nicht wach geworden war. Als er unten im Keller gewesen war, hatte er eine kleine braune Flasche und einen Lappen in die Tasche gesteckt. Jetzt gab er etwas von dem Flascheninhalt auf den Lappen, ging auf das Sofa zu und bemühte sich, auf die Teppiche zu treten, um keinen Lärm zu verursachen. Mit ruhigen Bewegungen griff er nach einem Kissen, legte ihr den Lappen und eine Hand auf die Nase und drückte ihr mit der anderen das Kissen ins Gesicht. Sie wehrte sich, aber er war viel stärker als sie, und schließlich verlor sie das Bewusstsein. Sie hatte ihn nicht gesehen. Dann nahm er die Spritze hervor und injizierte den Inhalt in ihren Arm. Jetzt würde sie lange schlafen.

Er setzte sich und betrachtete sie, sie war so schön. Dann drehte er sie auf die Seite, mit dem Rücken zu sich, und legte sich neben sie, umarmte sie und atmete den Duft von frisch gewaschenem Haar und Eternity-Parfum ein.

Er war in einem großen Osloer Kaufhaus gewesen und hatte alle möglichen Düfte ausprobiert, bis er schließlich ihren gefunden hatte. Er hatte eine Flasche gekauft, und wenn er die Angst in sich hochkriechen spürte, sprühte er ein wenig Parfum auf ein Taschentuch und atmete ihren Duft ein. Aber das war nichts im Vergleich dazu, direkt neben ihr zu liegen und den Duft ihres Körpers in sich aufzunehmen.

So lange hatte er davon geträumt … und jetzt lag er hier und umarmte sie. Er fühlte sich unfassbar glücklich.

25

Es war fast sechs, als Aksel, Thea und Anders vor dem Haus vorfuhren. Aksel wartete darauf, dass Kajsa herauskommen und mit offenen Armen die Kinder in Empfang nehmen würde, sobald sie den Wagen hörte. Doch nichts passierte, und Aksel verspürte eine zunehmende Unruhe. Er hatte auf dem Weg nach Hause mehrmals versucht, Kajsa anzurufen, aber keine Antwort bekommen.

Als sie auch jetzt nicht erschien und ihre Familie begrüßte, verwandelte sich Aksels Gereiztheit in Besorgnis. So etwas ähnelte ihr überhaupt nicht. In zwei Sätzen sprang er die Treppe hoch. Die Tür war unverschlossen. Erleichtert rief er: »Kajsa!« Keine Antwort. Er betrat das Wohnzimmer. Niemand da.

»Kajsa!«, rief er an der Treppe in den oberen Stock hinauf, lauter diesmal.

Anders und Thea standen an der Haustür und sahen ihn an. Thea hatte sich den Daumen in den Mund geschoben. »Wo ist Mama?«, fragte Anders.

»Ich weiß auch nicht, sie ist nicht da, sie kommt bestimmt gleich wieder«, sagte er mit betont unbekümmerter Stimme.

Dann half er den Kindern beim Ausziehen. »Das Kinderfernsehen fängt jetzt an«, sagte er und setzte sich mit den beiden aufs Sofa.

In diesem Moment fielen ihm das Weinglas und die leere Flasche auf dem Tisch auf.

Sie würde niemals eine leere Weinflasche auf dem Tisch stehen lassen, dachte Aksel. Vor dem Schlafengehen räumte sie doch immer auf.

Fieberhaft dachte er nach. Wo könnte sie sein? Er rief ihre Mutter an. Dort war sie nicht, und die Mutter hatte sie seit Freitag nicht mehr gesehen. Vielleicht war sie bei Hanne, der Freundin, die ein paar Häuser weiter weg wohnte? Nein, Hanne hatte Kajsa seit Wochen nicht gesehen. Dann fiel ihm ein, dass der Sender sie vielleicht angerufen hatte. Genau, so musste es sein. Er rief bei Kanal 4 an und sprach mit dem Chef vom Dienst. Nein, es sei nichts vorgefallen, *not a damned shit.* Kajsa sei seit Freitag nicht mehr bei der Arbeit gewesen.

War sie vielleicht joggen? Womöglich war ihr etwas zugestoßen. Sie konnte irgendwo verletzt im Wald liegen, ohne Handy oder mit leerem Akku, und es gab kein Funknetz. Er lief in den Keller zu dem Raum hinter der Garage. Nein, da war sie auch nicht. Die Trainingsklamotten hingen an einem Haken, die neuen Laufschuhe standen an der Wand.

»Ich hab Hunger«, rief Thea aus dem Wohnzimmer.

»Ich auch«, stimmte Anders ein.

Aksel entdeckte eine Tüte Tomatensuppe, kochte Eier und Makkaroni, nahm Knoblauchbaguette aus dem Eisfach und legte es in den Ofen. Die ganze Zeit schielte er immer wieder zur Küchenuhr. *Das ähnelte ihr überhaupt nicht,* dachte er. Er hatte alle Ecken und Winkel überprüft, war in allen Zimmern gewesen und hatte den hysterischen Gedanken entwickelt, dass sie irgendwo liegen könnte, einen Herzinfarkt oder Schlaganfall erlitten hatte. So etwas konnte ja schließlich auch jüngeren Menschen passieren. Beruhige dich, es gibt bestimmt eine natürliche Erklärung, sie kommt sicher bald. Lass die Kinder nicht merken, dass du Angst hast. Er stützte sich mit den Händen am Küchentisch ab und starrte ratlos auf die Tischplatte. Atmete ruhig. Wieso hatte er sie seit Freitag nicht ein einziges

Mal angerufen? Er hätte sich melden sollen. Normalerweise hätte er es getan, aber er war so verdammt sauer auf sie gewesen. Und solange er nichts von ihr hörte, würde er sich auch nicht bei ihr melden, hatte er gedacht.

Und wieso hatte sie nicht angerufen? Für gewöhnlich hätte sie sich im Laufe des Wochenendes doch mehrmals gemeldet, irritierend oft sogar, wenn er ehrlich war. »Ich muss nur mal die Stimmen der Kinder hören«, benutzte sie gern als Entschuldigung. »Ich vermisse sie, das verstehst du doch wohl?«

Als sie nicht anrief, hätte er begreifen müssen, dass etwas nicht stimmte. Und sie anrufen müssen. Ärger und Wut herunterschlucken. Er hätte …

»Wo ist Mama? Ich will zu Mama«, schluchzte Thea.

»Wo ist sie?«, wiederholte Anders. »Wieso ist sie nicht da, wenn wir nach Hause kommen?«

»Das weiß ich doch nicht«, erwiderte Aksel gereizt, besann sich aber. »Sie ist sicher bald zurück«, sagte er tröstend.

»Vielleicht ist sie ausgezogen?«, sagte Anders.

»Ausgezogen? Machst du Witze? Sie ist doch nicht ausgezogen«, sagte Aksel und fuhr mit der Hand durch Anders' Haare.

»Ich habe gehört, wie sie es zu dir gesagt hat. Dass sie eines Tages ausziehen würde.«

Aksel sah seinen Sohn an, sein Blick wirkte verängstigt. Er hatte sie streiten hören. Es versetzte Aksel einen Stich, und er nahm Anders in die Arme.

»Manchmal sagen Erwachsene dummes Zeug, das sie gar nicht so meinen«, sagte er. Und dachte: Ist sie ausgezogen? Während wir unterwegs waren? Das kann sie doch nicht getan haben. Er verwarf den Gedanken, sie hätte doch immerhin Bescheid gesagt, oder etwa nicht?

Trotz allem ging er ins Schlafzimmer und warf einen Blick in ihren Schrank. Nichts fehlte. Er überprüfte den Schrank im Flur, wo Mäntel und Jacken hingen. Auch Schuhe und Stiefel standen an ihrem angestammten Platz.

Die Kinder weigerten sich, ins Bett zu gehen, bevor sie nicht wieder da war. Schließlich musste er zu einer Notlüge greifen und behauptete, er habe mit ihr gesprochen, sie sei bei der Arbeit. Deshalb habe sie sich nicht gemeldet, und nein, sie könnten sie nicht anrufen, sie sei viel zu beschäftigt.

Zum Ausgleich durften Anders und Thea im Ehebett schlafen.

»Mama kommt erst in ein paar Tagen zurück«, hatte Aksel gesagt.

Thea schlief ganz schnell ein, das Wochenende mit den vielen Aktivitäten an der frischen Luft hatte sie müde gemacht, aber Anders drehte Aksel demonstrativ den Rücken zu, als er kam, um Gute Nacht zu sagen. Er setzte sich auf die Bettkante, strich seinem Sohn durch Haar, fragte, ob es ihm nicht gut gehe, sagte, er solle sich keine Sorgen machen, Mama komme bald nach Hause. Doch Anders entgegnete nur, er könne ruhig wieder gehen, es gehe ihm gut, er sei müde und wolle nur schlafen. Aksel konnte hören, dass ihm fast die Tränen kamen, verließ aber trotzdem das Zimmer, er hatte genügend eigene Sorgen und wollte nur, dass Anders bald einschlief, so dass er in Ruhe darüber nachdenken konnte, was er tun sollte.

Aksel lief im Wohnzimmer auf und ab, ging in die Küche, wieder zurück ins Wohnzimmer. Er setzte sich aufs Sofa, versuchte, Kajsa anzurufen, saß still da und lauschte. Plötzlich spürte er eine ganz schwache Vibration. Er schob die Hand zwischen die Sofakissen. Dort, ganz in der Ecke, lag Kajsas Handy.

Sie wäre niemals ohne Handy aus dem Haus gegangen.

Er kehrte in den Flur zurück, blieb stehen und untersuchte ihre Kleidungsstücke, die an der Garderobe hingen, ihre Schuhe und Stiefel. Fehlte etwas? Wo waren die neuen Frühjahrsschuhe, die sie ihm am letzten Wochenende gezeigt hatte? Aksel suchte sie, fand sie aber nicht. Er lehnte sich an die Kommode. Sie hatte die neuen Schuhe angezogen. Sie war draußen. Ohne Handy. Etwas stimmte nicht.

Plötzlich fiel ihm ein Umschlag auf, der zwischen den Schuhen und der Wand auf dem Boden lag. Es stand nur Kajsas Name darauf, eine Briefmarke fehlte.

Sie hatte einen weiteren Brief bekommen. Der Umschlag war leer. Er schob die Schuhe zur Seite, untersuchte die Kommode, den Stuhl, rannte in die Küche, suchte überall nach dem Inhalt, fand aber nichts.

Die Angst kroch seinen Rücken hinauf. Er sah auf die Uhr. Zehn. Er musste mit jemandem reden, hielt es nicht länger aus.

Karsten Kjølås ging sofort ran. Die Worte schossen nur so aus Aksel heraus.

»Beruhige dich, Aksel. Atme tief durch und sprich langsam. Kajsa ist verschwunden? Wohin? Erzähl von Anfang an.«

Nach einer Weile unterbrach Karsten ihn. »Ich komme sofort.«

Zwanzig Minuten später saßen die beiden am Küchentisch. Aksel zeigte Karsten den leeren Umschlag.

»Kann der von demselben kommen?«, fragte er.

»Vielleicht«, erwiderte Karsten und legte den Umschlag in eine Plastiktüte. »Wir schicken ihn zur Untersuchung. Aber falls der von demselben Absender stammt, dann werden sich keine Spuren finden. Abgesehen davon muss das ja auch nichts mit Kajsas Verschwinden zu tun haben.«

»Kajsas Verschwinden«, wiederholte Aksel leise. »Das ist es also. Du glaubst, sie ist verschwunden?«

Karsten zögerte. »Entschuldige, wenn ich das frage, aber hatte Kajsa vielleicht einen Grund zu verschwinden?«

»Wie meinst du das?«

»Kann sie gegangen sein?«

»Mich verlassen haben, meinst du? Jetzt hör aber auf!« Erbost stand Aksel auf.

»Ich muss das fragen … War sie vielleicht depressiv?«

»Selbstmord? Nicht Kajsa! Sie ist verschwunden, Karsten. Sie hat wieder einen Brief bekommen, vielleicht von dem Mörder. Sie ist verdammt noch mal nicht aus freien Stücken gegangen, das musst du doch begreifen.«

Karsten sagte nichts. »Nun gut«, meinte er schließlich, »darf ich mich mal etwas umsehen?«

Aksel nickte bloß.

Karsten fing an, alle Fenster und Türen zu überprüfen. »Die Haustür war nicht verschlossen, als ihr gekommen seid?«

Wieder nickte Aksel.

»Es gibt keinerlei Anzeichen für einen Einbruch«, stellte Karsten fest. »Ist dir noch was anderes aufgefallen? Was kam dir als Erstes in den Kopf, als du das Wohnzimmer betreten hast?«

»Da standen ein Glas und eine leere Weinflasche auf dem Tisch.«

»Wo?«

Aksel zeigte auf die Stelle. Karsten setzte sich aufs Sofa. Er beugte sich hinunter, schnupperte in die Luft, nahm eine Tüte, die dort lag, und hielt sie sich an die Nase. »Was ist das für ein Geruch?«, fragte er und reichte Aksel die Tüte. Aksel roch daran. Er wurde ganz weiß im Gesicht.

»Äther? Du meine Güte … Jemand hat sie betäubt … Jemand …« Aksel stützte sich am Tisch ab und sank langsam zurück auf das Sofa.

Karsten zückte sein Handy. »Kannst du dich sofort auf den Weg machen?«, sprach er hinein. »Ja, es eilt.«

26

Auf dem Weg von Asker in die Innenstadt hatte auf der E18 nur wenig Verkehr geherrscht. Bei Vækerø hatte er die Ausfahrt nach Røa genommen und war weiter zum Holmenkollen hinaufgefahren, zu dem Haus im Ankervei.

Als er ankam, fuhr er an der Garage vorbei, dann die kleine Anhöhe hinauf und parkte dicht vor der Haustür. Im Stillen pries er die Thuja-Hecke, niemand von den Nachbarn konnte hier irgendetwas sehen.

Er trug Kajsa in den Raum ganz hinten im Keller.

Er hatte alles ausgeräumt, mit Ausnahme von zwei alten Schaumgummimatratzen. Vorsichtig legte er Kajsa auf der einen ab, überprüfte den Puls, lauschte ihren Atemzügen und drehte sie zur Wand hin. Dann legte er sich dicht neben sie, hielt sie in den Armen.

Langsam würde sie aufwachen und erst mal eine Weile verwirrt und benebelt sein, sie würde Angst bekommen, wenn ihr klar wurde, was passiert war. Das war mehr als verständlich, aber er würde da sein und die ganze Zeit auf sie aufpassen.

Aksel hatte die ganze Nacht wach gelegen und die Ermittler im Haus herumkramen hören. Nicht eine Sekunde hatte er geschlafen.

Er lag in der Mitte des Doppelbetts, mit einer Hand auf jedem Kind, ab und an strich er ihnen mit den warmen Fingerspitzen vorsichtig über den Rücken. Er lauschte auf ihren Atem, Anders war unruhig und redete im Schlaf, aber Aksel verstand nicht, was er sagte.

Anders und Thea kamen für gewöhnlich jede Nacht zu ihnen ins Bett gekrochen. Das gefiel ihm ganz und gar nicht, es wurde zu eng, er wurde wach und schwankte oft gereizt in eines der Kinderzimmer, um dort zu schlafen, aus seinem eigenen Bett verbannt.

Es hatte begonnen, als Anders noch ein Baby war. Es fiel ihm schwer, am Abend zur Ruhe zu kommen. Er wollte nicht schlafen. Kajsa konnte ihn nicht weinen hören, rannte die ganze Zeit zwischen Schlaf- und Kinderzimmer hin und her. Dadurch störte sie Anders, dem es auch kaum möglich war, zu schlafen. Aksel meinte, sie sollten dem Rat der Kinderschwester folgen und Anders so lange schreien lassen, bis er merkte, dass die Schlacht verloren war und er ebenso gut schlafen konnte. Aber Kajsa hatte nicht auf ihn gehört.

Anders wachte in der Nacht mehrmals auf. Kajsa war sofort zur Stelle, holte ihn aus dem Bett und nahm ihn zu sich in das Doppelbett. »Du bringst ihm bei, so lange zu schreien, bis er bekommt, was er will«, hatte Aksel gesagt.

Aber sie hatte nicht hören wollen.

Als Thea geboren wurde, machte sie das Gleiche mit ihr, obwohl sie gar keine Schlafprobleme hatte. Bereits beim geringsten Laut stand Kajsa auf und holte sie zu sich ins Bett. Und schon war Anders da, der inzwischen von allein aufgestanden und ins Schlafzimmer getrottet war.

Aksel und Kajsa hatten deswegen mehrmals gestritten. Sie weigerte sich, den Kindern zu sagen, dass sie *unerwünscht* seien, wie sie es ausdrückte. Also war es nach ihrem Willen gegangen, und um des lieben Friedens willen fand er sich damit ab, so wie er sich mit vielen Dingen abfand, weil Kajsa sie so haben wollte.

Jetzt hatte er das Gefühl, ohne die beiden Kinder neben ihm zusammenzubrechen. Um ihretwillen musste er stark sein, wusste aber nicht, wie das gehen sollte.

Wo war sie? Wer hatte sie entführt? Warum? Wann? Wieso hatte er im Laufe des Wochenendes nicht zu Hause angerufen? Wenn er angerufen und sie nicht erreicht hätte, hätte er kapiert, dass etwas nicht stimmte, er wäre nach Hause gefahren, hätte jemanden angerufen. War es bereits am Freitag passiert? Hatte er dem Entführer zwei Tage Vorsprung gegeben? Es ist meine Schuld, meine Schuld. Wenn ich doch bloß …

Ist sie tot?

Die Gedanken kreisten in seinem Kopf.

Immer wieder streichelte er die Kinder.

Um sieben hörte er die Haustür zuschlagen, danach wurde es ganz still. Er hatte am Abend zuvor Bescheid gegeben, dass er am nächsten Morgen keine Ermittler im Haus vorzufinden wünschte, damit Anders und Thea nicht auf dumme Gedanken kamen. Aksel stand auf, ging unter die Dusche und wartete, bis das Wasser eiskalt wurde.

Als er ins Wohnzimmer kam, waren Anders und Thea aufgestanden. Sie hatten sich auf dem Sofa vor den Fernseher gesetzt.

»Ihr wisst doch, dass ihr …«, begann er mit strenger Stimme, besann sich dann aber. »Vor dem Frühstück wird nicht ferngesehen«, sagte er, hob Thea vom Sofa hoch und ging mit ihr in die Küche. Sie sträubte sich in seinen Armen. »Ich WILL aber fernsehen!«, protestierte sie.

Aksel gab vor, nichts gehört zu haben. Anders folgte ihnen und nahm ohne Protest am Küchentisch Platz.

»So, jetzt frühstücken wir. Was wollt ihr haben?«, fragte er und setzte Thea in ihren Kinderstuhl. Mit Zornesröte im Gesicht stand sie wieder auf. »Ich WILL kein Frühstück«, rief sie.

»Setz dich sofort hin«, brüllte Aksel.

Thea stimmte einen Höllenlärm an.

»Setz dich hin, dann bekommst du Frühstück«, sagte Aksel mit normaler Stimme, drückte seine Tochter aber fest zurück auf den Stuhl. Thea blieb sitzen, rieb sich beide Augen und heulte.

Im selben Moment klingelte es an der Tür. Draußen stand Karsten mit einem Karton in den Händen. »Hallo, wie geht's denn?«, sagte er und blickte in Richtung Küche.

Aksel breitete resigniert die Arme aus und bat ihn herein. Karsten ging ins Wohnzimmer und stellte den Karton auf den Esstisch. Er blieb an der Tür zur Küche stehen und sah zu, wie Aksel Frühstück machte. Als sie Karsten sah, hörte Thea auf zu weinen, schob den Teller aber mit schmollender Miene von sich weg.

»Ich hab nicht viel Zeit«, sagte Karsten. »Hast du einen Augenblick?«

Aksel schaltete den Fernseher in der Küche ein und stellte den Teller mit der Brotscheibe abermals vor Thea hin. Sie beruhigte sich etwas, und Karsten und Aksel gingen ins Wohnzimmer.

Karsten nahm eine Handvoll Ordner aus dem Karton und legte sie auf den Tisch. »Ich habe mich die ganze Nacht über mit Kajsas PC beschäftigt. Das hier sind Ausdrucke von Dingen, die ich für relevant halte. Ich brauche aber deine Hilfe. Kannst du die durchforsten?«

»Ja«, sagte Aksel. »Ich bin froh, dass ich was tun kann.«

»Hast du jemanden, der dir … helfen kann?«

»Wobei?«, fragte Aksel gereizt.

»Aksel …«

»Jaja, ich weiß, aber ich brauche niemanden zum Reden. Ich arbeite lieber und mache mich nützlich.«

»Ja, aber du könntest vielleicht Hilfe bei den praktischen Dingen gebrauchen – du musst dich um die Kinder kümmern, die Familie informieren …«

Aksel fuhr sich mit den Fingern durch das feuchte Haar. »Ja, ich weiß … ich rufe an …«

»Es ist nur eine Frage der Zeit, bis sich das in den Medien herumspricht«, sagte Karsten. »Kanal 4 ist schon informiert. Ich habe mit Geir Hermansen gesprochen. Wie ich ihn einschätze, werden die das schon heute Abend bringen. Natürlich wollen sie die Ersten sein.«

»Aasgeier!«

»Ja, klar, aber so läuft das.«

Nachdem Karsten weggefahren war, ließ sich Aksel auf das Sofa sinken und betrachtete die Ordner auf dem Tisch.

Gab es darin irgendwo Antworten? Schwerfällig erhob er sich wieder, alles tat weh, als hätte er einen ausgewachsenen Muskelkater.

»Kommt, Kinder, wir müssen los«, rief er in Richtung Küche.

»Ich WILL nicht in den Kindergarten«, entgegnete Thea voller Trotz.

Und so ging es weiter. Thea wollte nicht die Sachen anziehen, die er für sie herausgesucht hatte; es war die falsche Hose, der Pullover hatte die falsche Farbe, die Socken waren zu kratzig. Sie protestierte und warf alles von sich.

Aksel hatte keine Kraft für so etwas, er hielt inne und sah sie an, schaffte es nicht, irgendetwas zu tun, wünschte nur, er wäre allein.

»Komm«, sagte Anders und nahm seine kleine Schwester an die Hand. »Wir gehen in dein Zimmer, dann kannst du dir selbst etwas aussuchen.«

Voller Erstaunen sah Aksel zu, wie Thea sich ohne Widerstand von Anders die Treppe hinaufführen ließ, und schluckte den Kloß hinunter, der sich in seinem Hals gebildet hatte.

Fünf Minuten später erschienen die beiden wieder. Thea hatte eines ihrer schönsten Kleider an, das sich definitiv nicht für einen Tag im Kindergarten eignete, aber Aksel tat so, als fiele es ihm nicht auf.

Im Kindergarten wurde Thea erneut bockig, es war kurz vor halb neun, und Anders würde zu spät in die Schule kommen. Aksel hatte schon erwogen, mit der leitenden Erzieherin zu reden und sie in die Situation einzuweihen, aber die Uhr tickte. Er musste sie später anrufen.

Aksel schwitzte, und sein Rücken war feucht, als er, begleitet von Theas Geheul, zum Auto hastete. Eine der Erwachsenen hielt sie an der Tür auf.

»Du musst tuten«, sagte Anders.

»Tuten?«

»Ja, Mama tutet immer, wenn sie vom Kindergarten wegfährt.«

»Ach ja?« Verwundert sah er Anders an, als er vom Parkplatz herunterfuhr.

»Ja, du musst das jetzt machen! Tuten und winken!«

Aksel drehte sich um und sah Thea mit rotem Gesicht in der Tür stehen, sie winkte. Er winkte zurück und drückte kurz auf die Hupe. Der Fahrer des entgegenkommenden Fahrzeugs sah ihn erstaunt an.

Auf dem Weg zur Schule sagte Anders keinen Ton, ebenso wenig als er aus dem Wagen stieg. »Willst du nicht Tschüss sagen?«, fragte Aksel.

»Tschüss«, erwiderte Anders. Er wirkte traurig.

»Was ist denn los?«

»Wann kommt Mama nach Hause?«

»Äh … ich weiß nicht genau, in ein paar Tagen.«

»Kann ich sie heute Abend anrufen?«

»Mal schauen. Kann sein, dass sie nur schwer zu erreichen ist, sie ist sehr beschäftigt.«

»Wo ist sie denn?«

»Unterwegs. Auf einer Reise.«

»Wo denn?«

»In Spanien«, rutschte es Aksel heraus.

27

Er hatte sie das ganze Wochenende nicht aus dem Raum im Keller herausgelassen. Er musste sie vorbereiten. Er wollte nicht, dass sie ängstlich wurde, aber es ließ sich nicht vermeiden.

Er hatte bei ihr gesessen, als sie wach geworden war, hatte zugesehen, wie ihre Augen zuckten, wie sie ins Licht blinzelte und langsam den Blick fokussierte. Als sie seinen Blick auffing und sein Gesicht sah, erschien eine tiefe Furche auf ihrer Stirn. Sie versuchte, etwas zu sagen, brachte aber kein Wort hervor. Er hielt ihr eine Flasche Wasser an die Lippen, legte eine Hand in ihren Nacken, hob ihren Kopf an. Sie trank, befeuchtete die Lippen mit der Zunge. »Was … Wo bin ich? Was ist passiert?«, flüsterte sie.

»Pst«, sagte er und strich ihr über die Haare, »entspann dich, dann erkläre ich dir alles.«

Sie ließ sich wieder zurücksinken und schloss die Augen.

Bald kam der schwierigste Teil.

Er war ganz ruhig, nicht nervös, spürte aber ein Gefühl von gieriger Erwartung im Bauch.

Nachdem er Thea im Kindergarten und Anders in der Schule abgeliefert hatte und wieder zu Hause war, beugte Aksel sich erneut über die Papiere auf dem Couchtisch. Er fühlte sich krank, als hätte er eine Grippe bekommen, alles tat weh, und sein Bauch war ein harter Knoten.

Musste Kajsa jeden Morgen das Gleiche mit Thea durchmachen? Er wusste es nicht, sie hatte nichts darüber gesagt. Er konnte sich nicht erinnern, wann er eigentlich zuletzt morgens die Kinder weggebracht hatte. Kajsa fing erst später als er mit der Arbeit an, er verließ das Haus noch vor sieben, und sie sorgte dafür, dass die Kinder versorgt wurden. Aksel rieb sich die Augen. Reiß dich zusammen, sonst kriegst du nichts auf die Reihe.

Karsten hatte die Ordner in zwei Reihen auf den Tisch gelegt. Aksel blätterte sie rasch durch, versuchte sich einen Überblick zu verschaffen und das System zu verstehen.

Es gab zwei nummerierte und systematisierte Unterteilungen mit den Titeln WAISENHAUS und DOPPELMORD.

In beiden lag obenauf eine Excel-Tabelle. Aksel erkannte Kajsas System. Er hatte es zwar nie zuvor gesehen, aber sie hatte ihm davon erzählt, als sie es in Verbindung mit einer länger zurückliegenden Dokumentation zum ersten Mal verwendet hatte.

In der senkrechten Spalte waren alle Quellen aufgelistet. In der waagerechten Linie stand die Geschichte, zu der die Quellen etwas beigetragen hatten. Die Unterkategorien enthielten redigierte Notizen zu den mit den Quellen geführten Interviews. Was sie gesagt, wie sie sich verhalten hatten sowie weitere Beobachtungen. Außerdem gab es Ausdrucke aus dem Internet: Zeitungsartikel, Parlamentsdokumente und andere Sachinformationen. Zuletzt waren Fragen und Gedanken aufgeführt, die Kajsa durch den Kopf gegangen waren.

Lag hier irgendwo die Antwort? Konnten diese Unterlagen erklären, wieso sie verschwunden war und wer sie womöglich entführt hatte?

Aksel nahm die Brille ab und fuhr sich mit der Hand übers Gesicht. *Konzentrier dich, Aksel!* Das sagte Kajsa für gewöhnlich, wenn sie ihm etwas erzählte und er nicht folgen konnte. *Du bist jetzt hier und nicht woanders, ich spreche mit dir. Fokus, Aksel!*

Er sah sie vor sich, wie sie mitten im Zimmer stand, mal gereizt und wütend, mal froh und engagiert. Ihre Gefühlslage war stets deutlich zu spüren.

Das Wohnzimmer war leer, das Haus ganz still, er beugte sich über den Tisch, legte die Hände vors Gesicht und holte schluchzend Luft.

Für Kajsa. Ich muss es schaffen. Sie lebt. Langsam richtete er sich wieder auf, schnäuzte sich, setzte die Brille auf und zog den ersten Ordner zu sich heran.

28

Ihre Augen füllten sich mit Angst, als ihr klar wurde, wo sie sich befand und was geschehen war. Sie krümmte sich auf der Matratze zusammen, verschränkte die Arme vor dem Körper und sah ihn verwirrt und verängstigt an. Sie versuchte, etwas zu sagen, brachte aber nichts heraus. Er saß bloß da und blickte sie an. Es war überhaupt nicht lustig, in keiner Weise, aber dennoch konnte er nicht aufhören zu lächeln, denn es war perfekt, genau wie er es sich vorgestellt hatte.

»Du?«, hatte sie nach einer Weile geflüstert.

»Ja«, hatte er erwidert.

Im Internet hatte er alles gelesen, was er über das Stockholm-Syndrom finden konnte. Das ganze Wochenende hatte er Janne Olsson von der Bank am Norrmalmstorg gespielt.

Es hatte ihn unmittelbar fasziniert, als er eine alte Sendung im schwedischen Radio gehört hatte. Eine der Geiseln, die Olsson in der Bank festhielt, wurde am Telefon interviewt. Die Frau versicherte den Hörern, dass es allen Geiseln gut gehe. »Ich vertraue diesen Jungs«, sagte sie im Hinblick auf Olsson und seinen früheren Zellengenossen Clark Olofsson, dessen Freilassung Olsson verlangt hatte. »Der Polizei traue ich eher nicht.« Sie fuhr fort und erklärte, sie und eine andere Frau seien bereit, mit Janne Olsson zu gehen, falls er aus der Bank entkommen könnte. »Ich würde überall mit ihm hingehen«, sagte sie. »Die Leute glauben, wir sitzen hier mit Todesangst in einer Ecke und zittern, aber das stimmt gar nicht. Wir unterhalten uns nett, und heute haben wir eine Art Tic-Tac-Toe gespielt.«

Tic-Tac-Toe, wirklich. Es war faszinierend.

Olsson war knapp sechs Tage in der Bank gewesen und hatte es geschafft, bei den Geiseln Sympathie für ihn zu wecken, ja mehr noch: Er hatte sie dazu gebracht, sich gegen die Polizei und die Behörden zu stellen und sie in dem Glauben gelassen, er beschütze sie.

Er war gespannt, ob ihm das Gleiche gelingen würde.

Besonders faszinierend war, dass diese Sympathie immer größer wurde, obwohl Olsson mit Sprengstoff am Körper herumlief. Oder gerade deswegen?, dachte er. Denn in einer den Fall betreffenden Abhandlung eines schwedischen Psychiaters hatte er gelesen, dass die Angst vor dem Geiselnehmer dazu führte, dass die Geiseln – unbewusst – Sympathie für Olsson entwickelten, weil ihr Überleben von ihm abhing. Eine der Frauen hatte sich sogar in Olsson verliebt.

Er erlaubte sich keine Art von Gewaltanwendung gegenüber Kajsa und drohte ihr nicht. Er glaubte, es würde ausreichen, sie ein paar Tage lang in dem kalten, fensterlosen Raum einzusperren.

Er wusste genau, wie ängstlich man dadurch werden konnte.

In den ersten vierundzwanzig Stunden ließ er sie überwiegend allein und ging nur zu ihr, wenn er ihr etwas zu essen brachte.

»Was willst du? Warum bin ich hier?«, fragte sie.

Er lächelte. »Dazu kommen wir noch. Du und ich werden uns viel unterhalten, aber jetzt noch nicht«, erwiderte er.

»Aber ich …«

»Pst!«, unterbrach er sie entschieden, hob einen Finger und sah sie böse an.

Da schwieg sie.

Doch als er am Sonntagmorgen zu ihr hineinging, sprang sie auf und stürzte sich auf ihn. Sie heulte, kratzte und schlug. Wie eine Wildkatze führte sie sich auf. Er blieb ganz ruhig, packte sie an den Handgelenken, hielt sie fest, sagte nichts, starrte sie nur eindringlich an.

»Sag mir, was du willst … Ich muss es wissen …« Dann sank sie in seinen Armen zusammen und weinte.

Er umfasste sie, fesselte ihre Arme auf dem Rücken und legte sie auf die Matratze. Dann legte er sich neben sie, drückte sie fest an sich. »Schhhh«, sagte er.

Sie schluchzte leise.

»Tu, was ich dir sage, dann ist alles gut«, sagte er.

Er wollte ja nicht, dass sie zusammenbrach, dass es ihr schlecht ging. Aber dennoch war er froh, denn es stimmte mit seiner Lektüre überein: Sie war jetzt in der Phase, in der sie sich ihrer Abhängigkeit von ihm bewusst wurde. Die nächste Phase würde leichter werden.

Er ließ sie zurück, ließ sie einsam weinen. Doch das Licht ließ er an.

Später am Abend ging er wieder zu ihr. »Sag, was du mit mir vorhast«, sagte sie. Da verstand er, dass sie auf dem richtigen Weg war, und ließ sie ins Wohnzimmer hinaufkommen.

»Ich muss duschen«, sagte sie.

Er holte die Sachen, die er für sie gekauft hatte. Er war zufrieden mit sich selbst, weil er an alles gedacht hatte. Er ließ sie das Bad im Untergeschoss benutzen, wo es keine Fenster gab, und schloss von außen die Tür ab. Während er darauf wartete, dass sie fertig wurde, entzündete er ein Feuer im Kamin und öffnete eine Flasche Wein.

Kurze Zeit später saßen sie in jeweils einer Ecke des Sofas. Die Flammen warfen einen goldenen Schein auf ihre Gesichter, schufen eine warme und behagliche Atmosphäre. Sie saß da mit feuchtem Haar, in dem Hausanzug, den er ihr gekauft hatte, die Beine unter den Po gezogen. Sie hatte zwischen Lila und Rot wählen können. Er sah es jetzt, sie hatte sich richtig entschieden. Rot war definitiv ihre Farbe. Sie sah aus wie seine Frau, sie sahen aus wie ein gewöhnliches Paar an einem ge-

wöhnlichen Sonntagabend in einem gewöhnlichen Zuhause am Holmenkollen.

Da beschloss er, dass die Zeit gekommen war, und erzählte die Geschichte seines Lebens.

29

»Wir sind sicher, dass Kajsa nicht freiwillig verschwunden ist«, sagte Karsten und ließ den Blick über die Kollegen in der Ermittlungsabteilung gleiten.

Er hatte Aksel angerufen und ihn gebeten, am Briefing am Montagnachmittag teilzunehmen.

Es waren einige dabei, die er nicht kannte, doch alle nickten ihm voller Ernst zu. Diejenigen, die er kannte, kamen zu ihm, legten ihm die Hand auf die Schulter und versicherten, alles in ihrer Macht Stehende zu tun.

Aksel war erleichtert, als Karsten das Wort ergriff. »Unsere Entführungstheorie hat sich im Laufe des Tages erhärtet.«

Er klickte etwas auf seinem PC an, und das Bild eines Schuhsohlenabdrucks erschien auf der Leinwand. Karsten stand auf und zeigte darauf.

»Dieser Abdruck wurde an mehreren Stellen gefunden.« Er rief verschiedene Fotos auf. »Dieser hier unter der Terrasse und der nächste unter dem Küchenfenster. Und der hier stammt vom Parkplatz im Wald, nahe am Wasser. Unter der Terrasse gibt es mehrere gleichartige Abdrücke, nicht alle sind frisch.« Noch ein Bild erschien. »Der stammt aus der Garage«, sagte er.

»Unsere Schlussfolgerung lautet, dass der Betreffende Kajsa die ganze Zeit beobachtet haben muss, dass er mehrere Male am Haus gewesen ist, er direkt am Fjord geparkt hat und durch den Wald zur Terrasse hochgelaufen ist. Der Betreffende war im Laufe des Wochenendes in der Garage, hat vermutlich seinen Wagen dort abgestellt und Kajsa dann entführt.«

Aksels Gesicht war weiß geworden. Der Täter hatte an der Terrasse gestanden, nur wenige Meter von Kajsa entfernt.

»Wir verstehen nicht genau, wieso er sich in der Nähe der Terrasse aufgehalten hat, dort sieht man nicht viel.« Karsten sah Aksel fragend an.

»Sie ...« Aksel brachte kaum ein Wort hervor, seine Stimme versagte. Eine Polizistin brachte ihm eine Flasche Wasser und ein Glas.

Im Raum war es ganz still, als er sich Wasser eingoss. Aksel hatte den Eindruck, dass es sich wie ein Wasserfall anhörte. Er nahm einen Schluck, holte tief Luft und dachte: *Wie soll ich jetzt erklären, dass sie mitten im Winter gern auf der Terrasse sitzt?*

»Sie ... sie sitzt abends oft auf der Terrasse. Sie ist gern draußen an der Luft«, fügte er hinzu.

»Okay, da haben wir die Erklärung«, meinte Karsten. »Der Entführer kannte also diese ... äh ... Angewohnheit von Kajsa. Aber lassen wir das. Am interessantesten ist ohnehin dieser Fußabdruck, damit hat es nämlich etwas Besonderes auf sich.«

Aksel wusste, was Karsten sagen wollte. »Der gleiche wurde vor dem Haus des Ehepaars Godø gefunden«, sagte er.

»Genau«, ergänzte Karsten. »Es ist kein Abdruck wie bei einem gewöhnlichen Schuh, der Schuh wurde nämlich mit irgendeinem Stoff versehen, weshalb er schwierig zu identifizieren ist. Wir können nicht sagen, wie die Schuhsohle ursprünglich ausgesehen hat, und genauso ist es bei dem Abdruck, den wir unter dem Küchenfenster von Alfhild und Jørgen Godø gefunden haben. Vermutlich wurde ein Antirutschmittel verwendet, wir vergleichen die Abdrücke jetzt genauer.«

Aksel merkte, wie die Polizeibeamten im Raum plötzlich wach zu werden schienen. Er hatte so etwas schon früher erlebt. Sobald etwas Wichtiges zur Sprache kam, schnupperten sie plötzlich wie Jagdhunde in die Luft.

»Außerdem untermauert das hier unsere Theorie über einen Zusammenhang zwischen dem Doppelmord und Kajsas Verschwinden«, sagte Karsten und deutete auf den Laptop auf dem Tisch.

Aksel erkannte ihn sofort wieder. Darauf waren zwei kleine Sticker, die Anders und Thea hatten aufkleben dürfen.

»Das hier ist Kajsas PC. Wie sich zeigt, hat sie systematisch Protokoll über die Fälle geführt, an denen sie gearbeitet hat. Sollte die Entführung tatsächlich etwas mit Kajsas Arbeit zu tun haben, liegt die Antwort möglicherweise hier drin«, sagte Karsten und legte die Hand auf das Gerät. »Diese Theorie wurde nach einer Untersuchung des PCs erhärtet. Kajsa hat nämlich auf … was soll ich sagen … freiberuflicher Basis Informationen über den Doppelmord zusammengetragen hat.« Für einen Moment erwiderte er Aksels Blick.

Das wusstest du schon vorher, dachte Aksel. Er hatte es nämlich in Kajsas Notizen gesehen: Karsten war als Quelle aufgeführt, sie hatte notiert, worüber sie mit ihm gesprochen hatte. Sie hatten sich getroffen und über den Doppelmord geredet.

Und mich hat sie angelogen, als sie sagte, dass sie nicht in dem Fall herumwühlt, dachte Aksel enttäuscht, ließ sich aber nichts anmerken.

Karsten fuhr fort: »Ihr Interesse an dem Doppelmord rührt daher, dass sie zu Beginn – ganz zu Beginn – am Tatort gewesen ist.« Er hielt inne und ließ den Blick über die Ermittlergruppe gleiten.

»Und in einem anderen Fall ist sie auf etwas gestoßen, was ihrer Meinung nach mit dem Mord in Verbindung stehen könnte.«

Karsten drückte auf eine Taste am PC, und eine Namenliste erschien.

Aksel sah, dass es Namen aus dem Ordner mit dem Waisenhausskandal waren.

»Das hier sind Personen, mit denen Kajsa in Verbindung mit der Waisenhaussache Kontakt hatte. Auch später noch, nachdem sie Reportagen über den Skandal gemacht hat. Viele von ihnen konnten wir im Laufe des heutigen Tages kontaktieren. Zwei, die wir nicht erreicht haben und die wichtig sind, sind Jakob Sperre und Vidar Kvande.« Karsten stand auf und zeigte auf die beiden zwei Namen. »Jakob Sperre wuchs in Waisenhäusern und Jungenheimen auf. Er hat Kajsa Informationen gegeben, die sie dann weiterverfolgt hat. Um es kurz zu machen: Kajsa fand heraus, dass vier Personen, drei Männer und eine Frau, die alle in diesen Institutionen gearbeitet haben, ermordet wurden. Und es stimmt. Alle stehen auf unserer Liste mit ungeklärten verdächtigen Todesfällen.«

Karsten unterbrach sich, im Raum war es für einige Sekunden totenstill. Dann fuhr er fort: »Und Kajsa glaubte, es gebe einen Zusammenhang zwischen diesen Morden und dem Doppelmord.«

»Wenn wir also den Täter aus Asker finden, dann finden wir Kajsa?«, fragte ein junger Polizist, den Aksel nicht kannte.

»Das ist unsere Haupttheorie«, erwiderte Karsten. »Nicht zuletzt aufgrund der Schuhsohlenabdrücke.«

»Aber wir versuchen doch schon seit zwei Monaten, den Mörder aus Asker zu finden«, wandte jemand anders ein. »Wir haben keine Verdächtigen, wir stecken völlig fest und kommen nicht weiter. Wenn wir keinen Treffer haben, hilft auch keine DNA-Spur.«

Karsten überhörte den Einwand und zeigte auf die Namenliste.

»Das alles sind Namen, die mit der Waisenhaussache in Verbindung stehen, an der Kajsa gearbeitet hat. Wenn wir davon ausgehen – und ich finde, das sollten wir –, dass die Entführung etwas mit Kajsas Recherchen zu tun hat, dann findet sich der Mörder womöglich unter den Personen, mit denen sie Kontakt hatte. Karsten zeigte wieder auf Vidar Kvandes Namen. »Aus Kajsas Notizen über Kvande geht deutlich hervor, dass er ungewöhnlich stark von ihr eingenommen ist. Er hat ständig Kontakt gesucht, sie zum Essen eingeladen, hat sie bei der Arbeit besucht und so weiter.«

»Wer ist dieser Kvande überhaupt?«, fragte ein Polizist, der an der Wand lehnte.

»Weißt du das nicht?«, fragte eine Kollegin neben ihm. »Der Promi? Der Gute Milliardär?«

»Vidar Kvande wurde allgemein bekannt, als er aus Entrüstung über die Haushaltskürzungen bei der Osloer Tafel *Armenhaus* am Weihnachtsabend vor zwei Jahren dort mit Essen und Weihnachtsgeschenken für hunderttausend Kronen auftauchte«, sagte Karsten. »Die Bedürftigen hatten niemals zuvor so schöne Weihnachtsgeschenke bekommen. Kvande ist ein Finanzmann mit ungewöhnlich gutem Gespür für den Kauf von Aktien, kurz bevor der betreffende Kurs durch die Decke geht. Oder auch umgekehrt. Er verkauft Aktien, kurz bevor der Kurs abstürzt. Ihm wurde schon Insiderhandel und Ähnliches vorgeworfen, aber das konnte niemand beweisen.«

Aksel stand auf. Er musste raus, er brauchte frische Luft. Während er die Tür hinter sich schloss, hörte er, wie Karsten die Arbeit auf verschiedene Teams verteilte. Nach ein paar Minuten kam er ebenfalls heraus und stellte sich neben ihn. »Alles in Ordnung?«

»Wo habt ihr euch getroffen?«

»Im Theatercafé.«

»Vielleicht bei gutem Essen und Wein?«, fragte Aksel spitz.

»Aksel, es war nicht …«

Aksel fiel ihm ins Wort. »Glaubst du, sie wusste, wer der Mörder ist?«

»Ich weiß nicht. Eigentlich deutet nichts Konkretes darauf hin, aber ich glaube, dass sie ihm auf der Spur war.«

»Aber er kannte sie, und er war in ihrer Nähe. In ihrer Nähe, in meiner und in der von den Kindern … Hat er sie entführt? Glaubst du das?«

»Ja.«

»Aber du bist nicht sicher?«

»Wenn ich ehrlich bin, dann bin ich sogar ziemlich sicher.«

»Die Schuhabdrücke?«

»Ja. Und die Briefe, die sie bekommen hat. Was glaubst du?«

»Ich glaube es auch. Alles passt. Das Profil, das ich über den Doppelmörder erstellt habe, stimmt mit den Kenntnissen darüber überein, wie er …« Aksel konnte nicht weiterreden, konnte die Worte nicht hervorbringen und presste sich die Hand auf den Mund. »Planung, Überwachung, wenige Spuren, er ist systematisch, kalt, furchtlos, intelligent«, flüsterte er kaum hörbar.

Aksel hörte, wie Karsten tief Luft holte.

Vielleicht hat er auch Angst, dachte er. *Es ist auch etwas anderes für ihn, wenn er das Opfer kennt. Was empfindet er für Kajsa?*

»Wir werden sie finden«, sagte Karsten entschlossen. »Komm, lass uns wieder reingehen. Vielleicht siehst du dir noch mal sein Profil an? Wen suchen wir? Und was stimmt in dem Profil des Doppelmörders mit den bisherigen Informationen über Kajsas Entführung überein? Was in Kajsas Material lässt sich mit diesem Profil verknüpfen?«

Kajsas Entführung, dachte Aksel. *Jetzt ist es heraus. Jemand hat sie gekidnappt. Wieso?*

Aksel versuchte sich zu konzentrieren. Denk nicht an Karsten und Kajsa, denk nicht daran, wie nahe ihr der Täter gewesen ist, warum er sie entführt hat, was mit ihr geschehen sein könnte.

Mit einer nervösen Handbewegung strich er sich die Haare zurück und wandte sich dann an die Ermittlergruppe. »Tja … äh … also, er ist intelligent, verfügt über einen hohen IQ, hat vermutlich eine Hochschulausbildung, er geht ungewöhnlich systematisch und methodisch vor, ist möglichweise besessen von dem, was er tut, und er arbeitet allein.«

»Vielleicht ein technischer Beruf?«, fragte jemand.

»Sehr wahrscheinlich, jedenfalls ein Beruf, der technische oder methodische Fähigkeiten erfordert.«

»Und er muss ziemlich zynisch sein, oder?«, fragte jemand.

»Äußerst zynisch sogar. Allerdings kann er sowohl charmant, warmherzig als auch fürsorglich sein.«

»Wie denn das? Fürsorglich?«, fragte eine Ermittlerin.

»Gerade weil er so schlau ist. Er hat die Fähigkeit, in jeder Situation so zu sein, wie es gerade vorteilhaft für ihn ist. Er durchschaut menschliche Beziehungen und kann seinen Charme spielen lassen.« Aksel ließ den Blick über die Ermittlergruppe schweifen.

»Ich will mal ein Beispiel anführen: Eine Frau in den USA tötete zwei Säuglinge und wurde verdächtigt, noch weitere ermordet zu haben. Sie sagte: ›Ich bin eine äußerst sensible Person. Man kann doch gar nicht aufhören, diese Kinder zu lieben.‹ Aber liebte sie diese Kinder? Nein, aber sie kannte die ›Spielregeln‹.« Aksel zeichnete Gänsefüßchen in die Luft und fuhr fort: »Robert D. Hare, ein anerkannter Experte für Psychopathen, erklärt das folgendermaßen: Stellt euch einen farbenblinden Menschen vor. Er weiß, wann das grüne Licht erscheint, und dann geht er los. Aber er hat nicht die geringste Ahnung, wie diese Grünfarbe aussieht.«

»Meinst du, der Täter ist ein Psychopath?«, fragte ein Ermittler.

»Tja …« Aksel zögerte. »Er hat viele Anzeichen eines Psychopathen, wie etwa den Mangel an Reue oder Schuldgefühlen, aber da ist noch etwas anderes … etwas, das wesentlich destruktiver ist.«

»Du hast Kajsas Material angesehen, gibt es da etwas, das neue Erkenntnisse gebracht hat, was das Profil ergänzt?«, fragte Karsten.

»Ja, da ist etwas … Ich weiß nicht recht …« Aksels Mund war trocken, er nahm einen großen Schluck Wasser. Im Raum war es still, niemand sagte ein Wort. »Niemand wird böse geboren«, fuhr er fort. »Bei allen Mordfällen, mit denen ich zu tun hatte, ließ sich erklären, wieso der Betreffende letztlich jemanden umbrachte. Es gibt nämlich immer einen oder mehrere ›Mitschuldige‹. Jemanden, der ein unschuldiges Kind zum Mörder oder zur Mörderin macht.«

»Was hat das mit Kajsas Material zu tun?«, fragte Karsten.

»Da gibt es so viele … so viele Leben, die schiefgelaufen sind. So viele Traumata.«

»Du denkst an ein posttraumatisches Stresssyndrom?«

»Genau.«

»Dass eines von diesen Heimkindern daran leidet?«

»Ja.«

»Erklär das doch bitte genauer«, meinte Karsten. »Inwiefern?«

»Sperres Geschichte zum Beispiel, dieses Gefühl, ständig eingesperrt zu werden. Ein einzelnes Ereignis dieser Art kann schon traumatisch wirken, aber hier kam das wiederholt vor, systematisch, über längere Zeiträume, mehrere Jahre. Außerdem wissen wir, dass Kinder nach traumatischen Erlebnissen viel schneller Probleme entwickeln können als Erwachsene. Wie solche Erlebnisse auf eine Person einwirken, ist außerdem abhängig vom Ausmaß der Unterstützung durch soziale Netzwerke, enge Beziehungen wie in einer Familie. Im Fall der Heimkinder entwickelte sich dann eine Art doppeltes Trauma, weil die Erwachsenen, die Fürsorge zeigen und Trost spenden sollten, genau diejenigen waren, die das traumatische Erlebnis verursacht haben. Und dann ist da noch etwas anderes in Kajsas Unterlagen«, ergänzte Aksel und dachte kurz nach. »Die anderen Morde und der Doppelmord ähneln sich insofern, als der Täter anscheinend zuvor eine Weile mit den Opfern zusammen war. Er hat sie leiden lassen. Ist es vielleicht genau das, was so wichtig für ihn ist? Er scheint besessen davon zu sein.« Aksel fuhr sich mit den Fingern durchs Haar. »Ich denke jetzt nur mal laut, aber ich glaube, dass er vielleicht irgendeiner Belastung ausgesetzt war, ihm Leid zugefügt wurde, dass er Traumatisches erlebt hat, das ihn für den Rest des Lebens zeichnet. Er betrachtet sich selbst als unschuldig, als einen gerechten Richter, der einen Ausgleich schafft, indem er die Mordopfer leiden lässt.«

»Unsere vorläufige Hypothese, dass er irgendwo in Kajsas Material auftaucht, womöglich eines der Heimkinder ist, passt also dazu?«

»Definitiv. Und ...« Aksel strich sich über die Stirn, kniff die Augen zusammen und saß eine Weile schweigend da. Fast wirkte es, als hätte er den Faden verloren. »Äh, wo war ich? ... Ach ja, das Ketamin«, sagte er.

»Was ist damit?«, fragte Karsten.

»Weshalb er es verwendet hat, meinst du?«

»Um seine Opfer zu betäuben?«

»Ja, natürlich. Aber warum ausgerechnet Ketamin?«, sagte Aksel.

»Was meinst du?«, fragte Karsten.

»Es passt zu der Theorie, dass er den Opfern Leid zufügen will.«

»Wieso? Was ist denn das Besondere an Ketamin?«

»Sie sind jedenfalls nicht daran gestorben. Einer der Punkte, der mir aufgefallen ist. Was ist denn mit den anderen Morden? Kajsa glaubt, bei den Opfern wurde ebenfalls Ketamin eingesetzt?« Aksel sah Karsten fragend an.

»Ja. Aber die sind auch nicht daran gestorben. Sie sind ertrunken. Inge Sorte wurde unter Drogen gesetzt, ins Meer geworfen – und starb. Jørgen Henriksen wurde in seiner Badewanne ertränkt. Das Gleiche bei Gudny Årvoll, während Willy Nybøs Leben in einem Swimmingpool endete.«

»Wohingegen Alfhild und Jørgen Godø mit einer Überdosis Morphium getötet wurden«, fuhr Aksel fort. »Und vermutlich in sitzender Stellung, so wie wir sie in den Hundekäfigen vorgefunden haben. Aber er hat fünf Stunden gewartet, bevor er ihnen die Hände abschnitt. Fünf Stunden war er mit den Opfern zusammen«, fügte Aksel hinzu. »Das nennt man wohl kaltblütig.«

»Aber was denkst du über das Ketamin?«, fragte Karsten.

»Das Ketamin wurde verwendet, um den Tod durch Ertrinken herbeizuführen, während er dem Ehepaar Godø eine Überdosis Morphium verpasst hat. Ketamin kann allerdings auch Nebenwirkungen haben, die wiederum erklären könnten, wieso er es verwendet hat. Die Qualen, die er ihnen zufügen wollte.« Aksel erhob sich hastig. »Der Mörder benutzte das Ketamin nicht, um zu töten. Ketamin gilt nämlich nicht als sonderlich tödlich, man braucht eine hohe Dosis, um jemanden damit umzubringen. Es wird aber beispielsweise von Soldaten im Krieg in Afghanistan benutzt, als Betäubungsmittel. Perfekt für einen Patienten, den man aus einem Autowrack zerren muss oder Ähnliches. Der Betreffende hat die Augen offen, ja mitunter verfolgt er die Geschehnisse auch, aber er ist nicht wach. Der Körper ist vom Bewusstsein getrennt, und die

Person verspürt keine Schmerzen. Wenn der Mörder also Ketamin verwendet hat, dann, weil er die Opfer so leichter ertränken konnte. Allerdings kann es insbesondere bei Ketamin zu unangenehmen psychischen Nebenwirkungen kommen wie etwa Halluzinationen, Albträumen oder Wahrnehmungsstörungen. Ein Drogenabhängiger, den ich kannte, hat es mal als ›Hölle‹ beschrieben.«

»Also …«, sagte Karsten und sah Aksel nachdenklich an, »nach dem, was du sagst, haben wir es mit einem Mörder zu tun, der auf seine Opfer eine Art psychische Folter ausübt, ehe er sie umbringt?«

»Genau, und das Motiv ist die Verursachung von Leiden. Und wenn wir uns das Täterprofil anschauen, gibt es da noch ein weiteres Element: Kontrolle. Er übernimmt die vollständige Kontrolle über seine Opfer. Als ob er ihnen zeigen und beweisen müsste, dass nicht sie die Kontrolle haben, sondern er. Kontrolle und die Verursachung von Leiden sind meiner Ansicht nach genauso beabsichtigt wie das Töten.«

30

Sie hatte viele Fragen gehabt. »Wer bist du? Warum tust du mir das an? Was hast du mit mir vor?«

Er hatte keine davon beantwortet und sie nur freundlich angelächelt.

Er erklärte ihr, dass sie in dem Kellerraum schlafen müsse und sich dort auch aufhalten solle, wenn er zur Arbeit fahre. Doch wenn sie tue, was er verlange, und nicht versuche, ihn zu verlassen, dann dürfe sie wieder raus, sobald er zurückkäme.

»Die suchen nach mir«, wandte sie ein. »Die Polizei sucht mich, die werden herausfinden, was passiert ist.« Ihre Stimme verriet sie, nicht mal sie selbst glaubte daran.

»Ach nein, bestimmt nicht«, entgegnete er und lächelte zuversichtlich. »Wie sollen sie dich denn finden? Die wissen doch nicht mal, wer ich bin. Sie werden dich niemals finden.«

»Was meinst du damit? Niemals?«

Sie bekam keine Antwort, er lächelte nur freundlich.

»Was willst du von mir?«, fragte sie.

»Ich will, dass du es erfährst.«

»Was denn?«

»Alles, du wirst alles erfahren.«

»Worüber?«

»Hab Geduld.«

»Wieso …«, setzte sie an, doch er unterbrach sie.

»Pst«, entgegnete er und legte ihr den Finger auf die Lippen.

Verängstigt wandte sie sich von ihm ab. Das störte ihn, aber dann nahm er sich zusammen und dachte, dass das ganz natürlich war. Bald würde sie keine Angst mehr haben, bald würde sie auf seiner Seite sein.

Um sechs Uhr war die taktische Ermittlergruppe wieder versammelt. Karsten, Aksel, ein Ermittler von der Kripo und fünf weitere Beamte hatten eine Stunde lang Kajsas Material auf dem Laptop durchforstet. Überwiegend hatten sie sich mit Kajsas Notizen beschäftigt, die ihre Gedanken und Fragen zu den beiden Fällen umfassten. Vieles davon war schwer zu deuten. Nun lag es an Karsten, die Strategie für die weiteren Ermittlungen festzulegen.

»Okay, hört mal alle zu«, sagte er. »Wir arbeiten nach folgender Theorie: Kajsa glaubt, es gebe einen Zusammenhang zwischen vier ungeklärten Mordfällen. Es handelt sich um die Ermordung von …«, Karsten blickte auf seine Papiere, »Willy Nybø, Gudny Årvoll, Jørgen Henriksen und Inge Sorte. Die Fälle werden wieder neu aufgerollt. Außerdem deutet Kajsa an, dass es einen Zusammenhang zwischen diesen Fällen und dem Doppelmord in Asker gibt. Wir werden diese Theorie verfolgen, und wir müssen Jakob Sperre und Vidar Kvande finden. Wir brauchen Sperres Kartei über die Heimkinder, die wir dann mit den Orten abgleichen müssen, an denen die vier Ermordeten gearbeitet haben. Außerdem müssen wir herausfinden, ob einer von denen Kontakt zu Kajsa hatte.«

Abermals blickte Karsten auf die Papiere vor sich auf dem Tisch. »Kajsa stellt auch Fragen zu dem Unglück, bei dem Arne Slettemoen ertrunken ist.« Er blickte über den Rand seiner Brille.

»Das steht alles in der Übersicht, die ihr vorliegen habt. Haben alle das durchgelesen?«

Die anderen nickten.

»Wie ihr seht, bezeichnet sie die sechs, die bei Slettemoens Tod dabei waren, als Clique. Wer gehörte alles dazu? Wir wissen, dass Arvid, der Sohn der Godøs, dabei war«, ergänzte Karsten.

Im selben Moment klingelte sein Handy. Er blickte auf das Display und nahm den Anruf an. »Ach ja? Und was steht da?« Karsten schrieb etwas auf seinen Notizblock. »Ah, ja. Okay. Danke.« Er steckte das Handy in die Tasche und sah Aksel an. »Die Techniker haben den Brief entdeckt, aus dem Umschlag, den du gefunden hast.«

»Wo? Was stand drin?«

»In Kajsas Regenmantel.«

»Und?«

Karsten blickte auf seinen Notizblock. »Da steht: *Du hast mich gefunden. Eternity.*«

Im Raum wurde es still. Aksel senkte den Kopf und fuhr sich mit der Hand über die Stirn. »Das war ... das ist ... ihr Parfum ...«

Er sackte in sich zusammen. Niemand sagte etwas, alle blickten ihn an. Er breitete die Arme aus. »Er ... er weiß, wie ... wie sie riecht.« Seine Stimme wurde zu einem Flüstern. »Er hat nicht nur ein paar Meter von ihr entfernt an der Terrasse gestanden, sondern war sogar so nahe, dass er den Duft ihres Parfums wahrnehmen konnte. Wann ist er ihr bloß so nahe gekommen? Wer ist er?« Aksels Stimme wurde lauter. »Wer verdammt noch mal ist er? Was meint er damit, dass sie ihn gefunden hat?« Er trat ans Fenster und drehte sich von den anderen weg, damit sie sein Gesicht nicht sehen konnten.

Karsten räusperte sich. »Ich verstehe, dass das schwierig für dich ist, Aksel, aber das gibt uns auch wichtige Informationen. Da der Kidnapper über dieses Wissen verfügt, heißt das, dass er ihr sehr nahe gekommen ist. Es ist jemand, den sie kennt.«

Er schrieb einen Namen auf den Notizblock. »Sperre«, sagte er laut. »Sperre war mit dem Sohn des Ehepaars im Waisenhaus, Sperre nahm Kontakt zu Kajsa auf, Sperre kennt sie. Lasst uns Sperre finden, lasst uns rausfinden, wer sonst noch zu der Clique gehörte. Aber lasst uns in dieser frühen Phase auch offen für andere Möglichkeiten sein. Kvande kannte sie auch, ist er vielleicht ein Stalker? Wo ist er?«

Er kennt sie. Sie kennt ihn. Er war ganz nahe bei ihr. Das war das Einzige, was Aksel durch den Kopf ging.

Noch immer hatte sie Angst, er konnte es sehen, aber dennoch registrierte er, dass sich ihr Gesichtsausdruck nach und nach veränderte, dass ihre Körpersprache entspannter wirkte.

Er erzählte von den Jahren in Kinder- und Jungenheimen; von dem ständigen Hunger, von den Bestrafungen, wenn er ins Bett pinkelte, von der Sehnsucht, dass sich jemand um ihn kümmerte und nett zu ihm war.

Als er von dem Verschlag unter der Treppe erzählen wollte, fiel ihm die Wahl der Worte schwer, er hörte, wie seine Stimme immer heiserer wurde. Als er sich vorbeugte und mehr Wein in ihr Glas gab, erwiderte er eine Sekunde lang ihren Blick. Da bemerkte er es, er bemerkte, dass er sie rührte; ihre Augen spiegelten seinen eigenen Schmerz.

Genau davon hatte er geträumt; dass sie es wusste, ihn verstand, dass sie ihn wahrnahm.

Sie war ganz ruhig, als er sie wieder im Keller einschloss. »Bin ich deshalb hier?«, hatte sie gefragt. »Um deine Geschichte zu hören?«

»Ja, jemand muss es erfahren, jemand muss mich wirklich kennen.«

31

Das Haus war dunkel und still. Die Kriminaltechniker waren noch vor Aksels Ankunft weggefahren, Anders und Thea waren bei ihrer Großmutter und sollten dort übernachten. Bibbi war außer sich, als er angerufen und erzählt hatte, was geschehen war. Er hatte nicht lange mit ihr reden können, hatte sie mitten im Satz unterbrochen und gefragt, ob sie sich um Thea und Anders kümmern könne. Sie durften am folgenden Tag auf keinen Fall in die Schule und den Kindergarten gehen. Im Laufe des Abends würde der Fall vermutlich in den Medien breitgetreten. Jemand könnte sie darauf ansprechen und von der Entführung ihrer Mutter erzählen. Bis auf Weiteres sollten die Kinder bei der Großmutter bleiben. Einen Augenblick hatte er daran gedacht, dass Kajsa sich Sorgen um ihre Mutter machte, den Gedanken dann aber wieder beiseitegeschoben. Er hatte keine andere Wahl, bestimmt würde alles gut gehen.

Er ließ das Licht ausgeschaltet, trat im Dunkeln an die Verandatür und sah hinaus auf die Terrasse. Dort am Rand hatte der Entführer gestanden und Kajsa beobachtet. Hatte sie belästigt. Ohne ihr Wissen hatte er sich in ihr Leben – ja, in ihrer aller Leben – hineingedrängt.

Mit der flachen Hand schlug Aksel mehrmals gegen die Wand. Er hatte das Gefühl, völlig neben sich zu stehen. Er wollte nicht in diesem Albtraum sein, er wollte, dass er aufhörte. Sofort.

Er legte die Stirn an die kühle Fensterscheibe. Blieb ein paar Sekunden so stehen, drehte sich um und blickte im Wohnzimmer umher.

Unser Zuhause, Kajsas und mein Heim.

Ohne Kajsa ist es das nicht mehr.

Dann ging er in die Küche und schaltete das Licht ein. Er hatte nach dem Frühstück nicht aufgeräumt. Thea hatte Milch vergossen, eine große Pfütze hatte sich auf dem Tisch gebildet, auf den Tellern lagen verkrustete Essensreste. Er ließ alles stehen und ging ins Badezimmer. Die Toilette war nicht geputzt. Hatte sie am Wochenende putzen wollen? Am Samstag? Hatte sie es nicht geschafft? Hieß das, dass er sie schon am Freitag entführt hatte?

In allen Zimmern herrschte Chaos. Normalerweise sah es hier nicht so aus. Kajsa achtete genau auf häusliche Ordnung, machte sogar jeden Morgen die Betten. Aksel fand, dass sie zu viel aufräumte, zu viel herummeckerte, zu viel putzte.

Er ging weiter in Theas Zimmer. Sie hatte ein paar Sachen am Morgen aus dem Schrank gezogen und über den Fußboden verteilt. Er ließ alles liegen und betrat das gemeinsame Schlafzimmer. Die Vorhänge waren noch zugezogen, das Bett war ungemacht. Er öffnete Kajsas Kleiderschrank, beugte sich vor, nahm ein Kleid heraus und vergrub das Gesicht darin. Das Kleid roch nach ihr. Nach ihrem Parfum. Er nahm das rote Kleid heraus, mit dem er getanzt hatte, schloss die Schranktür, lehnte sich mit dem Rücken daran und sank langsam zu Boden.

Alles, was er machte, war falsch. Er räumte nicht genug auf, nahm nicht zur Kenntnis, dass sie es tat, wusste es nicht zu schätzen.

Manchmal war sie so wütend. Furchtbar wütend. Mitunter regte sie sich wegen einer Kleinigkeit auf. Es reichte schon, wenn er nicht zu hundert Prozent genau zuhörte, was sie sagte.

Er verstand das nicht. Wo er doch Psychiater war. Er, der die Psyche der Menschen verstehen sollte, verstand nicht, wieso sie die ganze Zeit so wütend war, wütend auf ihn.

Er hielt sich das Kleid vors Gesicht und roch daran.

Einmal hatte sie von einem Ehepaar erzählt, das sie auf einem Rastplatz gesehen hatte. Aksel war auch dabei gewesen, konnte sich aber nicht an das Paar erinnern. Kajsa hatte beschrieben, wie die beiden einander an den Händen gehalten hatten, während sie die wenigen Meter zum Wagen gingen. »Wieso hältst du mich nicht an der Hand?«, hatte sie gefragt. »Wir gehen doch niemals zusammen irgendwohin, ich weiß gar nicht, wann wir zuletzt nebeneinander hergegangen sind. Warum legst du nicht mehr deinen Arm um mich, wenn wir auf dem Sofa sitzen und fernsehen?«

»Aber das kann ich doch gern tun, wenn dir das wichtig ist«, hatte er geantwortet. Sie war explodiert. Wieder diese unverständliche Wut. Mit hartem Blick hatte sie vor ihm gestanden. »Wenn dir das wichtig ist?!«, hatte sie gebrüllt. »Wichtig? Mir?! Du begreifst überhaupt nichts. Du bist so … so … abgestumpft. Es soll dir wichtig sein, du sollst es nicht machen, um mich zu besänftigen. Dann ist es doch nicht echt. Aah! Nähe, Aksel!«, rief sie, im selben Ton, als hätte sie »Fokus, Aksel!« gesagt. Als halte sie ihn wirklich für den dümmsten Idioten, der ihr je untergekommen war. Er verzichtete auf eine Antwort, das wäre sinnlos. Obwohl er wütend war, ja, stinksauer, in erster Linie aber verletzt, weil sie ihn so behandelte, so mit ihm sprach. Sie führte sich auf, als sei alles seine Schuld, sie kapierte nicht, dass ihr Auftreten ihn nur dazu gebracht hatte, sich noch weiter von ihr zurückzuziehen.

Sie suchte Nähe, begriff aber nicht, dass sie selbst es war, die den Abstand zwischen ihnen schuf. Wie sollten sie auch Nähe entwickeln, wenn er von ihr fast jede Nacht aus seinem eigenen Bett vertrieben wurde?

Er dachte an die Treffen zwischen ihr und Karsten. Als er und Karsten sich bei dem Briefing begegnet waren, hatte er Karsten damit konfrontiert, dass er in Kajsas Material als Quelle aufgeführt war; auch die anderen mussten es bemerkt haben. Aksel wusste, dass Kajsa und Karsten sich regelmäßig getroffen hatten, ehe er ihr begegnet war. Er wusste nicht, wann sie damit aufgehört hatten. Sie hatte beteuert, dass niemals von einer Beziehung die Rede gewesen sei und es sich nur um einen professionellen Kontakt gehandelt habe. Aber wieso hatte sie ihm nicht von dem Treffen und dem Abendessen mit Karsten erzählt? In Anwesenheit der anderen hatte Karsten erklärt, dass er Kajsa gebeten habe, einmal mit Njål zu reden.

»Sie konnte mit Njål reden, wie es niemand bei der Polizei vermochte«, sagte er. »Was mich übrigens daran erinnert, dass wir noch mal mit Njål sprechen müssen.« Damit hatte Karsten das Gespräch zurück auf den Fall gebracht, und Aksel hatte nicht weiter nachgefragt.

Plötzlich fiel ihm die Nachrichtensendung bei Kanal 4 ein. Wie spät war es jetzt? Er zog sein Handy hervor. 19:58 Uhr. Er rannte die Treppe hinunter, griff nach der Fernbedienung auf dem Couchtisch und schaltete den Fernseher ein. Dann ließ er sich aufs Sofa fallen.

»Die bekannte Kanal-4-Reporterin Kajsa Coren aus Asker wird vermisst«, sagte der Nachrichtensprecher Tore Abrahamsen. »Die Polizei hält sich vorläufig mit Informationen zurück, fürchtet aber, dass ihr etwas zugestoßen sein kann, und bittet um Hinweise aus der Bevölkerung. Coren wurde zuletzt am Freitagnachmittag gesehen.«

Das erste Bild zeigte ihr Haus. *Die sind heute hier gewesen und haben gefilmt,* dachte Aksel.

»Kajsa Coren wohnt in diesem Haus in Asker, und hier wurde sie auch zuletzt am Freitagnachmittag gesehen«, sagte die Reporterin.

Sie erläuterte, wer Kajsa war, sprach über ihre Arbeit als Journalistin. Kajsas ernstes Gesicht füllte den Bildschirm aus.

Aksel blickte in ihre braunen Augen. Ihr Blick veränderte sich ständig: Er war ernst, als sie über Trygve Jonsruds Schwächeanfall berichtete, scharf, während sie über Betreuungsangebote für ältere Menschen sprach, und gekränkt wie auch anklagend in einer Reportage über krebskranke Kinder, die im Rikshospital wegen Platzmangel auf den Gängen untergebracht waren.

Dann gab es einen Ausschnitt aus der Dokumentation über Alfhild und Jørgen Godø. Kajsa stand am Strand, hinter sich das tosende Meer, der Wind zerrte an ihren Haaren, sie zeigte auf etwas, und dann erklang ihre Stimme: »Hier, im Angesicht des Atlantischen Ozeans, wuchsen Alfhild und Jørgen Godø vor dem Krieg auf.« Ihr Gesicht wirkte konzentriert, aber ihr Körper schien von einer Energie erfüllt, als ob sie nicht ruhig dastehen könnte.

Sie gehört dorthin, dachte Aksel, *ans Meer.* Wieso war er vorher noch nie auf diesen Gedanken gekommen?

Wir hätten ein Boot kaufen sollen, dachte er. Jahrelang hatte sie ihm damit in den Ohren gelegen. »Es wäre so schön, ab und zu mal aufs Meer hinauszufahren«, hatte sie gesagt. »Es braucht ja kein großes Boot zu sein, ein kleines reicht, für Sonntagsausflüge auf dem Fjord, so eines mit Außenbordmotor.«

Doch Aksel war kein Mann des Meeres und hatte sich nie ein Boot gewünscht.

Dann folgte ein Interview mit Karsten Kjølås. Der Reporter

fragte ihn, ob Kajsa Coren seiner Meinung nach einer kriminellen Handlung zum Opfer gefallen sein könnte. »Wir ziehen alle Möglichkeiten in Erwägung, allerdings deutet nichts darauf hin, dass Coren einfach irgendwohin gefahren ist, ohne eine Nachricht zu hinterlassen. Wir bitten die Zuschauer daher um Hilfe.«

Auf dem Bildschirm erschien eine Telefonnummer.

»Gibt es denn womöglich Gründe, zu vermuten, dass sie Opfer einer kriminellen Handlung geworden ist?«, hakte der Reporter nach.

»Wie gesagt, zum aktuellen Zeitpunkt ziehen wir alle Möglichkeiten in Erwägung.«

»Kann ihr Verschwinden denn etwas mit ihrem Beruf zu tun haben, mit Fällen, an denen sie gearbeitet hat?«

»Das können wir nicht ausschließen und stellen daher selbstverständlich entsprechende Untersuchungen an.«

Die Reportage ging weiter mit einem Interview mit Geir Hermansen, der die Besorgnis der Belegschaft darüber ausdrückte, was möglicherweise »mit der hochgeschätzten Kollegin und hervorragenden Journalistin« geschehen war.

Der Bericht endete mit Fotos von Kajsa und Aksel auf dem Weg zu irgendeinem Fest. Er hatte ihr den Arm um die Schulter gelegt, sie lehnte sich an ihn, und beide lächelten in die Kamera.

Wie glücklich wir da aussehen, dachte Aksel.

»Kajsa Coren ist verheiratet mit dem bekannten Psychiater Aksel Coren. Sie haben zwei gemeinsame Kinder im Alter von vier und sieben Jahren«, schloss der Reporter.

Zwei Minuten später fing Aksels Telefon an zu klingeln. Er kannte die Nummer nicht und drückte den Anruf weg. Schon nach wenigen Sekunden klingelte es erneut. Auch diese Nummer war ihm unbekannt, und abermals drückte er auf die rote Taste. Eine Minute verging, und es klingelte ein weiteres Mal. Es war Bibbi, Kajsas Mutter.

»Gibt es was Neues?«, fragte sie. Ihre Stimme klang vor lauter Angst ganz dünn.

»Nein«, erwiderte Aksel. »Nichts Neues.« Am anderen Ende der Leitung blieb es still. »Aber die Polizei tut alles, was sie kann, alle Mannschaften arbeiten an dem Fall«, fügte er hinzu.

Er hörte, dass Bibbi weinte. »Alles wird gut, sie finden sie bestimmt«, hörte er sich selbst sagen.

»Glaubst du?«

Sie wollte beruhigt werden, suchte nach Hoffnung. Mit gefühlt letzter Kraft sagte er: »Ja. Ich kenne die Leute, die an dem Fall arbeiten. Da sind auch welche von der Kripo dabei, das sind die besten im ganzen Land, und zusammen sind es über hundert. Ich glaube wirklich daran, dass alles gut geht. Wir dürfen den Mut nicht verlieren und nicht aufgeben.«

»Ich bin so froh, dass du das sagst, es ist gut, dass du so ruhig bist«, schluchzte sie. »Und mach dir keine Sorgen wegen der Kinder, alles ist in Ordnung. Die können hierbleiben, bis all das ... vorbei ist«, fügte sie hinzu.

»Danke, Bibbi. Bis morgen.«

Mit dem Telefon in der Hand verharrte er. *Ruhig? Ich?*

Im selben Moment klingelte das Telefon abermals. Kjell Lauritzen meldete sich, Aksels alter Studienfreund.

»Bist du allein?« Wie üblich kam Kjell sofort zur Sache.

»Ja.«

»Dann komme ich gleich vorbei.«

»Du brauchst wirklich nicht ...«

»Schluss mit dem Unsinn. Ich bin unterwegs.«

Zwanzig Minuten später klingelte es an der Tür. In der Annahme, es sei Kjell, öffnete Aksel die Tür, aber draußen standen eine Journalistin und ein Fotograf.

»Hallo, wir sind von *VG*. Haben Sie eine Ahnung, was Kajsa zugestoßen sein kann?«

Aksel war völlig überrumpelt. »Nein«, sagte er und schickte sich an, die Tür zu schließen.

»Waren Sie der Letzte, der sie gesehen hat?«, fragte die Journalistin.

»Vermutlich ja«, erwiderte er.

»Wann war das?«

»Am Freitag, als ich mit den Kindern zu einem Wochenendausflug aufgebrochen bin. Ich schließe jetzt die Tür«, sagte er entschieden.

Der Fotograf drückte ab.

Er schaltete das Handy aus, zog die Leitung des Festanschlusses aus der Buchse, stellte den Fernseher ab und trat auf die Terrasse hinaus. Dort blieb er stehen und sah über den Fjord. Die Abende waren jetzt spürbar länger geworden. Es war völlig still, keine einzige Windböe.

Wäre sie zu Hause gewesen, hätte sie hier gesessen. Garantiert. Sie wäre hereingekommen und hätte begeistert von der Frühlingsluft berichtet und davon, dass das Taubenpaar wieder in der Birke brütete. Sie hätte mit ihrer Tasse dagesessen und so getan, als trinke sie Tee, obwohl er sie doch schon vor Langem durchschaut hatte und wusste, dass es Wein war. Sie trank zu viel, er wusste nicht warum, hatte aber auch nichts gesagt, wollte nicht noch weitere Auseinandersetzungen und ließ sie in dem Glauben, dass sie heimlich trank.

Aksel hörte eine Tür zuschlagen, dann Schritte, die die Kellertreppe hinaufeilten. Kjell kam zu ihm und verpasste ihm eine Bärenumarmung.

»Wie du aussiehst«, sagte er. »Wann hast du zuletzt geschlafen?«

»In der Nacht auf Sonntag.«

»Okay, dann geh rein und leg dich aufs Sofa.«

Sie betraten das Wohnzimmer, Aksel nahm Kjells Rat widerstandslos an. Erst da spürte er, wie sein Körper schmerzte. Kjell nahm eine Decke vom Sessel und breitete sie über ihm aus.

»Erst mal das Praktische«, sagte Kjell. »Hast du alle informiert, die es wissen müssen?«

»Von wem redest du?«

»Die Familie, deine Eltern ...«

»Mist! Das hab ich völlig vergessen. Die haben bestimmt schon angerufen. Ich habe die Leitung rausgezogen und das Handy abgeschaltet.«

»Okay, ich kenne die beiden ja, ich rufe an. Wer sonst noch?«

»Kjell ... ich kann nicht klar denken.«

»Kindergarten, Schule, deine Sekretärin ...«

»Nein, niemanden. Hab ich alle vergessen. Meine Patienten ... ich hätte heute eine Vorlesung halten sollen, ich ...«

»Denk nicht weiter drüber nach. Ich regele das. Wo finde ich die Telefonnummer von Schule und Kindergarten?«

»An der Korktafel in der Küche.«

»Ich rufe sie an.«

»Wie konnte ich das bloß vergessen ... meine Mutter ...«

»Entspann dich. Lass es langsam angehen, du weißt doch selbst am besten, wie so was abläuft. Du stehst unter Schock, bist völlig neben dir und kannst dich nicht wie sonst mit der Realität auseinandersetzen. Du schwankst zwischen Wut und Angst. Du bist labil und denkst nur an das, was mit Kajsa geschehen ist, wo sie ist, wer sie entführt hat. Deine Urinstinkte werden geweckt, du musst sie finden. Das ist ganz normal, und es ist schmerzhaft, weil sie deine Frau ist …«

»Meine Frau …«

Kjell blickte Aksel aufmerksam an.

»Bin ich deshalb so ängstlich, so wütend?«

Kjell gab keine Antwort, zog nur das Handy aus der Tasche, ging hinaus in die Küche und telefonierte. Als er zurückkam, war Aksel eingeschlafen. Behutsam zog Kjell die Wolldecke zurecht.

Kajsa musste den ganzen Montag in dem Kellerraum bleiben, während er bei der Arbeit war. Im Laufe des Nachmittags allerdings konnte er nicht mehr; er tat, als ob er krank geworden wäre, und fuhr heim. Es gab so viel, was er ihr erzählen wollte.

Es würde eine Weile dauern.

Auf dem Heimweg kaufte er Lebensmittel ein; er plante überbackenes und in Schinkenspeck eingerolltes Schweinefilet mit Pilzbeilage und gratinierte Kartoffeln mit Sahnesauce.

Es irritierte ihn, dass sie nichts sagte, während sie aßen, sie saß bloß da und stocherte im Essen herum. Sie hätte ihn zumindest fragen können, wie sein Tag gewesen war, eine Bemerkung fallen lassen können, dass er sich so bemüht hatte, es ihnen gemütlich zu machen.

Er hatte gar nicht vor, sich seine Enttäuschung über ihr Verhalten anmerken zu lassen, hörte aber selbst, dass seine Stimme hart klang, als er sie aufforderte zu essen. Sie gab keine Antwort, sah ihn nicht an, schnitt nur ein Stück vom Fleisch ab.

Es war ein schöner Tag, die Sonne wärmte, eine leichte Brise hing in der Luft. Der perfekte Tag, um Bettwäsche zu waschen. Am Morgen hatte er die Waschmaschine eingeschaltet, nun bat er sie, die feuchten Sachen zu holen und im Garten zum Trocknen aufzuhängen.

Sie blickte ihn völlig ungläubig an, tat aber, was er sagte. Er stand an der Verandatür und sah zu, wie sie mit dem Stapel feuchter Wäsche über den Rasen schritt.

Er hatte beschlossen, das Haus zu kaufen, als er das Trockengestell im Garten entdeckt hatte. Sechs Schnüre zwischen zwei Haltestangen. Perfekt für Bettwäsche.

Er saß auf der Terrasse und betrachtete Kajsa, während sie sich herunterbeugte, dann wieder aufrichtete, die Klammern befestigte, einen Schritt zur Seite trat, die Wäsche glatt zog, eine neue Klammer anbrachte; rauf, runter, zur Seite. Als ob sie tanzte.

Er war nicht angespannt, aber dennoch wachsam. Er glaubte nicht, dass sie auf dumme Gedanken käme, sie hatte sich ja beruhigt, aber sicher sein konnte er nicht. Um ihre Füße hatte er ein Seil gebunden, so dass sie sich zwar normal bewegen, aber keinesfalls weglaufen konnte.

Die Sonne fiel auf das weiße Bettzeug, ließ es aufleuchten und erhellte ihr Gesicht, ihr Haar.

Das Bild war genauso schön wie erhofft, es strahlte ein intensives Wohlbehagen und eine vollkommene Ruhe aus; ein normales Alltagsleben, eine Frau, die in der Sonne die Wäsche zum Trocknen aufhängte.

Das Bild repräsentierte alles, wonach er sich sehnte.

Gerade als er vom Teufel erzählte, unterbrach sie ihn. »Ich hatte recht«, sagte sie.

»Inwiefern?«

»Hast du ihn getötet? Ihn und die drei anderen? Du hast sie bestraft, wie niemand sonst es getan hat?«

»Du wusstest es also?«

»Ja«, sagte sie.

Dann erzählte er von Willys Keller. Das war schwierig, schlimmer, als er sich vorgestellt hatte. Noch nie zuvor hatte er irgendeinem Menschen von diesen Geschehnissen berichtet. Ein paarmal musste er innehalten, überlegen, nach den passenden Worten suchen.

Während so einer Pause sagte sie: »Du warst der Sklave.«

Ihm wurde schwarz vor Augen. Verstand sie nicht, wie schwierig es für ihn war, darüber zu reden; über die Vergewaltigungen, die Erniedrigungen, die Scham?

Die Wut kehrte zurück. Er hasste diesen Namen. Nie wieder wollte er ihn hören, und ausgerechnet sie hatte ihn so genannt. Er hob die Hand und schlug ihr hart ins Gesicht. Unendlich enttäuscht. Sie krümmte sich auf dem Sofa zusammen, hielt schützend die Arme über den Kopf. »Halt's Maul!«, brüllte er.

Sie sank in sich zusammen, sagte nichts.

»In den Keller«, befahl er streng und stand auf.

Er packte sie am Arm und öffnete die Tür zum Kellerraum.

»Ich will da nicht rein!«, rief sie plötzlich und fing an, sich zu wehren. Er schlug sie abermals und stieß sie von sich, so dass sie hinfiel.

»Es tut mir so leid«, wimmerte sie. »Ich wusste nicht, dass … ich … es tut mir so leid …«

Er knallte die Tür zu, verschloss sie und schaltete das Licht aus. Jetzt konnte sie am eigenen Leib erfahren, wie schmerzhaft es war, allein im Dunkeln zu sein.

32

Dienstagmorgen wurde Aksel vom Duft von Eiern und Speck geweckt. Kajsa! Er riss die Bettdecke weg und stürmte in die Küche. Kjell stand am Herd. Aksel lehnte sich an den Türrahmen und verbarg den Kopf in den Händen.

»Setz dich, es gibt was zu essen«, sagte Kjell.

»Ich kann nicht.«

»Ja, ich weiß. Du bist nicht hungrig und hast keine Lust zu essen. Aber du musst etwas essen, ohne Essen bist du zu nichts zu gebrauchen.« Er stellte die Bratpfanne auf den Tisch, und Aksel ließ sich schwer auf einen Stuhl fallen.

Auf dem Tisch lagen verschiedene Zeitungen. Er ergriff *VG*. Eine Aufnahme von ihm schmückte das gesamte Titelbild. *Verzweifelter Ehemann. Der Letzte, der Kajsa gesehen hat,* stand da in großen Buchstaben. Aksel betrachtete das Foto. Er sah alt und mitgenommen aus.

Kajsa Corens Ehemann, Aksel Coren, war vermutlich der Letzte, der Kajsa vor ihrem Verschwinden im Laufe des Wochenendes gesehen hat. Ehemann und Kinder fuhren am Freitag los zu einem Wochenendausflug, Kajsa blieb allein zu Hause zurück. Seit sie sich von Mann und Kindern verabschiedet hatte, hat niemand mehr die bekannte Fernsehreporterin gesehen. Aksel Coren sagte gegenüber VG*, er habe keine Ahnung, was mit seiner Frau passiert sein könnte. Er wirkte* *sichtlich mitgenommen, als* VG *gestern Abend spät mit ihm gesprochen hat.*

Aksel warf die Zeitung in die Ecke. Deutlich mitgenommen. *Was hatten sie denn sonst erwartet?* Sagte gegenüber VG. *Die schreiben das so, als wäre ich zu ihnen gegangen und hätte Kajsas Verschwinden kommentiert. Unglaublich, wie sie so viel aus zwei Sätzen machen konnten.*

Aksel und Kjell frühstückten schweigend.

»Kann ich dir sonst in irgendeiner Weise helfen?«, fragte Kjell schließlich.

»Danke, dass du hier bist, Kjell. Das allein ist eine große Hilfe«, erwiderte Aksel.

»Aber kann ich denn sonst nichts für dich tun? Sollen wir alles zusammen einmal durchgehen? So wie wir es früher immer gemacht haben?«

Aksel blickte den Freund nachdenklich an. »Vielleicht …« Er überlegte eine Weile und beschloss dann, Kjell alles zu erzählen, was er wusste, auch über den Mordfall, obwohl der streng vertraulich behandelt werden musste. Aber er vertraute Kjell.

Sie gingen zum Esstisch hinüber, wo alle Papiere lagen.

Aksel zeigte Kjell Kajsas System, wie die Ordner mit den beiden Fällen organisiert waren – dem Doppelmord und der Waisenhaussache. Kjell fing an zu lesen.

Ich will dir helfen, sagte sie.

Er registrierte, dass sich Kajsas Gesichtsausdruck verändert hatte. Irgendetwas Untertäniges lag jetzt darin. Sie ließ sogar zu, dass er ihr die Wange streichelte, und wandte sich nicht ab.

Dann erzählte er mehr von Willy, von dem Keller und was dort geschehen war.

»Das tut mir alles so furchtbar leid, wie grauenvoll«, sagte sie. Ihr fürsorglicher Blick traf ihn bis ins Mark. Davon hatte er geträumt, das war es, was er gewollt hatte.

Er berichtete von Jørgen Henriksen und Inge Sorte. Jetzt ging es leichter.

Beide waren Wochenendbetreuer gewesen und hatten in den Ferien in zwei der Jungenheimen gearbeitet, wo er gewesen war. Sie waren pädophil gewesen, wie er heute wusste. Sie hatten noch mehrere Kinder zugrunde gerichtet, nicht nur ihn.

»Und Gudny?«

»Gudny? Eine bösartige Person, durch und durch böse.«

»Aber was hat sie dir angetan?«

»Mir? Nein, das war die Rache für Ida. Jemand musste sie für das leiden lassen, was sie Ida angetan hatte.«

Schweigend saßen sie eine Weile auf dem Sofa. Er merkte, dass es ihm noch nie so wie jetzt gegangen war, er spürte keine Angst, keinen Schmerz, nur eine angenehme Ruhe.

»Jetzt weißt du fast alles«, sagte er schließlich.

»Und was passiert jetzt?«, fragte sie.

»Jetzt … nein, bald ist nichts mehr da.«

»Aber ich … was ist mit mir? Meine Kinder …«

»Morgen machen wir einen Ausflug.«

»Einen Ausflug? Wohin?«

Er lächelte nur.

33

Den ganzen Vormittag lasen Aksel und Kjell sich Kajsas Ausdrucke durch. Um elf sah Kjell auf die Uhr. »Zeit für eine kleine Joggingtour.«

»Joggingtour? Ich habe doch jetzt keine Lust auf eine Joggingtour«, entgegnete Aksel und sah den Freund erschöpft an.

»Aber ja doch, natürlich hast du Lust. Keine Diskussionen.«

Als sie aus der Garage fuhren, standen ein paar Fotografen vor dem Haus. Aksel drehte sich weg. »Verfluchte Geier«, sagte er voller Verachtung.

Kjell fuhr nach Vollen, wo sie auf dem Küstenweg am Oslofjord entlangliefen. Die Sonne schien, es war kühl, eine schwache Brise wehte vom Fjord herüber.

Kjell war in weitaus besserer Form, und als Aksel einen Anflug von Muskelkater verspürte, trieb Kjell ihn weiter an. Aksel merkte, wie ihm die Schmerzen, die Angst und der Schock aus den Poren drangen. Wie bei einem Wutanfall biss er die Zähne zusammen und mobilisierte auf dem Weg zurück zum Wagen die letzten Kräfte. Er verfluchte denjenigen, der Kajsa entführt hatte, zwang sich, zu denken, dass alles gut gehen würde. Sie lebt, wir finden sie, sie kommt zurück. Als er schließlich wieder beim Wagen war, beugte er sich vor, stützte die Hände auf den Oberschenkeln ab und rang nach Luft. »Aaahh!«, brüllte er laut.

Kjell legte ihm einen Arm um die Schultern.

»Aaahh! Ich werde ihn umbringen!«, schrie Aksel.

»Was ist mit Arne Slettemoen passiert?«

Er sah sie erstaunt an. »Du weißt davon?«

Sie nickte.

»Ich war erst zehn Jahre alt, knapp elf«, sagte er. Sein Blick richtete sich in die Ferne.

Sie waren auf einem der zahlreichen Ausflüge mit dem Gruppenbetreuer gewesen. Wo, wusste er nicht mehr, er erinnerte sich nur an eine Hütte direkt am Wasser. Es war schön dort. Aber keiner der sechs Jungen hatte Freude darüber verspürt.

An diesem Abend nahm sich Slettemoen nur einen von ihnen vor. Ihn. Danach blieb er lange bei den anderen Jungen sitzen. Er versuchte, die Tränen zu unterdrücken, doch als zwei der Jungen ihm die Arme um die Schultern legten, hielt er es nicht länger aus, er weinte und erbrach sich gleichzeitig. Keiner sagte etwas, keiner versuchte, ihn zu trösten, sie alle wussten, dass das unmöglich war, weil jeder von ihnen das Gleiche erlebt hatte.

»Wir alle kannten den schrecklichen Geschmack, wenn wir ihn im Mund hatten, kannten den Ekel vor seinem Geruch. Lange saßen wir schweigend da und warteten, bis er auf seinem Stuhl auf dem Steg eingeschlafen war, nicht ein einziges Wort sagten wir zueinander – was hätten wir auch sagen können?«

Aber irgendwann sagte einer von ihnen plötzlich: »Ich werde ihn töten.«

»Ich auch«, flüsterte ein anderer. So ging es weiter.

»Wir können es doch jetzt machen?«

»Wie denn?«

»Wir stoßen ihn ins Wasser, er ist so voll, dass er ertrinken wird.«

Jemand fing an zu kichern. »Da würde er sich ganz schön erschrecken.«

»Erschrecken? Nein, dann wäre er tot.« Die Bemerkung löste allgemeines Gelächter aus. Sie lachten und lachten, hielten sich die Hand vor den Mund, aber das Gelächter war nicht zu stoppen, als käme es aus den tiefsten Tiefen ihrer Körper.

Die Ausbrüche von Gelächter hatten lange auf sich warten lassen, als ob keiner auch nur von ihrer Existenz gewusst hätte. Jetzt hatten sie ein unverhofftes Ventil gefunden, und nichts konnte das Lachen aufhalten, es strömte aus ihnen heraus und legte sich über alles, worüber sie sonst nur weinen konnten.

Nach einer ganzen Weile richteten sie sich auf, und das Lachen versiegte.

Da sagte einer, dass er seine Worte ganz ernst gemeint habe. Alle stimmten zu. Es war wie ein Spiel, an dem alle teilnahmen. Sie redeten darüber, wie sie es durchführen könnten. Die Worte flogen nur so hin und her. Das Lachen wurde von ungeheurer Wut abgelöst, die sie zu einer Gemeinschaft zusammenschweißte, bis sie schließlich aufstanden und langsam auf den Steg zugingen.

»Wir redeten nicht, wir sind einfach auf den Stuhl zugegangen, wo er lag und schlief. Ich weiß noch, dass wir lange dort standen und ihn ansahen. Ich spüre heute noch die Abscheu und die Scham, die ich empfand.«

Sie hatten sich nicht darüber verständigt, wie es geschehen sollte, hatten nicht genau geplant, wie sie ihn ins Wasser stoßen würden oder wer was tun würde. Sie wussten nur, dass sie keine andere Wahl hatten. Sie mussten es tun. Sie konnten ihn nicht länger ertragen.

Später konnte er sich nicht mehr so gut an die Einzelheiten erinnern.

Aber irgendwie hatten sie es geschafft, ihn ins Wasser zu werfen. Einer war so geistesgegenwärtig gewesen, ihm den Reißverschluss aufzuziehen. »Dann sieht es aus, als hätte er dagestanden und gepinkelt.«

Das Problem war nur, dass er wach wurde, als er ins kalte Wasser fiel. Er kämpfte sich zum Steg zurück, begann sich hochzuziehen, während er die Jungen laut verfluchte. Einer von ihnen packte ein Ruder, das am Rand des Steges lag, und schlug es ihm auf den Kopf.

»Ich weiß noch, dass wir dastanden und dabei zusahen, wie sein Körper im Wasser trieb. Ich verspürte eine ungeheure Erleichterung, weil ich wusste, dass er mir nie wieder etwas antun konnte.«

Danach legten sie sich hin, ohne noch einmal über das Geschehene zu sprechen.

Am nächsten Morgen besprachen sie, was sie sagen würden, liefen zum nächsten Hof hinüber und gaben Bescheid, dass ihr Gruppenleiter verschwunden sei. Er wurde dann später im Laufe des Tages gefunden. Der Fall wurde von der Polizei untersucht, die den Schluss zog, dass der Mann vermutlich vom Steg ins Wasser uriniert habe, gefallen sei, sich den Kopf gestoßen habe und dann ertrunken sei.

»Hast du auf ihn eingeschlagen?«, fragte Kajsa.

»Nein, das war Jakob.«

»Jakob Sperre?«

»Ja.«

»Also, was meinst du?« Aksel sah Kjell fragend an.

Kjell nahm seine Brille ab und schob sich einen Brillenbügel zwischen die Lippen.

Sie hatten geduscht und etwas gegessen und saßen jetzt wieder vor all den Papieren auf dem Tisch.

»Ich gehe davon aus, dass Karsten die Alibis aller Personen in diesen Unterlagen überprüft hat?«, fragte Kjell.

Aksel nickte.

»Ich kann nur das tun, wovon ich ein wenig Ahnung habe«, erwiderte Kjell. »Zwischen den Zeilen lesen; Gefühle ausmachen von Kajsa und denjenigen, denen sie begegnet ist; das suchen, was auf den ersten Blick nicht ersichtlich ist. Was hat sie über die Dinge gedacht, die sie herausgefunden hat? Über die Menschen, mit denen sie gesprochen hat?«

»Und?« Aksel beugte sich interessiert über den Tisch.

»Zwei Sachen sind mir aufgefallen. Erstens: Njål. Kajsa hat das Gefühl, dass er viel mehr weiß, als er sagt. Kajsa schreibt: *Was weiß Njål?* Und das frage ich mich auch. Was weiß er und was erzählt er nicht? Er wusste vom Tod des Ehepaars, als Kajsa am ersten Tag bei ihm und Birte vorbeigeschaut hat. Allerdings hat er die Extrasendung von Kanal 4 gar nicht gesehen. Das kann bedeuten, dass er die Toten gesehen hat. Weiter schreibt Kajsa, Njål habe mehrmals einen Mann im Wald bemerkt. Was mit dem übereinstimmt, was du mir erzählt hast: Dass der Mann das Paar und den Hof über längere Zeit beobachtet haben muss, genauso wie in Kajsas Fall.«

»Aber Njål wollte nicht reden. Kajsa hat versucht, noch mehr aus ihm herauszukriegen, ohne Erfolg.«

»Das sehe ich. Aber er hat ein Geheimnis. Und dann ist da noch was mit Njål.«

»Was denn?«

»Er glaubt, der Mann sei Arvid. Das Kind, mit dem er als kleiner Junge gespielt hat. Das Kind auf dem Foto aus dem Garten.«

»Ja, das wissen wir. Karsten hat es erwähnt. Aber Arvid ist tot.«

»Njål glaubt das nicht.« Kjell hatte sich Notizen gemacht und zeichnete jetzt einen Kreis um Arvid und einen um Njål. »Was ist mit dem Deutschenkind? Wer ist es?«

»Wie es aussieht, weiß das niemand. Die Polizei hat in *Sunn-*

mørsposten um Hinweise gebeten. Es gingen mehrere Tipps ein, aber die haben nirgendwohin geführt.«

»Kajsa hat ja noch an vielen anderen Fällen gearbeitet«, sagte Kjell und zeigte auf den Tisch. »Was ist mit den Sachen, die hier nicht liegen?«

»Meinst du, der Entführer kann ihr in völlig anderen Zusammenhängen begegnet sein? Ist es womöglich jemand, den es in diesen Unterlagen gar nicht gibt?«, fragte Aksel und blickte auf den Tisch.

»Was spricht dagegen?«

34

Um sechs Uhr kam Karsten mit Kajsas PC. Die Polizei hatte ein Back-up aller Dateien erstellt, und Aksel hatte darum gebeten, das Gerät zurückzubekommen.

»Wir haben sowohl Kvande als auch Sperre gefunden«, sagte er und stellte den Computer auf den Tisch.

»Und?«

Aksel und Kjell sahen ihn gespannt an.

Karsten schüttelte den Kopf. »Sperre war in seiner Hütte, da ist das Funknetz nicht besonders gut.«

»Und Kvande?«

»Sagt, er habe krank im Bett gelegen, das Telefon ausgeschaltet und niemanden hereingelassen.«

»Glaubt ihr ihm etwa? Ihr müsst zu ihm und überprüfen, ob Kajsa bei ihm ist!«

»Dazu haben wir keine Grundlage, aber wir …«

»Keine Grundlage?«, unterbrach Aksel ihn.

»Beruhige dich, wir haben das trotzdem überprüft. Beide haben uns reingelassen. Wir haben weder Kajsa noch irgendwelche Spuren oder Hinweise gefunden.«

Eine Weile blieb es still. Schließlich sagte Karsten: »Kvande war auch eines dieser Heimkinder.«

»Da siehst du es! Es stimmt alles«, stieß Aksel hervor.

»Ja, wir arbeiten daran. Aber noch etwas anderes: Sperre hat uns die Namen von allen aus der Clique gegeben.«

»Und wie heißen sie?«

»Neben Sperre, Arvid Godø und Peder-André Høvik gehörten noch Rechtsanwalt Brynjar Nordbrekke vom Obersten Gerichtshof dazu, dann der Chef von NorFood, August Evensen, und der sozialdemokratische Parlamentsabgeordnete Hans-Erik Stordalen. Die letzten drei scheiden als Verdächtige aus und haben ein Alibi für das ganze Wochenende.«

»Kvande war nicht in der Clique?«

»Nein.«

»Bleibt also nur Sperre, der mit dem Heimkinderskandal und dem Doppelmord verknüpft werden kann, nämlich durch seinen Jugendfreund Arvid Godø?«

»Ja, wir haben ihn die ganze Zeit im Auge. Wir untersuchen seine Hütte, und dann hat er noch ein Landhaus bei Tjøme.« Karsten strich sich übers Gesicht. »Was wollt ihr denn jetzt mit Kajsas PC?«, fragte er.

Kjell erklärte, was sie vorhatten.

»Das haben wir bereits getan«, entgegnete Karsten entnervt. »Glaubt ihr vielleicht, dass wir völlig inkompetent sind?«

»Ihr habt nichts!«, sagte Aksel. »Nichts! Bloß jede Menge Hinweise, angeblich wurde sie in Steinkjer gesehen, Karsten. Das ist Blödsinn! Die Uhr tickt, und du kommst nicht weiter«, sagte er mit lauter Stimme. »Nicht das Geringste habt ihr!«, fügte er hinzu und breitete die Arme aus. »Seit Freitag sind vier Tage vergangen, Karsten. Vier Tage! Wo ist sie? Vielleicht ist sie tot ... vielleicht hat er ...«

»Wir arbeiten Tag und Nacht«, unterbrach Karsten ihn. »Wir haben ...«

»Jetzt beruhigt euch mal!«, warf Kjell ein. »Ihr seid beide total erschöpft, um zu streiten, bringt gar nichts.«

»Aber wir haben alles auf dem PC untersucht«, sagte Karsten resigniert. »Wir müssen uns auf die Hauptthese konzentrieren. Der Computer gibt nichts her, was im Zusammenhang mit unserer Hauptspur interessant wäre, also dem Doppelmord und dem Heimkinderskandal. Die anderen Dokumente auf dem PC haben nichts mit diesen Fällen zu tun.«

»Lass uns das trotzdem überprüfen«, sagte Kjell. »Vielleicht habt ihr was übersehen, vielleicht fällt Aksel irgendetwas ein, das Kajsa gesagt hat ... irgendwas, keine Ahnung ...«

Er hatte sich bereits eingeloggt und klickte jetzt *Eigene Dateien* an. Es gab etwa vierzig Ordner, teilweise mit Unterordnern, alles zusammen ungefähr sechshundert Einzeldokumente.

»Lasst uns mal mit dem anfangen, was seit März verwendet wird«, schlug Kjell vor. »Also erst mal hier, das sind die Dokumente, mit denen Kajsa schon seit letztem Jahr arbeitet.«

»Das sind ja mehrere Hundert«, stöhnte Aksel.

»Ja, aber wenn wir hier klicken, kommen wir zu den Dateien, die sie im Laufe der letzten zwei Monate geöffnet hat.«

Karsten und Aksel beugten sich über den PC. Es waren fünfunddreißig Dateien und acht Unterordner mit weiteren Dokumenten aufgelistet: Psychiatrie, Altenfürsorge, Krankenhausfinanzen, Kinderlosigkeit, Schleudertrauma, Heimkinder, Krebs bei Kindern und Doppelmord.

Kjell öffnete eine Datei nach der anderen. Aksel erläuterte. »Kajsa hat in letzter Zeit keine Reportagen über Krankenhausfinanzen oder Psychiatrie gemacht. Und hier, das sind bloß Notizen zu Telefonaten und Tipps, die sie bekommen hat. Vielleicht hat sie das alles aufgeschrieben, um es später mal zu verwenden.«

»Und was ist mit dem Thema Altenfürsorge?«, fragte Karsten.

Aksel wusste, dass Kajsa zu dem Thema recherchiert hatte, kannte aber keine Einzelheiten. »Altenfürsorge liegt ihr am Herzen, darüber schreibt sie öfter. Da gibt es ja schließlich viel, was geändert werden müsste.«

»Okay. Heimkinder und Doppelmord haben wir untersucht. Bleibt noch Krebs bei Kindern. Das muss wohl diese Reportage über Sigrid sein?«, sagte Karsten.

Kjell klickte die entsprechenden Dokumente an. Alle hatten Namen als Überschriften. »Das sind die Namen der Familien«, sagte Aksel und bat Kjell, ganz nach unten zu scrollen. »Das hier ist ein Staatssekretär im Gesundheitsministerium«, sagte er und deutete auf den Bildschirm. »Und hier der Medizinalrat, der Krankenhausdirektor und die Direktorin der Krebshilfe.«

»Und wer ist das?«, fragte Kjell.

»Ich glaube, das ist der Arzt von Sigrid, dem krebskranken Mädchen«, erwiderte Aksel. Kjell klickte das Dokument an.

Pete Howick, Druen, Aker Brygge, 23. März stand zuoberst. Es handelte sich um die Zusammenfassung eines Gesprächs, das Kajsa mit dem Arzt geführt hatte.

»Howick?«, sagte Kjell und las sich das Dokument durch. »Pete Howick?«

»Ja?« Aksel sah Kjell fragend an. »Kennst du ihn? Ich glaube, Kajsa hat mal gesagt, er sei Amerikaner, zumindest in den USA ausgebildet.«

Kjell scrollte weiter nach unten. Am Ende hatte Kajsa notiert, was ihr nach der Begegnung mit Howick durch den Kopf gegangen war: Ein Arzt, der alles für seine Patienten gibt, sehr fähig, beinahe krankhaft besessen von seinem Fach, penibel, genau, fürsorglich. Alleinstehend?

»Sie ist von diesem Arzt offenbar sehr beeindruckt«, sagte Karsten.

»Was waren die Hauptaspekte im Profil des Doppelmörders?« Kjell sah Aksel fragend an.

»Intelligent, hoher IQ, vermutlich Hochschulausbildung, außergewöhnlich methodisch und systematisch, krankhaft besessen von seinem Tun, alleinstehend.«

»Fähig, penibel, genau«, las Kjell weiter und blickte auf den Schirm. »Alleinstehend.«

»Was meinst du denn?«, fragte Karsten.

»Ach, ich weiß nicht …«, erwiderte Kjell. »Krankhaft besessen von seinem Fach … Spezialist …«

Plötzlich drehte er sich zu Karsten und Aksel um. »Howick. Er heißt Howick. Versteht ihr nicht?«

»Was verstehen?«, fragte Aksel voller Ungeduld.

»Howick!«

Aksel sah den Freund gereizt an. »Jetzt sag endlich, was du meinst!«

»Verflucht!«, rief Karsten und griff nach seinem Handy.

Aksel starrte immer noch auf den Namen. »Was?« Ungeduldig blickte er Kjell an.

»Hovik«, sagte Kjell mit betont norwegischer Aussprache. »Peter, Pete, Peder. Howick, Hovik …?«

»Du meinst … Høvik? Peder-André …«

Karsten erteilte schon Anweisungen über sein Handy: »Überprüft, wo er wohnt. Ja, Pete Howick. Und checkt auch gleich sein Alibi. Hat er am Wochenende gearbeitet, ist er jetzt bei der Arbeit? Und das Wichtigste: Wo wohnt er?«

Aksel signalisierte Karsten, dass er etwas sagen wollte. Karsten bat seinen Gesprächspartner um Geduld und blickte Aksel fragend an.

»Vielleicht ist er amerikanischer Staatsbürger?«, sagte Aksel.

»Der Mann kann amerikanischer Staatsbürger sein, nehmt Kontakt zu den US-Behörden auf, findet raus, woher er kommt, Hintergrund, Familie, Studium. Alles! Ich will alles über diesen Mann wissen«, rief Karsten in den Telefonhörer.

»Kann er wirklich Peder-André Høvik sein?«, sagte Aksel. »Hat er Kajsa entführt, hat er Alfhild und Jørgen Godø umgebracht? Bester Freund und Fluchtkumpane ihres Sohnes? Arzt? Es passt zusammen. Ketamin, Betäubung, Morphium, abgeschnittene Hände ...«

35

»Hört alle her! Es gibt einen Durchbruch!«

Es war halb zehn am Dienstagabend. Karsten, Aksel und Kjell waren sofort losgefahren. Jetzt saßen sie mit den anderen Ermittlern zusammen.

Karsten blätterte in ein paar Unterlagen auf dem Schreibtisch vor sich. »Peder-André Høvik bekam 1980 die US-Staatsbürgerschaft, sein Pass ist ausgestellt auf eine amerikanisierte Version seines Namens, er hat André fallen gelassen und nennt sich Peter oder Pete Howick. Er hat sein Medizinstudium 1986 beendet, ließ sich zum Krebsspezialisten ausbilden, ebenfalls in den USA, und kehrte 1992 nach Norwegen zurück, wo er eine Stellung am Rikshospital bekam.«

Karsten ließ den Blick über die Versammelten schweifen. »Howick lebt in einer Wohnung an der Lysaker Brygge. In diesem Augenblick verschaffen wir uns Zugang.«

Das Telefon klingelte. Im Büro blieb es ganz still, als er den Anruf annahm.

Aksel rückte auf seinem Stuhl vor, sein Pulsschlag erhöhte sich, er atmete schneller.

»Ja?«, meldete sich Karsten. »Aha? Nein, gut. Okay.« Er legte wieder auf. Müde rieb er sich die Augen. Aksel wusste es, noch ehe Karsten etwas sagte. Nichts. Howick war nicht zu Hause gewesen. Keine Spur von Kajsa.

Aksel stand auf und ging zur Toilette. Vor dem Waschbecken blieb er mit gesenktem Kopf stehen, drehte dann den Hahn auf und spritzte sich kühles Wasser ins Gesicht.

Er schloss die Tür zum Kellerraum auf und bat Kajsa, ihm zu folgen.

»Wohin gehen wir?«, fragte sie.

Er gab keine Antwort, reichte ihr nur etwas zum Anziehen und wies sie an, sich auf die Rückbank des Wagens zu legen. Sie lag ganz still. Er verschloss die Türen und stellte den Rückspiegel so ein, dass er sie beobachten konnte. Er glaubte nicht, dass sie etwas Dummes tun würde, in den letzten Tagen hatte sie sich vorbildlich verhalten. Aber ganz sicher konnte er natürlich nicht sein.

Er schaltete die Scheinwerfer rechtzeitig aus, ehe er an den letzten Häusern vorbeikam. Es war ein klarer Abend, der Mond, fast voll, erleuchtete den Wald und die Straßen.

An einem Ende des Stalls war eine kleine Garage. Er stieg aus, verschloss die Autotüren und öffnete die alte Doppeltür. Die Angeln kreischten. Dann fuhr er den Wagen hinein und schaltete den Motor aus.

»Wo sind wir?«, fragte sie.

»Komm«, sagte er und öffnete ihr die Tür.

Sie traten auf den Platz vor dem Haus, er fasste sie am Arm. »Nein«, sagte sie, »nicht dahinein, bitte!« Ihre Stimme klang so dünn wie die eines Kindes.

»Beruhige dich, wir gehen da nicht hinein. Wir gehen da rüber«, sagte er und zeigte auf den Wald.

Aksel spürte es, als er in den Raum zurückkehrte. Die Stimmung der Ermittler war gelöst, alle schienen zum Aufbruch bereit.

»Was ist los?«, fragte er.

Karsten deutete auf Marianne Lyche, eine Ermittlerin in den

Fünfzigern, die Aksel gut kannte. »Er hat letzte Woche ein Haus im Ankervei gekauft«, sagte sie.

»Die verdeckten Ermittler sind unterwegs«, fügte Karsten hinzu.

»Ich will mit!«, sagte Aksel und griff nach seiner Jacke.

»Warte, es kann noch etwas dauern, bis wir da eventuell zuschlagen. Das bringt nichts, wenn du jetzt ...«

»Versuch nicht, mich aufzuhalten, Karsten. Ich weiß, dass sie dort ist. Sie MUSS dort sein.«

»Okay, aber wir müssen abwarten, um abschätzen zu können, ob die Bereitschaftstruppe da reinsoll. Wir müssen das Haus erst beobachten.«

»Einverstanden. Aber ich will dabei sein.«

Sie gingen durch den Wald – er hielt sie nicht fest, zog sie nicht hinter sich her. Ihre Hand umfasste fest die seine.

Sie führten einander.

Sie liefen ein Stück auf dem ausgetretenen Pfad, bogen aber schnell ab, die Dunkelheit um sie herum verdichtete sich. Sie waren abseits offizieller Wege, man kam nur schwer voran, aber er führte sie sicher, kannte den Wald wie seine Westentasche.

Der Unterstand war kaum auszumachen, darauf war er stolz. Er lag dicht an einem steilen Hang. Ein alter Baum war umgestürzt, den hatte er als Basis verwendet und dicke Äste zwischen Stamm und Felsen verteilt. Danach hatte er dünnere Äste und Zweige hinzugefügt und schließlich alles mit Fichtenreisig zugedeckt.

Im Inneren hatte er ein Bett aus Fichtennadeln gebaut. Er breitete die beiden Schlafsäcke aus und befahl Kajsa, sich in den einen zu legen.

Dann holte er eine Thermoskanne mit Toddy aus schwarzen Johannisbeeren hervor. Noch hatte er Kajsa nicht alles erzählt. Aber jetzt näherte er sich dem Ende. Er verspürte eine Mischung aus Freude und Trauer. Freude, weil sie nun alles wusste und alles wie gewünscht verlaufen war. Trauer, weil bald alles vorüber wäre.

36

Die Zeit schlich unendlich langsam dahin. Die Fahrzeuge der Delta-Sondereinheit sowie ein Notarztwagen waren vor Ort. Karsten und Aksel saßen im Auto und warteten etwa zweihundert Meter vom Haus entfernt. Sie lauschten dem Funkverkehr. Die verdeckten Ermittler beobachteten das Haus, ehe sie die Erstürmung einleiten würden. Es gab keinerlei Lebenszeichen.

Aksels Puls war bei zweihundert. Er hielt die Arme dicht an den Oberkörper gedrückt, um nicht zu zittern. Obwohl es ein relativ milder Frühlingsabend war, verspürte er eine Kälte, die ihm bis in die Knochen zu dringen schien.

Plötzlich hörte er die Männer etwas rufen, verstand aber nicht, was sie sagten. Dann war es für längere Zeit ruhig.

Sie haben Kajsa gefunden, dachte er. *Sie ist tot. Deshalb ist es so ruhig.*

Dann rief jemand Karsten an. »Ja?« Seine Stimme klang gepresst. Aksel sah ihn an, versuchte, seine Miene zu deuten. Karstens Gesicht wirkte grau, er war erschöpft. *Er ist genauso fertig wie ich,* dachte Aksel.

Trotz der langen Zusammenarbeit an gemeinsamen Fällen hatte er Karsten nie zuvor so erlebt. *Der Fall geht ihm persönlich nahe,* dachte er. Karsten bewegte den Mund, brachte aber keinen Ton hervor. Die Zeit stand still.

Ein Mann mit einer Mülltüte trat aus dem Haus, vor dem der

Wagen stand. Er ging zur Mülltonne und warf die Tüte hinein, blieb dann stehen und sah neugierig zu Aksel und Karsten hinüber. Dann wanderte sein Blick zu dem Notarztwagen und den schwarzen Fahrzeugen der Bereitschaftstruppe. Er drehte sich um und ging wieder ins Haus.

Aksel sah wieder Karsten an, der sich die Nasenwurzel massierte. *Er sorgt sich um Kajsa, sie haben sich ein paarmal getroffen und zusammen zu Abend gegessen,* ging es ihm durch den Kopf. Karsten sagte: »Hast du das mitbekommen?«

»Nein …«

»Howick ist nicht da. Kajsa ebenfalls nicht.«

Aksel sank schwer in den Sitz zurück. »Wo zum Teufel sind sie denn?«, schrie er und schlug mit der Faust aufs Armaturenbrett.

»Hier fing es an«, sagte er.

»Ja, das habe ich verstanden«, sagte sie.

»Ja, das hast du wohl.«

»Woran aus deiner Kindheit erinnerst du dich?«

»Nur an Bruchstücke. Einen Sandkasten, ein Dreirad, ich durfte auf einem Pferd sitzen, die Wärme im Stall …«

»Erinnerst du dich an Njål?«

»Ja, ich erinnere mich an Njål. Und an Birte. Sie war lieb zu mir. Und ich erinnere mich an den Tag, an dem ich abgeholt wurde.«

»Was ist passiert?«

»Ich erinnere mich, dass ich zusammen mit meinem Vater auf der Treppe stand.«

»Und deine Mutter?«

»Sie war nicht da. Mein Vater sagte, ich müsste mit der netten Frau gehen, würde aber bald wieder nach Hause kommen.«

»Das mit den Händen …«, setzte sie an.

Er stützte sich auf die Ellbogen und sah sie erstaunt an. »Das weißt du?«

»Ja. Hast du sie deshalb ausgetauscht? Weil er genauso viel Schuld auf sich geladen hatte?«

»Du bist ziemlich gut, weißt du das?«, sagte er und lächelte sie an. »Anfangs war er ja ›der Gute‹. Allerdings hatte sie die eigentliche Verantwortung für mich. Es war ihre Schuld. Dass ich im Waisenhaus gelandet bin und was dort geschehen ist. Wäre sie eine gute Mutter gewesen, wäre alles anders gekommen.«

»Aber dein Vater …«

»Er ließ es zu, dass sie mich mitnahmen. Er hat sie nicht daran gehindert. Ich glaube, er war erleichtert. Und er hat nicht gehalten, was er mir versprochen hat.«

»Dich zurückzuholen?«

»Genau. Er hat mich genauso im Stich gelassen.«

Zehn Minuten später standen Aksel und Karsten an der Tür zum Kellerraum in dem Haus im Ankervei.

»Habt ihr was gefunden?«, fragte Aksel. »Sie ist hier gewesen, ich spüre das«, sagte er und warf einen Blick auf die Matratze am Boden.

»Irgendjemand hat jedenfalls hier gelegen«, sagte Karsten und betrat den Raum.

Es war kalt. Er trat dicht an die Matratze heran, ging auf die Knie und hielt die Nase dicht an das Kopfkissen. Er wirkte wie ein Moslem beim Gebet. Er beschnupperte das Kissen und erhob sich dann wieder.

»Kajsa war hier. Eternity«, fügte er erklärend hinzu.

»Du weißt also, wie sie riecht«, sagte Aksel.

Karsten gab keine Antwort.

Einer der anderen Ermittler trat zu ihnen. »Kannst du dir das mal ansehen?«, fragte er Aksel und reichte ihm einen Beweisbeutel. »Das ist ein Haarband.«

Aksel nahm ihn und hielt ihn ins Licht.

»Das gehört Thea«, sagte er. »Sie hat solche … mit Marienkäfern … Kajsa muss es getragen haben …«

Sie lagen still nebeneinander. Er hatte ein Stück des Daches entfernt, damit sie die Baumkronen hoch oben sehen konnten, und darüber den Himmel und die Sterne.

Er spürte Erleichterung, weil bald alles vorbei war.

»Eines verstehe ich nicht«, sagte sie.

»Ja?«

»Wie bist du zu dem geworden, der du heute bist?«

»Hast du das nicht verstanden?«

»Du hast überlebt?«

»Ja?«

»Aber …«

»Es war Peder-André, der über Bord gefallen ist.«

»Du bist als Peder-André wieder an Land gegangen?«

»Ja.«

»Aber hat denn die Botschaft den Pass nicht überprüft?«

»Doch sicher, aber das Bild war durch die Feuchtigkeit unkenntlich geworden. Davon abgesehen sahen wir einander ähnlich. Die Leute von der Botschaft kannten mich ja nicht. Es gab keinen Grund, mit dem Kapitän des Schiffes Kontakt aufzunehmen, solange ich einen Pass vorlegen konnte.«

»Und dann hast du in den USA den Namen geändert?«

»Ja, nicht direkt, ich habe sie gebeten, den Namen auf amerikanische Schreibweise einzutragen. Im Englischen gibt es ja kein Ø.«

»Aber der alte Pass von Peder-André …«

»… den habe ich auf eine Themse-Brücke gelegt, als ich auf einem Ärztekongress in London war … Pst!«

»Was ist?«

Er lauschte, alle Sinne waren geschärft. Er beugte sich vor und sah durch die Öffnung, blieb eine Weile so hocken, ehe er zurück in den Schlafsack kroch. »Ich habe etwas gehört. Muss ein Tier gewesen sein.«

37

Aksel erwachte plötzlich und sah auf den Radiowecker. Fünf vor zwei. Bibbi hatte in seiner Abwesenheit die Kinder nach Hause gebracht. Er hatte es allein nicht mehr ausgehalten. Aksel hatte Bibbi gebeten, die Kinder ins Ehebett zu legen. Sobald sie wieder gefahren war, hatte er sich zwischen Thea und Anders gelegt.

Das Telefon hatte ihn geweckt. Der Festnetzanschluss. Mitten in der Nacht. Etwas war geschehen. Er sprang aus dem Bett, rannte in den Flur und griff nach dem Hörer. »Ja?«, rief er. »Hallo?«

»Sind Sie der Mann von Kajsa?«, fragte eine Frau.

»Ja?«

»Bitte entschuldigen Sie, dass ich so spät noch anrufe.«

»Wer sind Sie?«

»Hier ist Birte Kristiansen.«

»Ja …?« Mit einem Mal war er hellwach.

»Ja, Sie wissen schon. Also, ich konnte nicht schlafen, und obwohl es mitten in der Nacht war, dachte ich, das sei vielleicht wichtig, und da konnte ich erst recht nicht einschlafen. Also bin ich aufgestanden und dachte …«

»Woran denn?«, unterbrach Aksel sie.

»Also ja, wissen Sie, Njål war in den letzten Tagen so furchtbar unruhig. Ich merke immer, wenn ihn etwas quält. Normalerweise ist er ganz ruhig, wenn nur er und ich hier …«

Aksel seufzte und unterbrach sie erneut. »Warum war er denn so unruhig?«

»Ja, das habe ich mich auch gefragt. Gestern Abend war ein Polizist hier, und danach hat sich Njål nur hin- und hergewiegt und auf seinem Finger gekaut. Er macht das immer, wenn er Angst hat oder unsicher ist, wissen Sie«, fügte sie hinzu.

»Und weiter?«

»Ja, also, gestern spätabends ist er rausgegangen, ich habe bis tief in die Nacht auf ihn gewartet, er ist gerade eben nach Hause gekommen. Und jetzt ist er völlig außer sich.«

»Warum denn?«

»Also erst wollte er nichts sagen, aber dann hat er gesagt, dass Kajsa gar nicht verschwunden sei.«

»Nicht verschwunden?«

»Ja, der Polizist meinte, dass Kajsa verschwunden sei. Aber das ist sie gar nicht, hat Njål gesagt.«

»Hat er noch mehr gesagt?«

»Dass Kajsa im Wald ist.«

»Im Wald?« Aksels Puls ging schneller.

»Ja.«

»Hat er auch erwähnt, wo im Wald?«, fragte Aksel atemlos.

»Nein, und wissen Sie … Ich hab sie ja hier ein paarmal joggen sehen, vermutlich ist es das, was er meint. Glauben Sie nicht? Njål bringt die Dinge manchmal durcheinander.«

Er spürte, dass die Ruhe ihn bald verlassen würde. Das Schwierigste stand noch aus. »Kann ich deine Hand halten?«, fragte er.

Sie gab keine Antwort. Gleichwohl schob er seine Hand in ihre.

Er war so müde. Müde, nicht der zu sein, der er war, müde, sich zu verstecken, müde, zu planen, müde, die Pläne umzusetzen. Aber das war es wert gewesen, denn jetzt lag sie hier neben ihm und wusste alles.

»Weshalb mussten sie sterben?«

»Weshalb?« Er drehte den Kopf und sah sie verständnislos an.

»Ja, warum hast du sie getötet? Es gibt andere Möglichkeiten, jemanden zu bestrafen.«

»Der Tod war nicht das Ziel. Sondern nur ein Mittel. Das Ziel war die Furcht.«

»Hast du sie deshalb gefangen gehalten? Deswegen das Ketamin?«

»Ja, weil sie die Furcht kennenlernen sollten. Sie sollten so leiden, wie ich gelitten habe. Sie sollten spüren, wie es sich anfühlt, im Dunklen zu sein, wie es sich anfühlt, wenn der Körper ohne jede Hoffnung zusammenbricht.«

Sie sagte nichts.

»Ich habe keine Angst zu sterben«, fügte er hinzu. »Der Tod ist ein Freund. Der Tod ist das Wichtigste im Leben.«

38

Als Aksel am Hof eintraf, standen Fahrzeuge der Delta-Sondereinheit, zwei Rettungswagen sowie Polizeibeamte mit Suchhunden vor dem Haus. Die Bereitschaftstruppe war anscheinend darauf vorbereitet, der Hundepatrouille zu folgen, sobald sie losgeschickt wurde.

»Hier ist Kaffee«, sagte Karsten und reichte ihm einen Becher.

»Danke«, entgegnete Aksel. »Und danke, dass du die Polizistin zu den Kindern geschickt hast.«

»Ich begreife ja, dass du hier sein willst. Das kann aber dauern.«

»Alles ist besser, als zu Hause zu warten.« Er deutete auf den Stall. »Ist das Howicks Wagen?« Ein Polizeihund beschnüffelte etwas im Wageninneren.

»Ja, oder besser gesagt, der Wagen von Peder-André Høvik.«

»Kajsa ist also dadrin?«, fragte Aksel und deutete auf den Wald.

»Davon gehen wir aus.«

Aksel sah zum Rettungswagen. *Der ist für Kajsa,* dachte er. Wenn sie tot … Nein, daran durfte er gar nicht denken.

»Habt ihr etwas aus Njål herausbekommen?«

»Nein, er hat sich in seinem Zimmer eingeschlossen und weigert sich herauszukommen. Aber wir haben einen Kollegen vor Ort, der versucht ihn rauszulocken. Wir müssen uns auf die Hunde verlassen. Wir denken auch an Hubschrauber mit Wärmebildkameras.«

Der Einsatzleiter und zwei Männer von der Bereitschaftstruppe standen mit einer Taschenlampe über eine Motorhaube gebeugt. Sie sprachen aufgeregt miteinander, ab und an gaben sie etwas über Funk durch. Aksel setzte sich in den Wagen und wartete.

Als Kajsa eingeschlafen war, holte er die kleine Schachtel aus dem Rucksack. Er tat es so ruhig wie möglich, um sie ja nicht zu wecken.

Er nahm die Spritze hervor, hielt sie hoch, schnippte mit dem Finger dagegen und drückte etwas Flüssigkeit heraus. Es war schwierig, etwas zu erkennen, aber es spielte auch keine Rolle, falls etwas herauslief, die Dosis reichte ohnehin. Er drehte sich zu Kajsa um, wollte nachsehen, ob sie schlief.

Mit weit aufgerissenen Augen lag sie ganz still da. »Nicht …«, sagte sie weinend. »Ich will nicht sterben … meine Kinder … sollen meine Kinder ohne Mutter aufwachsen? Wie kannst du das tun? Bitte, bitte, tu es nicht, Arvid!«

Arvid. Sie nannte ihn Arvid.

Ja, jetzt war es vollbracht.

Er legte ihr die Hand auf den Mund. Ihre Augen wurden größer. Sie atmete heftig durch die Nase.

»Wein doch nicht«, sagte er. »Es gibt nichts mehr, worüber man weinen müsste. Nie wieder.«

Er löste die Hand von ihrem Mund.

»Ich muss dir etwas erzählen«, schluchzte sie. »Wir sind noch nicht fertig. Noch ist nicht alles gesagt.«

Erstaunt sah er sie an. »Was denn?«

»Ich glaube, du bist Vater.«

»Vater?«

»Ja. Ida hatte eine Tochter, Ine-Marie.«

»Ine-Marie?«

»Ida muss schwanger gewesen sein, als du getürmt bist. Ich habe überprüft, wann sie geboren wurde. Das war neun Monate, nachdem du verschwunden bist.«

Eine Tochter? War Ida schwanger gewesen? »Es ist zu spät«, sagte er müde. »Zu spät. Es spielt keine Rolle mehr.«

»Es ist nie zu spät«, sagte sie.

Mit einer schnellen Bewegung stach er mit der Spritze zu.

Fünfzig Minuten waren vergangen. Aksel schwankte zwischen Hoffnung und Verzweiflung, als Karsten angelaufen kam.

»Was ist los?«, fragte Aksel.

»Komm!«

Im Funkgerät knisterte es. »Beide Objekte lokalisiert«, sagte jemand.

»Zustand?«

Es blieb still.

»Mann tot«, erklang es schließlich aus dem Funkgerät.

»Und Kajsa?«

Wieder blieb es still. Aksel spürte, wie die Beine unter ihm nachgaben. Karsten packte ihn und hielt ihn fest.

»Kajsa lebt«, kam die Stimme aus dem Funkgerät. »Wir gehen dem Rettungswagen entgegen. Schickt die Sanitäter her. Schnell.«

Karstens Finger bohrten sich in Aksels Schulter. »Kajsa lebt, Aksel, sie lebt«, flüsterte er mit heiserer Stimme.

»Zustand?«, wiederholte der Leiter der Bereitschaftstruppe über Funk.

Alle standen jetzt beim Wagen, Polizisten, Sanitäter, die ganze Truppe.

Kein Geräusch war zu vernehmen. Die Sekunden vergingen. Eine Ewigkeit. Aksel hielt die Luft an. Alle hielten die Luft an. Dann kam der Bescheid: »Unverletzt. Jedenfalls dem äußeren Anschein nach.«

Aksel sank auf die Knie.

»Kommt Mama bald nach Hause?«

Anders und Thea saßen am nächsten Morgen am Frühstückstisch. Anders sah seinen Vater fragend an.

Aksel stand mit einer *VG* in der Hand am Spülbecken, er wollte die Zeitung vor den Kindern verbergen.

Ein großes körniges Foto, vermutlich mit Teleobjektiv geschossen, füllte die Titelseite aus. Er selbst und Karsten rechts und links der Trage, auf der Kajsa liegt. ÜBERLEBTE FÜNF TAGE MIT EINEM SERIENMÖRDER war zu lesen.

Aksel blätterte weiter und überflog den Artikel. *Kajsa Coren, die bekannte Kanal-4-Journalistin war unverletzt, als die Bereitschaftstruppe sie gestern Nacht in einem Waldgebiet nahe des Doppelmord-Tatorts in Asker gefunden hat. Nach Informationen von* VG *handelt es sich bei dem Entführer um denselben Mann, der auch das Ehepaar Jørgen und Alfhild Godø ermordet hat. Die Polizei wollte keine weiteren Informationen an die Öffentlichkeit geben. Einzig bekannt ist, dass der Täter sich das Leben genommen hat.*

Aksel legte die Zeitung mit der Titelseite nach unten auf die Arbeitsplatte.

»Ja, mein Kleiner, jetzt kommt Mama bald nach Hause.«

»Ich will sofort zu Mama«, sagte Thea trotzig.

»Mama kommt heute Nachmittag, bis dahin musst du dich gedulden«, entgegnete Aksel.

Thea wurde wütend. »Ich will jetzt zu Mama!« Sie stand von ihrem Kinderstuhl auf und verlor das Gleichgewicht, aber Aksel war sofort bei ihr und hielt sie in den Armen. Sie zappelte und strampelte wie wild. »Blöder Papa. Ich will jetzt zu Mama!«, brüllte sie und schlug ihrem Vater mit den kleinen Fäusten gegen die Brust.

Aksel hielt sie fest, ihre Haare kitzelten in seinem Gesicht, sie roch nach Shampoo und Leberwurst. Dann fiel sein Blick auf Anders, und er setzte Thea auf dem Boden ab.

»Aber warum weinst du denn?«, fragte er, ging in die Hocke und legte einen Arm um seinen Sohn. »Was ist denn?«

»Ich hatte solche Angst um Mama.«

Aksel strich ihm über das Haar. »Und wovor hattest du Angst?«

»Dass sie nie wieder zurückkommt.«

»Aber …«

»Du hast gesagt, sie ist in Spanien. Aber das war sie nicht. Du hast gelogen.« Anders sah seinen Vater vorwurfsvoll an.

»Woher weißt du das?«

»Oma dachte, ich schlafe, aber dann bin ich aufgestanden und habe Oma gesehen, sie saß vor dem Fernseher und weinte. Da waren Bilder von Mama, und sie haben gesagt, dass sie verschwunden ist, dass jemand sie entführt hat.«

»Wann hast du das denn gesehen?«

»Am ersten Abend bei Oma.«

»Aber jetzt brauchst du keine Angst mehr zu haben«, sagte Aksel. »Jetzt kommt Mama bald nach Hause.«

»Wo ist sie?«

»Im Krankenhaus.«

»Ist sie krank?«

»Nein, sie sollte sich dort nur über Nacht ausruhen. Es geht ihr gut.«

Anders wischte sich die Tränen mit dem Handrücken ab und stand vom Tisch auf. »Kann Mama mich heute abholen?«

»Ja, vielleicht. Und wenn nicht, dann ist sie zu Hause, wenn du aus der Schule kommst.«

»Ganz bestimmt? Großes Ehrenwort?«

»Ja, großes Ehrenwort«, erwiderte Aksel. »Ich fahre jetzt ins Krankenhaus und hole sie ab. Aber komm, wir müssen jetzt los, wenn du nicht zu spät kommen willst.«

Er blickte seinen Sohn abwartend an, fürchtete, dass Anders sich weigern würde.

»Okay«, sagte Anders und trat in den Flur, um sich eine Jacke anzuziehen.

»Du willst also in die Schule?«, fragte Aksel erleichtert. »Gehst du da gern hin?«

»Ich habe einen neuen Freund. Er heißt Thorbjørn und geht in meine Parallelklasse.«

»Wie schön.«

»Er spielt auch nicht so gern Fußball.«

»Spielst du nicht gern Fußball? Alle Jungen spielen doch Fußball. Und du hast sogar einen Vater, der dich trainiert.«

»Mama hat gesagt, man muss nicht mitmachen, wenn einem etwas nicht gefällt.« Anders sah seinen Vater herausfordernd an.

»Das hat sie gesagt?«

»Ja, und wenn Mama nach Hause kommt, kann ich mit Fußball aufhören.«

»Jaja, wir machen, was Mama sagt«, entgegnete Aksel lächelnd und fuhr Anders mit der Hand durch die Haare.

NACHWORT

Schnell stellt man sich vor, dass eine Autorin – die ihr tägliches Brot als Journalistin verdient – das meiste über Ereignisse und Personen aus der norwegischen Politik und der Gesellschaft weiß.

Deshalb halte ich es für wichtig, darauf hinzuweisen, dass es sich bei diesem Buch um Fiktion handelt. Personen und Geschehnisse in diesem Buch, die leicht wiederzuerkennen sind, basieren auf öffentlich zugänglichen Informationen. Was darüber hinausgeht, ist einzig und allein das Produkt meiner Phantasie. Ich habe mir ebenfalls die dichterische Freiheit genommen, Personen und Ereignisse in eine Zeit und in einen Kontext zu stellen, die mit der Realität nicht übereinstimmen.

Trude Teige

INTERVIEW MIT TRUDE TEIGE

In Norwegen sind Kajsa Corens Kriminalfälle Bestseller, Trude Teige ist dort ein Megastar. Wir haben der Erfolgsautorin ein paar Fragen zu ihrem Schreiben und ihrer Sicht auf die norwegische Gesellschaft gestellt.

Stimmt es, dass Kajsa Corens Fälle auf wahren Begebenheiten in Norwegen beruhen, die in der Regel mit Kinder- und Frauenrechten zu tun haben und über die du im Fernsehen berichtet hast?

Die Inspiration für all meine Krimis beziehe ich aus wahren Geschichten über Menschen, bestimmte Gruppen, Vorfälle, soziale Fragen und Themen, zu denen ich viele Jahre als Fernsehjournalistin gearbeitet habe. In gewisser Weise bilden meine Bücher die Lage und Entwicklung unserer Gesellschaft ab. Viele der Themen – Altenpflege, #MeToo, sexueller Missbrauch in religiösen Gemeinschaften und die Behandlung von Patient:innen in psychiatrischen Einrichtungen – sind traurigerweise auch in vielen anderen Ländern ein Problem.

War das der Auslöser, der dich zum Schreiben motiviert hat: die Leute dazu zu bringen, sich mehr mit diesen wichtigen Themen zu beschäftigen?
Ja, ich biete meinen Leser:innen zwar Nervenkitzel, Rätsel, die es zu lösen gilt, und eine überraschende Wendung am Ende, aber mir ist es ebenso wichtig, dass sie sich mit den Fragestellungen und Problemen beschäftigen, die ich behandle. Hoffentlich sagen sie dann am Schluss: Wow, das war ein spannender Roman, der mich sehr zum Nachdenken angeregt hat!

Die Belange und Rechte von Frauen liegen dir sehr am Herzen. Wie nimmst du den Kampf um Gleichberechtigung wahr und den damit einhergehenden Backlash, der momentan weltweit von rechtsgerichteten Parteien ausgeht?
Ich habe 40 Jahre als Journalistin gearbeitet. Dabei musste ich so oft den Mund halten, wenn meine männlichen Kollegen respektlos über Frauen geredet haben. Außerdem hatten Männer die besseren Karrierechancen. Dank #MeToo hat sich all das zum Besseren gewandt. Meine Töchter müssen sich nicht mehr mit den Hürden meiner Generation herumschlagen. Es ist beängstigend, zu sehen, wie viele Politiker in der Welt immer noch nicht verstanden haben, dass es nicht nur um Frauenrechte geht, sondern um Menschenrechte. Gleichzeitig muss ich sagen, dass wir in Norwegen großes Glück haben, denn in weiten Teilen herrscht hier bereits Gleichheit. Wir haben soziale Rechte, die es Frauen ermöglichen, die Leben zu führen, die sie führen möchten.

Du bist eine erfahrene und vielseitige Schriftstellerin: journalistisches Schreiben, Spannung und historische Romane, mit allem bist du erfolgreich. Wie beeinflussen sich diese verschiedenen Genres und die unterschiedlichen Ansätze, eine Geschichte zu erzählen, gegenseitig? Denkst du z. B. beim Schreiben eines Krimis schon daran, wie dein nächster historischer Roman aussehen wird? Ist jeder Fall, den du journalistisch recherchierst, ein potenzieller Krimi?
Alles, was ich erlebe, als Journalistin oder als Privatperson, kann Teil eines Kriminalromans werden! Ich finde überall Inspiration. Das Verfassen historischer Romane unterscheidet sich stark davon. Es kann Jahre dauern, bis ich mit meiner Recherchearbeit so weit bin, dass ich mit dem Schreibprozess beginnen kann. Hierbei bin ich auf der Suche nach bisher unerzählten Geschichten, meist aus der Zeit des Zweiten Weltkriegs, wobei ich mich auf die Schicksale von Frauen konzentriere. Während ich also darüber nachforsche, schreibe ich zwischendurch meine Kriminalfälle. Die sind in der Gegenwart angesiedelt, was die Recherche deutlich einfacher macht.

Deine wunderbaren Bücher sind mittlerweile in elf Ländern und Sprachen erschienen. Nehmen deine Leser:innen aus verschiedenen Gegenden der Welt sie unterschiedlich wahr? Stellen sie z. B. Fragen bei Lesungen oder per Mail, an denen zu erkennen ist, wie stark die jeweilige Kultur ihre Weltsicht prägt?
Meiner Erfahrung nach stellen meine Leser:innen schnell eine Beziehung zu den Themen her, über die ich schreibe, und das unabhängig von Ländergrenzen, weil es universelle Themen sind. Dementsprechend äußern sie sich auch ähnlich dazu. Natürlich sind sie

auch von dem Kontrast fasziniert, den Norwegens wunderschöne Kulisse und atemberaubende Natur zu den grausamen und angsteinflößenden Verbrechen bilden, die hier geschehen.

Welche Autor:innen haben dich am meisten inspiriert? Hat sich das über die Jahre hinweg verändert, oder gibt es auch feste Größen, die dich seit deiner Kindheit begleiten?
Ich habe mit Krimis für Kinder angefangen und auch danach immer viele Krimis gelesen. Tatsächlich habe ich lange versucht, *keine* Spannungsromane zu schreiben, weil es mir so schwierig vorkam. Mein allererstes Buch sollte ein normaler Gegenwartsroman werden. Als ich die Hälfte fertig hatte, ist mir aufgefallen, dass das eigentlich ein ziemlich guter Krimiplot war. Man könnte also sagen, dass ich unfreiwillig Krimi-Autorin geworden bin.

Viele meiner Kolleg:innen inspirieren mich, aber für mein literarisches Erwachen hat »Kristin Lavrandsdatter« der norwegischen Autorin und Nobelpreisträgerin Sigrid Undset gesorgt. Es wurde auch ins Deutsche übersetzt (lieferbar unter dem Titel »Kristin Lavranstochter« in drei Bänden beim Kröner Verlag, übersetzt von Gabriele Haefs; Anm. des Verlags).

Skandi-Crime ist ein beliebtes Genre, fast schon eine eigene Marke. Wie blickst du auf die Wahrnehmung skandinavischer Literatur?
Gern wird es auch »Nordic Noir« genannt. Ich glaube, dass die Faszination von dem angesprochenen Kontrast herrührt: das unbeschwerte Leben der Wohlstandsgesellschaft in dieser sagenhaften Natur mit ihren Bergen und Fjorden und der Mitternachtssonne –

und dann das Dunkle und Böse, das es in allen Gesellschaften gibt, auch hier.

LESEPROBE

TRUDE
TEiGE
DAS HAUS, IN DEM
DAS BÖSE WOHNT
EIN NORWEGEN-KRIMI
Von
der Autorin
des Bestsellers
atb

TAPE 1
00:00:10

Ich weiß gar nicht richtig, wo ich anfangen soll …

Aber als Erstes möchte ich gern sagen, dass mich niemand daran hindern wird, das mir widerfahrene Unrecht zu rächen. Das ist das Wichtigste. Auf alles andere werde ich dann nach und nach zurückkommen; wie das Böse aussieht, wo es zu finden ist.

Frau Albertsen klatschte in die Hände. »Einfach verschwunden. Puff!«

Die alte Dame saß im Aufenthaltsraum neben Bibbi, Kajsas Mutter, in ihrem Sessel. Ihre Augen waren weit aufgerissen.

Vor drei Monaten hatte Kajsa mit den Aufnahmen für eine Fernsehdokumentation über ihre Mutter begonnen. Am Heiligabend hatte sie zum ersten Mal die Kamera in das Pflege- und Seniorenheim Solgløtt in Asker mitgenommen. Die Anfangsszene sollte die von Kindern und Enkeln umgebene Mutter zeigen.

Seit fünf, sechs Jahren war Kajsa als Politikjournalistin bei Kanal 4 für die Berichterstattung über die norwegische Gesundheitspolitik und Altenfürsorge verantwortlich. Das Thema hatte sie lange Zeit persönlich nicht betroffen; erst als ihre Mutter ins Solgløtt-Heim kam, hatte Kajsa verstanden, wie es eigentlich um diese Dinge bestellt war. Als Angehörige hatte sie jetzt die einzigartige Möglichkeit, eine realistische Darstellung der Zustände in einem Bereich zu liefern, der in Wahljahren stets die Aufmerksamkeit der Politiker auf sich zog, dem jedoch nie die dringend benötigten Ressourcen zugeteilt wurden.

Kajsa hatte vorab die Heimbewohner, die Angestellten und die Angehörigen von ihrem Projekt unterrichtet. Nur einige wenige wollten nicht gefilmt werden. In der ersten Zeit hatten sich viele seltsam künstlich verhalten, sobald sie die Kamera einschaltete, so dass sie sich angewöhnt hatte, das Gerät die ganze Zeit mit sich herumzutragen, auch wenn es nicht lief. Nach einer Weile schien sich niemand mehr daran zu stören, und die Aufnahmen wirkten viel authentischer.

Ohne Frau Albertsen zu antworten, griff Kajsa in die Handtasche, nahm die Kamera hervor, legte sie beiläufig auf den Schoß, drückte auf den Aufnahmeknopf und sah auf dem kleinen Bildschirm, dass sie einen schönen Ausschnitt von der alten Dame eingefangen hatte. »Was haben Sie gesagt?«, fragte sie dann.

»Noch eine«, erwiderte Frau Albertsen. »Einfach verschwunden. Puff!«

Sie beugte sich vor und legte eine Hand auf Kajsas Arm. Wie häufig bei alten Menschen waren ihre Augen blass, mit dunklen Ringen um die Pupillen. Sie schielte zu Kajsa herüber, zwei tiefe Falten bildeten sich auf ihrer Stirn. Ihr Blick war eindringlich.

Kajsas Mutter lebte jetzt seit fast zwei Jahren im Altenheim, und Kajsa hatte enge Bekanntschaft mit Frau Albertsen gemacht. Eine Dame von zweiundachtzig Jahren mit krummem Rücken. Ihre Gesichtshaut ähnelte der Schale einer getrockneten Weintraube. Sie war ungeheuer mitteilsam, sprach viel und lange mit allen, denen sie begegnete, und zuallererst mit sich selbst. Während der Besuche bei ihrer Mutter empfand Kajsa es mitunter als bedrückend, all diese alten Menschen zu sehen, die sich in ihrer eigenen Welt befanden und häufig ganz unverständliche Dinge sagten.

Kajsa betrachtete die alten Männer und Frauen, die um sie herumsaßen. Einige von ihnen schliefen, andere sabberten, ein älterer Mann versuchte aufzustehen, schaffte es aber nicht. Er sank in seinen Sessel zurück, ein Anflug von Resignation huschte über sein Gesicht, aber er sagte nichts. Er blieb bloß sitzen und starrte in die Luft, während er mit langen, dünnen Fingern am Stoff der Armlehne herumzupfte. Eine Frau in der Nähe flüsterte vor sich hin, lächelte und nickte dabei, als ob sie sich mit jemandem unterhielte. Dann verstummte sie. Eine andere Frau stand am Fenster und sah hinaus, ein paarmal klatschte sie in die Hände, als gäbe es dort draußen etwas, das sie in Begeisterung versetzte.

Martin Roland saß in seinem großen elektrischen Rollstuhl vor dem Fernseher und schaute irgendeine amerikanische Seifenoper. Woran er dabei wohl dachte? An das Leben? Wie es war, ohne Kinder zu leben, zwischen alten Menschen, die seine Eltern, ja, sogar seine Großeltern sein konnten?

Er saß nicht oft mit den anderen im Aufenthaltsraum, überwiegend hielt er sich in seiner Wohnung auf. Ein kleines Wohnzimmer mit Teeküche, Schlafzimmer und Bad. Ab und zu schaute Kajsa bei ihm auf ein Schwätzchen vorbei. Martin Roland konnte zwar nicht sprechen, hatte aber ein Rolltalk. Mithilfe dieses Geräts konnte er den Fernseher einschalten, den Kanal wechseln, das Licht ein- und ausknipsen, ins Internet gehen oder mit anderen Menschen kommunizieren, indem er auf einem Computer schrieb. Er hatte eine Brille mit Maus-Funktion, und wenn er den Kopf bewegte, konnte er den Cursor auf dem Bildschirm bewegen. Über einen kleinen Schalter, der an seiner Hand befestigt war, ließen sich Symbole, vorprogrammierte Wörter oder einzelne Buchstaben anklicken.

Vier Jahre zuvor hatte Martin einen Verkehrsunfall erlitten und war seitdem vom Hals abwärts gelähmt. Da war er gerade zum dritten

Mal Vater geworden. Kajsa schätzte ihn auf etwa vierzig. Obwohl sie wusste, wer er war, war Kajsa ihm erst persönlich begegnet, als ihre Mutter ins Altenheim kam. Vor dem Unfall hatte Martin Roland für Ärzte ohne Grenzen gearbeitet. Der NRK hatte ihn etwa sechs Monate lang auf seinen Reisen in verschiedene Kriegs- und Katastrophengebiete begleitet. Sie hatten seine Tränen und sein Lachen gezeigt, seinen Einsatz für die Schwächsten und seine unverhohlene Wut auf Kriegsherren und Nationen, die nicht genug taten, *um den Irrsinn zu stoppen* und *die Unschuldigen zu retten*. Dabei waren hart gegeneinander geschnittene Szenen entstanden, zu Hause mit seinen eigenen Kindern, die unter Tränen einen Vater verabschiedeten, der in die Ferne aufbrach, um die Welt zu retten, gefolgt von Aufnahmen, die ihn in einem notdürftig eingerichteten OP-Zelt zeigten, während er ein Kind betrauerte, für das er nichts mehr hatte tun können.

Mittlerweile war von dem starken und eloquenten Mann nicht mehr viel übrig. Kajsa hatte ihn nur wiedererkannt, weil sie seinen Namen kannte. Sein Gesicht war etwas angeschwollen, vermutlich eine Folge der Medikamente. Er war extrem dünn, ein Fuß war völlig verdreht. Sein langes Haar, das er früher als Pferdeschwanz getragen hatte, war – vermutlich aus praktischen Gründen – auf wenige Millimeter gestutzt worden.

Frau Albertsens Stimme riss Kajsa aus ihren Gedanken. »Ja«, sagte sie und blickte Kajsa durchdringend an. »Einfach verschwunden, sie auch.«

»Wer denn?«, fragte Kajsa und ließ die Kamera weiterlaufen.

Aber Frau Albertsen gab keine Antwort. »Verschwunden«, flüsterte sie nur und verstärkte den Druck auf Kajsas Arm.

Kajsa blickte sie an. Hätte sie nicht gewusst, dass die alte Dame völlig in ihrer eigenen Welt lebte, hätte sie geglaubt, dass sie sich fürchtete.

»Was …«, setzte Kajsa an.

»Pst!«, entgegnete Frau Albertsen, als einer der Krankenpfleger hereinkam. Laut fing sie an zu summen, als wollte sie von ihren Worten ablenken.

»Wie schön Sie singen, Frau Albertsen«, bemerkte der Pfleger.

Sturla Bjerke war der Charmeur der Abteilung und der Jüngste des festen Personals. Mit seinem goldenen Hautton, den dunklen Augen und den halblangen, lockigen Haaren weckte er Assoziationen an einen griechischen Gott. Er kam zu ihnen, legte den Arm um Kajsas Schulter, zog sie an sich und wiegte sie singend hin und her. »Kleine Vöglein sangen so schön im Gras, so schön, dass ich alles vergaß. So vieles geschah am Ufer des Fjords, als in der Abendsonne ich saß.«

Kajsa löste sich aus seiner Umarmung und ließ die Kamera von Frau Albertsen über die Mutter zum Krankenpfleger und wieder zurück schweifen. Sturla setzte sich zu Bibbi und nahm jetzt sie in die Arme. *Wie unfassbar nervig er sein kann,* dachte Kajsa. Ständig tauchte er irgendwo auf und schob sich vor das Objektiv, wenn sie Aufnahmen machte. Sie zoomte an das Gesicht der Mutter heran. Bibbi saß ganz still da und starrte Sturla verwundert an, lächelte nicht und sang auch nicht mit.

Als Kajsa die Kamera wieder in den Schoß legte, stand Sturla auf und ging hinaus. Kajsa folgte ihm. »Ist jemand gestorben?«, fragte sie.

»Frau Bakke«, erwiderte er.

»Ging es ihr so schlecht?« Kajsa konnte sich gut an Frau Bakke erinnern. Die ganze Zeit hatte sie gestrickt, im Aufenthaltsraum, im Gang, auf ihrem Zimmer. Immer hatte sie gesagt, sie stricke Pullover und Jacken, aber es waren nur lange Streifen, die zu nichts verwendet werden konnten.

»Wie man's nimmt … Etwas krank sind hier ja alle«, sagte Sturla.

»Deshalb sind sie ja auch im Pflegeheim«, fügte er hinzu und lächelte breit in die Kamera.

Kajsa ging zurück zu ihrer Mutter. Die Wanduhr zeigte halb vier. Sie hatte völlig vergessen, dass sie eine Verabredung mit Ingrid Steffensen hatte, die als Krankenschwester hier arbeitete.

Ingrid hatte sich Kajsas Mutter besonders angenommen, als sie ins Pflegeheim Solgløtt gezogen war. Kajsa unterhielt sich oft mit Ingrid, und nach einer Weile hatten sie sich angefreundet. Ingrid war nicht nur eine gute Pflegerin, sondern auch ein warmherziger Mensch, mit dem man leicht ins Gespräch kam.

In der letzten Woche hatte Bibbi einen ihrer vielen Angstanfälle bekommen, während Kajsa zu Besuch gewesen war. Mehrere Angestellte, darunter auch Ingrid, waren dazugekommen und hatten sich um sie gekümmert. Kajsa hatte weinend danebengestanden und hilflos zugesehen, wie sie ihre Mutter beruhigten und ihr eine Spritze gaben.

Als Kajsa sich dann zum Gehen anschickte, war Ingrid zu ihr gekommen. Kajsa hatte sich alle Sorgen um ihre Mutter von der Seele gesprochen. Ingrid erwiderte daraufhin, sie werde sich Zeit für ein intensiveres Gespräch nehmen, wenn sie am Montag die Abendschicht übernähme.

»Sie müssen mehr über den Zustand Ihrer Mutter erfahren«, hatte Ingrid gesagt. »Außerdem würde ich gern noch über etwas anderes mit Ihnen reden. Ich brauche einen Rat.«

»Ach so?«

»Ja, Sie sind doch Journalistin und daran gewöhnt, Dinge für sich zu behalten?«

»Aber sicher«, hatte Kajsa geantwortet.

Kajsa stand auf, um nach Ingrid zu suchen. »Tschüss, Mama«, sagte sie und drückte Bibbis Hand.

Bibbi, die gerade wach zu werden schien, sah Kajsa an.

Kajsa hatte noch immer die Kamera in der Hand und zoomte nah an ihr Gesicht heran.

»Was tue ich hier?«, fragte die Mutter.

»Aber Mama, du wohnst doch hier«, sagte Kajsa mit sanfter Stimme.

»Hier wohnen? Ich wohne nicht hier, ich will nach Hause!«

»Möchtest du vielleicht eine Tasse Kaffee?«, fragte Kajsa.

»Warum bringst du mich nicht von hier weg?«, fragte die Mutter. Sie hatte Tränen in den Augen. Kajsa erwiderte ihren Blick, merkte, dass Bibbi sie erkannte und wieder sie selbst war.

Das beklemmende Gefühl in ihrer Brust verstärkte sich, sie schaltete die Kamera ab, setzte sich wieder hin und streichelte Bibbis Wange. »Es ist zu deinem eigenen Besten«, sagte sie mit belegter Stimme.

Ihre Mutter entgegnete nichts.

Kajsa blieb ein paar Minuten bei ihr sitzen, bis sie sich beruhigt hatte. Als sie aufstand, blickte die Mutter sie an und sagte in formellem Ton: »Danke, dass Sie gekommen sind. Ihr Besuch hat mich gefreut.«

Wer bist du?, sagte ihr Blick.

Draußen im Gang traf Kajsa auf eine der Pflegerinnen und erkundigte sich nach Ingrid, die aber noch nicht erschienen war.

»Komisch«, sagte die Frau. »Ingrid hätte schon längst hier sein müssen. Sie ist nie zu spät, sie muss krank sein.«

Kajsa hatte keine Zeit zu warten, sie musste wohl einen neuen Termin mit Ingrid vereinbaren. Sie hatte versprochen, um halb vier zu Hause zu sein, wenn Thea und Anders aus dem Schulhort kämen.

Sie freute sich sehr auf die Kinder. Die beiden vertrieben die Verzweiflung, die sie immer überkam, wenn sie zuvor im Pflegeheim gewesen war.

Immerhin funktionierte etwas in ihrem Leben. Es war gut, dass die Kinder größer und selbstständiger wurden. Anders besuchte die vierte Klasse, Thea die erste. Jeden Tag gingen sie gemeinsam zur Schule und zurück.

Mit ihr und Aksel lief es dagegen nicht so gut.

Es war ihre Schuld, aber sie konnte nichts dafür. Es war zu schwierig, etwas daran zu ändern, sie wusste einfach nicht, wie.

»Du bist traumatisiert, du brauchst ein Debriefing«, hatte Aksel gesagt, der als Psychiater arbeitete und traumatisierte Menschen behandelte.

Sie wollte kein Debriefing, wollte nicht darüber reden, was sie vor fast drei Jahren erlebt hatte, als sie von zu Hause entführt und von einem Serienmörder über mehrere Tage gefangen gehalten worden war. Sie wollte nicht über den späteren Zusammenbruch reden, wollte jene Angst nicht noch einmal erleben.

Alles, was sie wollte, waren normale Tage. Einen normalen Alltag mit normalem Stress: arbeiten, nach Hause kommen, Essen kochen, Hausarbeit erledigen, eine Runde joggen, sich neben Aksel ins Bett legen und müde sein, unmittelbar einschlafen. Ohne zu denken. Alles sollte so sein, wie es zuvor gewesen war; sie wollte nicht als krank bezeichnet, diagnostiziert und dann behandelt werden.

Nicht von Aksel. Und auch von sonst niemandem. Sie würde schon klarkommen.

TAPE 1
00:04:44

Wenn ich sterbe, werde ich bald darauf vergessen sein, und niemand wird wissen, wer ich war, womit ich mich befasst habe. Deswegen habe ich diese Kamera gekauft.

Langsam gewöhne ich mich daran, laut zu reden, meine eigene Stimme zu hören in diesem Haus, in dem ich stets geschwiegen habe.

Ich will, dass es jemand weiß.

Noch habe ich nicht entschieden, was ich mit den Aufnahmen tun werde, aber mir fällt schon noch etwas ein.

»Hallo, hier ist Petter Skoglund.«

»Oh, hallo«, erwiderte Kajsa überrascht. Sie hatte auf das Display geschaut, um nachzusehen, wer anrief, aber dort hatte *unterdrückte Rufnummer* gestanden.

Es war Dienstagnachmittag, und Kajsa war gerade im Pflegeheim eingetroffen, um zu filmen. Sie hoffte, dass Ingrid wieder bei der Arbeit wäre, damit sie sich unterhalten könnten.

Kajsa schaltete um auf Freisprechfunktion.

»Wie geht's dir?«, fragte sie, während sie die Tür zur Abteilung öffnete und nach ihrer Mutter Ausschau hielt.

»Danke, alles bestens«, erwiderte Skoglund. »Und dir?«

»Gut.« Kajsa lief durch den Gang, öffnete die Tür zum Zimmer ihrer Mutter einen Spalt und spähte hinein. Bibbi saß im Sessel am Fenster.

»Du arbeitest wieder Vollzeit?«, fragte Skoglund.

»Ja, ich habe gerade wieder angefangen, hundert Prozent zu arbeiten. Fünfzig Prozent für die Nachrichten, die restliche Zeit arbeite ich an einer Dokumentation über das Pflegeheim, wo meine Mutter lebt.«

»Deine Mutter lebt im Pflegeheim? Ich dachte, sie wäre noch gar nicht so alt?«

»Ist sie auch nicht. Sie ist siebenundsiebzig und hat Alzheimer.«

»Ach, wirklich?«, sagte er abwesend und fuhr fort: »Du … ich hab da eine Sache, die ist aber etwas … wie soll ich sagen … delikat.«

Kajsa ging den leeren Gang mit den vielen geschlossenen Türen entlang. »Diese Unterhaltung hat nicht stattgefunden«, entgegnete sie mit einem Lächeln in der Stimme, als sie an Martin Rolands offen stehender Wohnungstür vorbeikam. Sie sah den Rücken von Sturla Bjerke, dem Krankenpfleger, der sich über ihn beugte. Martin stieß ein paar gutturale Laute aus. Es war unmöglich, sie zu deuten, sie konnten Ausdruck von Freude oder von Schmerzen sein. Kajsa blieb stehen und beobachtete die beiden. Sturla hielt etwas in der Hand, das wie ein dicker Kugelschreiber aussah.

»Du kannst nicht sofort damit an die Öffentlichkeit gehen«, fuhr Skoglund fort, »ich möchte das erst mal mit dir besprechen.«

»Okay«, sagte Kajsa, drehte sich um und ging zurück zum Zimmer ihrer Mutter.

Kajsa und Petter Skoglund kannten sich schon seit fünfzehn Jahren. Sie hatten zusammen an der Uni Politikwissenschaft studiert, dasselbe Colloquium besucht und einen gemeinsamen Freundeskreis gehabt. Zu jener Zeit hatte Petter sich zur Überraschung aller als schwul geoutet. Während des Studiums war er politisch bei den Jungen Konservativen aktiv gewesen, und seit dreieinhalb Jahren hatte er einen Posten als Staatssekretär im Fischereiministerium.

»Wir können das nicht am Telefon besprechen, kann ich diese Woche mal abends bei dir vorbeikommen?«, fragte Petter.

Er will nicht, dass uns jemand zusammen sieht, dachte Kajsa. Irgendetwas Großes musste im Gange sein. Skoglund hatte ihr schon verschiedentlich Hinweise auf politische Angelegenheiten gegeben, die dann in der Nachrichtensendung von Kanal 4 behandelt wurden. Er war eine nützliche Quelle, von der Kajsa seit längerer Zeit nichts gehört hatte.

Petter Skoglund fuhr fort: »Ich befürchte, die Sache gerät außer Kontrolle und platzt in Kürze.«

Kajsa war neugierig geworden. »Wann passt es dir denn?«, fragte sie.

»Morgen bin ich den ganzen Tag unterwegs, aber Donnerstag ginge.«

»Da arbeite ich bis sieben, aber wenn es dir nicht zu spät ist, kannst du gern gegen neun vorbeikommen.«

Sie einigten sich auf Donnerstagabend. In dem Moment, als sie das Gespräch beendete, bemerkte Kajsa Rolf Røren, den Abteilungsleiter, auf dem Gang. Er hatte eine große grüne Flanelldecke über dem Arm. Kajsa erstarrte mitten in der Bewegung und blieb vor dem Zimmer der Mutter stehen. Sie hatte diese Decke schon einmal gesehen; sie wurde verwendet, wenn verstorbene Heimbewohner zurechtgemacht wurden, so dass die Angehörigen vorbeikommen und Abschied nehmen konnten. Kajsa beobachtete den Abteilungsleiter. In welches Zimmer ging er wohl? Nummer 307. Sie wusste, wer dort wohnte. Frau Albertsen.

Kajsa blieb in dem leeren Gang stehen. Es war ganz still, kein Laut war zu hören, kein Mensch zu sehen. Dann fing in einem Zimmer weiter vorn einer der alten Menschen zu jammern an. Niemand kam, um nachzusehen. Im Gang roch es streng, als sei gerade jemand mit einer Bettpfanne vorbeigekommen. Eine plötzliche Übelkeit überwältigte Kajsa.

Es war ein Mann, der klagte, wurde ihr plötzlich klar. In den Bauch atmen, in den Bauch atmen, befahl Kajsa sich. Sie schloss die Augen, atmete ruhig ein, spürte ihren Puls sinken. Als sie die Augen wieder aufmachte, musste sie angesichts des hellen Lichts der Leuchtstoffröhren und der kalten hellblauen Wände blinzeln. *Wieso wurde hier solch ein Farbton verwendet?,* dachte sie. Er wirkte kalt und unangenehm. Sie lenkte den Blick auf eine Stelle, wo die Farbe großflächig abgeplatzt war, drückte dann den Rücken durch und betrat das Zimmer ihrer Mutter.

Bibbi saß am Fenster und schaute hinaus, sie nahm Kajsa gar nicht wahr.

Was ging nur in ihr vor? Kajsa nahm die Hand der Mutter und drückte sie, aber es erfolgte keine Reaktion.

Wieso geht es ihr in letzter Zeit so viel schlechter?, dachte sie.

Sie hatte geglaubt, dass sich Bibbis Zustand im Pflegeheim verbessern würde, sie Pflege und eine Behandlung bekommen, andere Menschen um sich herum haben und weniger einsam sein würde. Doch stattdessen entfernte sie sich immer weiter. Sie befand sich nicht nur öfter in ihrer eigenen Welt, sondern hatte auch körperlich stark abgebaut. Früher war sie ziemlich fit gewesen. Jetzt saß sie oft still da oder lag im Bett, als hätte sie jegliche Energie verloren. Sie rührte sich kaum noch, die Muskeln wurden immer schwächer, und ziemlich dünn war sie auch geworden. Andererseits konnte sie manchmal auch sehr unruhig werden und durchlebte schreckliche Angstanfälle. Dann schrie und weinte sie wie ein verschrecktes

Kind, es war kaum auszuhalten. Doch meistens saß sie, so wie jetzt, bloß da und starrte ins Leere.

Sehnt sie sich nach ihrem Zuhause?, fragte Kajsa sich. So sehr, dass sie sich aufgegeben hat? Könnte sie vielleicht bei uns wohnen?

Kajsa ging hinüber zum Schwesternzimmer, um nachzusehen, ob Ingrid wieder auf der Arbeit war. »Sie hat sich nicht blicken lassen«, sagte Sturla. »Und natürlich haben wir auch keinen Ersatz bekommen«, fügte er entnervt hinzu.

Auf dem Rückweg begegnete sie dem Abteilungsleiter. Er kam aus dem Zimmer von Frau Albertsen. »Ist Frau Albertsen gestorben?«, fragte sie.

Rolf Røren sah sie mit traurigem Blick an und faltete die Hände über dem Bauch. »Ja, jetzt ist es vorüber«, sagte er.

»Aber ich habe erst gestern mit ihr gesprochen«, entgegnete Kajsa.

»Ja, es ging schnell«, sagte er.

»Aber sie war doch so vital«, fuhr Kajsa fort. »Ist sie krank geworden?«

Røren musterte sie. »Warum fragen Sie so etwas?« Sein Gesicht war gerötet. »Sie war alt, es kam also nicht völlig unerwartet«, fuhr er mit ruhiger Stimme fort und war wieder der Alte.

Im selben Moment hastete ein Mann den Gang entlang, und Røren ging ihm entgegen. Kajsa erkannte ihn wieder, es war Frau Albertsens Sohn. Er sah mitgenommen aus, und Røren legte ihm die Hand auf die Schulter.

Erneut verspürte Kajsa Übelkeit. Frau Bakke. Frau Albertsen. Zwei Tote in zwei Tagen. Zwei Frauen, die körperlich agiler gewirkt hatten als die meisten anderen hier. War so etwas völlig normal in einem Pflegeheim? Konnte auch Kajsas Mutter jeden Moment sterben?

Kajsa eilte hinaus an die frische Abendluft.

TAPE 1
00:10:32

Dieses Haus ist viel zu groß.

Leer.

Und still.

Einmal, es muss lange her sein, da träumte ich davon, diese Zimmer mit normalem Leben zu füllen; mit einer Familie.

Das Lachen glücklicher Kinder sollte das Schweigen vertreiben.

Aber nichts hat sich verändert.

Es hatte ein paar milde Tage gegeben, die das nahende Ende des Winters ankündigten, doch als Kajsa am Mittwochmorgen am Pflegeheim Solgløtt aus dem Wagen stieg, blies ein eiskalter Wind. Schnell lief sie zum Haupteingang und passierte dabei die im Erdgeschoss liegenden Räume, die auf die Straße hinausgingen. Sie brauchte jemanden zum Reden und hoffte, dass Ingrid wieder gesund wäre. Seit einiger Zeit konnte sie nicht gut schlafen, lag bis tief in die Nacht wach und sorgte sich um ihre Mutter. Sie wollte nach Frau Albertsen und Frau Bakke fragen und überlegte, worüber Ingrid wohl mit ihr sprechen wollte.

Ein alter Mann im Rollstuhl saß in seinem Zimmer am Fenster. Kajsa hob die Hand und winkte ihm zu. Doch er sah sie nur an. Sein Gesicht war ausdruckslos. Sie blieb am Eingang stehen und drehte sich um. Der Mann am Fenster war ihr mit dem Blick gefolgt.

Kajsa nahm die Kamera aus der Handtasche, lief über den Parkplatz zurück, schaltete sie ein und fing das ganze Gebäude des Pflegeheims ein. Ganz unten in der einen Ecke saß der Mann am Fenster. Sie fokussierte ihn und dachte dabei: Jedes Mal, wenn ich meine Mutter besuche, komme ich an dem Mann am Fenster vorbei. Ich kenne ihn nicht, ich weiß nicht, wer er ist. Jedes Mal winke ich ihm zu, aber er winkt niemals zurück. Vielleicht schafft er es nicht, zu winken oder zu lächeln, und sitzt da ganz allein, während die Menschen von einem Ort zum nächsten eilen, wichtige Dinge tun und dabei reden, lächeln, winken?

Kajsa schaltete die Kamera aus, hielt sie aber weiter in der Hand, als sie das Pflegeheim betrat. Würde die Mutter sie heute erkennen? Würde sie wütend, ängstlich, apathisch, klar oder niedergeschlagen sein? Die stets wiederkehrenden Gedanken verdichteten sich zu einem Klumpen im Bauch; der war bereits spürbar, wenn sie sich in den Wagen setzte, auf dem Weg zum Pflegeheim wurde er größer und verwandelte sich schließlich in einen schweren Stein, während sie das Gebäude betrat und den Aufzug in die zweite Etage nahm. Er drückte sie beinahe zu Boden, als sie die Tür zur Abteilung öffnete und nach ihrer Mutter Ausschau hielt.

Bibbi war nicht auf dem Gang, weshalb Kajsa auf den Aufenthaltsraum zusteuerte.

Freddy Bøe und Mona Lycke waren da, wie immer mittwochs.

Anfangs hatte Kajsa gedacht, sie seien verheiratet und besuchten ihre Angehörigen. Dann stellte sich heraus, dass sie zum Freundeskreis Solgløtt gehörten: einer Gruppe von Freiwilligen, die bei Bewohnern, Angehörigen und Angestellten in einer Einrichtung mit Personalmangel sehr willkommen waren. Sie organisierten verschiedene Aktivitäten und machten Ausflüge mit den alten Menschen. Der Freundeskreis hatte noch andere Mitglieder, doch Mona und Freddy kamen am häufigsten.

Mona Lycke lächelte Kajsa freundlich an. »Wie läuft's denn mit dem Dokumentarfilm?«, fragte sie.

»Danke, gut«, erwiderte Kajsa.

Mona war eine große, kräftige Frau in den Vierzigern, die sich offenbar nicht viel um ihr Äußeres scherte. Ihr grau meliertes Haar war kurz geschnitten. Es ließ sie leicht maskulin erscheinen, stand ihr aber ausgezeichnet. Sie wirkte munter und sportlich.

Mona und Freddy waren ein ungleiches Paar: Sie war still und bescheiden, er humorvoll und etwas großspurig. Freddy, einen halben Kopf kleiner als Mona, war ein kleines Muskelpaket, täglich trainierte er im Sportstudio. Oft konnte man sogar schon von Weitem sein kräftiges, brummendes Lachen hören.

Sowohl Freddy als auch Mona bezogen Frührente, beide hatten Angehörige im Pflegeheim gehabt. Kajsa hatte Mona einmal gefragt, wen sie früher besucht habe, doch sie hatte nur mit dem Kopf auf Martin im Rollstuhl gedeutet und gesagt: »Lange Geschichte … Verkehrsunfall.« Kajsa hatte instinktiv begriffen, dass es ihr schwerfiel, darüber zu reden. Vielleicht hatte ihr schwer verletzter Mann hier einst gelebt. Kajsa wunderte sich, dass Mona es über sich brachte, so oft hier zu sein, nach dem, was sie als Angehörige durchlebt haben musste.

Kajsa ging weiter und suchte nach ihrer Mutter. Sie schaltete die Kamera ein und öffnete behutsam die Tür zu ihrem Zimmer. Die Mutter lag angezogen auf dem Bett. Kajsa blickte sie an und sah, dass Bibbi sie erkannte. Ein schwaches Lächeln glitt über ihr Gesicht.

»Hallo, Mama«, sagte Kajsa, trat ans Bett und umarmte ihre Mutter.

»Kajsa«, sagte Bibbi. »Liebes …«

Kajsa zog einen Stuhl heran und setzte sich, nahm die Hand der Mutter in ihre. Bibbis Blick folgte ihr, ihre Augen glänzten.

»Was ist denn, Mama?«, fragte Kajsa. »Geht's dir nicht gut?« Schnell überprüfte sie den Bildausschnitt auf dem Kameraschirm.

»Ich bin bloß so müde«, sagte die Mutter. »So furchtbar müde.«

»Vielleicht solltest du ein bisschen schlafen«, schlug Kajsa vor.

»Ja, ich muss jetzt schlafen«, entgegnete Bibbi. »So müde …« Sie holte Luft und seufzte. Dann fügte sie hinzu: »Ich wünschte, ich würde nie wieder aufwachen.«

Kajsa wollte erwidern, dass sie so etwas nicht sagen dürfe, ließ es aber sein. Warum sollte sie auch wieder wach werden? Es gab nicht mehr viel, weder für die Mutter noch für den Mann am Fenster.

Als Bibbi eingeschlafen war, trat Kajsa zwei Schritte vom Bett zurück und filmte sie. Zoomte dicht an ihr Gesicht heran.

Das ist mir zu nahe. Das tut zu sehr weh. Was mache ich hier eigentlich? Drehe einen Film über das bedauernswerte Leben meiner Mutter? Was würde sie sagen, wenn es ihr bewusst wäre? Würde sie es akzeptieren?

Sie schaltete die Kamera aus, setzte sich wieder ans Bett, legte ihren Kopf an den der Mutter und umarmte sie.

Plötzlich spürte sie Bibbis Hand auf ihrem Kopf. Kajsa bewegte sich nicht, während die Mutter ihr immer wieder behutsam über das Haar strich.

Sie hörte, wie die Tür geöffnet wurde, und drehte den Kopf. Allerdings sah sie nur, wie die Tür langsam wieder zuglitt. War das vielleicht Ingrid, die nach ihr sehen wollte?

Kajsa rührte sich nicht, bis Bibbis Hand zur Ruhe kam. Als sie sicher war, dass die Mutter schlief, nahm sie die Hand und legte sie behutsam auf die Bettdecke.

Auf dem Gang draußen traf sie auf Rolf Røren.

»Haben Sie etwas von Ingrid gehört?«, fragte Kajsa.

»Ja, sie hat eine SMS geschickt und mitgeteilt, dass sie krank ist«, sagte er.

»Heute?«, fragte Kajsa.

»Nein, gestern«, erwiderte er mit einer Miene, die zu sagen schien, dass sie das gar nichts anging.

»Gut«, sagte sie. »Wann kommt sie denn wieder zur Arbeit?«

»Ich weiß nicht«, sagte Røren. »Sie wollte sich wieder melden, sowie es ihr besser geht.«

»Aber wieso hat sie sich dann nicht gleich am Montag krankgemeldet?«

»Woher soll ich das wissen?«, entgegnete Røren leicht gereizt.

»Sie hat mir erzählt, dass sie allein wohnt.«

»Ja, aber sie hat eine Tochter.«

»Ach ja? Dann ist ja alles gut.«

»Von ihr ist nicht viel Hilfe zu erwarten, sie ist drogenabhängig. Eine von denen, die an einschlägigen Orten in Oslo herumhängen. Aber jetzt wissen wir ja, dass sie krank ist, das ist gut«, sagte er erleichtert. »Also, ich meine … äh … gut, dass wir das wissen, nicht, dass sie krank ist.« Eilig blickte er auf ein paar Papiere, die er in den Händen hielt, und ging in sein Büro.

Røren irritierte Kajsa. Sie bekam ihn nicht zu fassen. Mehrmals hatte sie darauf hingewiesen, dass ihre Mutter so verändert sei, und gefragt, ob es vielleicht an den Medikamenten liegen könne. Er hatte erwidert, so sei es eben mit Alzheimer-Kranken, die Medikation habe er gut unter Kontrolle und achte auf eventuelle Nebenwirkungen. Sein ganzes Gehabe hatte etwas übertrieben Demütiges an sich. Ständig beobachtete Kajsa, wie er großzügig Umarmungen und Bibelworte verteilte, offenbar war er sehr religiös. Ab und zu setzte er sich im Aufenthaltsraum ans Klavier und spielte und sang, überwiegend Choräle. Diese Vorstellungen waren äußerst beliebt, die Alten strömten nur so herbei, wenn sie ihn spielen hörten.

Einmal hatte Kajsa zufällig mitangehört, wie einer der Angestellten ihn als *die Dame* tituliert hatte. Sie hatte es sofort verstanden: Die Art, wie er sich bewegte, ja, sein ganzes Auftreten hatte etwas Feminines an sich. Die eigentliche Ursache für seinen Spitznamen schien allerdings in seinem eher weiblichen Hobby begründet zu sein: Wenn er sich zu den Älteren in den Aufenthaltsraum setzte, hatte er oft eine Handarbeit bei sich.

Er erinnerte sie an jemanden. Sie wusste nur nicht, an wen.